MATTHIAS P. GIBERT

Halbgötter

Lenz' 14. Fall

GMEINER SPANNUNG

Besuchen Sie uns im Internet:
www.gmeiner-verlag.de

Im Ehnried 5, 88605 Meßkirch
Telefon 07575/2095-0
info@gmeiner-verlag.de

1. Auflage 2015

Lektorat: Sven Lang
Herstellung: Mirjam Hecht
Umschlaggestaltung: U.O.R.G. Lutz Eberle, Stuttgart
unter Verwendung eines Fotos von: © ivan kmit –Fotolia.com
Druck: GGP Media GmbH, Pößneck
Printed in Germany
ISBN 978-3-8392-1737-5

Personen und Handlung sind frei erfunden. Ähnlichkeiten mit lebenden oder toten Personen sind rein zufällig und nicht beabsichtigt.

1

Hauptkommissar Paul Lenz ließ das linke Bein über die Bettkante gleiten und stemmte den Oberkörper in eine aufrechte Position.

»Oh, je, das sieht aber mal wieder gar nicht gut aus, mein lieber Paul«, kommentierte seine Frau leise von der anderen Bettseite her seine Bewegungen.

Lenz drehte sich langsam und bedächtig nach ihr um. »Ich dachte, du schläfst noch«, gab er ebenso dezent zurück.

»Du weißt doch, dass ich merke, wenn du dich aus dem Bett stehlen willst. Und ich bemerke es umso eher, je mehr du mir verheimlichen willst, dass es dir mal wieder ganz und gar nicht gut geht mit deinem Rücken.«

»Da kann ich dir leider nicht widersprechen, Maria. Heute Morgen fühlt es sich tatsächlich an, als sei ein Güterzug über mich drübergerattert.«

»Und warum bleibst du nicht einfach liegen, machst im Laufe des Vormittags einen Termin beim Arzt, lässt dich mal wieder untersuchen und dann für mindestens zwei Wochen krankschreiben?«

Der Polizist schüttelte den Kopf und lächelte sie dabei sanft an. »Wir wissen doch, was dabei herauskommt, Maria. Solange ich mich nicht operieren lasse, wird das immer wieder schlimmer, aber auch wieder besser. Im

Augenblick ist es ziemlich garstig, dafür wird es nächste Woche sicher wieder gehen.«

Die Frau mit den kupferfarbenen Haaren rollte sich auf seine Bettseite, zog ihre Decke hinter sich her und legte ihren Kopf auf seinen Oberschenkel.

»Das kann nicht so weitergehen, Paul, und das weißt du auch. Du wirst auf Dauer sowieso nicht um den Eingriff herumkommen, deshalb denke ich, dass jeder Tag mit Schmerzen ein verlorener Tag ist. Also, was hindert dich daran, zum Arzt zu gehen und dir eine Einweisung ins Krankenhaus zu holen?«

Lenz streckte seinen rechten Arm nach vorn, ließ seine Hand langsam unter ihr dünnes Nachthemd gleiten und streichelte mit der anderen ihren Nacken. Nun jedoch war es Maria, die energisch den Kopf schüttelte.

»Das kannst du total vergessen, mein Lieber, dass du mit einer Runde Morgensex dieser Diskussion aus dem Weg gehst. Das klappt heute schon deshalb nicht, weil ich mir wirklich Sorgen um dich mache.«

Sie löste sich von ihm und setzte sich ebenfalls auf die Bettkante.

»Und auch wenn dir das jetzt vielleicht wie ein Ultimatum vorkommt, oder von mir aus wie eine Drohkulisse, so sage ich dir, dass ich das nicht länger mitmachen möchte.«

Ihre rechte Hand tastete nach seiner und umfasste sie.

»Wir haben ein wirklich geiles Leben, Paul, das ich keinesfalls dadurch aufs Spiel setzen will, indem du dich der dringenden Therapie für deine angegriffenen Bandscheiben entziehst.«

Lenz machte eine kleine Pause, bevor er zu einer Replik ansetzte. »Und was genau sagst du mir mit diesen Worten?«

»Nicht mehr und nicht weniger, als dass wir jetzt und hier eine Vereinbarung treffen, wann du dich unters Messer begibst.«

»Aber Maria, das …«

»Nichts *aber Maria*, Paul. Ich will nicht irgendwann deinen Rollstuhl durch die Gegend schieben müssen, weil du den Hintern nicht hochbekommen hast.«

Maria sah ihren Mann mit echter Besorgnis an.

»Zu einer recht harmlosen Operation, das sollten wir bei der Gelegenheit nicht unerwähnt lassen.«

»Ich weiß, dass ich mir wegen der Operation nicht wirklich große Sorgen machen muss, aber ein Restrisiko bleibt, und das kannst auch du weder durch salbungsvolle Worte noch durch Drohungen und Ultimaten aus der Welt schaffen.«

»Und was genau willst *du mir* mit diesen Worten sagen, Paul? Dass du es lieber auf einen Knatsch mit mir ankommen lässt?«

»Nein«, warf er schnell ein, »natürlich will ich keinen Knatsch mir dir. Aber im Moment geht es schon wegen der vielen Arbeit nicht.«

»Das kannst du deiner Großmutter erzählen«, regte sie sich nun wirklich auf. »Wenn du nicht da bist, bist du einfach nicht da, und basta. Der Thilo kriegt das auch mal ein paar Wochen ohne dich hin.«

Lenz hob den Kopf und betrachtete einen imaginären Punkt an der Decke.

»Das sagt sich so leicht, Maria, wenn man die Abläufe

und das ganze Prozedere nicht wirklich kennt. Aber wenn man hinter die Kulissen …«

Er brach ab, weil er den zutiefst missbilligenden Blick seiner Frau spürte.

»Ich mein ja nur …«

»Du kannst meinen, was du willst, aber wir werden jetzt und hier eine Vereinbarung treffen, wann du dich operieren lässt. Wir wissen beide, dass es sein muss, und deshalb wird es auch passieren.«

Lenz griff sich an seinen schmerzenden Rücken, atmete tief ein und drückte seiner Frau einen Kuss auf die Wange.

»Du hast recht, Maria. Ich gehe nachher beim Arzt vorbei und hole mir das Papier, was ich fürs Krankenhaus brauche. Das Letzte, was ich will, ist wegen so einer dummen Lappalie Ärger mit dir.«

»Wenn ich deine Versuche, dich davor zu drücken, und deine seit Wochen anhaltenden Schmerzen richtig einordne, sprechen wir ganz und gar nicht von einer Lappalie«, grinste sie.

»Das muss ich leider eingestehen. Aber du weißt, dass ich vor und im OP nicht wirklich der Held bin.«

»Wer ist das schon? Ich zumindest kenne niemanden, der sich um eine Operation reißt, und wenn sie noch so harmlos ist.«

»Na ja, harmlos ist das, was da auf mich zukommt, ja nun wirklich nicht.«

»Nun hör auf zu jammern, solche Sachen macht normalerweise der Klinikpförtner. Also, ich verlass mich darauf, dass du heute Abend mit etwas Greifbarem in der Hand nach Hause kommst, wenn ich dich schon nicht dazu überreden kann, im Bett zu bleiben.«

»So machen wir es«, stimmte der Leiter der Kasseler Mordkommission ein wenig verhalten zu.

»Wie, du willst ins Krankenhaus?«, wiederholte Thilo Hain mit einem Glas Wasser in der Hand knapp zwei Stunden später die Worte seines Chefs. »Was willst du denn an dir machen lassen, das noch etwas bewirken könnte?«

Lenz lachte laut auf. »Die Frage ist wirklich berechtigt, Thilo. Aber ganz im Ernst, ich muss endlich was gegen meine Rückenprobleme unternehmen, sonst verliere ich noch den letzten Rest an Lebensqualität.«

»Wow, ich hätte nicht gedacht, dass es so schlimm ist.«

»Doch, doch, und Ärger zu Hause hat es mir auch schon eingebracht.« Er berichtete seinem Kollegen von der frühmorgendlichen Unterredung mit seiner Frau.

»Also hast du die Einweisung schon in der Tasche?«

»Nein, leider nicht. Bei meinem Hausarzt hängt ein großes Schild an der Tür, dass er leider erkrankt ist, mit dem Verweis auf einen Kollegen, der seine Patienten in der Zwischenzeit übernimmt. Dort bin ich zwar hingegangen, aber nur ganz kurz, weil schon auf der Treppe fast kein Durchkommen mehr war. Also habe ich kurzerhand umgedreht und mich auf den Weg hierher gemacht.«

»Das wird Maria ganz und gar nicht gefallen«, fasste Hain mit empathisch-zerknirschtem Gesichtsausdruck zusammen.

»Ja, davon ist auszugehen.«

»Und wie geht es jetzt weiter? Startest du morgen einen neuen Versuch? Oder gleich heute Nachmittag?«

»Nö, dazu habe ich echt keine Lust. Ich werde Maria offen und ehrlich berichten, wie es gewesen ist. Dann werde ich sehen, ob sie mir den Kopf herunterreißt oder nicht.«

»Ich setze einen Zwanziger auf runterreißen.«

»Arschloch.«

»Ach«, erwiderte Hain grinsend, »das wird alles nicht so heiß gegessen, wie es gekocht wird. Auch bei deiner Frau nicht, aber das weißt du doch viel besser als ich. Und wenn du glaubst, dass nur du heute schon Mist erlebt hast, muss ich dich leider enttäuschen, ich war nämlich eine Dreiviertelstunde später als geplant hier.«

»Woran lag's?«

»Rund um die Stadthalle war alles gesperrt, weil sich ein paar Schlipsträger aus Wiesbaden die Ehre gaben. Warum, kann ich dir nicht sagen, aber es war ein Monsterauflauf.«

»Das liegt vermutlich an dem Ärztekongress, der dort stattfindet.«

»Ein Ärztekongress? Hier in Kassel?«

»Ja, Maria hat mir davon erzählt. Sie hat es von einer Freundin, deren Mann daran teilnimmt.«

»Und wie lang dauert das Ganze?«

»Keine Ahnung. Aber die Herren Mediziner sind ja nicht ewig abkömmlich, oder?«

»Nein, das wäre undenkbar.«

»Und das alles dann noch bei dieser Hitze, das grenzt ja schon an Quälerei. Haben die in der Stadthalle überhaupt eine Klimaanlage?«

»Was weiß ich?«, erwiderte Hain und zuckte dabei mit den Schultern. »Ich bin jedenfalls froh, dass mein kleiner Japaner eine hat. Offen zu fahren, kommt im Augenblick nur ganz früh morgens oder spät nachts infrage. Ansonsten ist es, als würdest du von einem überdimensionierten Fön in die Mangel genommen werden.«

Der junge Oberkommissar und sein Boss sprachen von der massivsten Hitzewelle seit mehr als 40 Jahren, die ganz Mitteleuropa in einen Brutofen verwandelt hatte und die dafür sorgte, dass die meisten Menschen während des Tages ihre Häuser nicht verließen. Insgesamt hatte es schon mehr als 600 Tote gegeben, davon allein 170 in Deutschland.

Auch Lenz und Hain hatten in den letzten beiden Wochen darauf geachtet, sich primär im Präsidium aufzuhalten, wo es zwar keine Klimaanlage gab, die Situation aber wegen der Bauweise des Gebäudes recht angenehm war.

Den Rest des Tages verbrachten die beiden mit viel trinken, wenig essen und dem unvermeidlichen Schreibkram, der zu jedem Kriminalfall gehörte und der, speziell beim Leiter der Kasseler Mordkommission und seinem engsten Mitarbeiter, meist viel zu lang unerledigt blieb.

2

»Hallo, mein Lieber«, wurde der Hauptkommissar abends von seiner Frau begrüßt, die, bekleidet mit kurzer Hose und Bikinioberteil, mit einem Buch in den Händen in der Hängematte lag. Lenz betrat die Terrasse, ging auf sie zu und küsste sie sanft auf den Mund.

»Hallo, Maria. Wie war dein Tag?«

Sie klappte ihre Lektüre zu, legte sie auf den kleinen Tisch neben sich und griff nach seiner Hand.

»Entspannt. Sehr entspannt. Und bei dir? Wann darf ich dich im Hospital besuchen und dir das Aufwachen aus der Narkose versüßen?«

Der Polizist kratzte sich hörbar am Kinn. »Ich weiß, das klingt jetzt erst mal wie eine Ausrede, Maria, aber die Praxis macht Urlaub. Ich war sogar bei der Vertretung, doch da war es so voll, als würde Kassel von einer schrecklichen Epidemie heimgesucht werden. Da hätte ich garantiert den ganzen Vormittag im Wartezimmer gesessen, und das wollte ich mir dann doch nicht antun, nicht bei dieser Hitze.«

Maria hob den Kopf und blickte ihrem Mann tief in die Augen. »Ich hab heute Mittag im Radio gehört, dass wegen der ungewöhnlichen Temperaturen die Arztpraxen unter dem Patientenaufkommen stöhnen, deshalb will ich für heute Gnade vor Recht ergehen lassen; aber sobald die Praxis wieder geöffnet ist, will ich Vollzug von dir gemeldet bekommen. Einverstanden?«

Lenz atmete erleichtert aus. »Vielen Dank, euer Ehren.«

»War das ein Ja?«

»Natürlich, klar.«

Nach einem Salat, den ein noch immer zutiefst dankbarer Lenz seiner Frau und sich zubereitet hatte, zogen sich die beiden wieder in die Komfortzone der Terrasse zurück. Maria las weiter in ihrem Buch, während der Kommissar mit zum stahlblauen Himmel gerichtetem Blick seinen Gedanken nachhing.

»Was denkst du?«, wollte sie nach ein paar Minuten des Schweigens wissen, ohne den Blick von den Seiten zu heben.

»Och, nichts Besonderes. Ich habe nur so im Kopf herumgesponnen, wie es wäre, wenn ich wirklich den Dienst quittieren würde.«

Maria ließ das Buch auf die Brust sinken und sah ihn überrascht an. »Ist nicht dein Ernst!«

»Na ja, so ganz richtig und voll entschlossen nicht, aber eine Überlegung wert ist es halt schon.«

»Das glaube ich nicht«, jubelte sie trotzdem auf. »Da liege ich dir jetzt schon so lange damit in den Ohren, dass du diesen Job wirklich nicht mehr unbedingt machen musst, und plötzlich, nach all den Zurückweisungen von dir, kommt so was. Wenn das mal keine Überraschung ist.«

»Warte, warte, Maria, ich habe nicht gesagt, dass ich morgen oder nächste Woche kündige. Ich habe nur – auf deine Frage hin – laut darüber nachgedacht, ob ich wirklich bis zum Erreichen der Pensionsgrenze dabeibleiben will.«

Maria warf das Buch auf den Boden, kämpfte sich aus der Hängematte und ließ sich neben ihrem Mann nieder. »Das habe ich doch auch gar nicht so verstanden, Paul. Aber allein, dass du laut darüber nachdenkst, macht mich schon ziemlich glücklich.«

Sie kraulte seine Brusthaare und sah ihn dabei wie ein pubertierendes Schulmädchen an.

»Du weißt, dass wir, sagen wir mal, ziemlich wohlhabend sind, Paul, das muss ich dir nicht jedes Mal unter die Nase reiben. Und auch wenn das Zinsniveau so dramatisch niedrig bleiben sollte, werfen unsere Investitionen und Rücklagen genug ab, um damit bis zu unserem Lebensende gut versorgt zu sein.«

»Ja, ich weiß, Maria, dass du auf einem netten Kohleberg sitzt, a…«

»Stopp!«, rief sie laut. »Wenn du jetzt wieder mit *mein* und *dein* kommst, springe ich wirklich über die Brüstung. Hör bitte auf damit, wie du es mir schon mindestens hundertmal versprochen haben dürftest.«

»Stimmt, das war blöd von mir«, gab er sich kleinlaut. »Aber ich mag nun mal meinen Job, auch wenn ich manchmal so laut über ihn fluche, dass man, oder besser du, es kaum aushältst.«

»Das stimmt, manchmal ist es tatsächlich kaum auszuhalten.«

Sie wandte sich von ihm ab und sah nun ebenfalls in den Himmel. »Aber vielleicht funktionieren wir als Paar ja auch nur so gut, weil du ihn hast, diesen Job. Vielleicht gibt es uns ein halbes Jahr nach deinem Ausscheiden bei der Polizei gar nicht mehr.«

Lenz drehte sich um und legte die Stirn in Falten.

»Jetzt mach mir bloß keine Angst, Maria. Ich arbeite lieber freiwillig, bis ich 80 bin, als mir diesen schrecklichen Gedanken auszumalen.«

Sie zog ihn zu sich heran, schlang ihre Arme um seinen Hals und küsste sanft seine Wangen. »Nein, das war doch nur so eine Spinnerei. Wir kommen auch noch miteinander aus, wenn du jeden Tag hier rumhängen solltest. Außerdem will ich selbst ja auch nicht komplett aus der Galerie aussteigen, dafür macht es mir deutlich zu viel Spaß.«

»Siehst du! Ich soll meine Arbeit an den Nagel hängen, aber du willst mit deiner weitermachen.«

Ihre Hand fuhr über seinen schweißnassen Rücken.

»Die Diskussion wird mir jetzt zu viel, Paul. Was würdest du davon halten, wenn wir gemeinsam duschen und uns danach ins klimatisierte Schlafzimmer zurückziehen?«

»Sex zum Stressabbau?«

»Wird im Tierreich gern genommen.«

Er tat, als würde er überlegen. »Lieber würde ich mit dir an einen Badesee fahren und es danach …«

Maria wartete einen Moment, ob er seinen Satz selbst beenden würde, was jedoch nicht geschah.

»Ja …?«, fragte sie schließlich scheinheilig. »Kommt da noch was?«

»Du weißt doch genau, was ich meine.«

»Klar weiß ich das, aber du könntest es mir auch sagen.«

»Wenn du es weißt, warum muss ich es dann noch aussprechen?«

»Weil ich es hören will. Denk dir einfach, dass ich es geil finde, es gesagt zu bekommen.«

»Ach, Maria.«

»Nichts, *ach, Maria.* Sag, was du willst, dann kriegst du es auch. Vielleicht«, schob sie schnell hinterher.

»Ich weiß, dass du es geil findest. Und du weißt genauso gut, dass ich nicht der große Verbalerotiker bin. Also lass uns unsere Sachen packen und an den See fahren, der Rest kommt dann von ganz allein.«

Sie schüttelte lasziv den Kopf. »Nee, heute nicht.«

Der Kommissar holte tief Luft. »Ichwillmitdiranden-SeeunddanachimAutoLiebemachen«, platzte es kaum verständlich aus ihm heraus.

»Na, geht doch«, lachte Maria, schwang sich in die Vertikale und zog ihren Mann mit hoch. »Dann aber ohne Verzögerung, ich bin nämlich schon ziemlich …«

»Nein, sag es nicht«, fuhr Lenz dazwischen. »Das will ich nicht *hören*, sondern gleich selbst spüren.«

Gegen 23:15 standen sie, giggelnd wie Schulkinder, im Fahrstuhl zu ihrer Wohnung.

»Danke für diesen schönen Ausflug«, hauchte sie in sein rechtes Ohr, in dem noch immer das Wasser des Badesees gluckerte.

»Gern geschehen, und mit Dank zurück.« Sie fuhr ihm mit der Hand zwischen die Beine. »Alles gut hier?«

»Könnte nicht besser sein.«

Der Lift stoppte, und beide pressten sich durch die Türen und auf die Wohnung zu.

»Erster«, keuchte Maria.

»Das hatten wir heute schon mal«, erwiderte Lenz prustend.

Mit dem Aufschieben der Wohnungstür setzte das

Läuten des Telefons irgendwo aus dem Wohnzimmer ein.

»Oh, nein«, murmelte Maria mit einem Blick auf ihre Armbanduhr. »Um diese Zeit hatte das noch nie etwas Gutes zu bedeuten.«

»Das sehe ich leider genauso«, brummte der Polizist, trat in den großen Raum, nahm den Hörer in die Hand und drückte auf den grünlich schimmernden Knopf. »Ja, Lenz.«

»Hallo, Paul, hier ist Lemmi.«

»Hallo, Lemmi. Meine Frau hat gerade bemerkt, dass um diese Zeit das Klingeln des Telefons noch nie etwas Gutes bedeutet hat.«

»Wie ich immer sage, Paul, diese Frauen sind wirklich kluge Geschöpfe. Und diesmal ist es was ganz besonders Ungutes«, gab der Kollege vom Kriminaldauerdienst mit belegter Stimme zurück. »Wir haben hier so was wie die vermutlich größte anzunehmende Sauerei.«

»Geht das etwas präziser?«

Es entstand eine kurze Pause.

»Richte dich auf acht Tote ein.«

»Acht? Hab ich dich richtig verstanden, du redest von acht Toten?«

»Ja, leider.«

»Wo bist du?«

»Im Hotel La Bohème, in der …«

»Ja, ich weiß, wo das ist, Lemmi. Ich bin in zehn Minuten bei dir. Hast du Thilo verständigt?«

»Der müsste schon bei dir vor der Tür stehen, wenn ich …« Der Mann vom KDD stoppte, weil er durch das Telefon Hains Läuten an der Haustür hörte. »Dann bis gleich«, fuhr er kurz fort und beendete direkt im Anschluss wortlos das Gespräch.

»Verdammt«, murmelte der Hauptkommissar.

»Ja, er kommt sicher gleich runter«, hörte Paul Maria an der Sprechanlage sagen.

»Sag ihm, es dauert eine Minute, ich will mir wenigstens eine lange Hose anziehen.«

Sie lauschte einen Moment, wünschte Thilo Hain eine gute Nacht und hängte den Hörer auf.

»Er hat mitgehört und sagt, dass er im Wagen wartet.«

Maria folgte ihrem Mann ins Ankleidezimmer, wo Lenz sich aus der kurzen Hose schälte und in eine Jeans stieg.

»Was ist passiert?«

»Das weiß ich natürlich noch nicht genau, aber Lemmi sprach von acht Toten.«

»Ein Unfall?«

»Ich weiß es wirklich nicht, Maria. Und ich würde jetzt so gern mit dir ins Bett gehen und mit dir im Arm einschlafen, das kannst du dir gar nicht vorstellen.«

»Doch, ich versichere dir, dass ich das kann, und du weißt, dass ich mir das Gleiche wünsche. Aber wie die Dinge liegen, werde ich ein paar Stunden auf dich warten müssen.«

»Ja, das steht zu befürchten, meine Liebe.«

Als der Polizist im Fahrstuhl auf dem Weg nach unten war, verglich er seine aktuelle Gefühlswelt mit der ein paar Minuten zuvor und schüttelte den Kopf. »Verdammt«, murmelte er erneut, riss zwei Schmerztabletten aus ihrer Verpackung, schob sie in seinen Mund, kaute ein Stockwerk lang auf dem leicht bitter schmeckenden Zeug herum und schluckte es anschließend hinunter.

Thilo Hain erwartete ihn im offenen Mazda, bekleidet mit einer leichten Baumwollhose und einem weit sitzenden Poloshirt.

»So schnell sieht man sich wieder«, begrüßte er seinen Chef.

»Ja, so schnell kann's gehen. Weißt du schon irgendwas?«

»Vermutlich nicht mehr als du. Ich hatte den Eindruck, dass Lemmi irgendwie unter Schock stand.«

»Geht mir genauso. Normal ist er deutlich gesprächiger.«

Der Oberkommissar startete den Motor, legte den ersten Gang ein und nahm Kurs auf die Südstadt.

»Was macht der Rücken?«

»Geht so. Hab gerade zwei Schmerzkiller eingeworfen.«

»Hmm«, brummte Hain. »Lagst du schon im Bett?«, wollte er nach ein paar Sekunden wissen, während sie den Bahnhof Wilhelmshöhe passierten.

»Nein, wir waren am Badesee und gerade durch die Tür gekommen, als das Telefon geklingelt hat.«

»Welcher Badesee?«

»Am Bühl.« Der Leiter der Kasseler Mordkommission sprach von dem kleinen, im nahen Ahnatal gelegenen Natursee, wo er und Maria sich abends gern eine Erfrischung gönnten.

»Schön.«

Weit weniger schön gestalteten sich die letzten 200 Meter der Anfahrt zum Hotel, denn offenbar war jeder Streifenpolizist des Präsidiums Nordhessen damit beschäftigt, den Verkehr weiträumig umzuleiten. Hain musste insgesamt sechs Mal seinen Dienstausweis in die Höhe halten, erst dann konnte er den kleinen Japaner vor dem klobigen Zweckbau abstellen.

Direkt hinter ihnen kam der silberne SUV von Dr. Franz zum Stehen. Der Rechtsmediziner stieg aus, griff sich seinen großen Lederkoffer von der Rückbank und kam auf die beiden Kommissare zu, die auf ihn gewartet hatten.

»Guten Abend, die Herren.«

»'n Abend, Doc«, erwiderte Hain freundlich, während Lenz mit ernstem Gesichtsausdruck nickte.

»Wie ich höre, gibt es reichlich Arbeit«, fuhr der Mann mit dem Koffer fort.

»Das habe ich auch so vers…« Lenz brach ab, weil sich Jürgen Lehmann auf sie zuschob.

»Lasst mich bitte nicht unnötig warten, Leute«, bat er mit feuchter Stirn. »Hier ist die Kacke nämlich mächtig am Dampfen, und ich habe keine Ahnung, wie diese verdammte Nacht ausgehen wird.« Er drehte sich um und ging wieder auf den hell erleuchteten Eingang des Hotels zu, vor dem ein halbes Dutzend Streifenpolizisten standen. Die beiden Kommissare und der Gerichtsmediziner folgten ihm.

»Ich bin ja nur froh, dass unsere Freunde von den Medien bisher nicht hier eingefallen sind, das hätte mir gerade noch gefehlt«, stellte er nervös fest, nachdem er schräg gegenüber der Rezeption seine Schritte ein wenig verlangsamt hatte.

»Nun bleib doch mal stehen, Lemmi«, bat Lenz, »und erklär uns mal, was hier eigentlich los ist.«

Lehmann stoppte, drehte sich erneut um, holte tief

Luft und wies mit dem rechten Arm auf einen Gang am Ende der großen Halle.

»Dort hinten, in einem Seminarraum mit dem schönen Namen *Nabucco*, liegen die Leichen von acht Männern. Wie es sich im Moment darstellt, handelt es sich bei ihnen um die Crème de la Crème der deutschen Herzspezialisten.«

»Herzspezialisten?«, echoten Lenz und Dr. Franz wie aus einem Mund irritiert.

»Ja, Herzspezialisten. Das sagt zumindest die Mitarbeiterin des Hotels, die für die Seminarraumplanung zuständig ist.«

»Ist die Spurensicherung schon da?«

»Ja, die waren diesmal ziemlich schnell.«

»Dann lass uns mal rübergehen.«

Auf dem Gang zum Seminarraum standen mehrere Hotelmitarbeiter, die meisten mit gesenktem Kopf und in den Hosentaschen vergrabenen Händen. Etwa fünf Meter vor der Tür zum vermeintlichen Tatort hinderten ein Absperrgurt und zwei Uniformierte Unbefugte am Weitergehen.

Lenz schob den linken Ständer zur Seite, nickte den Kollegen zu und betrat den etwa 16 Quadratmeter großen Raum. Er erblickte eine in U-Form stehende Tischgruppe, auf der sich Wasserflaschen und Gläser befanden. Über dem ganzen schwebte ein Beamer, der offenbar jedoch nicht im Einsatz gewesen war, und an der Wand hing die dazugehörige Leinwand. Um den Tisch verteilt waren acht Stühle. Auf sechs von ihnen saßen Männer in weißen Hemden. Ihre Oberkörper waren auf die Tischplatte gesunken. Scheinbar schliefen sie. Zwei weitere Stühle waren zurückgeschoben und leer. Daneben lag jeweils ein weiterer lebloser Mann. Vier der Gesichter waren dem Kommissar zugewandt und keines davon machte auch nur im Geringsten einen angestrengten oder verzerrten Eindruck.

Ganz im Gegenteil, dachte der Hauptkommissar, die sehen alle irgendwie glücklich und zufrieden aus.

Was nicht zum Rest des Bildes passen wollte, war die Farbe der Gesichter. Doch bevor Lenz dazu etwas einfallen konnte, meldete sich Dr. Franz von hinten. »Alle Mann raus aus dem Raum und zwar soforto und ohne jegliche Diskussion«, rief er, während seine linke Hand in die abgestellte Tasche fuhr.

Die Männer der Spurensicherung, die gerade dabei waren, in ihre Tyvekanzüge zu steigen, sahen sich gegenseitig und danach den Gerichtsmediziner fragend an.

»Warum …?«

»Bitte verlassen Sie auf der Stelle diesen Raum«, schrie Dr. Franz nun, und es hatte ernsthaft den Anschein, als würde er im nächsten Augenblick handgreiflich werden. »Bitte, sofort!«

Mittlerweile hielt er ein elektrisches Gerät in seiner Hand, etwa so groß wie eine Zigarettenschachtel. Während die drei Männer das Zimmer verließen, holte tief Luft und trat nach vorn. Als er bei den Tischen angekommen war, drückte er einen Knopf auf dem Gerät, wartete ein paar Sekunden und ging zurück in den Flur.

»Habe ich es mir doch gedacht«, stieß er triumphierend aus, sprang zurück in das Seminarzimmer und riss sämtliche Fenster auf. Danach warf er die Tür von außen zu. »Wir alle haben jetzt ein paar Sekunden Pause.«

»Warum das denn?«, wollte Thilo Hain mit deutlich vernehmbaren Unverständnis wissen.

»Weil die Kohlenmonoxydkonzentration da drinnen so hoch ist, dass es vermutlich jedem, der sich länger als ein, zwei Minuten in dem Raum aufhält, genauso ergeht wie den armen Teufeln, die da über und unter den Tischen kauern.«

Er hob den Arm, blickte auf seine Uhr und stürmte ohne jegliche Vorwarnung zurück in das Zimmer.

»Sie alle bleiben, wo Sie sind«, rief er noch, bevor er mit einem lauten Knall die Tür hinter sich ins Schloss zog. Es dauerte etwa eine halbe Minute, bis er wieder auftauchte.

»So, jetzt sollten wir alle unter halbwegs vernünftigen Bedingungen arbeiten können, meine Herren«, schnaufte er, ließ das Messgerät zurück in die Tasche gleiten und sah in die Runde der irritiert dreinblickenden Männer.

»Wie Sie sich vermutlich schon gedacht haben«, deutete er mit enervierendem Dozentenunterton und erhobenem Zeigefinger an, »haben wir es hier mit einer Kohlenmonoxydsache zu tun, meine Herren. Die ist für die Männer da drinnen nicht gut ausgegangen.«

»Sie meinen«, unterbrach Lenz den Arzt, »dass alle acht durch Kohlenmonoxyd zu Tode gekommen sind?«

Dr. Franz streifte sich ein paar Einweghandschuhe über, während er den Leiter der Mordkommission unter Zuhilfenahme eines missbilligenden Blicks und leichten Kopfschüttelns maßregelte. »Ob sie alle tot sind, müssen wir jetzt erst einmal herausfinden, Herr Kommissar. Wobei wir jedoch schon hoffen sollten, dass es so ist. Sollte einer der sich im Raum Befindlichen noch atmen und er die unvermeidlichen Wiederbelebungsversuche auch noch überleben, dürfte der Rest seiner Verweildauer auf diesem Planeten nicht in die Rubrik *angenehm* fallen.« Damit drehte er sich erneut um, öffnete die Tür und wandte sich, ohne auch nur eine Zehntelsekunde zu verlieren, dem ersten Opfer zu.

»Kohlenmonoxyd …«, murmelte Thilo Hain, während die Männer der Spurensicherung wieder nach ihren Tyvekanzügen griffen.

Lenz schlüpfte in ein paar blaue Füßlinge, zog ebenfalls Einweghandschuhe über und betrat den Seminarraum, in dem, trotz der offenen Fenster, die Luft stand und es wie in einer öffentlichen Toilette stank.

»Wartet bitte, bevor ihr mit eurer Arbeit beginnt«, wies er die Kollegen der Spurensicherung an. »Ich will mir erst mal ein Bild machen.« Damit zog er die Tür hinter sich zu und ließ die Situation in dem Raum auf sich wirken. Dabei atmete er vorsichtig ein und aus, wurde sich dann jedoch der Tatsache bewusst, dass Kohlenmonoxyd weder zu riechen noch zu schmecken ist.

»Was hat Sie so schnell so sicher gemacht, dass diese Männer an einer … die Opfer einer Kohlenmonoxydvergiftung geworden sind?«, wollte er von Dr. Franz wissen, während er sich weiterhin im Raum umsah.

»Die Gesichtsfarbe«, gab der ohne nachzudenken zurück. »Und der Gestank hier im Raum. Ich wette, dass jeder dieser Männer seinen Darm und seine Blase entleert hat, sofern er denn wirklich tot ist.«

Der Rechtsmediziner legte dem Zweiten in seiner Runde den Zeigefinger und den Mittelfinger der rechten

Hand an den Hals, wartete einen Moment und schüttelte den Kopf.

»Die CO-Konzentration hier im Raum war während meiner Messung so abenteuerlich hoch, dass es nach menschlichem Ermessen unmöglich ist, dass sie von einem der Anwesenden überlebt werden konnte«, fuhr er fort.

»Und es reicht wirklich, dass wir die Fenster geöffnet halten, um der Gefahr aus dem Weg zu gehen?«, wollte der leicht verunsicherte Lenz wissen.

»Ja, das reicht auf jeden Fall. Allerdings würde ich vorschlagen, dass sie und Ihre Kollegen sich stante pede daran machen, die Herkunft der Kontamination zu suchen, die sich ja nun offensichtlich nicht hier im Raum befindet. Nicht, dass es sich um etwas handelt, das noch immer aktiv ist.«

Der Hauptkommissar gab sich ernsthaft Mühe, den Worten des Rechtsmediziners zu folgen, doch es wollte ihm nicht wirklich gelingen.

»Sie meinen«, fragte Thilo Hain stattdessen, der ein paar Sekunden zuvor den Raum betreten hatte, »dass hier immer noch irgendwo Kohlenmonoxyd ausströmen könnte?«

»Das ist durchaus denkbar, Herr Hain«, gab Franz freundlich nickend zurück, während er sich mit einem weiteren Opfer beschäftigte. Auch hier allerdings war seine Reaktion eindeutig. »Sie können gern mein Messgerät benutzen«, bot er den Polizisten an. »Damit sollte es Ihnen leichter fallen, die Quelle zu entdecken, falls es sie noch gibt.«

Er ging zu seinem Koffer, holte das CO-Messgerät

heraus, schaltete es ein und reichte es dem Hauptkommissar.

»Sie führen am besten alle 15 Sekunden eine Messung durch. Damit sollten Sie feststellen können, aus welcher Richtung der Wind weht, wenn er denn wehen sollte.«

Hains Arm wies auf mehrere Lüftungsgitter am hinteren Ende der Wand. »Dann sollten wir am besten dort drüben anfangen.«

»Das wäre auch mein Vorschlag gewesen.«

Lenz nickte abwesend, weil sein Blick auf den Männern haftete, die über die Tische gebeugt da saßen, und wieder fiel ihm auf, dass keiner von ihnen auch nur im Geringsten angestrengt aussah. Es schien, als seien sie einfach nach vorn gesackt und eingeschlafen.

»Der Kohlenmonoxydtod wird ja immer als eher angenehm beschrieben, Doc«, wandte er sich an den Rechtsmediziner. »Wenn ich die Lage hier betrachte, sollte das wirklich zutreffen.«

»Hatten Sie noch nie einen solchen Fall?«

»Soweit ich mich erinnere, nicht.«

»Das ist überraschend. Immerhin gibt es in Deutschland Jahr für Jahr einige Hundert Todesfälle wegen Kohlenstoffmonoxydvergiftungen, wie es wissenschaftlich präzise heißt.«

Er folgte dem Blick des Polizisten.

»Aber Sie haben es richtig gedeutet, sie sehen alle sehr friedlich und irgendwie entrückt aus. Das hängt damit zusammen, dass man das Ersticken, um das es sich zweifellos handelt, nicht als Ersticken wahrnimmt. Zuerst wird einem ein wenig schwindlig, gefolgt von im weiteren Verlauf bleierner Müdigkeit, und schließlich wird man bewusstlos. Danach dauert es keine zehn Minuten und die Messe ist gelesen.« Er räusperte sich. »Will sagen, der Tod tritt ein. Manchmal«, fuhr der Mediziner mit Blick auf einen der Toten fort, »findet man, wie bei ihm, ein wenig Schaum vor dem Mund, doch das ist nicht grundsätzlich der Fall. Was man hingegen immer vorfindet, und was absolut charakteristisch ist für diese Art des Todes, und das dürfte auch Ihnen bereits aufgefallen sein, ist die hellrote Hautfarbe, aus der sich im weiteren Verlauf dann auch hellrote Leichenflecken entwickeln werden.«

»Kann ich schon mal mit den Messungen anfangen?«, wollte Thilo Hain mit einem Griff nach dem Messgerät in der Hand seines Bosses wissen. »Ich würde mich nämlich bedeutend wohler fühlen, wenn ich wüsste, dass die bleierne Müdigkeit, die sich seit meiner Ankunft hier in meinem Kopf ausbreitet, von der fortgeschrittenen Uhrzeit herrührt und nicht von etwas Unangenehmerem.«

»Ja, klar, wir fangen an, Thilo«, erwiderte Lenz und reichte seinem Kollegen das kleine Gerät.

»Wir können unseren Diskurs über den süßen Tod durch Kohlenmonoxyd gern zu einem anderen Zeitpunkt fortsetzen, Herr Kommissar«, gab ihm Dr. Franz mit auf den Weg zu den Lüftungsgittern.

Lenz nickte abwesend. »Hoffentlich weißt du, wie das Ding funktioniert«, murmelte er Hain zu, der grinsend zur Seite blickte.

»Logo, es gibt ja nur ein paar Knöpfe und mit denen werde ich schon fertig.«

Der Oberkommissar drückte auf einen davon, hob den Arm und hielt ihn ein paar Sekunden in dieser Position. Dann ließ er ihn wieder fallen, drückte auf einen anderen und las vom Display ab. »He, Doc, hier haben wir einen Wert von 126. Ist das viel?«

»Eigentlich schon«, antwortete der Rechtsmediziner, »aber vorhin, als ich allein im Raum war und bevor ich die Fenster geöffnet hatte, habe ich 18.000 ppm gemessen. Das ist *wirklich* viel.«

Lenz und Hain schoben sich zur Seite und stellten sich mit dem Messgerät vor einem weiteren Lüftungsschacht auf. Hier ergab die Messung einen Wert von 486 ppm.

»Das ist durchaus bedenklich und wäre, wenn wir nicht die Fenster geöffnet hätten, ein Grund, den Raum sofort zu verlassen«, beschied ihnen der Arzt, der nun seine Runde um die acht Männer beendet hatte.

Die beiden Kommissare machten noch sechs weitere Messungen, doch keiner der Werte erreichte auch nur im Ansatz die Höhe der zweiten.

»Dann wissen wir zumindest jetzt, dass von hier das Kohlenmonoxyd einströmt«, fasste Lenz zusammen, »und können uns daran machen, nach der offenbar wirklich noch aktiven Quelle zu suchen.«

»Am besten wir reißen erst mal das Gitter hier aus der Wand raus«, schlug der Oberkommissar vor, »und sehen nach, was sich dahinter verbirgt.«

»Vielleicht wäre es auch damit getan, die Schrauben zu lösen, Thilo?«

»Ja, das meine ich doch.«

»Bevor wir damit anfangen, müssen wir die Jungs von der Spurensicherung ihren Job machen lassen, sonst reden die nie wieder ein Wort mit uns.«

Er wandte sich erneut an den Mediziner.

»Das ist doch kein Problem, oder, Herr Doktor?«

»Solang die Fenster offen sind, geht das gut. Und ich bin ja vor Ort, um zu verhindern, dass sie geschlossen werden.« Der Rechtsmediziner sah die beiden Polizisten trübselig an. »Es ist übrigens, wie ich es mir gedacht habe. Keiner der Männer hatte auch nur den Hauch einer Chance, die Sache zu überleben.«

3

Etwa 15 Minuten später saß Lenz in der Lobby einer der Frauen gegenüber, die für die Seminarbetreuung im Hotel zuständig waren. Rund um ihn und seine Gesprächspartnerin herrschte reges Treiben. Immer wieder gelang es jemandem mit einer Kamera oder einem Mobiltelefon ins Innere der Hotelanlage vorzudringen. Der Hauptkommissar trug einem der Streifenpolizisten auf, sich persönlich darum zu kümmern, dass niemand Unbefugtes die Halle betreten würde, und wandte sich danach wieder Hanna Winkler zu.

»Ich weiß, es ist bestimmt sehr schwer für Sie, aber ich brauche alle Informationen über die Männer, die an der Veranstaltung im Raum *Nabucco* teilgenommen haben«, forderte Lenz so mitfühlend wie möglich von der jungen Frau, die ihm weinend gegenübersaß. »Alles, was Sie haben, Namen, Anreisedatum, Geburtsdatum, Adresse. Geht das?«

Sie nickte. »Es ist so furchtbar«, platzte es aus ihr heraus. »Vor drei Stunden haben sie noch beim Abendessen zusammengesessen und jetzt sind sie alle tot. Ich verstehe das nicht.«

»Frau Winkler, so leid es mir tut, aber Sie müssen mir jetzt wirklich helfen. Ich kann mir gut vorstellen, dass das alles für Sie sehr schwer zu verstehen ist, aber wir beide können die Sache nicht ändern. Also gehen

Sie jetzt bitte und tragen die Informationen zusammen, um die ich Sie gebeten habe.«

Die etwa 23-jährige Seminarkoordinatorin des Hotels rang sichtbar um Fassung, stand auf und machte sich auf den Weg. Der Hauptkommissar sprang ebenfalls aus seinem Stuhl, griff nach seinem Telefon und wählte.

»Wie läuft es bei dir, Thilo?«

»Ich wollte dich auch gerade anrufen, wir haben nämlich was gefunden«, antwortete der junge Oberkommissar. »Und das wirst du vermutlich nicht glauben.«

»Mach's nicht so spannend. Wo bist du?«

»Das findest du nie, Paul. Ich schicke dir den Haustechniker, mit dem ich unterwegs bin, der holt dich ab.«

»Gut, ich bin in der Nähe der Rezeption.«

Während er auf den Mitarbeiter des Hotels wartete, tauchte aus einem der Speisesäle ein bekanntes Gesicht auf.

»Hoho, der Herr Peters«, wurde der Mann von Lenz, der mit schnellen Schritten auf ihn zugegangen war, alles andere als freundlich begrüßt. »Zufällig Gast im Hotel?«

»Nein, wieso?«, fragte der Mitarbeiter der Lokalpostille zurück.

»Weil Sie aus einer ungewöhnlichen Richtung kommen.« Der Polizist wies auf den Haupteingang. »Normale Menschen kommen da lang.«

»Tja, das ist bei mir halt ein wenig anders«, erwiderte der Journalist kühl.

»Dann haben Sie doch sicher nichts dagegen«, beschied Lenz dem Mann mit ebenso eiskalter Mimik, »wenn ich Sie jetzt zu meinen Kollegen am Haupteingang bringe. Dort können Sie warten, bis wir Ihnen und den anderen Medienvertretern etwas zu berichten haben, was im Augenblick leider noch nicht der Fall ist.«

»Das ist eindeutig Behinderung der Pressearbeit«, protestierte Peters lauter als notwendig, was den Leiter der Mordkommission jedoch nicht daran hinderte, ihn höchstpersönlich bei dem Kollegen der Schutzpolizei abzuliefern, mit dem er kurz zuvor gesprochen hatte.

»Herr Peters hat es irgendwie geschafft, ins Gebäude zu kommen, was mir sehr missfällt. Sorgen Sie bitte dafür, dass er nicht wieder hineinkommt, und schauen Sie weiterhin, dass an *allen* Zugängen zum Hotel ein Kollege steht, der darauf achtet, dass sich nicht ein übermütiger Mitarbeiter ein paar Hunderter dadurch verdient, dass er das Zutrittsverbot etwas großzügiger auslegt.«

Damit wandte er sich ab und ging zurück in die Halle, wo direkt neben der Rezeption ein Mann im dunklen Trainingsanzug stand, der offensichtlich etwas suchte.

»Sie warten sicher auf mich«, sprach Lenz ihn an.

»Wenn Sie der Kollege von dem Polizisten sind, mit dem ich die Lüftungsanlage inspiziert habe, dann will ich Ihnen nicht widersprechen.«

»Der bin ich.«

»Dann kommen Sie bitte. Und machen Sie sich darauf gefasst, dass Sie ziemlich dreckig werden.«

Was der Mann mit ziemlich dreckig meinte, wusste Lenz keine drei Minuten später. Die beiden waren mit dem Fahrstuhl ein Stockwerk tiefer gefahren, hatten mehrere Vorratskeller und die Heizungsräume hinter sich gebracht und waren schließlich an einer Tür zum Stehen gekommen, auf der groß *Zutritt strengstens ver-*

boten zu lesen war. Dahinter verbarg sich die Klima- und Lüftungsanlage mit der dazugehörigen Steuerungseinheit. An den Wänden und über ihren Köpfen wanden sich silbrig schimmernde Rohre in allen Durchmessern.

»Vermutlich macht das alles hier normalerweise einen Höllenlärm?«, kommentierte Lenz die geradezu unheimliche Stille.

»Ach, so schlimm ist das gar nicht«, entgegnete der Haustechniker, der sich als Marc Hollstein vorgestellt hatte.

»Wir haben vor zwei Jahren eine komplett neue Anlage gekriegt, und die ist wirklich technisch auf dem neuesten Stand. Die alte war wirklich laut, aber die hier ist – natürlich relativ – leise.« Er wies auf einen schmalen, unbeleuchteten Gang, der von der langen Wand des etwa 30 Quadratmeter großen Raums abging. »Da müssen wir rein.«

Der Hauptkommissar folgte Hollstein, der nach etwa zehn Metern stehen blieb und die Taschenlampe in seiner Hand nach oben richtete.

»Jetzt müssen wir die Leiter hier rauf, über die Wand, und dann haben wir es auch schon fast geschafft. Und wundern Sie sich nicht über die Hitze, für die gibt es einen wirklich guten Grund.«

Über die Wand bedeutete einen Kriechweg von etwa drei Metern, und während Lenz sich fragte, ob seine Hose jemals wieder ihre alte Farbe annehmen würde, klatschten die ersten Schweißtropfen auf den zentimeterhohen Staub, auf dem sie sich bewegten. Dann ging es auf der anderen Seite der Mauer hinunter, um zwei Ecken, wo Thilo Hain im T-Shirt auf einem hochkant gestellten, bei den Bauarbeiten vermutlich vergessenen, leeren Bierkasten saß.

»Ach du Scheiße«, murmelte der Hauptkommissar, und dieser Gedanke war keineswegs dem Kollegen geschuldet, der im gleichen Moment aufgestanden war und auf ihn zukam. »Müssen wir uns Sorgen machen, dass wir gleich umfallen und es uns so geht wie den armen Schweinen da oben?«

»Nee, das hab ich im Griff«, erwiderte Hain, wobei er sich mit dem Rücken der rechten Hand den Schweiß von der Stirn wischte. In seiner Linken hielt er Dr. Franz' Messgerät, das er leicht anhob.

»Wenn das Ding hier korrekt funktioniert, und daran habe ich bei unserem Doc nicht den geringsten Zweifel, dann liegt der Wert bei …«

Er drückte einen der Knöpfe und wartete.

»… exakt 89. Und das halten wir aus, nach seiner Aussage.«

Lenz nickte, bat den Hotelmitarbeiter um die Taschenlampe und trat einen Schritt zurück, um sich einen besseren Überblick zu verschaffen.

»Damit scheidet ein Unfall als Ursache dieser Sauerei da oben ja wohl aus«, bemerkte Hain mit belegter Stimme.

»Ja, da hast du eindeutig recht, Thilo.«

Lenz folgte dem Lichtkegel und fixierte mit fassungslosem Blick die Szenerie, die sich ihm bot. An der gegenüberliegenden, etwa drei Meter entfernten Wand stand ein riesig wirkender, etwa einen Meter im Durchmesser breiter Metallbottich, in dessen Mitte die rötlich schimmernden Reste eines Holzkohlefeuers zu erkennen waren. Um diesen kleinen Glutring herum war die Holzkohle zu weißer Asche verbrannt. Über dem Trog, in etwa zwei Metern Höhe, verlief ein dickes Metallrohr, in das im 90-Grad-Winkel ein weiteres Rohr eingefügt worden war. Am Ende dieses unfachmännisch angebracht wirkenden Rohres war so etwas wie ein umgedrehter Trichter zu erkennen, der, ähnlich einer Dunstabzugshaube, die Abluft der Kohleglut direkt in das obere Rohr geleitet hatte.

Lenz hob die Taschenlampe und richtete den Lichtstrahl auf das horizontal verlaufende, metallisch schimmernde Blech.

»Man muss kein Hellseher sein, um zu vermuten, dass sich am Ende dieses Rohres der Seminarraum mit den Leichen befindet, oder?«

»Nein, das sehen Sie völlig richtig«, antwortete Hollstein leise. »Aber es ist völlig unlogisch, dass nur dieser Raum … vergiftet worden ist. Normalerweise müssten alle dahinterliegenden Seminarräume ebenfalls betroffen sein.«

»Sind Sie denn sicher, dass das wirklich nicht der Fall ist?«, fragte Lenz zurück.

»Ja, ganz sicher. Nachdem klar war, dass im Raum *Nabucco* irgendwas nicht stimmt, haben wir die anderen Seminarräume sofort geräumt, und da hat absolut niemand über irgendwelche Beschwerden geklagt.«

Der Hauptkommissar ließ die Taschenlampe durch den Raum kreisen und blieb erneut an dem Metallbottich mit der Grillkohle darin hängen.

»Dieses Ding ist doch bestimmt ziemlich schwer. Und der einzige Weg in diese Koje hier ist der, den wir gekommen sind, oder?«

Hollstein nickte. »Ja, ganz richtig, es gibt keinen anderen Zugang.«

Der Blick des Hotelangestellten richtete sich nach oben.

»Ich kann es natürlich nicht beschwören, aber ich vermute, dass sich dort, wo jetzt das Rohr nach unten angeflanscht wurde, eine Serviceklappe befunden hat. Die sind relativ häufig vorgesehen, weil in dem System eine ganze Menge Luft umgesetzt wird.«

Der Techniker zuckte mit den Schultern.

»Ich war auch erst einmal hier drinnen, vor etwa drei Jahren, als ich meinen Job angetreten habe und mir alles gezeigt wurde. Normalerweise kommen immer zwei Mann von einer Lüftungsfirma, die für die Reinigung sorgen, da gibt es wohl einen Wartungsvertrag. Aber hundertprozentig weiß ich das nicht, da müssen Sie schon mit meinem Boss reden.«

»Das machen wir«, erwiderte Thilo Hain und sah seinen Chef und Freund an. »Meinst du, wir brauchen ein weiteres Team der Spurensicherung, Paul?«

»Lass uns mit den Kollegen darüber reden, ich weiß es nicht. Nach meiner Meinung gibt es hier nichts, das besondere Eile gebietet, also könnten sie es auch machen, wenn sie oben fertig sind. Auf jeden Fall hauen *wir* jetzt hier ab.«

»Den Rest der Glut lassen wir weiter vor sich hin kokeln?«

»Ist bestimmt die beste Idee. Wenn wir das jetzt löschen, nehmen uns das die Jungs von der Spurensicherung mit Sicherheit übel, und zwar egal welche.«

Zehn Minuten später standen die beiden Kommissare mit Dr. Franz und dem Leitenden Staatsanwalt Dr. Franz Marnet auf dem Gang zwischen Tatort und Halle zusammen. Sowohl der Mediziner als auch der Leiter der Mordkommission hatten den Juristen über die bis zu diesem Augenblick vorliegenden Fakten des Verbrechens informiert.

»Das, was Sie da unten vorgefunden haben, Herr Lenz, nennen wir übrigens eine Abart der sogenannten Hongkong-Methode«, fasste Dr. Franz die Beschreibungen des Hauptkommissars zusammen. »Nicht direkt zwar, wie gesagt, aber im Kern passt es schon ganz gut.«

»Was meine Sie mit *Hongkong-Methode*?«, wollte Marnet wissen.

»Irgendwann zu Beginn der Finanzkrise, ich glaube, Ende der letzten Dekade, also um 2008 oder 2009, ist eine Frau in Hongkong von ihrem Arbeitgeber, einer Bank, entlassen worden. Danach hat sie es sich mit einem glühenden Holzkohlegrill in ihrem Appartement gemütlich gemacht. Vorher muss sie wohl jeden Artikel im Internet über schmerzfreien Suizid gelesen haben. Holzkohle auf dem Balkon anzünden, durchglühen lassen, bis nur noch das Rote zu sehen ist, ab damit in die gute Stube, und schon kann es losgehen. Natürlich hat es funktioniert, und leider haben die Medien das Thema aufgegriffen, woraufhin es zu Dutzenden, wenn nicht Hunderten oder gar Tausenden Nachahmungstaten gekommen ist – dummerweise um den ganzen Erdball verteilt.«

»Sich mit einem Holzkohlegrill das Leben zu nehmen, ist eine bekannte Methode?«, wollte Lenz kopfschüttelnd wissen.

»Ganz richtig, Herr Kommissar. Rund um die Welt nehmen sich Jahr für Jahr viele, viele Menschen so das Leben. Manche, auch solche, die sich vorher nie gesehen haben, verabreden sich sogar eigens zu diesem Zweck miteinander.«

Er holte tief Luft.

»In Hongkong zum Beispiel darf ab einer bestimmten Menge, ich glaube, es ist ein Kilo, Holzkohle nur noch in Verbindung mit Grillgut verkauft werden. Damit wollen sie diesem Phänomen ein wenig Einhalt gebieten.«

»Na, das ist doch zumindest mal ein Ansatz, um diesem Unsinn vorzubeugen«, warf Marnet energisch dazwischen.

»Ach, meinen Sie?«

»Natürlich! Sie nicht?«

»Schon, schon«, gab Dr. Franz seelenruhig zurück. »Allerdings würde mich als potenziellen Suizidalen das nicht so sehr stören, geschweige denn von meinem Vorhaben abbringen. Denn wenn ich mir die Holzkohle und einen Grill für den Suizid leisten kann, dann sollte ein Bratwürstchen auch noch drin sein. Und mit diesem Kauf sind alle Hindernisse aus dem Weg geräumt.«

Marnet sah den Mediziner ein wenig gekränkt an, untersagte sich jedoch jeglichen weiteren Kommentar.

»Immer wieder beeindruckend, was Sie so alles wissen, Doc«, durchbrach Thilo Hain die sich anschließende, betretene Stille.

»Darf ich Sie kurz stören?«, meldete sich eine weibliche Stimme hinter den Männern und hatte damit Lenz im Visier. »Ich habe die Daten, um die Sie mich gebeten hatten.«

Der Hauptkommissar drehte sich um und blickte in das noch immer verheult aussehende Gesicht von Hanna Winkler, die ihm einen weißen DIN-A4-Bogen entgegenstreckte.

»Da steht alles drauf, was Sie wissen wollten. Allerdings gibt es eine Ungereimtheit, denn es waren nur sieben Herren angemeldet, und dafür haben wir auch den Raum gerichtet. Über den achten kann ich Ihnen leider nichts sagen, den gibt es in unseren Unterlagen nicht.«

Lenz bedankte sich, überflog die Liste und reichte sie danach weiter an Marnet, dessen Gesichtsausdruck sich beim Lesen immer weiter verfinsterte.

»Kennen Sie jemanden davon?«, wollte Lenz wissen.

»Ja, natürlich kenne ich Herrn Prof. Dr. Achenbach. Er ist eine überaus bekannte und beliebte Persönlichkeit in unserer Stadt … gewesen.«

»Achenbach ist dabei gewesen?«, wollte Dr. Franz wissen. »Den habe ich gar nicht erkannt. Na ja, lag vermutlich an der schlechten Beleuchtung.«

Der Rechtsmediziner griff sich die Liste.

»Die Namen hat man alle schon mal gehört, zumindest, wenn man aus der Branche kommt. Alles Herzspezialisten, wenn ich mich nicht täusche, die sich auf dem Kongress hier getummelt haben dürften. Oder wichtig gemacht, wie man es nimmt.«

»Nun hören Sie mal, Herr Doktor«, zischte der Staatsanwalt, »so etwas möchte ich nicht hören, nicht von Ihnen und nicht von jemand anderem. Wir haben da drüben acht tote Männer liegen, vermutlich allesamt Väter, Ehemänner und Koryphäen auf ihrem Gebiet.

Da will ich nicht, dass Sie sich hier hinstellen und solch einen Unsinn verbreiten.«

Franz winkte ab. »Wenn Sie sich ein wenig auskennen würden auf dem Gebiet der Medizin, und speziell mit dem Naturell der geschätzten Kollegen, und ich nehme mich da gar nicht aus, würden Sie nicht so aufgebracht reagieren. Aber ich nehme es Ihnen nicht übel, sondern schreibe es Ihrer Unwissenheit zu.«

Der Leitende Oberstaatsanwalt hatte offenbar genug von der Impertinenz des Rechtsmediziners, denn er wandte sich demonstrativ von ihm ab, fixierte Lenz eindringlich und schnappte dabei ein wenig zu theatralisch nach Luft. »Ich möchte Sie morgen Vormittag in meinem Büro sehen, Herr Kommissar, wenn möglich, schon mit ersten Ermittlungsergebnissen. Haben wir uns verstanden?«

»Wir werden tun, was wir können, Herr Dr. Marnet.«

»Ja, das sollten Sie definitiv.« Damit drehte der Jurist sich um und ließ die drei ohne irgendeine Verabschiedung stehen.

»Man könnte fast meinen, Sie und der Staatsanwalt hätten sich nicht so richtig lieb«, fasste Thilo Hain mit Blick auf den Rechtsmediziner die Situation zusammen.

»Er ist ein inkompetenter, mediengeiler Idiot, das ist alles«, erwiderte Dr. Franz ohne sichtbare Emotion. »Und mehr gibt es dazu auch gar nicht zu sagen.« Dann wandte er sich Lenz zu. »Sie sollten in diesem speziellen Fall nicht mit allzu schnellen Obduktionsergebnissen rechnen, Herr Kommissar. Es ist zwar mit an Sicherheit grenzender Wahrscheinlichkeit davon auszugehen, dass sie alle an einer Kohlenstoffmonoxydvergiftung gestorben sind, aber bevor nicht jeder einzelne über meinen Tisch gegangen ist, gibt es natürlich keine abschließende Einschätzung. Und das kann sich, wie Sie sich bestimmt schon denken, ein wenig hinziehen.«

»Schon klar, Doc«, winkte Lenz ab. »Wir gehen von dem aus, was wir wissen, den Rest reichen Sie uns nach.«

»Wenn Sie nur immer so einfach zufriedenzustellen wären«, gab der Rechtsmediziner mit einem angedeuteten Lächeln zurück. Dann griff er sich seine Tasche, wünschte den Polizisten eine angenehme *Restnacht* und trottete gemessenen Schrittes davon.

»Dass der so eine coole Socke ist, war mir nie aufgefallen«, murmelte Hain.

»Ja, das Gleiche dachte ich auch gerade. Vielleicht haben wir unseren guten Doc einfach immer unterschätzt.«

»Auf jeden Fall dürfte Marnet so kochen, dass er vermutlich die *Restnacht* nicht wirklich genießen kann.«

Lenz drehte sich um, zog die Schultern hoch und ging langsam Richtung Halle. »Das, Thilo, geht mir wirklich geradewegs am Allerwertesten vorbei.«

Was dem Leiter der Kasseler Mordkommission definitiv nicht am Allerwertesten vorbeiging, war die Tatsache, dass sich vor dem Hotel die Medienvertreter mittlerweile um die besten Plätze nahezu prügelten, weil Staatsanwalt Marnet sich zwar vor den Mikrofonen und Kameras aufgebaut, jedoch offenbar noch kein Wort gesagt hatte. Gerade als Lenz in Hörweite kam, begann er mit seiner Erklärung. Der Polizist wandte sich ab und ging zurück in die Halle.

»Was ist denn jetzt los?«, wollte Hain wissen, als Lenz wieder an ihm vorbei ins Hotel stürmte.

»Ich hab keine Lust auf diesen Windbeutel und schon gar nicht auf die hohlen Phrasen, die er jetzt da draußen drischt. Also gehe ich nicht vor die Tür, um ein wenig frische Luft zu schnappen, sondern gleich zurück zum Tatort.«

Dort wurden die beiden von einem Kollegen der Spurensicherung in Empfang genommen, der ziemlich missmutig aussah.

»Ich war gerade mal mit dem Haustechniker drüben in dem Kabuff, wo der … Grill steht. Am liebsten würde ich das auf morgen verschieben.«

Sein kurz aufblitzendes Grinsen verriet, dass er es nicht ernst meinte.

»Ja, klar. Und wir verschieben unsere Ermittlungen auf nächste Woche«, erwiderte Thilo Hain. »Oder nächsten Monat.«

»Habt ihr da drin irgendwas gefunden, was uns weiterhelfen könnte?«, wollte Lenz wissen.

»Ach was. Viele Fingerabdrücke, klar, und vermutlich DNA bis zum Abwinken. Aber ob da was vom Täter dabei ist, wage ich zu bezweifeln. Nachdem ich die Konstruktion im Kabuff gesehen habe, frage ich mich, ob er überhaupt jemals hier in diesem Raum gewesen sein muss. Er musste nur wissen, wo die Abluft vom Grill hinsoll, der Rest war dann ein Kinderspiel.«

»Was aber heißt, dass er über umfangreiche Ortskenntnisse verfügen muss.«

»Klar, ohne die geht gar nichts.«

»Vielleicht arbeitet er hier oder hat es zumindest mal«, warf Hain dazwischen.

»Davon sollten wir ausgehen. Oder davon, dass er jemanden kennt, der ihm die relevanten Details verraten hat. Aber was um alles in der Welt bringt einen oder vielleicht auch mehrere Menschen dazu, gleich acht namhafte Herzchirurgen umzubringen?«

»Also, Frau Winkler«, wollte der Hauptkommissar ein paar Minuten später von der Seminarmanagerin des Hotels wissen. Lenz und Hain saßen nun Hanna Winkler an einem Tisch in der Halle gegenüber. In seiner Rechten hielt Lenz die Liste mit den Seminarteilnehmern. »Die Herren haben sich heute Abend um 19:30 Uhr getroffen und im Anschluss gemeinsam in den Seminarraum *Nabucco* zurückgezogen?«

»Ja, genau so war es«, antwortete die nun weniger verheult als übermüdet aussehende Mitarbeiterin des Hotels La Bohème. »Es waren Kanapees und Getränke bestellt worden, beides war gegen 19 Uhr im Raum, danach haben sich meine Mitarbeiter und ich zurückgezogen. Eine weitere Betreuung im Verlauf des Abends war nicht mehr gewünscht.«

»Wer hat den Raum gebucht?«

Hanna Winkler nestelte nervös am Revers ihres Sakkos herum. »Da müsste ich eine Kollegin fragen, ich habe den Auftrag nicht entgegengenommen. Oder ich müsste die Unterlagen durchsuchen, aber …«

»Nein, das müssen Sie jetzt nicht machen. Es reicht, wenn ich morgen …« Lenz sah auf seine Armbanduhr. »… wenn ich im weiteren Verlauf des Tages erfahre, wer die Veranstaltung gebucht hat.« Der Blick des Kommissars streifte kurz die Liste, die er zuvor von Hanna Winkler bekommen hatte. »Sie haben die Herren also gestern Abend gesehen?«

»Ja.«

»Und da waren sie zu siebt?«

Sie zögerte. »Ich habe natürlich nicht nachgezählt, aber ich wusste ja, dass Kanapees und Getränke für sieben Herrschaften geordert waren.«

»Gut. Wie war Ihr Eindruck von den Männern?«, wollte Hain wissen.

»Ich hatte das Gefühl, dass sie sich auf den Abend freuen. Sie haben, natürlich ihrem Alter und ihrem Habitus angemessen, gelacht und sich natürlich verhalten.«

»Wussten Sie, dass es sich um Ärzte handelte?«

»Ja, das war mir bekannt.«

»Ich habe eine ziemliche Menge an Cognac- und anderen Schnapsflaschen gesehen. Waren die auch Teil der Bestellung?«

»Das ist richtig, ja.«

»Und Sie, Frau Winkler, haben die Männer schließlich auch gefunden?«

»Auch das ist leider richtig. Es war vereinbart, dass die Veranstaltung gegen 22:30 Uhr beendet sein würde, und als sich um 22:45 noch nichts in dieser Richtung getan hatte, habe ich mich dazu entschlossen, vorsichtig nachzuschauen. Zu diesem Zeitpunkt hat keiner der Herren mehr ein Lebenszeichen von sich gegeben.«

»Schildern Sie uns bitte, was genau Sie in dem Raum vorgefunden haben?«

Hanna Winkler nestelte ein Stofftaschentuch aus der neben ihr stehenden Handtasche, schnäuzte sich leise und verstaute das Stoffviereck in ihrer rechten Faust.

»Ich habe angeklopft, worauf ich keine Reaktion erhielt, was mich, wie ich offen zugeben muss, ziemlich verwunderte. Nach einem erneuten Klopfen mit dem gleichen Ergebnis habe ich die Tür vorsichtig geöffnet und in den Raum gesehen.«

Die junge Frau zog leicht die Nase hoch und wischte sich mit dem linken Handrücken darunter. Im gleichen Augenblick sah sie jedoch mit erschrecktem Gesichtsausdruck zu den beiden Kommissaren, gerade so, als hätte sie etwas Schlimmes oder Verbotenes getan. Doch die ausbleibende Reaktion der beiden ließ sie erleichtert ausatmen.

»Die Herren befanden sich in der gleichen Position, wie Sie kurz darauf von Ihren Kollegen und dem Rettungsdienst vorgefunden wurden; ich habe nichts verändert oder irgendjemanden angerührt.« Die Stimme der Hotelangestellten war während ihrer letzten Worte ein wenig schriller geworden.

»Das unterstellen wir Ihnen auch gar nicht, Frau Winkler«, versuchte Lenz die Frau zu beruhigen.

»Das ist schön. Ich habe nämlich wirklich keine Lust, in welcher Form auch immer, in die Sache hineingezogen zu werden.«

Der Hauptkommissar schüttelte den Kopf. »Nein, nein, das passiert sicher nicht, dafür gibt es auch überhaupt keine Anhaltspunkte, Frau Winkler.«

Über ihr Gesicht lief nun eine dicke Träne. »Das alles ist nicht einfach für mich, das können Sie mir glauben.

Ich hatte bis heute Abend noch nie in meinem Leben einen Toten gesehen, und jetzt gleich acht auf einmal. Das ist wirklich schrecklich.«

»Selbstverständlich, das glauben wir Ihnen. Wenn Sie möchten, können wir uns auch später weiter unterhalten.«

Sie riss erschrocken die Augen auf. »Nein, auf gar keinen Fall. Morgen … heute ist mein freier Tag, und den möchte ich auch nehmen. Ob ich ihn genießen kann, ist vermutlich eine ganz andere Frage.«

»Was haben Sie direkt danach getan, als Sie gemerkt haben, dass im Raum *Nabucco* etwas wirklich Schlimmes passiert sein muss?«, wollte Hain wissen.

»Natürlich habe ich sofort den Rettungsdienst und die Polizei informiert, so wie es unsere hausinternen Statuten vorschreiben. Danach habe ich den Hotelchef und seinen Stellvertreter in Kenntnis gesetzt, die beiden sind etwa zehn Minuten nach meinem Anruf hier angekommen. Da waren natürlich Ihre Kollegen und die Notarztwagen schon vor Ort.«

Lenz betrachtete die Liste in seiner Hand. »Ich nehme an, dass alle Teilnehmer der Runde heute Abend auch am Kongress in der Stadthalle waren?«

»Davon gehe ich aus, ja. Wir haben zurzeit sehr viele Gäste, die an dieser Veranstaltung teilnehmen.«

»Dann …«, wollte der Hauptkommissar weitersprechen, während er seine Position im Sessel ein wenig veränderte, stöhnte dabei jedoch gequält auf und griff sich mit schmerzverzerrtem Gesicht an den Rücken.

»Tut mir leid, Frau Winkler, aber wir machen Schluss für heute. Geben Sie bitte meinem Kollegen eine Nummer, unter der wir Sie erreichen können, falls sich noch Fragen ergeben. Und dann wünsche ich Ihnen einen guten Heimweg.«

4

Holger Brauchitsch öffnete laut schnaufend ein Auge, drückte den Ausschaltknopf des altmodischen, aber laut summenden Weckers auf dem Nachtschränkchen und ließ seinen Oberkörper zurück auf seine Seite des Bettes sinken. Dann schaute er nach links, wo seine Frau lag und leise vor sich hin schnarchte, sanft angestrahlt durch das Dämmerlicht, das durch die Rollladenschlitze drang. Beinahe jeden Morgen fragte er sich, wie es einem Menschen nur möglich war, das durchdringende Geräusch des Weckers neben sich nicht zu hören. Doch ganz offensichtlich war Karin zu diesem Kunststück dauerhaft fähig.

Nach einem herzhaften Gähnen schlug er das Plumeau zur Seite, setzte sich auf die Bettkante und kniff, während er tief Luft holte, für ein paar Sekunden die Augen zusammen. Dann stand er auf und verließ das Schlafzimmer in Richtung Bad. Auf halbem Weg öffnete sich die Tür hinter ihm und ein untersetzter, jedoch drahtig wirkender Mann Mitte 30 trat ebenfalls auf den Flur.

»Guten Morgen, Herr Ministerpräsident«, begrüßte der im dunkelblauen Anzug steckende Personenschützer den Mann im Schlafanzug.

»Guten Morgen, Herr Münch. Gut geschlafen?«

»Danke, ja. Und selbst?«

»Gut, gut.«

»Soll ich mich um den Kaffee kümmern?«, wollte der Polizist wissen.

»Gern, ja. Wenn es geht, nicht wieder so stark wie gestern, das war doch etwas zu viel des Guten.«

Frank Münch, der seit etwa zwei Jahren im Wechsel mit anderen Kollegen im Haus des Hessischen Ministerpräsidenten Holger Brauchitsch lebte, nickte mit mühsam unterdrücktem Lächeln.

»Ja, da haben Sie eindeutig recht. Der gestern war sogar mir deutlich zu kräftig.«

Damit drehte er sich um und ging mit federnden Schritten in die untere Etage, wo sich die Küche befand.

Der Ministerpräsident des Landes Hessen betrat derweil das Badezimmer, putzte sich die Zähne, rasierte sich, duschte und föhnte sich schließlich die Haare und machte sich für den Tag zurecht, was wegen der Widerborstigkeit seiner relativ lang getragenen Kopfbehaarung jeden Tag aufs Neue eine Herausforderung darstellte. Im Anschluss ging er ins sich direkt dem Bad anschließende Ankleidezimmer, entschied sich für einen dunkelgrauen Zweireiher mit hellblauem Hemd und dunkelblauer Krawatte und begab sich ebenfalls nach unten in die Küche, wo Frank Münch schon mit einer Kaffeetasse in der Hand an seinem Laptop saß.

»Na, was gibt es Neues auf der Welt?«, wollte Brauchitsch wissen, obwohl er genau wusste, dass nichts umwerfend Bewegendes passiert sein konnte, weil sein persönlicher Erster Referent ihn darüber noch im Verlauf der Nacht informiert hätte.

»In Kassel ist es letzte Nacht hoch hergegangen«, antwortete der Personenschützer langsam, jedes Wort über die Gedanken legend, denen er beim Studium der Nachricht aus der nordhessischen Metropole nachhing.

»Na, was ist denn wieder los da oben in Hessisch-Sibirien?«, grinste der Ministerpräsident ihn an. »Sind vielleicht doch die Wölfe wieder in der Gegend heimisch geworden?« Brauchitsch war der Meinung, er hätte einen mörderisch guten Witz gerissen, wobei jeder, der näher mit ihm zu tun hatte, genau wusste, dass er sich tatsächlich nicht die Bohne für den Landesteil im Norden interessierte.

Alles, was hinter Gießen, aber wirklich allerspätestens hinter Marburg kommt, würde ich am liebsten an die Niedersachsen verschenken, hatte er, selbst aus Gießen stammend, einmal in einer kleinen Runde von Freunden des sogenannten *Wiesbadener Zirkels* erklärt.

»Nein, nein, Herr Brauchitsch, da hat es acht Tote gegeben, in einem Hotel. Ich hätte vermutet, dass Ihr Referent Sie im Laufe der Nacht schon darüber informiert hat. Hat er aber anscheinend nicht?«

Bei der Aussage *acht Tote* war der Politiker wie elektrisiert herumgefahren, hatte sich den Laptop in seine Richtung gedreht und auf den Monitor gestarrt.

»Acht tote Mediziner«, murmelte er fassungslos, nachdem er die Schlagzeile von Spiegel online überflogen hatte.

»Acht Tote, und ich liege im Bett und schlafe wie ein Schuljunge!« Schäumend vor Wut wandte er sich wortlos von seinem Beschützer ab, brachte schnell die wenigen Schritte zu seinem Büro hinter sich und knallte die

Tür ins Schloss. Ohne eine Millisekunde des Nachdenkens griff er zum Telefon und drückte auf eine Kurzwahltaste.

»Ich bin's«, bellte er wütend, als am anderen Ende das Gespräch angenommen wurde. »Was fällt dir ein, mich nicht über diese Scheiße in Kassel zu informieren?«

»Was genau meinst du?«, gab ein völlig verdatterter Marius Königstein, der Erste Referent des Ministerpräsidenten, zurück. »Ich habe offen gesagt keine Ahnung, von was du sprichst.«

»Dann schalt mal auf der Stelle die Nachrichten an und schau, was dort oben passiert ist. Und dann erklärst du mir, warum du erstens verpennt klingst, und ich zweitens um Viertel nach fünf von der Sache noch nichts weiß.«

Den letzten Satz hatte Brauchitsch mehr in den Hörer geschrien als gesprochen.

»Ich bin deine verdammten Eskapaden so was von leid, das kann ich keiner Sau erzählen«, brüllte er weiter. »Wenn mir dieses Ereignis auch nur die geringsten Probleme bereiten sollte, egal von welcher Seite, dann bist du endgültig fällig. Ich habe nämlich so was von die Schnauze voll von dir und deiner Inkompetenz, das kann ich keiner Sau erzählen.«

Es entstand eine längere Pause, während der Königstein offenbar die Schlagzeilen überflog.

»Du bist doch nicht etwa wieder bei dieser kleinen Schlampe?«, wollte Brauchitsch nun sehr ruhig und mithilfe von langsamen, drohenden Worten wissen. Einer Veränderung, deren Gefährlichkeit sich der Referent aus vielen Erfahrungen schmerzlich bewusst war.

»Nein, Holger, … wo … wo denkst du hin?«, stammelte er und war sich dabei im Klaren, dass die Lüge für seinen Boss mehr als durchschaubar war.

»Verdammt«, durchbrach der Politiker die wieder entstandene Stille, »du machst dich schlau, was ich über die Sache wissen muss, dann rufst du mich auf dem Mobiltelefon an und unterbreitest mir ein paar vernünftige Vorschläge, wie wir damit umgehen. Vorher will ich nichts von dir hören.« Er beendete das Gespräch ohne Verabschiedung, warf den Hörer auf die Gabel, schaltete sein eigenes Laptop ein, wartete, bis der Browser sich geöffnet hatte, und begann gierig zu lesen, was die verschiedenen Nachrichtenportale zu berichten hatten. Die Meldung aus Kassel war *der* Aufmacher auf allen Seiten, die er in den nächsten 15 Minuten aufrief.

Drama in Kassel, berichtete etwa die Frankfurter Allgemeine Zeitung. *Acht Herzspezialisten sterben bei mysteriösem Anschlag in Kassel*, titelte die Süddeutsche, und die Bild-Zeitung machte mit *Achtfacher Tod während Herzkongress – Ist der Terror nun in Deutschland angekommen?* auf.

Der Aufmacher war auf allen Seiten der gleiche, vermutlich von der *dpa* erstellt. In ihm wurde vorsichtig von einem vermuteten Anschlag auf die Ärzte gesprochen, jedoch nur sehr vage und unter Verweis auf *gewöhnlich gut informierte Kreise*.

Brauchitsch dachte einen Moment darüber nach, seinen Innenminister Blose anzurufen, ließ es jedoch bleiben. Das Verhältnis der beiden war seit einem Streit über das Vorgehen gegenüber dem kleineren Koalitionspartner ein paar Monate zuvor mit unterkühlt noch sehr wohlwollend umschrieben. Außerdem käme dieser Anruf dem Eingeständnis eines Fehlers gleich, und diesen Triumph wollte er Bertram Blose, der es überdeutlich auf seinen Job abgesehen hatte, keinesfalls gönnen.

Nach einer weiteren Denkpause griff er dann aber doch zum Telefonhörer, drückte wieder eine Kurzwahltaste und wartete auf das Freizeichen.

»Hallo, Holger, ich hatte schon mit deinem Anruf gerechnet«, wurde er von seinem Gesprächspartner begrüßt. »Ich vermute, Königstein hat mal wieder auf gesamter Linie versagt, was?«

»Das drückt es ziemlich genau aus, ja«, erwiderte Brauchitsch genervt. »Er wusste bis zu meinem Anruf vor fünf Minuten noch gar nichts von der Geschichte.«

»Das sieht diesem Versager ähnlich, aber lassen wir das. Was kann ich für dich tun?«

Dirk Ahdorf, der Mann, mit dem der Ministerpräsident sprach, zeichnete sich durch viele Talente aus, sein größtes für Brauchitsch allerdings war, dass er nie aufgeregt oder nervös wurde oder auch nur klang, was wiederum eine zutiefst beruhigende Wirkung auf den hessischen Landesvater hatte.

»Können wir uns sehen?«

»Natürlich. Komm einfach bei mir zu Hause vorbei, ich bin allein.«

»Gut, dann bis gleich.«

Keine fünf Minuten darauf stand Ottmar Hohler, Brauchitschs Chauffeur, devot neben der geöffneten hinteren Beifahrertür des dunklen Audi A8. Er schlug sie zu, nachdem sein Chef eingestiegen war, ging um den Wagen herum und startete den Motor.

Auf der Fahrt durch den um kurz vor 6 Uhr noch relativ entspannten Wiesbadener Verkehr sah der Ministerpräsident aus dem Fenster der gepanzerten Limousine und malte sich aus, was sich aus einem für ihn eigentlich bedeutungslosen Vorfall am anderen Ende des Bundeslandes entwickeln könnte.

Als Ministerpräsident werden sie dich mit ganz anderen Augen sehen, hatte sein in die freie Wirtschaft wechselnder Vorgänger ihm am Tag der Amtsübernahme prophezeit. *Mit einem Mal gibt es die Privatperson Holger Brauchitsch nicht mehr, sondern nur noch den Politiker Holger Brauchitsch, der sich um alles kümmern und für alle da sein muss. Erdbeben, Überschwemmungen, Großfeuer? Immer werden alle nach dir rufen und immer musst du mit fassungslosem Gesichtsausdruck bekunden, wie leid dir das Geschehene tut und wie schnell deine Regierung dafür Sorge tragen wird, dass es den Betroffenen bald wieder besser geht, wobei weder Kosten noch Mühen gescheut würden.*

Was danach kam, war eben Politik, trotzdem hatte der Exministerpräsident recht behalten. In den nunmehr fünf Jahren seiner Regierung war es ihm immer wieder gelungen, eben jene Empathie zu zeigen, die nicht zuletzt auch seine Wiederwahl gesichert hatte.

Trotzdem, ein einziger Fehler und alles war vorbei und die Umfragewerte würden in den Keller stürzen.

Während die schwere Limousine in hohem Tempo über die Bierstadter Straße stadteinwärts rollte, dachte er an seinen Anfang in Wiesbaden, an die schwere Zeit als Hinterbänkler im Landtag.

Damals, Anfang der 80er und bis weit in die 90er, war er nicht mehr als einer der vielen politischen Arbeitsbienen, die mit ihren Stimmen den Fortbestand der Regierung sicherten oder, in Zeiten der Opposition, als Zulieferer der Parteigranden dienten. Erst mit dem Aufstieg seines Vorgängers war auch ihm so etwas wie der Zugang zu den wirklich wichtigen Zirkeln möglich geworden. Und seit dieser Zeit hatte er sich mit seinen kräftigen Ellenbogen und unter Zuhilfenahme von Wissen und Informationen – und einer Prise Intrigen, Hinterhältigkeit und Heimtücke – immer höher auf der landespolitischen Leiter katapultiert, was ihm schließlich das Amt des Ministerpräsidenten – den Höhepunkt – gebracht hatte. Kurz, ganz kurz nur hatte er in den Monaten danach von einem weiteren Aufstieg in die Bundespolitik geträumt, doch diesen Zahn hatte ihm die Bundeskanzlerin, die ihm in herzlicher Abneigung verbunden war, relativ schnell und ohne jegliche Betäubung gezogen.

Die Bundeskanzlerin, dachte er voller Bitterkeit. *Die Frau, die in der Öffentlichkeit nur so gut dastehen kann, weil im Grunde genommen niemand weiß, wie verschlagen und raffiniert diese Person ist.*

Allerdings, das musste auch Brauchitsch eingestehen, war es ihr gelungen, die Partei auf Linie zu bringen, sie wirklich zum Kanzlerinnenwahlverein zu machen. Ihre wirklich große Leistung war es gewesen, die Partei als Firma, als wirtschaftlichen Betrieb zu betrachten, und auch genau so zu führen. Wie ein großes Dax-Unternehmen, dessen Vorstandsvorsitzende und zugleich auch Aufsichtsratschefin sie war. Alles lief bei ihr persönlich zusammen, und ohne ihr Plazet wurde nahezu nichts beschlossen. Brauchitsch war zwar einer ihrer Stellvertreter, doch zu dieser Ehre war er ausschließlich aufgrund des Länderproporzes gekommen; der Ministerpräsident eines so mitgliedsstarken Landesverbandes hatte qua seines Amtes ein Recht auf diesen Posten. Anregen oder gar mitbestimmen konnte und durfte er rein gar nichts.

Acht tote Mediziner, allesamt Herzspezialisten. Wer, verdammt noch mal, bringt acht Herzspezialisten um? Handelt es sich gar um einen politisch motivierten Anschlag?

Während seiner Jahre als Hessischer Innenminister, als er unter anderem für die Landespolizei und die Strafverfolgung zuständig war, hatte Brauchitsch sich immer und immer wieder für die Verschärfung und die besonders rigide Umsetzung von Gesetzen ausgesprochen, wenn auch nicht immer mit dem erhofften Erfolg. Den *Schwarzen Sheriff* hatten die Medien und große Teile des politischen Gegners ihn getauft, ihn geschmäht für seine Position, Recht und Gesetz weit über die Bürgerrechte zu stellen.

Schon während dieser Zeit war sein erster und zugleich in der Öffentlichkeit am wenigsten in Erscheinung tretender Berater Dirk Ahdorf gewesen, jener Mann also, den er im Begriff war zu treffen. Dirk Ahdorf, der Chef und das Mastermind einer der effektivsten, effizientesten und wirkungsvollsten Denkfabriken der gesamten Republik. Ahdorf also, der es längst in einem Kabinett Brauchitsch zum Wirtschafts- oder Finanzminister gebracht hätte, wäre nicht in seiner Biografie dieser hässliche, unauslöschliche Fleck, den es niemals und unter keinen Umständen wegzudiskutieren gäbe.

*

Dirk Ahdorf erwartete Holger Brauchitsch an der Tür. Wie immer war der fast 70-jährige Jurist adrett gekleidet mit Dreireiher, Krawatte und Einstecktuch.

»Komm rein, bevor es noch heißer wird in meinem Haus«, begrüßte er den Ministerpräsidenten.

»Gern. Ist was ist mit der Klimaanlage?«

»Sie hat vorgestern den Geist aufgegeben, und bei dieser Hitzewelle einen Servicetechniker zu bekommen, ist nahezu aussichtslos. Ich hatte schon darüber nachgedacht, die Nacht im Büro oder einem Hotel in der Stadt zu verbringen, aber das schien mir dann doch übertrieben. Immerhin müssen Millionen Menschen damit zurechtkommen, in sehr warmen bis heißen Räumen zu schlafen.«

»Na«, erwiderte der Politiker, »du wirst doch nicht auf deine alten Tage noch geizig werden?«

Beide lachten kurz, betraten Ahdorfs Büro, das direkt neben der Eingangstür lag, und nahmen jeweils hinter und vor dem aufgeräumten, klein wirkenden Schreibtisch Platz.

»Wo ist Jessica?«, wollte Brauchitsch mit Bezug auf die Ehefrau seines Gastgebers wissen.

»Die hat eine Yogawoche auf Mallorca gebucht und ist seit vier Tagen dort.« Er schmunzelte. »Offenbar geht es ihr sehr gut dabei, denn sie hat, seit sie abgeflogen ist, erst einmal bei mir angerufen.«

»Ist das ein gutes oder ein schlechtes Zeichen?«

Ahdorf winkte ab. »Das ist die Normalität, wenn man eine Frau hat, die knapp 30 Jahre jünger ist als man selbst. Aber du bist nicht hier hergekommen, um mit mir über meine Frau zu sprechen. Also, was weißt du bis jetzt?«

Brauchitsch fasste in aller Kürze zusammen, was er bis zu diesem Zeitpunkt über die Tat in Kassel erfahren hatte.

»Das ist nicht viel, wenn du mich fragst, Holger.«

»Ich weiß. Hast du mehr Informationen?«

»Nein, tut mir leid, ich habe meinen Gewährsmann bei der örtlichen Zeitung bisher nicht erreichen können. Vermutlich hat er sich die ganze Nacht am Tatort herumtreiben müssen und gönnt sich jetzt erst einmal ein paar Stunden Schlaf.«

Der Mann hinter dem Schreibtisch zog seine Lesebrille von der Nase und ließ sie vor die Brust fallen, wo ein dünner Faden an den Bügelenden dafür sorgte, dass sie nicht weiter abstürzte.

»Du weißt, und das muss ich dir wohl nicht explizit erklären, dass du am besten noch in der Nacht nach Kassel hättest aufbrechen sollen.«

Der Politiker nickte verlegen.

»Diese Chance hast du vertan, und das ist jetzt auch nicht mehr zu retten. Mein Vorschlag ist, dass du dich für den Rest der Woche krankschreiben lässt, von mir aus eine Sommergrippe oder so etwas, wenn es dein Terminkalender zulässt.«

»Es ist Ferienzeit, das sollte gehen, ja.«

»Weiterhin brauchst du eine gute Stellungnahme,

etwas sehr emotionales, etwas, das dein tief empfundenes Mitgefühl ausdrückt. Gibt es schon Hinweise auf die Täter?«

»Soweit ich das beurteilen kann, nur Mutmaßungen. Irgendwelche Araber, Dschihadisten, Terroristen, was weiß ich. Das Übliche.«

»Das habe ich auch gelesen, und das ist gut für dich. Je weniger die Täter greifbar sind, von mir aus, weil es Muslime oder sonstige religiös motivierte Spinner sind, desto einfacher kannst du dich an die Spitze derer stellen, die so etwas bei uns nicht dulden können oder wollen.«

»Und wenn dahinter etwas ganz anderes stecken sollte?«

»Dann sehen wir weiter, wenn es so weit ist.«

»Hast du auch gelesen, wie die Männer umgebracht wurden? Mit einem Holzkohlegrill, wenn ich das richtig verstanden habe.«

»Ja, das ist mir auch ein bisschen schleierhaft. Ich habe schon den Mediziner unseres Teams kontaktiert, der aber zurzeit leider schwer zu erreichen ist. Er macht gerade im Himalaya eine Wandertour. Ich hoffe, er meldet sich möglichst bald bei mir.«

Ahdorf sah auf seine Armbanduhr. »Es ist jetzt 6:20 Uhr. Bis jetzt hattest du Glück, dass die meisten Menschen, auch Journalisten und der politische Gegner, noch nicht auf den Beinen sind oder es auf eine andere Weise nicht geschafft haben, aus deiner Nachlässigkeit Profit zu schlagen. Aber du musst dir darüber im Klaren sein, dass aus dieser Richtung noch etwas auf dich zukommen dürfte.«

»Sicher, darüber habe ich mir auch schon Gedanken gemacht. Als Erstes werde ich meine Leute an eine gute Stellungnahme setzen und danach vielleicht eine Pressekonferenz einberufen, in der ich darauf hinweise, dass die Verschärfung der sich auf den Schutz im Innern beziehenden Gesetze schon längst überfällig ist. Und danach nehme ich mir unseren renitenten Koalitionspartner in Form meines Stellvertreters vor und rede Klartext mit ihm. Entweder diese lausige Bande zieht endlich mit mir an einem Strang oder ich lasse es auf Neuwahlen ankommen. Offen gesagt, habe ich die Nase längst gestrichen voll von diesen Ökohuren.«

»Meine Rede, Holger. Aber vielleicht reicht das alles nicht.«

»Wie meinst du das?«

»All das, was du gerade selbst vorgeschlagen hast, ist wirklich gut und deckt sich mit dem, was ich dir auch empfehlen würde. Allerdings rechnet jeder mit einem solchen Verhalten, da ist nichts Außergewöhnliches dabei.«

Brauchitsch sah sein Gegenüber an, als habe der ihm gerade erklärt, dass eins und eins unter gewissen Umständen doch drei sein könnte.

»An welche Außergewöhnlichkeit denkst du dabei? Ich habe keine Idee, was du damit meinen könntest.«

Ahdorf griff sich eine Zigarette aus dem Etui, das er aus der Schublade des Schreibtischs gezogen hatte, lehnte sich in seinen Stuhl zurück und schloss kurz die Augen.

»Ich dachte, du hättest aufgehört mit dem Rauchen?«, zeigte sich der Ministerpräsident barsch erstaunt.

»Das habe ich, ja, und dabei bleibt es auch. Ich kann nur besser denken, wenn ich so ein Ding in der Hand halte.«

Es vergingen etwa 20 Sekunden, während denen keiner der Männer etwas sprach.

»Wie kommst du mit deinen Ministern zurecht?«, wollte der Lobbyist schließlich wissen. »Alles klar im Moment?«

»Mit Blose geht das nicht mehr lange gut, der Mann ist wirklich ein kolossaler Idiot.«

Brauchitsch sprach von Bertram Blose, dem Innenminister.

»Jedes Mal, wenn ich ihn treffe, habe ich das Gefühl, dass es ihm gar nicht schnell genug gehen kann, bis er endlich meinen Sessel unter seinen fetten Hintern bekommt. Und hinter vorgehaltener Hand lästert er dauernd, dass ich die Koalition nicht im Griff habe und macht mich persönlich für die gefallenen Umfragewerte verantwortlich.«

Ahdorf zog deutlich sichtbar eine Augenbraue hoch, nahm jedoch keinen direkten Bezug zu der Aussage. »Könntest du ihn opfern?«

Der Politiker schüttelte den Kopf. »Das geht nicht, das würde der Bezirk Osthessen sich nicht gefallen lassen. Du erinnerst dich doch noch, was die für einen Druck gemacht haben, dass Blose einen Ministerjob bekommt. Ich hätte zwar schon damals Härte zeigen sollen, aber diese Reue kommt jetzt zu spät. Warum meinst du, sollte ich ihn opfern?«

»Weil es dir helfen würde«, erwiderte Ahdorf kühl. »In den nächsten Tagen redet, wie es im Augenblick aussieht, jeder und jede nur über diesen Anschlag in Kassel, und dieser Entwicklung musst du etwas entgegensetzen. Nenn es meinetwegen einen Paukenschlag, das ist mir egal, aber du brauchst etwas, das von dieser Geschichte in Kassel und deiner Untätigkeit ablenkt, sonst nimmt dich die Opposition auseinander.«

Der Ministerpräsident dachte eine Weile nach.

»Die Idee hat was, das muss ich zugeben, aber ich kann im Augenblick mein Kabinett auf keinen Fall umbilden, das geht nicht. Es ist so schon schwer genug, die Verwerfungen innerhalb der Bezirksverbände zu kontrollieren, da will ich auf keinen Fall einen neuen Kriegsschauplatz in dieser Richtung eröffnen, wenn ich es irgendwie vermeiden kann.«

Wieder eine Weile des Sinnierens.

»Es gibt ein paar Staatssekretäre, die würde ich, ohne mit der Wimper zu zucken, über die Klinge springen lassen«, erklärte er schließlich.

»Die nur leider keine Sau interessieren«, winkte Ahdorf mit schief gezogenem Gesicht ab. »Nein, das würde nichts bringen.«

Der schlanke Mann ließ sich wieder nach vorn fallen und hob seine beiden Arme in einer Art, als hätte ihn die Muse der Weisheit mit einem langen, innigen Zungenkuss versorgt.

»Ich hab's«, rief er begeistert aus. »Ich habe die Idee und die Person, die du brauchst.«

»Na, da bin ich aber gespannt.«

»Es gibt doch diesen Zeislinger, den Kasseler Oberbürgermeister. Wenn ich mich recht erinnere, hatte der letztes Jahr eine ziemlich unappetitliche Schmiergeldsache am Hacken, die juristisch wohl immer noch nicht zu hundert Prozent erledigt ist. Stimmt doch, oder?«

»Ja, Erich Zeislinger. Seit ewigen Zeiten OB in Kassel, und die Sache mit dem Schmiergeld ist absolut richtig. Ich hatte letzten Monat mit ihm zu tun, als es um die Besetzung eines Postens in Nordhessen ging, und da hat er mir versichert, dass er die Schmiergeldgeschichte voll und ganz im Griff hat.«

»Eine Schmiergeldgeschichte hat man *niemals* voll und ganz im Griff, Holger. Ruf ihn an und mach ihm klar, dass die Partei ihm das Vertrauen entzieht, weil es Hinweise aus den Reihen der Staatsanwaltschaft gibt, dass ein Verfahren gegen ihn eröffnet wird. Das sollte genügen, um ihn zum Rücktritt zu animieren.«

Brauchitsch schluckte. »Aber was ist denn, wenn es dann nicht zu einer Anklage kommt?«

»Dann hat die Welt diesen … Zeislinger längst vergessen. Wer kräht schon in einem halben Jahr noch danach, ob Anklage erhoben wird oder nicht? Kein Aas!«

Der Lobbyist schien völlig von dem Erfolg seiner Idee überzeugt zu sein.

»Sag ihm, dass er nächstes Jahr einen schönen Aufsichtsratsposten bei einer Landesgesellschaft haben kann, wenn er Zicken macht, aber mach ihm unmissverständlich klar, dass er noch im Verlauf des Vormittags seinen sofortigen Rücktritt von allen Ämtern bekannt geben muss. Er *muss*, nicht er soll.«

Auf Brauchitschs Gesicht zeigte sich zum ersten Mal, seit er Kenntnis von den Ereignissen in Kassel bekommen hatte, so etwas wie Zufriedenheit.

»Persönlich tut es mir schon ein bisschen leid um ihn,

er war immer ein verlässlicher und guter Parteisoldat. Aber er ist auch Mitte 60 und sollte jetzt Platz machen für die nächste Generation.«

»Hast du schon eine Idee für seine Nachfolge?«

»Auf jeden Fall. Da gibt es im Ortsverband Kassel eine jüngere Frau, Jutta Spiller, mit der ich richtig gut kann und die ich schon lange auf dem Schirm habe. Sie ist da oben richtig beliebt und macht das jetzt erst mal. Und wenn sie es vergeigt, können wir immer noch überlegen, was zu tun ist. Gewählt wird ohnehin erst wieder in vier Jahren.«

Der Ministerpräsident klatschte zufrieden in die Hände.

»Du bist eindeutig immer noch der Beste, wenn es um Krisenbewältigung geht, Dirk«, lobte er seinen Gesprächspartner. »Und ich mache mich jetzt auf die Socken, ich muss mit Kassel telefonieren, was bestimmt kein Vergnügen wird, und ich muss mit meinem geschätzten Referenten Königstein telefonieren, dass er sich an die Stellungnahme macht.«

»Das ist übrigens der Nächste, den du feuern solltest. So viel versammelte Inkompetenz garniert mit einem Verhältnis mit einer Nutte, das würde ich keinen Tag aushalten.«

»Ich kenne deine Einstellung dazu, aber in diesem Fall muss ich dich enttäuschen. Den werde ich noch eine Zeit lang behalten.«

»Warum auch immer«, merkte Ahdorf ein wenig verschnupft an.

»Ja, warum auch immer.«

5

Um 7:30 Uhr am gleichen Morgen, also knapp fünf Stunden, nachdem die beiden Kommissare sich von der Hotelmitarbeiterin verabschiedet hatten, stand Thilo Hain schon wieder vor der Haustür in Wilhelmshöhe und wartete auf seinen Boss. Der trat langsam, wie im Tempo eines wesentlich älteren Mannes, auf die Straße.

»Ich glaube, du bist froh, dass ich wieder dieses Cabrio fahre«, wurde er von dem jungen Oberkommissar begrüßt. »Da kannst du dich reinfallen lassen wie ein nasser Sack und musst dich nicht erst umständlich zusammenfalten, um deinen Schädel unter der Dachkante hindurchzufummeln.«

»Morgen auch, Herr Hain«, brummte Lenz. »Wünsche ebenfalls wohl geruht zu haben. Und um kurz auf deine unqualifizierte Vermutung einzugehen, ja, da hast du recht. Aber am Ziel unserer Reise aus dieser tief liegenden Karre wieder hochzukommen, das ist die eigentliche Herausforderung des Tages.«

»Ich hätte nicht erwartet, dich heute im Dienst zu sehen, Paul. Deine mitleiderregende Vorstellung von letzter Nacht hat mich wirklich beeindruckt, das muss ich sagen.«

Lenz deutete an der Hausfassade nach oben. »Viel schlimmer war die Aufführung, die ich vor Maria abliefern musste. Wenn sie auch nur im Ansatz gemerkt hätte, wie beschissen es mir wirklich geht, hätte sie entweder auf die sofortige Einweisung ins Hospital oder ersatzweise eine Blitzscheidung bestanden. Glücklicherweise hat sie, als ich zu ihr ins Bett gekrochen bin, tief und fest geschlafen. Und heute Morgen haben die Schmerzmittel noch insoweit gewirkt, dass ich sie ein bisschen beschummeln konnte.«

»Dir ist aber schon klar, dass diese Nummer nicht ewig funktioniert, oder?«

»Absolut. Aber bevor wir nicht diesen Irren dingfest gemacht haben, der die acht Mediziner um die Ecke gebracht hat, setze ich keinen Fuß in ein Krankenhaus. So lang wird es schon mithilfe der Chemie gehen.«

»Wie viele Pillen hast du denn genommen seit gestern?«

»Ganz schön viele. Es muss halt auch aufhören, wehzutun.«

»Dann bist du, würde ich sagen, auf keinen Fall auch nur im Ansatz zurechnungsfähig.«

»Quatsch. Das passt schon.«

»Wäre mir trotzdem lieber, wenn du heute das Reden mir überlassen würdest. Zumindest mal bis zum Mittag, dann sehen wir weiter.«

»Von mir aus gern. Hast du schon mit dem Präsidium telefoniert?«

»Nein, das ist bei meiner kargen Oberkommissarsbesoldung nicht vorgesehen.« Hain lachte laut auf. »Außerdem«, fuhr er ein wenig ernster fort, »hat Lemmi mich darüber informiert, dass er sich schon umfassend mit dir ausgetauscht hat.«

»Das stimmt. Und ich weiß jetzt auch, warum er letzte Nacht so komisch drauf war.«

»Ach? Lass hören?«

»Ich weiß nicht, ob deine interne Sicherheitsstufe dafür ausreicht, Thilo.«

»Du meinst, ob ich genug an meiner Diskretionsfähigkeit gearbeitet habe?«

»Genau.«

»Hab ich, und das weißt du auch ganz genau. Also, lass die ollen Kamellen ruhen und spuck aus, was er dir erzählt hat.«

»Seine Frau ist weg.«

»Marianne hat ihn verlassen?«

»Jepp.«

»Wie kommt das denn?«

»Hat vor ein paar Monaten einen Kurs an der Volkshochschule angefangen, die Gute, und sich ebenso hartnäckig in den Kursleiter verschossen wie der in sie. Das war es dann für Lemmi, zumindest im Augenblick.«

»Was für eine Scheiße. Wohnt sie noch bei ihm?«

»Nee, ist zu ihrem Autogenes-Training-Guru gezogen.«

»*Autogenes-Training-Guru*?«

»Ja, es war ein Kurs in autogenem Training.«

Der Oberkommissar ließ den Motor an, legte den ersten Gang ein und fädelte sich aus der Parklücke.

»Die beiden sind doch seit mindestens 150 Jahren verheiratet. Wie kann man sich da noch in einen anderen Kerl verlieben, das kapiere ich nicht?«

»Anscheinend geht das furchtbar einfach, wie du siehst.«

»Na ja, sei's drum. Wusste der arme Kerl wenigstens auch was zu unserem Fall zu berichten?«

»Auch das. Wir haben in …«, Lenz hob den rechten Arm und sah auf seine Uhr, »sieben Minuten einen Termin mit dem Hoteldirektor und seinem Stellvertreter. Wie es sich darstellt, hat er uns etwas Interessantes zu berichten.«

»Weißt du schon, um was genau es geht?«

»Nein, und ich bin da auch ziemlich skeptisch.«

»Wie meinst du das?«

»Lemmi sagt, der Hotelmanager sei verdammt aufgeregt gewesen, hat sich aber nach seiner Meinung vorrangig darüber Gedanken gemacht, dass seine Bettenburg ein mieses Image davontragen könnte. Was, wie ich finde, bei dieser Geschichte vermutlich schwer zu verhindern sein dürfte.«

»Sonst noch was?«

»Ja. Die Jungs von der Spurensicherung haben herausgefunden, warum die vergiftete Luft nicht aus dem Raum *Nabucco* abgesaugt worden ist. Der Kanal, der dafür zuständig ist, wurde mit dem gleichen Material verschlossen, das auch für die seltsame Konstruktion über dem Kohletrog verwendet wurde.«

»Irgendwelche sonstigen Spuren?«

»Jede Menge, sagt Lemmi, aber die müssen halt erst noch ausgewertet werden. Wenn du mich fragst, kann ich mir nicht vorstellen, dass uns einer irgendwelche verwertbaren Spuren hinterlässt, der so viel Gehirnschmalz in diese Nummer investiert hat.«

Der Leiter der Mordkommission sah erneut auf seine Uhr.

»Und jetzt lass deine Reisrakete mal ein bisschen laufen, wir wollen doch die Herren aus der Teppichbodenabteilung des Hotels nicht unnötig lang warten lassen.«

Die *Herren aus der Teppichbodenabteilung* warteten tatsächlich schon auf Lenz und seinen Mitarbeiter. Bodo Hase, der Stellvertreter des Hoteldirektors, erwartete die beiden Polizisten auf dem Parkplatz, tat sich jedoch schwer damit, das rote Cabriolet und deutsche Kriminalbeamte inhaltlich unter einen Hut zu bringen.

»Sie sind doch sicher nicht die Herren Lenz und Hain?«, wollte er mehr als skeptisch wissen, nachdem der Oberkommissar den Motor abgestellt hatte.

»Doch, die sind wir«, erwiderte der junge Polizist höflich. »Und wer will das wissen?«

»Mein Name ist Bodo Hase, ich bin der Stellvertretende Hotelmanager.«

Lenz musste kurz schlucken, um bei der Erwähnung seines Namens im Zusammenhang mit *mein Name* nicht pietätlos loslachen zu müssen, bekam die Situation aber schnell wieder unter Kontrolle und hielt seinen Dienstausweis hoch. »Dann lassen Sie uns am besten gleich zu Ihrem Chef gehen, Herr Hase«, schlug er vor.

Der Stellvertreter lotste die beiden Kommissare durch einen seitlichen Eingang ins Haus, dann ging es eine Treppe hoch.

»Die Fahrstühle sind noch gesperrt, von Ihren Kollegen«, hob Hase entschuldigend die Arme.

»Das macht nichts, wir sind gut zu Fuß«, erwiderte Hain.

Keine halbe Minute später standen sie vor einer dunkel folierten Tür, neben der auf einem silbernen Täfelchen *James Mitchell – Hotelmanager* zu lesen war. Hase klopfte kurz an und trat, ohne auf eine Reaktion zu warten, ein.

Hinter der Tür erwartete die beiden Polizisten ein überraschend kleiner Raum, in dem ein Mann hinter einem Schreibtisch saß und nervös auf dem Ende eines Kugelschreibers herumkaute. Links von ihm lag, auf einer schmuddeligen Decke und mit dem Kopf auf der rechten Pfote, ein riesiger Bernhardiner, der die drei Männer mit Nichtbeachtung strafte.

»Ach, Sie müssen die Herren von der Polizei sein«, rief er lauter als notwendig und mit kaum zu überhörendem englischen Akzent aus, sprang von seinem Stuhl auf und streckte seine Hand entgegen. Nach einer kurzen Begrüßung nahmen alle vier an dem Besprechungstisch in der Ecke Platz.

»Kann ich Ihnen etwas zu trinken anbieten, vielleicht einen Kaffee oder Wasser?«, wollte Mitchell wissen, wobei sein Kaffee mehr wie Coffee und das Wasser schwer nach Water klang.

Lenz und Hain lehnten dankend ab.

»Wenn es Ihnen nichts ausmacht«, übernahm Hain, seiner Ankündigung entsprechend, die Gesprächsführung, »würde uns natürlich brennend interessieren, was Sie uns zu erzählen haben.«

»Das dachte ich mir, meine Herren«, erwiderte Mitchell, »aber ich möchte Ihnen zunächst kurz schildern, wie sehr mich die Ereignisse der letzten Nacht in unserem Haus bestürzt haben. Wir alle hier stehen unter

Schock, und ich weiß nicht, wie lang es dauern wird, bis wir uns davon erholt haben werden.«

Er beugte sich zum Schreibtisch und griff nach einer Packung Zigaretten.

»Stört es Sie, wenn ich rauche?«, fragte er überdeutlich rhetorisch.

»Wenn es geht, würde ich Sie bitten, darauf zu verzichten, ich bin Asthmatiker und vertrage das leider überhaupt nicht«, log Hain.

»Oh, ja, selbstverständlich«, machte der Hotelmanager auf zerknirscht. »Wie unsensibel von mir.«

»Das konnten Sie ja nicht wissen.«

Die Zigaretten flogen im hohen Bogen zu ihrem vorigen Standort zurück, dann blinzelte Mitchell ein paarmal nervös mit den Augen, holte tief Luft und spannte seine Züge. »Ich weiß, wer für diese verabscheuungswürdige Tat verantwortlich ist«, sagte er leise, aber sehr bestimmt.

»Was?«, schnaubten sowohl Lenz als auch Hain synchron.

»Sie sagen, Sie wissen wer der Täter ist?«, fasste Lenz als Erster die Verblüffung der beiden nach ein paar Augenblicken der Stille in Worte.

»Sicher ist das natürlich nicht«, schränkte der Hotelmanager ein wenig ein, »aber es sollte mich sehr wundern, wenn es sich nicht so zutrug, wie ich denke.«

Bodo Hase schluckte, hob den Kopf, und es sah aus, als wolle er etwas zu den Worten seines Chefs sagen, ließ es jedoch letztlich bleiben.

»Na, dann lassen Sie mal hören«, forderte Thilo Hain.

»Es geht um einen ehemaligen Mitarbeiter von uns,

einen Haustechniker. Sein Name ist Lothar Wünsche. Wir haben ihn vor einer Woche gefeuert.«

Lenz und Hain warfen sich einen verstohlenen Blick zu.

»Jemanden zu entlassen ist eine Sache, Herr … Mitchell«, widersprach der Oberkommissar vorsichtig, »aber zu glauben, dass jemand deswegen acht Unschuldige tötet, ist wirklich eine ganz und gar andere Angelegenheit.« Während er gesprochen hatte, waren auf seiner Stirn deutliche Falten sichtbar geworden.

»Aber dieser Mann hat das Massaker geradezu angekündigt, Herr Kommissar«, rief der Manager erregt. Er hat hier in diesem Büro gestanden und meinem Assistenten und mir gegenüber damit gedroht, er wolle uns fertigmachen und er würde dafür sorgen, dass niemals mehr jemand in diesem Hotel absteigt.«

Sein Kopf flog nach links, dann fixierten seine an einen Frosch erinnernden Augen Bodo Hase.

»Sag es ihnen Bodo, was er gesagt hat. Es stimmt, was ich sage, du warst doch dabei.«

Der Stellvertreter nickte halbherzig, sah von einem der Polizisten zum anderen und schluckte verlegen. »Ja, es stimmt schon, was Herr Mitchell sagt, aber …«

»Was *aber*?«, blaffte sein Boss. »Was willst du mit diesem *aber* sagen, Bodo?«

Wieder bewegte sich Hases Adamsapfel mit rasender Geschwindigkeit auf und ab.

»Selbstverständlich hat Wünsche hier die übelsten Drohungen ausgestoßen und auch ein paar andere unschöne Wörter gesagt, aber ob er deshalb gleich zum Mörder wird, wage ich …« Er brach ab, weil ihn der strafende Blick seines Chefs wie ein Schwerthieb traf. »Aber vielleicht ist ja doch was dran, und er hat wirklich etwas mit der Sache zu tun.«

Mitchell war nun puterrot angelaufen und schnappte nach Luft. »Nun denk doch mal nach, Bodo! Wer hat Zugang zu den Räumen, in denen die Vorbereitungen zu dieser Schweinerei getroffen wurden? Wer hat das Wissen, wo er hingehen muss und wo die Lüftungsrohre verlaufen? Wer kennt jeden Meter hier im Hotel besser als jeder andere? Lothar Wünsche, Lothar Wünsche, Lothar Wünsche, und daran gibt es keinen Zweifel.«

»Warum haben Sie Herrn Wünsche denn eigentlich entlassen? Hat er sich etwas zuschulden kommen lassen?«

»Zuschulden kommen lassen?«, lachte der Hotelchef schrill auf. »Der Mann ist für kein Hotel auf der ganzen Welt mehr tragbar, für keins. Eigentlich für überhaupt keinen Arbeitgeber. So wie der sich benommen hat, kann er froh sein, dass wir ihn nicht schon längst angezeigt haben.«

»Herr Wünsche hat ein Alkoholproblem«, ergänzte Bodo Hase sachlich. »Allerdings ein sehr massives.«

»Hat er das schon länger?«

Der Stellvertretende Hotelmanager tauschte einen Blick mit seinem Boss, der wohl sicherstellen sollte, dass er über alle Belange der Causa Wünsche sprechen durfte.

»Wir wissen seit etwa einem Jahr davon. Es gab eine ganze Reihe von Gesprächen, dann eine Kündigung mit Auflagen, eine daraus resultierende Entziehungskur, ein Vierteljahr Trockenheit, mehrere Rückfälle, und in der letzten Woche im Vollrausch einen Übergriff einem weiblichen Hotelgast gegenüber.«

Lenz hatte Mühe, den letzten Satz inhaltlich nachzuvollziehen. »Was ist eine Kündigung mit Auflagen?«, fragte er deshalb.

»Die sprechen wir als, nun ja, letzte Möglichkeit aus, wenn ein Mitarbeiter ein Suchtproblem hat. In der Regel geht es dabei um Alkohol. Dem Mitarbeiter wird unter der Auflage gekündigt, eine Therapie, also eine Entziehungskur zu machen; wenn die positiv verläuft und er wieder an seinen Arbeitsplatz integriert werden kann, wird die Kündigung zurückgezogen.«

»Warum machen Sie sich diese Mühe?«

»Nicht für jeden Mitarbeiter«, übernahm Mitchell das Antworten, »ist eine Abhängigkeit das Ende seiner Erwerbstätigkeit. Wir gehen davon aus, dass ein trockener Alkoholiker, wenn er das wirklich möchte, wieder der zuverlässige und integre Mitarbeiter sein kann, der er vor seiner Erkrankung war. Und es ist in der Regel viel teurer, einen Fachmann, wie es auch Herr Wünsche war, zu ersetzen, als auf ihn zu warten. Aber diesmal haben wir leider eine Niete gezogen, um das mal so salopp zu beschreiben.«

»Herr Wünsche hat also einen Entzug gemacht und danach wieder hier gearbeitet. Das hat nicht so geklappt, wie Sie sich das vorgestellt haben, was in dem geschilderten Übergriff von letzter Woche seinen traurigen Höhepunkt erreichte«, fasste Hain zusammen. »Dann haben Sie ihn entlassen. Bis hierhin korrekt?«

Beide Hotelmitarbeiter nickten.

»Wenn ich Sie weiterhin richtig verstanden habe, ist

er allerdings noch immer im Besitz der Schlüssel zu seinem Arbeitsplatz?«

»Das ist leider richtig, ja. Er hat sich geweigert, den Zentralschlüssel herauszugeben. Wir haben zwar vorgestern eine einstweilige Verfügung gegen ihn erwirkt, aber der Mann ist zurzeit nicht aufzufinden, weswegen wir sie nicht durchsetzen können.«

»Der Verdacht«, mischte Lenz sich wieder in das Gespräch ein, »den Sie hier gegen Ihren ehemaligen Mitarbeiter aussprechen, ist schon ein ziemlich schwerwiegender. Gibt es außer seinen verbalen Attacken und der Tatsache, dass er noch im Besitz eines Schlüssels ist, weitere Momente, die Ihre Vermutung unterstützen? Wurde er vielleicht in den letzten Tagen hier gesehen?«

Mitchell zögerte und auch Bodo Hase schien sich in dieser Sekunde mehr als unwohl zu fühlen.

»Nein, davon ist mir nichts bekannt«, murmelte der Manager schließlich leicht gekränkt. »Aber wir machen uns das doch nicht so leicht, wie Sie das jetzt vielleicht sehen. Wir haben schon sehr ausführlich darüber diskutiert, ob Wünsche etwas damit zu tun haben könnte oder nicht.«

Wieder wurde sein Mitarbeiter von einem strafenden Blick getroffen.

»Sag doch auch mal was, Bodo. Sag doch den Herren Kommissaren, dass wir uns das nicht leicht gemacht haben. Und dass wir wirklich Angst um unser Leben haben, wenn wir daran denken, was letzte Nacht hier geschehen ist.«

Hase nickte ergeben. »Ja, klar haben wir darüber geredet. Und wir haben Angst, das stimmt.«

»Hatte Herr Wünsche hier einen Spind oder so etwas?«, wollte Hain wissen. »Und können wir uns den vielleicht mal ansehen?«

»Er hatte einen Spind, ja«, erklärte Hase, »aber den haben wir ausgeräumt und seinen Inhalt in die Mülltonne geworfen. Es hat sich dabei um Sachen gehandelt, die man nicht unbedingt …« Er winkte mit der Rechten ab.

»Ja? Um was für Sachen genau hat es sich gehandelt?«

»Zeitungen und Zeitschriften«, flüsterte der Stellvertreter kaum hörbar. »Nackte Frauen und so etwas.«

»Pornografisches? Verstehe ich Sie da richtig?«

»Ja, der Inhalt der Veröffentlichungen war pornografischer Art, so könnte man sagen.«

»Na ja, daran ist ja zunächst mal nichts Illegales«, gab der Oberkommissar zu bedenken.

»Wir haben uns trotzdem gefragt, was dieses Material an seinem Arbeitsplatz zu suchen hatte«, mischte Mitchell sich wieder ein. »Der Mann kam hier her zum Arbeiten, und nicht, um sich mit pornografischer Literatur die Zeit totzuschlagen.«

»Vielleicht hat er sich das Zeug ja nur in den Pausen angeschaut«, meinte Lenz. »Für mich wäre es allerdings viel wichtiger zu erfahren, ob Herr Wünsche verheiratet ist oder in einer Beziehung lebt.«

»Soweit ich weiß, ist er verheiratet. Und seine Steuerkarte hat das bestätigt.«

Lenz und Hain sahen sich kurz an.

»Tja, das war es dann erst mal«, beschied der Hauptkommissar den beiden Hotelmanagern, bedankte sich höflich und stand auf. »Wir werden Herrn Wünsche aufsuchen und uns mit ihm unterhalten. Natürlich wäre es von Vorteil, wenn Sie uns seine Adresse geben könnten.«

»Mit dieser Frage habe ich, wie Sie sich vermutlich denken können, gerechnet«, erklärte Mitchell, während er sich ebenfalls erhob und zu seinem Schreibtisch ging. Er klaubte einen Din-A6-Zettel von der Tischplatte und reichte ihn Lenz. »Hier finden Sie alles, was Sie brauchen, meine Herren, inklusive der Telefonnummer und seiner E-Mail-Adresse. Allerdings, wie gesagt, konnten wir ihn weder telefonisch noch persönlich erreichen.«

»Na, vielleicht gelingt uns das ja«, machte Thilo Hain ein joviales Gesicht, streckte die rechte Hand nach vorn und wollte sich verabschieden, als ihm offenbar noch etwas einfiel. »Wir brauchen alles, und ich meine wirklich *alles*, was Ihre Überwachungskameras seit gestern Abend aufgenommen haben. Wann können wir das Material kriegen?«

Der Hoteldirektor warf seinem Stellvertreter einen grantigen Blick zu, griff sich an den Hals und sah den Oberkommissar verlegen an. »Das haben wir uns schon gedacht, aber leider müssen wir Sie enttäuschen. Wir sind seit mehreren Tagen komplett ohne Aufnahmen, weil wir ein neues System bekommen, und das will und will einfach nicht funktionieren.« Er schluckte. »Alle Kameras sind installiert, die Programme laufen, die Festplatten sind an den richtigen Stellen, und trotzdem bekommen wir keine brauchbaren Bilder. Es sind zwei Techniker der Herstellerfirma vor Ort, aber selbst die haben es noch nicht geschafft, das System zum Laufen zu bringen.«

»Sie sind absolut sicher, dass es nichts zu sehen gibt?«

»Absolut. Wir haben vorhin noch einmal mit den Technikern gesprochen, weil die Situation auch für uns zutiefst unbefriedigend ist, aber es ist wirklich nichts zu machen. Es gibt keine Bilder.«

»Das ist sehr schade, aber nun mal nicht zu ändern.«

Damit verabschiedete er sich endgültig. Lenz tat es ihm gleich, und ein paar Sekunden später waren die beiden auf dem Weg nach unten.

»Komische Geschichte«, brummte der Hauptkommissar. »Ausgerechnet wenn man sie am dringendsten braucht, gibt es keine Bilder zu sehen.«

»Das glaube ich ihm aber. Ich habe gestern Abend auf dem Weg nach unten einen kurzen Blick in den Serverraum geworfen, und da sieht es tatsächlich aus wie Kraut und Rüben. Aber immerhin hat er uns, zumindest nach seiner Denkweise, eine heiße Spur geliefert, Paul.«

»Na ja. Ich bin immer ein bisschen skeptisch, wenn die Dinge sich so schnell so bequem darstellen, speziell bei einem derartigen Mordfall.«

»Ich weiß, und normal bin ich ja ganz anders drauf als du alter Knochen, aber diesmal gehen wir konform. Dass der gute Lothar es mit drei Promille im Kopf auf die Reihe gebracht haben soll, diese wirklich ausgekochte Nummer von gestern Abend abzuziehen, kann und will ich nicht glauben.«

Lenz wedelte mit dem kleinen Zettel in seiner Hand. »Einen Besuch müssten wir ihm trotzdem abstatten. Was meinst du?«

»Klar. Aber nicht gleich, jetzt werden wir erst mal …«

Lenz' Telefon meldete sich.

»Ja, Lenz.«

»Hier ist Herbert. Kannst du offen reden, Paul?«

»Klar, was gibt es denn?«

Die Stimmlage seines Chefs, des Kriminalrats Herbert Schiller, verhieß nichts Gutes, so viel hatte der Hauptkommissar schon an seinen wenigen Worten erkennen können.

»Wir sind in der Hotelsache nur noch die Kellner. Das Kochen haben die hochgeschätzten Kollegen vom LKA übernommen. Sie sind schon auf dem Weg nach Kassel.«

Lenz kratzte sich an seinem unrasierten Kinn, was ein schabendes Geräusch verursachte. »Warum, verdammt noch mal, überrascht mich das jetzt gar nicht? Eigentlich hätten wir doch schon letzte Nacht damit rechnen können, dass die Herren Großermittler aufkreuzen.«

»Vielleicht wollten sie noch in Ruhe ausschlafen, was weiß ich. Wir werden uns auf jeden Fall kooperativ zeigen und nicht an ihnen herummäkeln, ist das in Ordnung für dich?«

»Klar, was glaubst du denn? Thilo und ich freuen uns schon irrsinnig darauf, von den Herren aus Wiesbaden mal wieder etwas lernen zu können.«

»Höre ich da etwa Ironie oder am Ende gar Sarkasmus, mein lieber leitender Hauptkommissar?«

»Wo denkst du hin? Mir so etwas zu unterstellen, wäre wirklich nicht fair, Herbert.«

Schiller lachte laut auf. »Also, mach uns keine Schande und dir keinen Ärger, dann sind wir die Brüder in ein paar Tagen wieder los. Wenn sich die Sache bis dahin geklärt hat, soll es uns recht sein, wenn nicht, können wir in Ruhe unser Ding machen.«

»Genau so machen wir es.« Damit beendete Lenz das Gespräch und steckte das Telefon zurück in die Sakkotasche.

»Sag nichts«, fauchte sein Kollege. »Sag einfach nichts.« Der junge Oberkommissar riss seinem Boss den Zettel aus der Hand, knüllte ihn zusammen und wollte ihn wutentbrannt in den Mund schieben, was Lenz gerade noch verhindern konnte.

»Diese Spur sollen sich die Herren Großermittler bitte schön selbst erarbeiten, Paul, genau wie wir das mussten.«

»Na, so viel Arbeit war das doch nun wirklich nicht«, widersprach der Leiter der Mordkommission. »Herbert hat mich gebeten, vernünftig mit ihnen zusammenzuarbeiten, und genau das werden wir auch tun.«

Er strich den Papierfetzen wieder halbwegs glatt, faltete ihn zusammen und schob ihn in die linke Gesäßtasche seiner Hose.

»Was allerdings nicht heißen muss, dass wir ihnen die Geschichte des Herrn Wünsche gleich brühwarm aufs Auge drücken müssen. Wenn sie fragen, bitte, das habe ich Herbert zugesagt, und wenn nicht, sehen wir weiter. Ich glaube, wir …«

Erneut ertönte Lenz' Telefon.

»Das wird doch nicht schon die Kavallerie aus Wiesbaden sein?«, flachste er und nahm auch diesen Anruf an. »Ja, Lenz.«

»Hier ist Bernd Haberland. Herr Lenz, sind Sie noch hier im Hotel? Hier ist gerade eine Armada aus Wiesbaden vom LKA angekommen, die nichts Besseres zu tun hatte, als mich erst mal richtig runterzumachen.«

»Wir sind noch im Hotel und gleich bei Ihnen, Herr Haberland. Wo genau finden wir Sie und die Kollegen aus Wiesbaden denn?«

»Ich bin in der Lobby, die Wiesbadener sind gleich zum Tatort abgehauen; und dabeihaben wollten sie mich auch nicht.«

»Jetzt kriegen Sie sich mal wieder ein, Herr Haberland. Wenn Sie mal mehr mit den Leuten vom LKA zu tun haben, werden Sie schnell bemerken, dass die auch nur mit Wasser kochen. Also, wir sehen uns in einer Minute.«

Bernd Haberland war seit etwas mehr als einem Jahr Lenz' Abteilung zugewiesen. Der junge Oberkommissar empfing Lenz und Hain wie das buchstäbliche Häufchen Elend. Er stand verloren an der Rezeption und betrachtete das Treiben um ihn herum. Natürlich musste und sollte das Hotelgeschäft weitergehen und so war die Halle sehr belebt, offenbar allerdings auch mit Menschen, die weder Hotelgäste noch Personal oder Polizeibeamte waren, sondern einfach nur ein wenig glotzen wollten, um später damit angeben zu können, oder die ihre Ferien dazu nutzten, einmal etwas wirklich Erzählenswertes zu erleben. Die beiden Kripomänner gingen an einem Paar vorbei, das hundertprozentig zu einer dieser Fraktionen gehörte, wobei Lenz nur schwer der Versuchung widerstehen konnte, die beiden hochkant aus dem Hotel werfen zu lassen. Oder sie zumindest einer sehr, sehr ausführlichen Personenkontrolle zu unterziehen.

»Herr Haberland«, rief Lenz den jungen Mann, der sofort auf seine Kollegen zugelaufen kam.

»Hallo, Herr Lenz, hallo, Thilo.«

»Moin«, gab Hain ohne erkennbare Emotion zurück.

»Haben Sie was zu schreiben dabei?«, wollte Lenz wissen.

»Ja, klar.«

»Dann schreiben Sie mal mit.«

Er gab dem etwas zu schlanken und etwas zu pickligen jungen Mann Wünsches Daten.

»Sie werden bis heute Mittag, spätestens aber heute Abend, alles über den Mann rauskriegen, was es gibt. Bankverbindung, Schulden, Guthaben, Freunde und Freundinnen, ob er in den Puff geht und ob er einer politischen Partei mehr zugewandt ist als den anderen. Klappt das?«

»Ja, natürlich. Aber …«

»Das *aber* schenken wir uns heute mal. Und bei seiner Meldeadresse schauen Thilo und ich vorbei, darum müssen Sie sich nicht kümmern.«

»Ja, mach ich. Sonst noch etwas?«

»Wer hat das Kommando bei den Wiesbadenern?«

»Eine weibliche Kollegin, ihren Namen hat sie mir nicht genannt, deshalb weiß ich ihn nicht. Groß, dunkelhaarig und sehr energisch.«

Diese Beschreibung traf genau auf eine etwa 40-jährige Frau zu, die in diesem Augenblick aus dem Flur, an dessen Ende sich der Tatort befand, in die Halle gestürmt kam und sofort auf die drei Kasseler Polizisten zuhielt.

»Machen Sie sich mal los, Haberland«, brummte Lenz, »sonst kriegen Sie vielleicht gleich wieder was ab.«

»Danke, bis später, ich melde mich bei Ihnen, wenn ich etwas herausgefunden habe.«

Es gelang dem jungen Polizisten gerade noch eben zu verduften, bevor die in einem kaffeebraunen Hosenanzug steckende Kollegin aus Wiesbaden die kleine Gruppe erreicht hatte.

»Wenn ich die Szene gerade richtig deute, müssen Sie der Hauptkommissar sein, der bis eben die Ermittlungen zu der Sache von heute Nacht geleitet hat«, sprach sie Lenz mit eindringlichem Augenkontakt an und reckte ihm dabei den rechten Arm entgegen. »Hauptkommissarin Mariana Abt, hallo.«

»Paul Lenz, Leiter der Kasseler Mordkommission.« Er deutete auf seinen Kollegen. »Mein Mitarbeiter Thilo Hain. Freut uns, Sie kennenzulernen.«

»Na, ich weiß nicht, ob Sie das wirklich so ernst meinen, wie es klingt«, konterte die Frau, ohne die Anwesenheit des Oberkommissars auch nur zur Kenntnis zu nehmen. »Immerhin haben wir LKA-Leute den Ruf, nicht besonders kooperativ zu sein, was ich natürlich weit von mir weisen würde. Und wenn wir irgendwo auftauchen, heißt es für die Kollegen vor Ort immer, nur noch die zweite Geige zu spielen, und damit kann nicht jeder so einfach umgehen.«

»Ach, wir sind, was das angeht, großzügig. Sie haben also die Ermittlungen an sich gezogen. Darf ich fragen, aus welchem Grund?«

Frau Abt zögerte einen Moment. »Das ist einer der Gründe, warum ich heute ziemlich schlecht gelaunt hier angekommen bin, Herr Lenz. Sie hatten doch schon gestern Nacht eine Aufstellung der getöteten Männer und haben es unterlassen, den Staatsschutz einzuschalten, wie es sich gehört hätte.«

»Den Staatsschutz?«, fragte Thilo Hain irritiert nach. »Was hat denn der Staatsschutz mit dieser Sache zu tun?«

Hauptkommissarin Abt bedachte ihn mit einem höchst pikierten Blick. »Meine Mitarbeiter und ich *sind* von der Abteilung Staatsschutz, verehrter Herr Kollege Wie-auch-immer-Sie-heißen-mögen. Und wir sind hier, weil es sich bei einem der Getöteten um einen Mann handelt, der seit mehreren Monaten unter Personenschutz steht.«

»Und wer genau soll das sein?«

Wieder setzte die Frau einen Blick auf, der Wasserdampf augenblicklich zu Eis hätte gefrieren lassen können.

»Wenn Sie Ihre verdammten Hausaufgaben gemacht hätten, müsste ich Ihnen das jetzt nicht erklären, so viel steht fest.«

»Frau Abt«, mischte Lenz sich so sachlich wie möglich ein, »was genau wären denn unsere Hausaufgaben gewesen? Helfen Sie uns bitte ein wenig auf die Sprünge.«

»Wenn Sie Ihren Job ernst nehmen würden, hätten Sie die Namen der Opfer mit unserer Kartei abgeglichen, dann wären Sie darauf gekommen, dass einer der Männer war, eine der Koryphäen der deutschen Herzchirurgie, und zugleich einer der gefährdetsten Menschen in der Republik. Er stand seit einigen Monaten auf der Todesliste einer radikalen dschihadistischen Gruppe mit Namen Chorasan. Deshalb bekam er Personenschutz bewilligt.«

»Wo war dieser Personenschutz denn gestern Abend?«, wollte Thilo Hain wissen. »Wir haben von ihm nichts mitbekommen und gemeldet hat er sich nach der Tat auch nicht bei uns.«

Nun wurde zum ersten Mal so etwas wie Anspannung im Gesicht der Frau erkennbar. »Professor Wild hatte uns gebeten, diese Tage im Kreis seiner Kollegen und Freunde hier in Kassel ohne seine Gorillas verbringen zu dürfen, die ihm seit mehr als vier Monaten nicht einen Millimeter von der Seite gewichen sind. Er hatte sich mit falscher Identität angemeldet und auf jegliche Referententätigkeit verzichtet, also sind wir seinem Wunsch nachgekommen.«

Nun platzte Lenz der Kragen. »Sie werfen uns also ernsthaft vor, wir hätten unsere Hausaufgaben und unseren Job nicht richtig gemacht, um uns im nächsten Satz mitzuteilen, dass der Mann gar nicht unter seinem echten Namen angemeldet gewesen ist? Sagen Sie mal, sind Sie noch ganz dicht?«

Mariana Abt reagierte mit eisernem Schweigen, bedachte den Hauptkommissar jedoch mit einem vernichtenden Blick.

»Wenn ich Sie richtig verstanden habe, wurde er letzte Nacht also nicht beschützt?«

»Konnte man meine Einlassung irgendwie anders verstehen?«, blaffte sie zurück.

»Warum stand der Herr Professor aus Freiburg denn eigentlich auf dieser Todesliste?«, hakte Hain nach. »Ist ihm an einem Islamisten ein Kunstfehler unterlaufen?«

»Nein, so einfach ist es leider nicht gewesen. Der Mann ist mit einer Syrerin verheiratet und hat mindestens einen Monat im Jahr dort unten verbracht und sich um herzkranke Patienten gekümmert. Natürlich hat er da unten auch den einen oder anderen Verwundeten operiert, was den Truppen des Islamischen Staates ein echter Dorn im Auge war. Sie haben versucht, ihn zu kidnappen, was aber absolut ins Auge gegangen ist, mit vielen Toten auf deren Seite, was sie wohl nicht auf sich sitzen lassen wollten oder konnten. Dass seine Frau dabei eine Schussverletzung davongetragen hat, war für diese Terroristen völlig ohne Bedeutung, sie wollten ihn danach vermutlich einfach nur noch tot sehen.«

Sie räusperte sich.

»Was ihnen ja nun auch gelungen ist.«

Lenz und Hain tauschten einen kurzen Blick aus.

»Und Sie meinen, dass diese Leute sich tatsächlich solch eine Mühe machen würden, um ihn zu töten?«, versuchte der Hauptkommissar die Bedenken seines Mitarbeiters ein wenig zu präzisieren. »Wäre es in diesem Fall nicht leichter und deutlich einfacher gewesen, einen Mann mit einer Waffe nach Kassel zu schicken und ihn auf offener Straße niederzuschießen?«

»Das haben meine Kollegen und ich auf der Fahrt hierher auch diskutiert, sind aber zu der einstimmigen Meinung gekommen, dass es nur so gewesen sein kann, wie ich es Ihnen sage. Womöglich wollten sie uns mal demonstrieren, was sie alles können, oder vielleicht hatten sie auch gerade niemanden an der Hand, der Lust auf das Paradies und die dort wartenden 72 Jungfrauen gehabt hat.«

Sie spannte ihren Körper.

»Auf jeden Fall ist das die Richtung, in die vorrangig ermittelt wird. Von uns genauso wie von Ihnen, um das mal klar zu sagen.«

»Wir haben damit kein Problem, Frau Abt«, beeilte Lenz sich, die Frau seiner Loyalität zu versichern. »Sie sind der Boss, und was Sie bestellen, das sollen Sie bekommen.«

»Es freut mich, das zu hören. Es sind beileibe nicht alle Kollegen so anpassungsfähig.«

»Haben Sie schon irgendwas, das wir für Sie tun könnten?«

»Nein, im Augenblick müssen wir uns erst mal einen Überblick verschaffen; wie das Ganze gelaufen ist, und so. Zum Glück hat ihre KTU ja vernünftige Arbeit geleistet, sodass wenigstens an dieser Front keine Überraschungen zu erwarten sind. Meine Leute schauen sich um, nehmen die Witterung auf und dann geht es hoffentlich los.«

»Mit wie vielen Beamten sind Sie am Werk?«

»Zunächst mit neun, aber es werden sicher noch ein paar Spezialisten dazustoßen. Unser größtes Problem ist aktuell dieser riesige Ärztekongress, der dafür sorgt, dass wir noch keine Hotelzimmer gefunden haben.«

Die Kommissarin griff sich an den Kopf.

»Jetzt hätte ich das Wichtigste fast vergessen, Herr Lenz.«

»Und das wäre?«

»Bitte sprechen Sie nicht mit den Medien, das ist ganz wichtig für uns. Wir haben einen Mann dabei, der für die Kommunikation zuständig ist, und deshalb sollte bitte alles nur über diesen Kollegen laufen. Als ich die Jungs eben verlassen habe, war er gerade dabei, mit Ihrem

Kollegen Wagner zu telefonieren, der normalerweise hier in Kassel zuständig ist, und hat ihn eingenordet. Sie kennen doch sicher den Pressesprecher Wagner?«

»Flüchtig«, log Lenz.

Sie reichte dem Hauptkommissar die Hand.

»Ach ja, die Sache mit den Hotelzimmern sollte sich auch schnellstmöglich regeln lassen, weil, wie man hört, wird die Veranstaltung ja noch heute abgebrochen. Haben Sie davon gehört? Na egal, wie auch immer, ich kann Sie auf jeden Fall im Präsidium erreichen, oder?«

»Selbstverständlich.«

»Haben Sie auch eine mobile Nummer?«

Fast wäre Lenz herausgerutscht, dass so etwas wie Mobiltelefone in Kassel noch nicht vorhanden waren, doch er konnte sich so gerade noch bremsen und nannte ihr die Nummer.

»Das machen wir anders«, widersprach die Frau kopfschüttelnd. »Nehmen Sie mal Ihr Ding und rufen Sie mich an, dann klappt das, auch ohne große Zahlenkolonnen zu buchstabieren.«

6

Lothar Wünsche lag rücklings auf dem Bett in seiner kleinen Wohnung und betrachtete die Decke über sich. Er trug ein helles Grobrippunterhemd, unter dem sich sein feister Bauch ungehemmt abzeichnen konnte, eine verwaschene, ehemals vermutlich blaue Unterhose und weiße Sportsocken. In seiner rechten Hand hielt er eine Zigarette, in der linken eine Bierflasche. Hätte man den Mann in seiner gegenwärtigen Lage gezeichnet, wäre unweigerlich eine Karikatur dabei herausgekommen. Jetzt lag er da, summte die Melodie eines Helene-Fischer-Liedes, unterbrochen von einem kurzen, jedoch keineswegs unterdrückten Rülpser, und freute sich wie ein kleiner Junge auf die Ankunft seiner Auftraggeberin.

Petra Schneider.

So hatte sie sich ihm gegenüber vorgestellt, ein paar Wochen zuvor. Er hatte auf ihrem Hotelzimmer dafür gesorgt, dass die Klimaanlage wieder funktionierte; oder besser, ihr einfach erklärt, wie sie einzustellen war. Der Rezeptionist hatte sich per Funk bei ihm gemeldet und ihn auf Zimmer 213 geschickt, eine Suite. Schon wie sie ihn an der Tür empfangen hatte, war eine Augenweide, und da kannte Wünsche sich aus. Er hatte zwar seit mehr als zwei Jahren keine Frau mehr gehabt, aber für die hätte er sich schon richtig ins Zeug gelegt. Und vergessen, wie es geht, hatte er sicher nicht, davon war er überzeugt. *Ist wie mit dem Fahrradfahren*, sagte er immer, *das verlernt man auch nicht.* Aber es war natürlich nicht dazu gekommen, klar, die Frau spielte in einer völlig anderen Liga als er, der Hausmeister. Obwohl, Hausmeister war er ja schon länger nicht mehr, seit ein paar Jahren nannte er sich in bestem Neudeutsch Facility-Manager. Aber scheiß drauf, ob das Eine oder Andere, die Frau war ihm auf Anhieb sympathisch gewesen. Und geil hatte sie ihn gemacht, verdammt geil.

Nachdem die Klimaanlage, die einfach nur verstellt gewesen war, wieder einwandfrei funktionierte, waren die beiden ein wenig ins Gespräch gekommen. Sie hatte sich sehr interessiert an seinem Job gezeigt, wollte genau wissen, was er so alles zu tun hatte und inwieweit er sich eigentlich im Hotel auskannte.

Gut, bei seiner eigenen Bedeutung hatte Wünsche gegenüber Petra Schneider ein wenig übertrieben, aber sonst war er bei der Wahrheit geblieben. Und es war ja schließlich auch so, dass er wegen Allem und Jedem gerufen oder befragt wurde. Zwei Ausbildungen hatte er vorzuweisen, eine als Heizungsbauer und eine als Elektriker, und ohne die beiden hätte er diesen Job damals garantiert nicht bekommen. Und dann diese himmelschreiende Ungerechtigkeit, wegen der er zu guter Letzt doch noch rausgeflogen war. Dabei hatte er der Tussi noch nicht mal ins Dekolleté geschaut, da war er ganz sicher, obwohl das, was sie da vorzuweisen gehabt hatte, auch nicht von schlechten Eltern gewesen war.

Keine Chance hatte dieser beschissene Hotelmanager ihm gelassen, nicht den Hauch. Ins Büro zitiert, die Kündigung ausgesprochen und raus. Jeden Versuch einer Rechtfertigung hatte er abgelehnt und immer nur auf seiner angeblichen Alkoholsucht herumgeritten.

Alkoholsucht, noch so ein Quatsch! Wenn er wollte, würde Lothar Wünsche jeden Tag mit dem Saufen aufhören, jeden Tag, und das war so sicher wie das Amen in der Kirche. Er trank halt gern mal ein Bier oder einen Korn, klar, aber wer machte das nicht? Das war schon die reine Schikane gewesen, als sie ihn in diese Alkiklinik geschickt hatten, aber da hatte er noch mitgemacht, weil er ja seinen Job nicht verlieren wollte. Obwohl diese Psychotussi, die ihn da behandelt hatte, war nach seiner Meinung selbst nicht ganz dicht gewesen zwischen den Ohren. Hatte ihm immer und immer wieder die gleichen Fragen gestellt, so lang, bis er sie wirklich nicht mehr hören konnte und einfach das geantwortet hatte, von dem er meinte, es würde ihr am besten gefallen. Und das war dann auch die genau richtige Taktik gewesen. So hatte er es geschafft, ohne große Mühen die Kur zu überstehen, seinen Job zu behalten, und war sogar für ein paar Wochen wirklich trocken gewesen.

Ach, alles Schnee von gestern, dachte der alkoholisierte Mann auf dem Bett und nippte erneut an der Bierflasche, zündete sich eine weitere Zigarette an und starrte wieder zur Decke. So lag er bestimmt eine halbe Stunde da, während ihm immer wieder mal die Augen zufielen. Dann schreckte er hoch, weil es an der Haustür geläutet hatte. Er stellte die Flasche auf das Nachtkästchen, warf sich den fleckigen, schlecht sitzenden Bademantel über und trottete langsam zur Tür. Die Zigarette behielt er dabei in der rechten Hand.

»Hallo, Herr Wünsche«, begrüßte Petra Schneider ihn mit einem geheimnisvollen, aber doch vielsagenden Lächeln.

»Hallo, Frau Schncider«, murmelte der gefeuerte Facility-Manager mit belegter Zunge. »Sie sehen mal wieder umwerfend aus.«

»Danke«, antwortete die blonde Frau. »Und heißt das, dass ich hier auf dem Flur stehen muss?«

»Nein, nein, entschuldigen Sie. Ich war nur gerade ein bisschen am Dösen, außerdem ist bei mir nicht aufgeräumt. Ich bin in den letzten Tagen sehr beschäftigt gewesen und so.«

»Schon klar«, antwortete sie, wobei ihr Blick in seinen Flur wanderte. »Und außerdem müssen Sie sich in keinster Weise vor mir rechtfertigen.«

»Ja, warum auch?«, murmelte er leise.

»Also, darf ich hereinkommen?«

Wünsche trat zur Seite und ließ sie an sich vorbei in die Wohnung gehen. Es war das erste Mal, dass sie sich hier bei ihm trafen, und irgendwie war es dem Mann auch unangenehm, ihr zu zeigen, wie er lebte, jedoch nicht so viel, dass er etwas an der Situation geändert hätte.

»Schön hier«, sagte sie, und wenn Wünsche nüchtern und klar im Kopf gewesen wäre, hätte ihm der sarkastische Unterton garantiert zu denken gegeben, so aber freute er sich einfach über ihre Bemerkung.

»Müsste halt mal wieder gefeudelt werden, aber ich komme ja zu nichts. Immer was am machen, Sie wissen schon.«

»Ja, ich weiß.«

Die Frau ließ den großen, knallroten Rollkoffer, den sie unter den irritierten Blicken des Hausherrn hinter sich her in den Flur gezogen hatte, ausrollen und lehnte ihn mit der Vorderseite an die Wand zwischen Schlafzimmer und Küche.

»Sie wollen aber nicht gleich bei mir einziehen, oder?«, bemerkte er mit übergriffigem Unterton, wobei sich bei jedem einzelnen Wort blauer Zigarettenqualm aus seinem Mund löste.

»Verlockendes Angebot, aber das geht leider nicht. Ich muss im Anschluss an unser Gespräch verreisen und habe deshalb mein Gepäck dabei.«

Lothar Wünsche wies auf die Tür am Ende des Flurs. »Ich nehme auch nicht an, dass Sie es sich mit mir im Schlafzimmer gemütlich machen wollen, also lassen Sie uns am besten ins Wohnzimmer gehen, oder?«

In seiner Stimme lag deutlich hörbar so etwas wie eine Resthoffnung, dass sie tatsächlich *wo denkst du hin, Lothar, natürlich gehe ich mit dir in dein Schlafzimmer und lasse es mir von dir völlig ungehemmt und geil besorgen* sagen würde, doch diesen Gefallen tat sie ihm nicht.

»Gern«, erwiderte sie stattdessen. »Vielleicht haben Sie ein Wasser für mich. Die Hitze da draußen ist schon wieder kaum auszuhalten.«

»Sie könnten sich ja den Mantel ausziehen«, bemerkte er mit einem Fingerzeig auf ihren leichten, champagnerfarbenen Sommermantel und bedeutete ihr, sich einen Platz auszusuchen. »Ich schaue mal nach, ob ich so etwas wie Wasser habe. Normalerweise trinken die Leute, die mich besuchen, eher andere Sachen. Auch die Frauen.«

Petra Schneiders Gesicht hellte sich schlagartig auf, gerade so, als hätte sie Spaß daran, sich den Trinker mit anderen Frauen vorzustellen.

»Ja, da bin ich sicher, dass ein Bild von einem Mann wie Sie es bei den Frauen nicht schwer hat.«

»Alles andere als das«, log Wünsche und verzog sich in die Küche, wo kurz darauf ein Glas gespült und zum guten Schluss mit Wasser aus dem Hahn aufgefüllt wurde.

»Hab leider nur stilles, ich hoffe, das ist in Ordnung für Sie?«

»Klar, stellen Sie es einfach auf den Tisch«, erwiderte die Frau, die inzwischen auf der Couch Platz genommen hatte.

Der Hausherr verschwand kurz im Schlafzimmer, kam mit seiner angebrochenen Bierflasche in der Hand zurück, zog sich einen der beiden Sessel heran und ließ sich darauf nieder.

»Und, wie geht es voran mit Ihrer Sache?«, fragte er. »Machen Sie Fortschritte?«

»Deutlich, ja. Ich denke, Sie können den Schlüssel morgen, spätestens übermorgen zurückbekommen.«

»Das ist gut, wirklich. Die machen mir die Hölle heiß wegen dem Ding, das kann ich Ihnen sagen. Gestern habe ich einen Schrieb von einem Gerichtsvollzieher aus dem Briefkasten gefischt, es gibt eine einst… eine einst…«

»Eine einstweilige Verfügung?«

»Ja, eine einstweilige Verfügung, so heißt das wohl. Kommt vom Gericht, wenn ich das richtig verstanden habe.«

»Das kann sein, ja.«

»Ich habe die Tür nicht aufgemacht, als es geklingelt hat, genau so, wie Sie es mir befohlen haben. Hab mit keinem Menschen geredet in der vergangenen Woche, mit keinem.«

»Wunderbar, ganz wunderbar, Herr Wünsche.«

Lothar Wünsche sah die Frau mit einer Mischung aus erhöhtem Alkoholpegel und weggesoffenem Resthirn ein wenig debil an.

»Was mich aber wirklich mal interessieren würde, ist die Tatsache, was Sie da eigentlich genau geplant haben, Frau Schneider. Sie bezahlen mir doch nicht so viel Geld, um ein paar silberne Löffel aus dem Vorratsraum im Keller zu klauen, oder?«

Das letzte Wort seines Satzes war schon in einem glucksenden Lachen untergegangen. Der Mann dachte tatsächlich, einen unfassbar unterhaltsamen Witz gerissen zu haben.

»Nein, nein, bei dem, was ich vorhatte, ging es nicht um ein paar silberne Löffel aus der Besteckschublade des Hotels. Ich wollte ein paar Männer töten, das war alles.«

Wünsches Blick wurde erst glasig, dann versonnen und zuletzt fing er wieder an zu lachen.

»Guter Witz, echt richtig guter Witz, Frau Schneider. Ein paar Männer töten, echt gut.«

Dann jedoch verebbte sein kehliges Gelächter schlagartig, er verdrehte den Kopf, verengte die Augen ein wenig und holte dabei tief und schwer Luft.

»Aber wie Sie das sagen, klingt es … könnte man glatt glauben, Sie hätten es schon hinter sich gebracht. Als hätten Sie diese Männer schon getötet.«

»Ja, klar. Haben Sie denn heute noch keine Nachrichten gehört oder gesehen?«

»Ich bin nicht so der Tagesschautyp«, ließ er sie wissen.

»Ach, schade. Wenn das anders wäre, hätten Sie spätestens heute Morgen aus den Medien erfahren, dass letzte Nacht im La Bohème acht Männer auf ziemlich schreckliche Weise den Tod gefunden haben.«

»Den Tod gefunden? Aber damit haben Sie doch sicher nichts zu tun, Frau Schneider. Warum sollten Sie acht Männer umbringen?«

»Stimmt, das ist eine gute Frage.«

Lothar Wünsche, der sich nichts sehnlicher wünschte, als dass sie ihm sagen würde, dass es sich um einen Scherz handelte, blickte ihr streng ins Gesicht.

»Wenn Sie das wirklich gemacht hätten, wären Sie aber ein ganz, ganz böses Mädchen, und das glaube ich einfach nicht. So ein hübsches Mädchen wie Sie kann nicht böse sein, da kenne ich mich aus. Außerdem würden Sie mich damit in eine verdammt blöde Situation bringen, weil doch garantiert alle denken, dass ich damit etwas zu tun habe.«

»Genau darum ging es doch«, bestätigte Petra Schneider. »Genau darum ging es.«

Im Gehirn des Trinkers verknüpften sich in genau diesem Moment ein paar Synapsen, die dafür sorgten, dass so etwas wie Angst in ihm aufsteigen konnte. Angst davor, dass die Frau das, was sie da sagte, am Ende ernst meinen könnte.

»Sie haben … Sie wollen damit sagen, dass …?«

»Korrekt. Sie waren ein nützlicher Idiot, nicht mehr. Aber ich kann Ihnen versichern, dass Sie Ihre Rolle perfekt ausgefüllt haben. Und ich hoffe, das werden Sie für den Rest Ihres Lebens genauso halten.«

»Nichts werde ich«, bellte Wünsche auf, »gar nichts werde ich. Ich werde dir Schlampe zeigen, so mit mir zu reden.«

Damit rappelte er sich schwankend und mit geballten Fäusten hoch und stierte sie dabei wütend an. Doch bevor er auch nur einen Schritt auf sie zu machen konnte, schnellte ihre rechte Hand, die sie bis dahin in der Manteltasche verborgen gehalten hatte, zu ihrem Mund und ließ ein leises, zischendes Geräusch vernehmen. Der ehemalige Hotelmitarbeiter verspürte einen stechenden Schmerz im linken Oberschenkel. Nahezu gleichzeitig erfasste eine Woge von Wärme seinen gesamten Körper, er schluckte, wollte sich am Tisch abstützen, was ihm jedoch nicht gelang, und stürzte schließlich nach vorn, wobei sein Gesicht dumpf auf die Tischplatte schlug. Dann zog der Rest seines Körpers den Kopf mit nach unten, und ehe Lothar Wünsche auch nur im Ansatz realisiert hatte, was mit ihm geschehen war, hatte ihn eine tiefschwarze, alles auslöschende Bewusstlosigkeit übermannt.

7

»*Nehmen Sie mal Ihr Ding und rufen Sie mich an, dann klappt das auch ohne große Zahlenkolonnen zu buchstabieren*«, äffte Thilo Hain ein paar Minuten später, als die beiden im Mazda saßen, den Tonfall der Wiesbadener Kollegin nach. »Du sollst dir die Arbeit mit ihrer Nummer machen, was im Gegenzug offenbar unter ihrer Würde ist. Ich könnte kotzen, wenn ich an die Tussi denke.«

»Ja, ein Ausbund an Kollegialität ist sie sicher nicht, aber könnte deine Aversion gegen sie auch damit zusammenhängen, dass sie dich mehr oder weniger gar nicht wahrgenommen hat, Thilo?« Der Oberkommissar fing an zu grinsen.

»Darauf kannst du ganz gepflegt einen lassen, dass es natürlich auch damit zu tun hat. Ich stehe nun einmal nicht darauf, wie ein unsichtbares Anhängsel behandelt zu werden.«

»Das macht nichts, Junge, denn dafür, dass sie dich so behandelt hat, bist du bemerkenswert ruhig geblieben. Ich hatte die ganze Zeit ärgste Befürchtungen, dass du ihr gleich den Marsch blasen könntest.«

»War auch kurz davor, aber ich habe in den letzten Jahren schon das Eine oder Andere von meinem Idol Paul Lenz gelernt. Und eben habe ich einfach mal bis zehn gezählt, dann hat es schon wieder gepasst.«

Lenz drehte den Kopf nach links und warf seinem Kollegen einen bewundernden Blick zu.

»Wow, dass ich diesen Tag noch erleben darf …«

Dieser Tag war, wie jeder andere der letzten Wochen, von einer nahezu unerträglichen Hitze gekennzeichnet, die sich schon vor der Mittagszeit wie ein bleierner Umhang über die Stadt gelegt hatte.

»Und was machen wir jetzt?«, fragte Hain scheinheilig, »nachdem wir offiziell mit den Ermittlungen nichts mehr zu tun haben?«

»Als Erstes werden wir unseren Boss über das Gespräch mit Frau Abt unterrichten, danach fahren wir zu Herrn Wünsche, pressen unter Zuhilfenahme von brutaler Gewalt ein Geständnis aus ihm heraus und werden morgen als die einzig wahren Helden der Kriminalerszene Kassels weltweit gefeiert.«

»Guter Plan. Kann ich uns zuerst was Kühles zu trinken besorgen, mein Mund ist nämlich schon wieder trocken wie ein Paar Socken nach einer Nacht auf der Heizung.«

»Mach das«, erwiderte der Leiter der Mordkommission, während er sein Telefon aus der Jacke kramte und die Schnellwahltaste von Herbert Schiller drückte. Das Gespräch dauerte knapp fünf Minuten, dann war der Kriminalrat über das weitere Vorgehen und die Unterredung mit der Beamtin aus Wiesbaden informiert.

»Also kümmert ihr beiden euch jetzt erst mal um die Spur, auf die euch der Hotelmanager gebracht hat?«

»Ja, genau.«

Es entstand eine kurze Pause.

»Glaubst du«, wollte Schiller wissen, »dass an der Sache mit den Dschihadisten was dran ist?«

»Klar, Herbert. Immerhin hat eine leitende Kommissarin der Abteilung Staatsschutz es so befohlen.«

»Und ohne deinen beißenden Sarkasmus?«

»Wir haben sie ja ziemlich energisch darauf hingewiesen, dass es eine gehörige Portion unnötige Arbeit wäre, die sich die bösen Buben mit den langen Bärten und den Windeln auf der Rübe da gemacht hätten, aber das hat die Frau überhaupt nicht interessiert. Für die ist klar, dass es so gewesen sein muss, der Rest interessiert sie nicht.«

»Habt ihr mit ihr über diesen Lothar Wünsche gesprochen?«

»Nö.«

»Warum nicht?«

»Sie hat nicht danach gefragt.«

»Mensch, Paul …«

Die Adresse, die sie von James Mitchell, dem Hotelmanager, bekommen hatten, lag am anderen Ende der Stadt. Hain, der während Lenz' Telefonat mit dem Kriminalrat an einem Kiosk zwei Flaschen eisgekühltes Mineralwasser besorgt hatte, ließ den Mazda auf einem Parkstreifen an der Straße gegenüber des Hauses mit der angegebenen Nummer ausrollen und sah sich um.

»Nette Gegend. Supermarkt auf der anderen Straßenseite, Straßenbahnhaltestelle um die Ecke und für eine Frittenbude hat es auch noch gereicht. Da hat unser Lothar einen richtigen Glückstreffer gelandet bei der Auswahl seiner Wohngegend.«

»Nun krieg dich mal wieder ein, Thilo, es kann eben nicht jeder so ein Glück haben wie du oder ich. Und außerdem ist es noch gar nicht so lang her, da hast du auch in einer ziemlich kleinen, nicht immer auf dem letzten Stand der aktuellen Hygieneregeln gehaltenen Bude gehaust.«

»Das stimmt«, erwiderte Hain trotzig, »aber das Viertel, in dem ich *gehaust* habe, war deutlich ansprechender als diese Ansammlung von Mietskasernen hier.«

»Vielleicht mag Wünsche das so oder er hat einfach nicht genug Kohle, um sich was Besseres leisten zu können.«

»Ist gut, Paule, ich hab's verstanden. Und ich gebe zu, dass mein Spruch ziemlich arrogant gewesen ist. Tut mir leid, wirklich.«

»Du scheinst tatsächlich so langsam erwachsen zu werden.«

»Ha, ha.«

Die beiden stiegen aus und gingen über die Straße. Als sie noch etwa 15 Meter vom Eingang entfernt waren, wurde die schäbig wirkende Holztür, von der die mausgraue Farbe in großen Brocken abplatzte, geöffnet und eine edel gekleidete, perfekt geschminkte, etwa 35-jährige hellblonde Frau trat aus dem Haus. Mit der linken Hand zog sie einen großen, knallroten Rollkoffer hinter sich her, der beim Überfahren der halben Stufe zum Weg hin wie ein Gummiball auf und ab sprang. Sie blickte hoch, sah die Kommissare freundlich an und nickte einen kurzen, tonlosen Gruß.

»Guten Tag«, erwiderte Lenz höflich, während Hain nach vorn sprang und seinen rechten Fuß in die sich überaus langsam schließende Tür schob.

»Siehst du, hier wohnen anscheinend auch Leute, die sich was Besseres leisten könnten«, nahm der Hauptkommissar den Gesprächsfaden von kurz zuvor wieder auf. »Die sah nämlich nicht aus wie eine, die ungern hier wohnen würde, und arm schon gar nicht.«

»Ach Quatsch, Paul«, erwiderte Hain, »das war eine Professionelle, vermutlich eine Domina. Deswegen hatte sie auch diesen riesigen Koffer dabei. Die kam sicher von einem Kunden hier im Haus, den sie gerade so richtig nach allen Regeln der Kunst vermöbelt hat.«

Lenz schüttelte entnervt den Kopf. »Meine Güte, Thilo, deine Fantasie möchte ich haben.«

»Ja, darum beneiden mich noch ganz andere Kaliber, das kann ich dir sagen.«

Der junge Oberkommissar hob die Hand, als wolle er zum Ausdruck bringen, dass er genug von den gegenseitigen Scherzen hatte, und sog die Luft in dem erfreulich kühlen, jedoch deutlich heruntergewohnten Hausflur durch die Nase ein.

»Riecht, als ob hier jemand grillen will, und altes Zeitungspapier zum entzünden der Holzkohle verwenden würde.«

Nun nahm auch Lenz den beißenden Geruch in der Luft wahr. »Stimmt. Komm, lass uns nach oben gehen und sehen, wo der Typ wohnt. Vielleicht haben wir Glück und er ist zu Hause.«

Sie mussten sich nicht lange mit der Suche nach der Wohnung beschäftigen, denn im ersten Stock drang unter einer der Türen dichter, hellblauer Qualm hervor. Hain sah nach oben und deutete auf die Klingel neben einem verblichenen Namensschild, auf dem *Lothar Wünsche* zu lesen war.

»Verdammt«, murmelte Lenz, bewegte sich einen Schritt nach vorn und trat die Verglasung in der Mitte der Tür ein. Es gab ein lautes Klirren, als die Scherben auf den Boden fielen, doch das war im Vergleich zu dem, was sich direkt danach ereignete, nur eine harmlose Ouvertüre. Durch die eingetretene Scheibe und den dadurch hinzugefügten Sauerstoff dauerte es keine halbe Sekunde, bevor irgendetwas in der Wohnung mit einem ohrenbetäubenden Knall explodierte. Lenz, der noch immer in der Tür stand, wurde seitlich nach hinten geschleudert. Er krachte gegen die gegenüberliegende Tür, fiel zu Boden und daraufhin einige Treppenstufen hinab. Im Nachhinein betrachtet war das sein großes Glück, denn sonst wäre er frontal von der Hitzewelle und der Feuerwand erfasst worden, die hinter der Druckwelle herkam. Hain, der seitlich neben der Tür gestanden hatte, ließ sich auf den nächsten Treppenabsatz fallen und kauerte sich, so klein es eben ging, zusammen. Im gesamten Haus zerplatzten die Einlegescheiben der Wohnungseingangstüren, und eine ganze Reihe weiterer Fenster. Lenz, der mittlerweile die kompletten zwölf Stufen hinabgerutscht war, hielt sich ebenfalls die Arme über den Kopf, bis er wie durch Watte und unterlegt mit einem fies hohen Summton die besorgte Stimme seines Kollegen hörte.

»Paul, alles in Ordnung mit dir?«

Der Hauptkommissar versuchte sich aufzurichten, was ihm jedoch höllische Schmerzen im Rücken bereitete. »Ich glaube schon, ja. Es geht.«

Auch sich selbst vernahm er wie aus großer Entfernung.

»Verdammt, was zum Teufel war das?«

»Was das war, kann uns im Augenblick völlig egal sein, wir müssen als Erstes hier verschwinden. Wünsches gesamte Bude steht nämlich in hellen Flammen, das Ding brennt wie Zunder.«

Lenz kämpfte sich, unterstützt durch seinen Freund und Kollegen, in die Vertikale.

»Los, raus hier«, schrie Hain, »bevor noch mehr in die Luft fliegt.«

Damit schnappte er sich den Arm des Hauptkommissars und riss ihn hinter sich her. Stolpernd und hustend hatten die beiden kurz darauf die Haustür erreicht, stürmten ins Freie und warfen sich in das Gras gegenüber. Thilo Hain, der noch immer hustete, griff nach seinem Mobiltelefon und wählte die 112. Während er mit der Leitstelle telefonierte, erkannte er, dass aus zwei Fenstern im ersten Stock Flammen schlugen.

»Was für eine Scheiße«, brummte er, nachdem das Telefon wieder in seiner Sakkotasche verschwunden war.

»Das kannst du laut sagen.«

Damit sprang der junge Polizist auf, rannte zurück in den Hausflur und half einer älteren Dame, die, ein nasses Handtuch vor den Mund gepresst, die Treppe herunterkam.

»Was um Himmels willen ist denn passiert?«, wollte sie mit erstickter Stimme wissen. »Gab es einen Bombenanschlag hier im Haus?«

»Das wissen wir nicht«, erwiderte Lenz, der zu den beiden getreten war.

»Waren Sie das am Ende?«, bedachte sie Thilo Hain mit einem überaus bösen Blick.

»Nein, wir haben mit dieser Explosion nichts zu tun«, erwiderte der Kommissar so höflich es ihm angesichts der Umstände möglich war.

In schneller Folge kamen noch sechs weitere Bewohner des Hauses unten an, während von der Ihringshäuser Straße her die ersten Sirenen zu hören waren.

»Gibt es im Haus jemanden, der nicht mobil ist?«, wollte Hain von den verängstigten und schockierten Bewohnern wissen. Ein etwa 30-jähriger Mann, der barfuß und in Unterhose dastand, schüttelte den Kopf.

»Nein, hier im Haus sind alle ganz gut zu Fuß. Das hätte ich sonst bemerkt, ich habe Zivildienst in einer Rehaklinik gemacht.«

Dann sah er sich um.

»Die meisten sind jetzt an der Arbeit, der Einzige, der fehlen könnte, ist Herr Wünsche, doch da bin ich mir nicht sicher, der arbeitet nämlich im Schichtdienst.«

Er sah die Hauswand hoch.

»Aber wie es aussieht, würde ich ohnehin vermuten, dass sich die Explosion in seiner Wohnung ereignet hat.«

Er sah Lenz und Hain an.

»Wissen Sie etwas von ihm?«

»Nein. Wir sind von der Polizei und wollten ihm ein paar Fragen stellen, aber dazu ist es nicht mehr gekommen, denn als wir an seiner Tür standen, kam schon dichter Qualm darunter hervor.«

Nun stürmten die ersten uniformierten Polizisten um die Ecke und auf die Menschen zu, die vor dem Haus standen. Die beiden Kommissare der Mordkommission hielten ihre Dienstausweise hoch und erklärten den drei Männern und einer Frau, was sich ereignet hatte. Im gleichen Augenblick erschien eine Gruppe von Feuerwehrleuten, die zunächst alle Anwesenden neben das Haus und in Sicherheit scheuchte.

Nachdem der Wehrführer, an dessen Overall groß der Name *Steinert* zu lesen war, über die Ereignisse im Haus und vor Wünsches Wohnung informiert worden war, gab er seinen Männern ein paar kurze Befehle, und die Lösch- und Rettungsaktionen konnten beginnen.

Eine knappe halbe Stunde später war das Feuer gelöscht und die Feuerwehrmänner erklärten die Wohnung für sicher.

»Wir haben eine männliche Leiche in der Wohnung, wo der Brand ausgebrochen ist«, erklärte Wehrführer Thorsten Steinert. »Es hat wohl eine mächtige Verpuffung oder Explosion in eben dieser Wohnung gegeben und zwar vermutlich, als in irgendeiner Form Sauerstoff eingedrungen ist.«

Lenz erzählte dem Mann, was er und Thilo Hain an der Wohnungstür erlebt hatten.

»Das war vermutlich die Initialzündung«, bestätigte der Feuerwehrmann seine Vermutung. »In der Bude selbst hatte es wohl zu wenig Sauerstoff, um die Explosion auszulösen, der wurde allerdings in dem Moment angesaugt, als Sie die Glasscheibe eingeschlagen haben. Nach meiner Meinung hat es im Schlafzimmer des Mannes schon ein wenig gebrannt, den Rest haben Sie dann erste Reihe Mitte mitbekommen.«

»Ich konnte ja nicht ahnen«, unternahm der Hauptkommissar den Versuch, sich zu rechtfertigen, »was mein Handeln auslösen würde.«

»Ich wollte Sie damit auch nicht angreifen oder in irgendeiner Form für diese Sache verantwortlich machen. Jeder normale Mensch hätte so gehandelt, vermutlich sogar jeder Feuerwehrmann. Sie müssen sich auf gar keinen Fall Vorwürfe machen, das wäre wirklich Quatsch.«

»Danke. Haben Sie schon irgendeine Idee, was genau da drin explodiert oder verpufft ist?«, wollte Lenz wissen.

»Wie es aussieht, geht es dabei um hochprozentige Alkoholika, vermutlich Strohrum. Zwei Flaschen sind nicht hochgegangen, warum auch immer, und auf dem Etikett steht zwar versengt, aber trotzdem noch vernünftig lesbar, dass es sich eben um Strohrum handelt. Im Schlafzimmer, wo auch die Leiche auf dem Bett liegt, ist alles voller Scherben. Ich vermute, dass der Mann dort seine diversen Vorräte gelagert hatte.«

Er schob seinen gelben Helm ein wenig nach vorn und kratzte sich am Hinterkopf.

»Sieht für mich aus wie ein klassischer Raucherunfall. In jedem Raum in der Wohnung stehen Aschenbecher, die garantiert voll waren, bis die Verpuffung sie mit ihrer Druckwelle geleert hat, also die Kippen in alle Richtungen verteilt. Der Brand selbst, davon bin ich felsenfest überzeugt, und das wird auch der Sachverständige garantiert so bestätigen, ist im Bett ausgebrochen, und auch die Haltung des Toten ist überaus eindeutig.«

»Kein Fremdverschulden möglich?«

Wieder das Kratzen im Nacken.

»In meiner Branche, das wissen Sie genauso gut wie ich, ist nichts wirklich unmöglich, aber die Sache da oben erscheint mir absolut plausibel. Blöd für ihn, dass er seine doch sehr explosiven Schnapsvorräte im Schlafzimmer gelagert hat, aber vielleicht hatten ihn die Rauchgase ja auch schon umgebracht, bevor das Zeug in die Luft geflogen ist.«

»Schafft es ein Feuer, diese *Vorräte* einfach so zu entzünden?«, hakte der Polizist nach.

»Daran besteht gar kein Zweifel, Herr Kommissar. Die Hitze bringt das Glas zum Bersten, es kommt zu einer Kettenreaktion, den Rest können Sie sich ausmalen. Oder besser, den haben Sie ja erlebt.«

»Wie geht es jetzt hier weiter?«, wollte Lenz wissen. »Kann unsere Spurensicherung in die Wohnung, oder spricht etwas dagegen?«

»Von meiner Seite aus nicht. Ich werde zwar veranlassen, dass die übrigen Bewohner die nächsten zwei, drei Nächte nicht in Ihren Wohnungen schlafen werden, aber das würden sie wegen des furchtbaren Raucharomas ohnehin nicht wollen. Mit Ihrer Arbeit hat das aber nichts zu tun, für uns ist der Brand zunächst mal erledigt.«

»Dann danke ich Ihnen auf jeden Fall, dass Sie so schnell hier gewesen sind.«

»Dafür nicht«, erwiderte Steinert freundlich. »Das ist unser Job.«

Lenz gab dem Mann die Hand und machte sich auf den Weg zu seinem Kollegen. Hain stand bei dem Hausbewohner, der sich als ehemaliger Zivildienstleistender zu erkennen gegeben hatte.

»Blond, etwa 1,70 Meter groß, schlanke Figur, sehr ansprechendes Äußeres«, beschrieb der Oberkommissar ihm wohl gerade die Frau mit dem Rollkoffer, die den beiden Polizisten vor dem Haus begegnet war.

»Nein, wenn ich es Ihnen doch sage, so eine Frau habe ich hier noch nie gesehen, und wenn sie wirklich so aussieht, wie Sie sie beschreiben, wäre sie mir garantiert aufgefallen.«

»Und sonst ist Ihnen, speziell heute Vormittag, auch nichts Außergewöhnliches aufgefallen?«

»Ich würde Ihnen für mein Leben gern helfen, aber das kann ich nicht, weil ich bis um 5 Uhr heute in der Früh für mein zweites Jura-Staatsexamen gelernt habe. Danach bin ich wie ein Toter ins Bett gefallen und erst durch den Knall aufgewacht. Selbst als meine Freundin aus dem Haus und zur Arbeit gegangen ist, habe ich davon nicht das Geringste mitbekommen.«

Hain bedankte sich bei dem Mann und wandte sich an seinen Kollegen.

»Kein Mensch hat irgendetwas mitbekommen. Es hat Bumm gemacht, dann sind alle aus ihren Wohnungen gestürzt, und das war es.«

Er sah auf den kleinen Notizblock in seiner Hand.

»Komisch ist die Tatsache, dass niemand von den Hausbewohnern die Frau, die uns an der Tür begegnet ist, jemals zu Gesicht bekommen hat. Nicht heute, und auch früher nicht.«

»Wer gibt schon gern zu, dass er sich am sonnigen Vormittag von einer professionellen Domina den Hintern versohlen lässt?«, erwiderte Lenz mit verstohlenem Grinsen.

»Ha, ha.«

»Nimm es nicht persönlich, Thilo, aber solch eine Steilvorlage würdest du dir auch nicht entgehen lassen.«

»Geschenkt. Auf der anderen Seite könnte die Lady eine Spur sein.«

»Wenn es nach der Feuerwehr geht, haben wir es mit einem lupenreinen Unfall zu tun, meint zumindest der Wehrführer.«

»Am Arsch hängt der Hammer«, echauffierte sich der junge Oberkommissar sofort.

»Wir haben acht tote Männer, und ein möglicher Verdächtiger entschläft zwar unsanft, aber durch einen Unfall am Morgen danach. Das kannst du deiner Großmutter erzählen.«

»Ich habe keine Großmutter mehr, das weißt du doch ganz genau.«

»Schon klar.«

»Als Erstes müssen wir sicherstellen, dass der Tote da oben tatsächlich Lothar Wünsche ist. Wenn das geklärt ist, kommt die Obduktion. Und wenn der Doc …« Er brach seinen Satz ab, weil Dr. Franz, der Rechtsmediziner, tatsächlich in diesem Augenblick um die Hausecke trat. »Wenn man vom Teufel spricht«, murmelte der Hauptkommissar leise.

»Sie können mein Erscheinen ruhig laut kommentieren, Herr Lenz«, erwiderte der Arzt lächelnd und schüttelte den beiden Polizisten die Hand. »Sie haben doch gerade von mir gesprochen oder ordne ich das falsch ein?«

»Nein, das stimmt schon«, bestätigte Lenz.

»Na also, vermutete ich doch richtig.« Er sah den Leiter der Mordkommission gut gelaunt an. »Die Männer von gestern Abend, also meine Kollegen, warten noch auf meinen Einsatz, da legen Sie mir schon einen neuen Fall zu Füßen. Sie sorgen noch dafür, dass ich mit einem Burn-out in die Klinik muss, was?«

»Na, ja«, wandte Hain ein, »wir ermorden die Leute hier in Kassel ja nicht selbst, Doc.«

Dr. Franz winkte ab. »Genug gefaselt und schöngeschwätzt, was ist hier los?«

Lenz schilderte ihm die Ereignisse der letzten Stunde und wo Wünsche bis vor ein paar Tagen gearbeitet hatte.

»Hm, das sind aber bemerkenswerte Verbindungen, wenn Sie mich fragen.«

»Das sehen wir genauso«, stimmte Lenz mit Blick auf seinen Kollegen zu.

»Na, dann mal an die Arbeit. Vielleicht kann ich ja schon beim ersten Überblick etwas erkennen, das Skepsis auslöst. Ist die Wohnung freigegeben?«

Die beiden Polizisten nickten. Dr. Franz bedankte sich, griff nach seinem Koffer und steuerte auf den Hauseingang zu.

»Gehen wir mit?«, wollte Thilo Hain wissen.

»Gleich. Ich überlege, ob wir eine Fahndung nach der schönen Unbekannten rausgeben sollten. Wenn Sie nichts mit der Sache zu tun hat, braucht sie uns nur zu erzählen, was sie hier im Haus gemacht hat, und gut.«

»Und wenn doch, werden wir als Helden das Schlachtfeld verlassen und ziehen für den Rest unserer Tage die neidischen Blicke aller Kollegen in der gesamten Republik auf uns.«

»Genau so machen wir es, Thilo.«

8

»Fahndung läuft«, erklärte der junge Oberkommissar seinem Boss keine fünf Minuten später, während er seine Schuhe in blaue Füßlinge und seine Hände in cremefarbene Einweghandschuhe steckte. Lenz war schon komplett ausgerüstet und stand im Flur der nach beißendem, kaltem Rauch stinkenden Wohnung.

»Eine Frau mit einem solchen Ungetüm von Rollkoffer ist so auffällig, dass es sich eher um Minuten als Stunden handeln sollte, bis wir ihr im Vernehmungszimmer gegenübersitzen. Und direkt nach dem Telefonat ist mir was eingefallen, dem ich bisher noch gar keine Bedeutung beigemessen habe.«

»Ja?«

»Als die Frau aus dem Haus kam und die kurze Stufe hinunterging, ist dieser Koffer dabei auf und ab gehüpft wie ein Flummi, was mich zu der Vermutung veranlasst, dass er entweder komplett leer oder zumindest nicht bis zum Rand gefüllt war. Und das finde ich zumindest bemerkenswert.«

»Stimmt, jetzt wo du es sagst …«

»Stellt sich also die Frage, ob sie etwas hier abgeladen oder ob es sich vielleicht ganz harmlos um einen Leihkoffer gehandelt hat, den sie abgeholt oder zurückgebracht hat.«

»Bei Wünsche?«

»Wie es aussieht, kommt nur Wünsche infrage, weil alle anderen Bewohner nichts mit ihr zu tun hatten, geschweige denn sie gesehen haben.«

»Bliebe noch die Möglichkeit, dass sie einen Schlüssel zu einer der Wohnungen hatte, in denen zur fraglichen Zeit niemand zu Hause war.«

»Darüber habe ich auch nachgedacht, aber das schließe ich jetzt einfach schon deshalb mal aus, weil das meine gesamte, eigentlich total brillante Theorie über den Haufen werfen würde.«

Thilo Hain kam nun so richtig in Fahrt.

»Außerdem ist es völlig unmöglich, dass sie nichts von dem Brand mitbekommen hat, wenn sie in seiner Wohnung gewesen ist. Und Wünsche kann unmöglich nichts davon mitgekriegt haben, dass sie da war, das erschiene mir völlig weltfremd.«

Lenz sah nachdenklich an seinem Kollegen vorbei in Richtung des Schlafzimmers, in dem die Leiche lag. »Wenn ich deinen diesmal wirklich brillanten Gedanken weiterspinne, kommt die Frau tatsächlich nur als Täterin infrage. Aber was, verdammt noch mal, hat sie in dem Koffer transportiert? Oder hat sie damit etwas Leichtes von hier weggebracht, mit dem wir eine Verbindung zu ihr hätten herstellen können? Vielleicht …«

Der Hauptkommissar hielt inne, dachte eine gute Sekunde nach, und schlug sich an den Kopf.

»Los, Thilo, wir müssen sein Leergut sichten. Vielleicht hilft uns das weiter.«

Auf dem Weg in die Küche berichtete er seinem Kollegen von den Einlassungen des Wehrführers und dessen Hinweis auf den Strohrum.

»Ach du Scheiße«, entfuhr es den beiden Polizisten im Chor, als sie die kleine Küche betreten hatten, in der es aussah, als wäre seit Monaten nicht aufgeräumt oder abgewaschen worden. Überall standen Kisten und Kartons, teilweise mit Müll und Essensresten gefüllt, in der Spüle stapelte sich das dreckige Geschirr in einer Weise, dass man vermuten durfte, in den Schränken herrsche gähnende Leere, und in einer Ecke türmten sich die gesammelten Altglasbestände des verschiedenen Lothar Wünsche. Die beiden Polizisten hoben jede einzelne Flasche an und betrachteten die Etiketten, doch einen Hinweis auf Strohrum fanden sie nicht, ganz im Gegenteil.

»Alles die gleiche Kornmarke«, fasste Lenz ihre Bemühungen zusammen. »Offenbar war der gute Lothar eher den spirituellen Weizenerzeugnissen zugetan als dem Zuckerrohr.«

»Was bedeuten könnte, dass die Tussi die Zuckerrohrvariante in ihrem Koffer spazieren gefahren hat«, ergänzte Hain.

»Was treiben Sie denn hier?«, kam es von der Küchentür, in der Dr. Franz aufgetaucht war. »Das klingt ja, als würden Sie sich für die Pfandvorräte des Toten interessieren.«

»Leider alles Altglas«, korrigierte Lenz. »Aber trotzdem sehr interessant.«

»Interessant ist ein gutes Stichwort, Herr Kommissar. Darf ich Sie und Ihren geschätzten Kollegen kurz zu dem Leichnam bitten? Ich habe dort etwas in der Art entdeckt.«

»Wenn's der Wahrheitsfindung dient«, stöhnte Hain,

der es trotz seiner vielen Jahre bei der Mordkommission noch immer nicht mit Leichen hatte.

Der Rechtsmediziner ging vor den beiden her ins Schlafzimmer, das ein Bild der Verwüstung bot. Die Verpuffung hatte offenbar eine so hohe Zerstörungskraft gehabt, dass sogar der Kleiderschrank in sich zusammengefallen war. Wünsche selbst lag in der Mitte des kleinen Raums auf der Seite und war von ein paar kleineren Trümmerteilen bedeckt.

»Ich habe ihn genau so belassen, wie ich ihn vorgefunden habe, was für meine Erkenntnisse jedoch auch völlig ohne Belang war.«

Franz wies auf die von schwarzem Rauch bedeckten Beine des Mannes.

»Wie Sie sehen, war er für ein paar Minuten recht hohen Temperaturen ausgesetzt, was seinem Zustand nicht gerade förderlich gewesen ist. Allerdings gibt es hier etwas, das Sie sich näher anschauen sollten.«

Seine Hand wies auf eine Stelle am linken Oberschenkel des Toten.

»Ich will der Obduktion nicht vorgreifen, das mache ich, wie Sie wissen, nie. Aber was Sie hier sehen, ist zweifelsfrei ein Hämatom.«

Er sah die Kommissare erwartungsfroh an, doch die wollten noch keinen Applaus spendieren.

»Na, wie auch immer, ein Hämatom an dieser Stelle ist nichts Ungewöhnliches. Man bleibt an der Tischkante hängen und schon hat man es sich geholt.«

Dr. Franz streckte seinen Zeigefinger aus und bewegte ihn auf den deutlich zu erkennenden blauen Fleck zu.

»Was jedoch keinesfalls in dieses Bild passt, ist diese kleine dunkle Verfärbung hier in der Mitte. Hierbei sollte es sich nach meiner Meinung ohne Zweifel um eine Einstichstelle handeln.«

»Was?«, riefen Lenz und Hain wie aus einem Mund.

»Jetzt kommen wir der Sache beifalltechnisch näher«, grinste der Arzt. »Und ich kann Ihnen sagen, dass Ihr gemeinsamer Ausbruch an Euphorie durchaus seine Berechtigung hat. Denn wenn ich es richtig einschätze, wurde ihm die Injektion kurz vor seinem Tod gesetzt. Und um die Angelegenheit richtig kompliziert zu machen, steckt ein Teil der Kanüle sogar noch in der Wunde.«

Er nickte aufmunternd und drückte dabei vorsichtig mit dem Zeigefinger auf den Punkt in der Mitte des Hämatoms.

»Hier, wollen Sie mal selbst fühlen?«

Beide Kommissare schüttelten synchron den Kopf.

»Na, dann nicht.«

»Doc«, wollte Hain stattdessen wissen, »was wäre Ihrer Meinung nach passiert, wenn wir den Brand nicht so schnell bemerkt hätten? Wäre der arme Kerl dann völlig und bis zur Unkenntlichkeit verkokelt?«

»Worauf Sie sich verlassen können, Herr Hain. Dieses persönliche Alkohollager …«

»… das«, wurde Dr. Franz von Lenz unterbrochen, »mit an Sicherheit grenzender Wahrscheinlichkeit aus Strohrum bestand.«

»Ach, wie interessant. Strohrum mit seinem Alkoholgehalt von mehr als 80 Volumenprozent dürfte einen idealen Brandbeschleuniger dargestellt haben.«

Der Arzt sah sich in dem Schlafzimmer um.

»Ich bin zwar kein ausgewiesener Brandexperte, aber ich denke, dass es ohne Ihr Auftauchen hier zu deutlich größeren Schäden, vor allem an dem Toten, gekommen wäre. Und dann wäre es sehr, sehr schwer möglich gewesen, das Hämatom und die Einstichstelle zu entdecken.«

»Was uns, wenn ich Sie richtig verstehe, zu der Erkenntnis führt, dass wir es bei der vermutlichen Täterin mit jemandem zu tun haben, der sich in der Medizin recht gut auskennen sollte.«

»Das würde ich auch sagen. Was mir allerdings noch zu denken gibt, ist der Kanülenrest in der Wunde. Also entweder wurde ihm die Injektion im Schlaf gesetzt, woraufhin er aufgewacht ist und die Kanüle beim Versuch, sich der Spritze zu entledigen abbrach, oder …«

»Es gibt keinerlei Spuren an der Tür, die auf einen Einbruch schließen lassen, also gehen wir davon aus, dass er der Frau selbst geöffnet hat.«

»Ja, dann kann ich mir auf dieses Detail im Augenblick noch keinen Reim machen, meine Herren. Vielleicht klärt es sich, wenn ich im Rahmen der Obduktion den Rest aus seinem Bein geholt und untersucht habe, aber da bin ich auch eher skeptisch.«

Im Hausflur wurden Stimmen laut. Kurz darauf standen Martin Boller und Harm Ziener in der Tür, zwei junge Mitarbeiter der Spurensicherung.

»Ach du Scheiße«, murmelte Ziener. »Das wird ja ein Spaß werden.«

»Ja, und deshalb hauen wir jetzt auch ab und lassen euch mit dieser unerfreulichen Aufgabe allein«, beschied

Thilo Hain den Kollegen mit einem freundlichen Grinsen.

»Und wenn ich noch eine Bitte äußern dürfte«, rief Dr. Franz den beiden Kommissaren nach, die gerade im Hausflur standen und sich der Füßlinge entledigten, »es wäre mir ein echtes Anliegen, wenn Sie in den nächsten Tagen ausnahmsweise mal keine weiteren Leichen auffinden oder entdecken. Die Kapazitäten meines Instituts sind erschöpft. Ich kann keine weiteren Kandidaten aufnehmen und stapeln möchte ich sie beim besten Willen nicht.«

»Wir schließen uns an«, ertönte die Stimme von Martin Boller. »Verschont uns einfach mal eine Weile mit neuer Arbeit, sonst kommen auch wir langsam nicht mehr damit nach, den Papierkram zu erledigen.«

»Ihr tut ja gerade so, als würde uns das Spaß machen«, protestierte Thilo Hain.

»Das nicht, aber uns bereitet das natürlich auch alles andere als Vergnügen.«

»Wo kauft der gemeine Nordhesse eigentlich seinen Strohrum?«, wollte Lenz wissen, als die beiden auf dem Weg zum Mazda waren.

»Darüber habe ich auch gerade nachgedacht, aber ich bin, was das angeht, ein schlechter Ratgeber, weil ich zum ersten und auch letzten Mal in der achten oder neunten Klasse das zweifelhafte Vergnügen mit diesem Zeug hatte. Jugendliches Initialisierungsritual würde ich den Blödsinn, sich ein Glas dieses Mördergesöffs reinzuwürgen, heute nennen, aber es war halt so.«

Lenz musste an sich halten, um nicht laut loszulachen.

»Dieses *Ritual* ist mir glücklicherweise erspart geblieben. Aber es würde mich schon interessieren, wie sich das anfühlt.«

Hain blieb an der Fahrertür des Cabrios stehen und dachte eine Weile nach. »Ich habe es zwar nicht direkt gegeneinander getestet, aber ich vermute, Sanitärreiniger dürfte eine ähnliche Wirkung haben; es tötet für eine gar nicht so kurze Zeit sämtliche Nerven in Mund und Rachenraum ab. Außerdem haut das Zeug dermaßen schnell in die Birne, dass es, zumindest bei mir, wie eine kurze Ohnmacht gewirkt hat.«

Es hatte den Anschein, als versuche der junge Polizist sich in die Jahre seiner Pubertät zurückzuversetzen.

»Aber vielleicht irre ich mich auch und war eigentlich ein total cooler Hund. Wobei, nee, das war ich ganz bestimmt nicht. Ich kann mich auch erinnern, dass sich einer meiner Schulkameraden auf einer Klassenfahrt nach Berchtesgaden so dermaßen mit dem Stoff die Lichter ausgeknipst hatte, dass er mit einer Alkoholvergiftung ins Krankenhaus musste. Gab ganz schönen Aufruhr damals bei den Lehrern.«

»Wirklich interessant, aber dieser Ausflug in deine bestimmt nicht leichte Kindheit und Jugend bringt uns auch nicht weiter bei der Frage, wo man hier in der Gegend dieses Gesöff kaufen kann.«

»Was mir als Erstes dazu einfällt ist die Metro«, erwiderte Thilo Hain ohne jeglichen Groll. »Wenn man irgendwo die abgefahrensten Schnapssorten kaufen kann, dann dort.«

»Schau an. *Das* hilft uns wirklich weiter.«

»Vor allem haben die das, was sie im Programm haben, immer in anständigen Mengen da. Wir sollten nicht aus den Augen verlieren, dass es mindestens zwei volle Kisten waren, also gut ein Dutzend Flaschen.«

»Stimmt, ein wichtiger Aspekt.«

»Kennst du vielleicht sonst einen Spirituosenhändler, den wir befragen könnten?«

»Nicht wirklich. Ich könnte Maria anrufen, die ist, was so etwas angeht, sicherlich besser informiert als ich.«

»Gute Idee, mach das mal.«

Keine 30 Sekunden hatte Lenz die Information, dass seine Ehefrau es zunächst ebenfalls in dem für Großverbraucher und Wiederverkäufer reservierten Markt im Kasseler Stadtteil Waldau versuchen würde. Und mit diesem Hinweis hatte er erneut den Tipp bekommen, sich und seinen Rücken möglichst zu schonen.

9

Sabrina Abel machte einen kurzen Schritt über die Edelstahlschwelle, betrat die Straßenbahn, zog ihren Sommermantel aus, ließ sich entspannt auf einen der vielen freien Sitze gleiten und wandte den Kopf in die Richtung, aus der sie gekommen war.

Eigentlich, dachte die 34-jährige Frau, war das wirklich ein Kinderspiel. Weil die Männer, und waren sie noch so unattraktiv, ungebildet, hässlich, fett und dumm, immer davon ausgingen, zum Schuss zu kommen. Selbst schuld.

Ihr Blick fiel auf das elegante Hymer-Wohnmobil, das in der Parkreihe gegenüber des Lidl-Supermarktes stand.

Guter Plan. Wirklich ein sehr guter Plan.

Die Straßenbahntüren schlossen sich und gleich darauf setzte sich die blaue Tram langsam und knarzend in Bewegung. Die meiste Zeit der etwa 20 Minuten dauernden Fahrt dachte die junge Frau darüber nach, was nun schiefgehen könnte, kam jedoch, wie all die anderen Male während denen sie über die Risiken ihrer Unternehmungen nachdachte, zu der Erkenntnis, dass sich alles im grünen Bereich abspielte. Jedes Detail stimmte, genau so, wie es geplant war.

Kurz bevor sie ihr Ziel erreicht hatte, ließ sich zwei Sitzreihen vor ihr ein älterer Mann nieder, der sofort begann, in der aktuellen Ausgabe der Lokalzeitung zu blättern, deren riesige Schlagzeile

Tragischer Tod während des Ärztekongresses

lautete. Offenbar war zum Zeitpunkt der Drucklegung noch nicht klar gewesen, ob die acht Herzspezialisten nun Opfer eines Verbrechens oder vielleicht eher eines tragischen Unfalls geworden waren. Sabrina Abel ließ den Blick sinken, atmete tief ein und wieder aus, schloss für eine Weile die Augen und nahm die Geräusche der Tram unter ihr auf.

Sie klingt wie ein stöhnendes, verwundetes Tier.

Ein paar Sekunden später öffnete sie die Augen, holte erneut tief Luft, stand auf und verließ die Bahn an der nächsten Haltestelle. Mit schnellen Schritten strebte sie einem kleinen, frei stehenden und verwunschen aussehenden Fachwerkhaus entgegen. Im Vorgarten stand auf dem aluminiumfarbenen Briefkasten, ganz wie man ihn aus amerikanischen Filmen kennt, in großen Lettern *Tierarztpraxis Sabrina Abel*. Die Frau sprang die vier Stufen zur Haustür nach oben, drückte die Klinke herunter und schaute in die Runde ihrer vierbeinigen Patienten und deren Besitzer.

»So, gleich geht es weiter. Ich bitte Sie vielmals um Entschuldigung, aber meine Zahnschmerzen waren so arg, dass ich die Behandlung nicht aufschieben konnte. Ich hoffe, Sie haben Verständnis und sind nicht allzu verstimmt, dass Sie auf mich warten mussten.«

Mit einem freundlichen Lächeln schritt sie die von gnädig über leicht verärgert bis wohlwollend zurücklächelnden Praxisbesucher ab, streichelte hier und da einen Hund, sah in einen Korb, in dem sich eine Katze ins hinterste Eckchen zurückgezogen hatte, und ging zu ihrem Behandlungszimmer.

»Ich ziehe mir nur etwas Passendes an«, hauchte sie in der Tür stehend, um sie direkt im Anschluss hinter sich ins Schloss zu ziehen.

»Das war knapp«, flüsterte ihre Mitarbeiterin Doris Kampeter. »Zwei sind gegangen, weil es ihnen zu lang gedauert hat, einer davon hat genörgelt, dass er nie mehr wiederkommen würde.«

Sie legte ihrer Chefin, die gerade dabei war, sich einen weißen Kittel überzuwerfen, eine Kladde auf den Tisch.

»Und vor einer Viertelstunde gab es im Warteraum eine kleine Auseinandersetzung zwischen dem Rottweiler von Herrn Büscher und dem West Highland Terrier von Frau Perles.«

Sie kicherte leise.

»Ich glaube, der Westie hat gewonnen.«

»Wie immer, bei diesem kleinen Biest«, erwiderte die Tierärztin gut gelaunt, griff zur Kladde und holte den ersten Patienten, einen anthrazitfarbenen Helmkakadu, mitsamt seines etwas mürrisch dreinblickenden Halters ins Behandlungszimmer.

»Aber Schmerzen hast du jetzt keine mehr?«, wollte Doris Kampeter drei Stunden später wissen, nachdem alle Tiere versorgt und mindestens auf dem Heimweg waren.

»Nein, nein, das geht schon wieder. Außerdem habe ich gleich auf dem Weg hierher zwei Ibuprofen genommen, das sollte bis heute Abend reichen.«

»Hat er gebohrt oder gleich einen gezogen?«, wollte die Mitarbeiterin wissen. »Du warst vorhin so schnell weg, dass ich gar nicht mehr fragen konnte, was eigentlich mit deinen Zähnen los ist. Außerdem konnte ich mich nicht daran erinnern, dass du so etwas schon mal hattest.«

»Menschenskinder, das hatte ich ja auch noch nicht«, entfuhr es der Tierärztin einen Hauch zu energisch. »Es ging heute Nacht los mit Schmerzen, und da dachte ich mir, dass es besser wäre, gleich mal danach schauen zu lassen. Und, um deine Frage zu beantworten, nein, er hat nicht gebohrt.«

»Bei welchem warst du denn?«

Die Frau im weißen Kittel stand auf, ging zum Waschbecken an der Wand, benetzte ihre Hände mit zwei Spritzern Desinfektionsmittel und rieb die Innenflächen eine Weile aneinander.

»Ich habe einen Freund, den ich seit meinen Göttinger Studentenzeiten kenne. Hat eine Praxis hier in Kassel und ich kann zu jeder Tages- und Nachtzeit zu ihm kommen, wenn mir irgendwo der Schuh drückt.«

»Oh, oh, das klingt schon wie ein kleines, süßes Geheimnis, wenn du mich fragst.«

»Ich frage dich aber glücklicherweise nicht, Doris.«

»Ach, Mensch, du weißt doch ganz genau, wie sehr ich mich freuen würde, wenn du endlich wieder mal was mit einem netten Typen anfangen würdest. Und wenn er Zahnarzt wäre, hätte ich schon mal gerade gar nichts dagegen.«

Sabrina Abel schüttelte den Kopf. »Ich habe keine Zeit für eine Beziehung, das haben wir doch wirklich schon oft genug durchgekaut. Ich finde es klasse, dass du mit deinem Peter so glücklich bist, aber für mich ist das im Moment einfach nicht erstrebenswert.«

»Ach, das erzählst du mir immer und ich glaube, du sagst das nur so. Kein Mensch ist gern allein, und dass du es gern bist, kann ich mir beim besten Willen nicht vorstellen.«

Die Sprechstundenhilfe sah ihre Chefin von oben bis unten an.

»Schau dich doch mal an, du bist praktisch eine Schönheit und tust so, als ob sich das für immer konservieren ließe. Das stimmt aber nicht, und wenn du erst mal alt und runzelig bist, dann wirst du dich erstens ärgern und zweitens an mein Genöle erinnern, aber dann ist es längst viel zu spät.«

»Du hast ja recht«, erwiderte Sabrina Abel jovial. »Und vielleicht ergibt sich ja tatsächlich was mit meinem Dentalklempner. Er ist wirklich nett und zurzeit sogar frei. Blöderweise lebt er in Scheidung.«

»Aber das ist doch genau das, was du brauchst, Sabrina. Sieht er wenigstens halbwegs vernünftig aus?«

»Er ist 1,90 Meter groß, muskulös und hat ein Gesicht wie Cary Grant.«

»Gary wer?«

»Ist nicht so wichtig. Ich muss nächste Woche sowieso noch mal zur Kontrolle, dann versuche ich, ihn zu einem Date zu überreden.«

»Als ob jemand wie du dafür große Überredungskünste bräuchte …«

10

Der Mazda rollte über den riesigen Parkplatz des Metro-Marktes im Stadtteil Waldau. Hain entdeckte einen der wenigen Plätze im Schatten und hielt zielstrebig darauf zu. Nachdem er den Motor abgestellt hatte, griff er zu seinem Telefon und drückte unter den fragenden Augen seines Bosses eine Kurzwahlnummer.

»Kleinen Moment«, flüsterte der Oberkommissar, »ich will nur …« Er brach ab, weil am anderen Ende das Gespräch angenommen wurde. »Ich bin's, Thilo Hain. Gibt es schon was in Bezug auf die Fahndung nach der Frau mit dem Koffer?«

»Nein, da hat sich noch rein gar nichts getan«, antwortete der uniformierte Kollege im Präsidium kurz angebunden. »Und wenn du mich jetzt jede halbe Stunde mit einem Anruf nerven willst, dann muss ich dir gleich sagen, dass ich das nicht unbedingt gut leiden kann. Wir melden uns, wenn wir sie haben, und bis dahin musst du entweder selbst suchen oder uns einfach unseren Job machen lassen.«

»Schon klar«, erwiderte Hain mit hängenden Mundwinkeln. »Ich wollte wirklich nicht nerven, und wenn das bei dir so rüberkommt, tut es mir echt leid.«

»Ist angekommen. Wir melden uns, wie gesagt.«

»Danke.«

»Jau, bis dann.«

Der Kripobeamte beendete das Gespräch und schob das kleine Gerät missmutig zurück in die Sakkotasche.

»Was für ein Primadonnenhaufen«, fluchte er laut.

»Was erwartest du denn, Thilo?«, versuchte Lenz ein wenig Verständnis für die Kollegen bei seinem Mitarbeiter zu wecken. »Die haben auch Besseres zu tun, als dir jede halbe Stunde eine Wasserstandsmeldung durchzugeben.«

»Komisch, das klang eben in meinem Ohr fast genauso.«

»Ja, und ich habe dafür auch Verständnis. Du weißt, dass sie uns anrufen, wenn sie was wissen, und dabei sollten wir es belassen. In Ordnung?«

»Ja, ist ja schon gut«, brummte der junge Polizist deutlich genervt, »ich hab's ja verstanden.«

»Dann lass uns jetzt da reingehen und schauen, ob sie uns helfen können.«

Die beiden Polizisten steuerten auf den Eingang des Marktes zu, traten durch die beiden Türen und gingen zum Serviceschalter. Sie stellten sich hinter einem Mann an, der offenbar einen Drucker reklamieren wollte und mit der Angestellten im Clinch lag.

»Aber ich kann Ihnen doch nur sagen, dass der Hersteller uns auch nur ein Jahr Garantie gibt. Mehr ist nicht drin, und wenn das Gerät jetzt defekt ist, müssen Sie dem Hersteller beweisen, dass …«

Weiter kam sie nicht, denn der Kunde fiel ihr hörbar aufgebracht ins Wort. Im gleichen Moment tauchte eine etwa 45-jährige Frau hinter den Kripoleuten auf und lud sie ein, mit ihr an einen anderen Teil der Theke zu kommen.

»So, was kann ich für Sie tun, meine Herren?«

Lenz hielt seinen Dienstausweis hoch und stellte sich und Hain vor.

»Es mag vielleicht ein wenig komisch wirken, aber wir möchten uns erkundigen, ob Ihr Geschäft Strohrum im Angebot hat. Diese österreichische Marke, vielleicht kennen Sie sie ja.«

»Natürlich kenne ich Strohrum. Aber zunächst muss ich Sie fragen, ob Sie einen Einkaufsausweis von uns haben. Sonst ist es nämlich nicht mö…«

»Entschuldigung, ich glaube, Sie haben uns falsch verstanden. Wir möchten keinen Strohrum kaufen, wir wollen nur wissen, ob Sie ihn im Sortiment haben.«

Frau Blasius vom Kundenempfang – so lautete ihre Bezeichnung auf dem kleinen Schild über ihrer linken Brust – schüttelte den Kopf. »Ich kann Ihnen leider nicht folgen, meine Herren. Sie wollen sich erkundigen, ob wir eine Spirituosensorte im Programm haben, aber diese nicht kaufen. Was um Himmels willen wollen Sie denn sonst damit machen? Sie stehlen?«

»Nein, nein«, erklärte Hain der Frau seelenruhig, »wir wollen das Zeug gleich hier bei Ihnen im Laden trinken und dann die Flasche wieder zurück ins Regal stellen. Das machen wir immer so, wenn wir durstig sind, und heute haben wir halt mal Lust auf was echt Hochprozentiges.«

Frau Blasius sah den Oberkommissar mit schief gelegtem Kopf an. Dabei hätte ein unbeteiligter Beobachter vermutlich den Eindruck bekommen, dass die Dame hinter dem Tresen gleich den Sicherheitsdienst rufen würde, sofern es denn hier einen gab.

»Hä?«, machte sie stattdessen.

»Mein Kollege hat sich mit Ihnen einen kleinen Scherz erlaubt«, erklärte Lenz schnell, »sehen Sie es ihm bitte nach. Was wir sagen wollen, ist, dass im Zusammenhang mit einem Kriminalfall die Frage aufgetaucht ist, ob man in Ihrem Markt Strohrum kaufen kann.«

Ihr Gesichtsausdruck hellte sich noch immer nicht auf, und Lenz hatte die Befürchtung, dass sie ihn und seinen Kollegen in der nächsten Sekunde aus dem Eingangsbereich brüllen würde. So weit kam es allerdings nicht, denn nun trat aus einem Nebenraum ein junger Mann zu den dreien, stellte sich neben seine Kollegin und sah sie zuvorkommend an.

»Ich übernehme mal für dich, Yvonne«, gab er ihr freundlich zu verstehen und schob sie sanft in die Richtung, aus der er gekommen war. »Und du kümmerst dich darum, dass die Reparaturen auf den Weg kommen. Ja?«

Frau Blasius sträubte sich ein wenig, sah dann aber wohl ein, dass sie keine Widerspruchsmöglichkeit hatte.

»Ja, dann machen wir es so«, flüsterte die Dame vom Kundenempfang und verschwand langsam im Nebenraum.

»So, Sie wollen also wissen, ob wir Strohrum führen, und Sie sind von der Polizei?«, fragte *J. Hohlbein*, wie auf seinem Schild zu lesen war.

Die Kommissare nickten synchron.

»Aber klar führen wir den«, fuhr er lachend fort. »Ich weiß zwar nicht, was die Menschen damit anstellen, aber das muss mich ja auch nicht interessieren. War das Ihr einziges Anliegen oder kann ich Ihnen sonst noch irgendwie weiterhelfen?«

»Ist es möglich, in Ihrem Computersystem nachzuschauen, ob in den letzten Tagen oder Wochen eine größere Partie davon verkauft wurde? Mindestens zwei Kisten, vielleicht mehr.«

Er nickte und begann, auf der Computertastatur herumzuhacken. »Obwohl, eine oder zwei Kartons sind bei uns keine *größere Partie*. Da braucht es schon andere Abnahmemengen, bevor wir davon sprechen.«

»Auch bei Strohrum?«

»Ich weiß es nicht aus dem Kopf, aber ich vermute es sehr stark.«

Wieder klapperte die Tastatur.

»Ich muss mir zuerst die Warennummer heraussuchen«, erklärte er ein wenig abwesend. »Ah ja, hier haben wir ihn. Meinen Sie den ganz starken oder eher die abgeschwächten Versionen?«

»Nein, schon den mit 80 Prozent.«

»Gut, dann schauen wir mal auf den Umsatz.«

Wieder dauerte es ein paar Sekunden, bis er fündig geworden war.

»Ups, ich muss mich korrigieren, meine Herren, sorry. Strohrum geht offenbar ausschließlich flaschenweise. In den letzten ...« Er fuhr mit dem Finger an einer Tabelle auf dem Monitor entlang, »vier Monaten haben wir genau 17 Flaschen verkauft, und kein Kunde hat mehr als zwei davon auf einmal mitgenommen.«

»Tja, das ist dann nicht zu ändern«, bedauerte Thilo Hain. »Aber danke, dass Sie für uns nachgesehen haben.«

»Gern geschehen. Und sorry, dass ich Ihnen nicht helfen konnte.«

Lenz und Hain verabschiedeten sich und strebten auf die Tür zu, als Herr Hohlbein sie noch einmal ansprach.

»Sind Sie schon bei Spirituosen-Deichgraf vorstellig geworden? Die sind in solchen Fragen immer einen Versuch wert.«

»Nein, wo ist das?«

Er nannte ihnen eine Adresse in Bergshausen, einen Steinwurf entfernt, während er auf sie zukam und sich neben sie stellte. »Verraten Sie mich nicht, aber wenn ich Strohrum oder ähnlich seltene oder exklusive Spirituosen kaufen wollte, würde ich immer zu Deichgraf gehen, auch wenn ich in der Metro arbeite.« Er beugte sich ein wenig nach vorn und senkte die Stimme. »Die sind deutlich besser sortiert als wir, und preiswerter sind sie obendrein. Also, bevor Sie unverrichteter Dinge wegfahren, schauen Sie mal bei Deichgraf vorbei. Wenn der Alte im Laden ist, werden Sie sich zwar vermutlich fragen, was er jetzt genau gegen Sie hat, aber ein Erlebnis ist es dann auf jeden Fall.«

»Danke für den Tipp.«

»Gern. Und verpetzen Sie mich bitte nicht bei meinen Bossen, die sehen es nämlich gar nicht gern, wenn man Kunden zu Wettbewerbern schickt.«

Spirituosen-Deichgraf residierte in einer riesigen Lagerhalle, in deren Innerem es noch deutlich heißer war als vor der Tür. Hinter der Theke stand ein etwa 70-jähriger, knorrig dreinschauender Mann. Er rauchte eine blau dampfende und brutal stinkende Zigarre, während er Positionen in einer Liste abhakte.

»Tach«, begrüßte er die Polizisten, die Ihre Dienstausweise hochhielten und sich vorstellten. »Und, soll mich das jetzt beeindrucken?«

Lenz zuckte mit den Schultern. »Das überlasse ich ganz Ihnen, Herr …«

Aus dem Mund des Mannes kam außer einer Wolke blauen Dunstes nichts.

Lenz zuckte erneut mit den Schultern. »Wir haben im Zusammenhang mit einem Verbrechen ein paar Fragen an Sie.«

»Na, dann fragen Se doch.«

Der Hauptkommissar und sein Kollege tauschten einen verstohlenen Blick, während der Alte sich wieder seiner Liste zuwandte.

»Kann man bei Ihnen Strohrum kaufen?«

Ein Nicken, untermalt von einem schmatzenden Geräusch mit der Zigarre.

»Hat jemand in den letzten Tagen oder Wochen bei Ihnen eine größere Menge gekauft? Vielleicht sogar ein paar Kartons?«

Nun veränderte sich der Gesichtsausdruck des Rauchers schlagartig.

»Jau«, schoss es aus ihm heraus. »Und ich kann euch Pappkameraden von der Schmiere nur sagen, dass ich den Vogel, der die zwei Kartons gekauft hat, noch unsympathischer find als euch.«

»Gibt es denn einen triftigen Grund, warum Sie uns gar so unsympathisch finden?«, fragte Hain mehr belustigt als beleidigt.

»Ach, das richtet sich nicht persönlich gegen euch, da bildet euch mal bloß nicht zu viel ein. Das geht gegen

Polizisten im Allgemeinen, ich kann mit denen einfach nichts anfangen.«

»Aber wenn bei Ihnen, sagen wir mal, eingebrochen würde, könnten Sie schon mit Leuten wie uns *was anfangen*«, fuhr der Oberkommissar ruhig fort.

Der Mann hinter der Theke blickte auf, sein Gesicht verfinsterte sich in Sekundenbruchteilen, er warf die Kladde auf die Theke und schwang sich mit einer Leichtigkeit darüber, die ihm vermutlich niemand zugetraut hätte, zumindest die Polizisten nicht.

»Jetzt will ich dir mal was sagen, du Klugscheißer, und das kannst du dir gern hinter deine feuchten Ohren schreiben. Den ersten Einbruch hatten wir hier 1990, kurz nach der Wende, und seitdem haben sie es insgesamt 22 Mal probiert. 22 Mal, und eure Kollegen von der Trachtentruppe sind jedes Mal hier aufgetaucht, haben große Töne gespuckt und mir erklärt, dass ich einfach meine Bude besser schützen muss. Erwischt haben sie bisher niemanden, und wenn du Knallkopp mich fragst, werden sie das auch in hundert Jahren nicht hinbekommen. Also hör mir auf mit so blöden Sprüchen, sonst werde ich am Ende noch ernsthaft ärgerlich.«

Hain, der fast laut losgelacht hätte, hob artig die Arme. »Nein, dass Sie ärgerlich werden, das möchte ich auf keinen Fall erleben«, gestand er lächelnd ein.

»Dann ist ja gut. Und jetzt erklärt ihr mir, warum ihr nach der Flachpappe sucht, die den Rum gekauft hat.«

»Das würden wir ja gern, aber wir dürfen nicht«, erklärte Lenz dem Mann. »Datenschutz und Ermittlungstaktik und all so Dinge, Sie wissen schon.«

»Einen Scheiß weiß ich. Wenn ihr mir nichts erzählt, erzähle ich euch eben auch nichts.«

Damit ging er um die Theke herum, betrat wieder den Bereich auf der anderen Seite und griff erneut zu der Kladde mit der Liste.

»Also gut«, begann Lenz verschwörerisch, der dem Mann aufs Wort glaubte, dass er die Polizisten ohne jedes weitere Wort würde abziehen lassen. »Aber Sie dürfen wirklich mit niemandem darüber reden. Schwören Sie das?«

»Ich geb Ihnen mein Wort, geschworen wird hier drinnen nicht, da hab ich was gegen.«

Lenz und Hain tauschten wieder einen Blick.

»Also gut, wir vertrauen Ihnen«, fuhr der Leiter der Mordkommission fort. »Bei dem Mann handelt es sich um einen Heiratsschwindler, der älteren Damen das mühsam ersparte Geld aus der Tasche zieht. Er hat eine ganz spezielle Masche, und wie es aussieht, spielt der Strohrum dabei eine entscheidende Rolle.«

Der Mann hinter der Theke warf die Kladde zurück auf die Theke und stemmte die Hände in die Hüften. »Pah, ich wusste es«, schimpfte er. »Der Typ kam mir gleich so halbseiden vor mit seinem teuren Sportwagen.« Er schnaubte. »Macht hier einen auf dicke Hose und bringt arme Muttis um ihren Sparstrumpf. Na, wenn der noch mal hier auftaucht, der kann was erleben.«

Lenz griff nach einer Visitenkarte und reichte sie über die Theke. »Und genau das machen Sie bitte nicht, Herr …?«

»Deichgraf. Robinson Deichgraf.«

»Ja, Herr Deichgraf, genau das lassen Sie um jeden

Preis. Sie können ihn gern in ein Gespräch verwickeln, aber Sie lassen ihn in Ruhe und rufen, wenn's geht, solang er hier ist, an. Verstanden?«

Offenbar hatte Herr Deichgraf nun so etwas wie Sympathie für Lenz und Hain entwickelt, denn er nickte ergeben.

»So ein Dreckschwein«, konnte er sich trotzdem nicht verkneifen.

»Was für einen Sportwagen hat er denn genau gefahren?«, wollte Hain mit gezücktem Block wissen.

»Na, einen Porsche«, kam es von Deichgraf wie aus der Pistole geschossen. »Und er hat mich ausgelacht wie einen Schuljungen, als ich mit der Ware kam und mich an den Kofferraum gestellt hab. Also hinten. *Aber, aber*, hat er ganz gönnerhaft gemeint, *solch ein Porsche hat den Kofferraum doch vorn, wissen Sie das denn gar nicht?* Da hätte ich ihm fast eine runtergehauen, aber was macht man nicht alles für die Kunden. Ich bin also nach vorn und hab ihm die zwei Kartons Strohrum 80 eingeladen. Dann ist er einfach abgefahren, ohne sich auch nur zu bedanken oder so was. Ein echtes Arschloch eben.«

»War er allein oder in Begleitung?«

»Wenn Sie meinen, dass er vielleicht eine von den armen Frauen dabeihatte, die er ausnimmt, dann kann ich Sie beruhigen. Er war an diesem Tag ganz sicher allein.«

»Und wann war das?«

Deichgraf überlegte. »Das kann ich Ihnen ganz genau sagen, das war genau heute vor zwei Wochen. Ich war allein im Geschäft, deshalb weiß ich es so genau.«

»Allein sind Sie nur donnerstags?«

»Ja, donnerstags bis zum Nachmittag bin ich allein. Dann kommt mein Sohn, mit dem ich das Geschäft zusammen führe, von der Auslieferungstour für die Gastronomie zurück. Die macht er immer montags und donnerstags.«

»An das Kennzeichen des Porsche können Sie sich nicht zufällig erinnern, Herr Deichgraf?«, hakte Thilo Hain nach.

»Nee, so genau hab ich mir diese Angeberschleuder gar nicht angeschaut. Ich interessiere mich nicht für Autos, hab ich übrigens noch nie. Führerschein hab ich auch keinen, falls das Ihre nächste Frage gewesen sein sollte.«

»Und die Farbe?«

Wieder überlegte der Mann mit dem Zigarrenstumpen im Mund. »Irgendwas Helles, würde ich sagen. Vielleicht gelb oder orange, aber da legen Sie mich mal besser nicht fest, ich bin nämlich so farbenblind wie ein Mann es nur sein kann.« Wieder ein tiefer Zug an der stinkenden Zigarre. »Was bedeutet, dass die Karre auch rot oder lila gewesen sein könnte, ich es aber einfach nicht erkenne.«

»Auch sonst keine Besonderheiten? Aufkleber oder was in der Richtung?«

»Nee. Wenn da was drauf war, dann hab ich es entweder nicht gesehen oder es hat mich nicht interessiert. Ich war froh, als der Typ von meinem Hof war.« Er kratzte sich am Hinterkopf. »Na ja, der Wagen sah schon ziemlich neu aus, daran erinnere ich mich. War er wohl auch, denn der Kerl hat allen Ernstes darauf bestanden, dass ich beim Einladen mit meinen Schienbeinen einen Sicherheitsabstand zu seiner Stoßstange einhalte, damit ich keine Kratzer da dran mache. So verrückt ist die Welt geworden.«

»Hat er bar bezahlt oder mit Karte?«

»Bar, mit einem Fünfhunderter. Daran kann ich mich noch so gut erinnern, weil er ernsthaft gefragt hat, ob ich den wechseln könnte. Als ob er bei einem Trödler einkaufen würde, der Idiot.«

Er paffte erneut und hüllte dabei seinen gesamten Kopf in undurchsichtiges Blau.

»Ich hab's ja, wie ich gesagt hatte, nicht so mit den Bu…, also mit der Polizei, aber wenn ihr den kriegen würdet, wäre es eine wahre Freude für mich, ehrlich.«

»Wir tun, was wir können«, versicherte Hain. »Aber jetzt müssten wir noch wissen, ob Sie vielleicht eine Überwachungskamera installiert haben, die den Hof aufnimmt.«

Nun fing Deichgraf an zu grinsen. »Klar haben wir Überwachungskameras, an jeder Ecke des Hauses sind zwei Stück montiert.« Er nahm die Zigarre aus dem Mund, spuckte ein Stück Tabak aus und sah in die hocherfreuten Gesichter der Polizisten. »Aber bevor ihr mir jetzt die Füße küsst und mich hochleben lasst, das sind alles nur Attrappen. Sehen zwar verteufelt echt aus und machen anscheinend Eindruck bei den bösen Buben, weil seitdem keiner mehr versucht hat, uns nachts zu beklauen, aber es bleiben verdammte Attrappen.«

11

»Unser Chef ist tot, das dürfte sich mittlerweile bei Ihnen herumgesprochen haben«, erklärte Dr. Robert Wallner den nahezu vollständig versammelten Mitarbeitern der Abteilung A12 des Herzzentrums Kassel. »Ich hatte vorhin eine kurze Unterredung mit dem Geschäftsführer, der gern auch zu dieser Veranstaltung gekommen wäre, aber leider zu einer ad hoc angesetzten Pressekonferenz musste. Er ist natürlich, wie wir alle, tief bestürzt über die tragischen Vorfälle, die sich letzte Nacht in diesem Hotel abgespielt haben.«

Es entstand eine längere, peinlich wirkende Pause.

»Dr. Achenbach hat während der sieben Jahre, die er dieses Institut geleitet hat, hervorragende Arbeit geleistet und war für uns alle ein leuchtendes Vorbild.«

Er räusperte sich.

»Natürlich weiß ich, dass die Zusammenarbeit mit ihm nicht immer einfach war, aber wo ist Zusammenarbeit immer einfach? Deshalb sollten wir alle hier im Raum uns des wunderbaren Ausspruchs von Chilon – *De mortuis nil nisi bene!* – erinnern, der uns aufgibt, über die Toten, wenn, dann nur Gutes zu sprechen.«

In dem völlig überfüllten Stationszimmer wurden ein paar Laute des Missfallens, vermutlich sogar des Protests hörbar.

»Lassen Sie uns, bei allem, was jetzt vor uns liegt,

an die Familie von Dr. Achenbach denken. Wem wäre genutzt, wenn jetzt noch öffentlich über Dinge gesprochen würde, die eigentlich längst erledigt sind.«

Wieder machte er eine kurze Pause.

»Außerdem möchte ich daran erinnern, dass wir damit die Position unseres neuen Geschäftsführers, der ja gerade erst vor ein paar Monaten ernannt wurde, sicherlich schwächen würden.«

»Weiß man denn schon, wie es zu dieser scheußlichen Sache gekommen ist?«, wollte eine Krankenschwester wissen. »War es ein Unfall?«

»Dazu kann ich leider nichts sagen, weil ich es einfach nicht weiß. Deshalb bitte ich Sie alle, auf öffentliche Verlautbarungen zu warten, wie ich es auch muss.«

»Ich habe gehört«, rief ein Assistenzarzt, »dass das LKA die Leitung der Ermittlungen übernommen hat, und die Kasseler Polizei völlig abgemeldet ist. Das machen die doch nicht bei einem Unfall.« Er schüttelte fassungslos den Kopf. »Acht führende deutsche Herzspezialisten liegen tot in einem Seminarraum und sollen die Opfer eines Unfalls geworden sein. Das kann glauben, wer will.«

»Wissen Sie mehr als wir, Herr Kollege Wimmer?«, fragte Wallner süffisant. »Dann lassen Sie uns doch an Ihren sicher fundierten Detailkenntnissen teilhaben.«

Marco Wimmer, der Assistenzarzt, lief puterrot an und winkte ab. »Nein, nein, ich habe nur laut gedacht, Entschuldigung.«

»Was ist denn mit dem OP-Plan?«, fragte eine klein gewachsene Ärztin von ganz hinten. »Der kann ja so unmöglich stehen bleiben, ohne Dr. Achenbach.«

Wallner nickte und sah zu zwei Männern in der ersten Reihe.

»Darüber denken wir gerade sehr intensiv nach. Natürlich fehlt uns Dr. Achenbach, das sollte jedem hier im Raum klar sein, aber das Leben muss nun einmal weitergehen. Deshalb werden wir auch am OP-Plan zunächst nichts verändern.«

»Betrifft das auch die drei Transplantationen, die wir in der Pipeline haben?«

Wieder eine Pause.

»Das betrifft auch die Transplantationen, davon können Sie ausgehen, Frau Kollegin.«

Im Raum entstand nun ein allgemeines Raunen.

»Aber das besprechen wir alles noch einmal in Ruhe, wenn die Wogen sich ein wenig geglättet haben. Zum gegenwärtigen Zeitpunkt allerdings sehen wir keinen Grund, irgendetwas an den Planungen der kommenden Tage zu ändern.«

Die Ärztin meldete sich erneut zu Wort. »Aber Dr. Achenbach war der Einzige, der …«

»Mehr gibt es zum jetzigen Zeitpunkt nicht zu sagen«, würgte Wallner sie brüsk ab, »deshalb schlage ich vor, dass wir alle wieder an unseren Arbeitsplatz gehen und versuchen, unseren Job im Interesse unserer Patienten so gut wie möglich zu machen. Ich danke Ihnen.«

20 Sekunden später hatte sich der Raum bis auf Dr. Wallner und die beiden Ärzte, die seinen Ausführungen in der ersten Reihe gefolgt waren, geleert.

»Wir dürfen jetzt keinen Fehler machen«, flüsterte der ältere der beiden. »Nicht den geringsten.«

Vor der Tür zur Station standen drei jüngere Männer in weißen Kitteln mit der kleinen Ärztin zusammen, die nach den OP-Plänen gefragt hatte.

»Ich kann nicht so schnell kotzen, wie mir schlecht ist«, zischte die Frau erregt. »Wie will Wallner das denn hinbekommen, wenn uns meinetwegen morgen Leiden ein Herz anbietet? Der kann das einfach nicht.«

Sie sprach von Eurotransplant mit Sitz im holländischen Leiden, jener Organisation, die für die Verteilung von Spenderorganen in den sieben Mitgliedsländern verantwortlich ist.

»Der Sache nach kann ihm keiner verbieten, eine Transplantation vorzunehmen«, flüsterte einer der Männer. »Ich meine, er *darf* das machen.«

12

Holger Brauchitschs Gemütszustand als euphorisch zu bezeichnen, wäre der Sache in keiner Weise gerecht geworden. Seit er zwei Stunden zuvor das Telefonat mit Erich Zeislinger geführt hatte, kam es ihm vor, als würde minütlich mehr und mehr Last von seinen Schultern fallen. Zunächst hatte sich das Gespräch mit dem Kasseler OB viel entspannter dargestellt, als er es jemals erwartet hätte. Er hatte sich darauf vorbereitet, seinen Einfluss und seine Autorität als Landesparteivorsitzender in die Waagschale werfen zu müssen, doch das war überhaupt nicht notwendig gewesen. Zeislinger war zwar überrascht, als der Ministerpräsident in der Leitung war, und er ließ, zumindest nachdem Brauchitsch zur Sache gekommen war, auch für ein paar Momente so etwas wie Widerstand erkennen, doch für einen erfahrenen Kommunalpolitiker gab er erstaunlich schnell klein bei und beugte sich der Linie des Mannes aus Wiesbaden. Fast hatte es den Anschein, als wäre er froh und erleichtert, diesen Weg gehen zu können.

Mehr noch als über die Entwicklung in der Angelegenheit Zeislinger war der Ministerpräsident erfreut, dass die heimische Presse ihn völlig außerhalb des journalistischen Fokus gehalten und sich stattdessen deutlich intensiver auf Innenminister Bertram Blose eingeschossen hatte. Ihm, dem Mann aus Fulda, war von nahezu allen Printmedien vorgeworfen worden, die Brisanz der Lage in Kassel völlig verkannt zu haben und erst um 8:50 Uhr und damit viel zu spät mit einer kurzen Pressemitteilung an die Öffentlichkeit gegangen zu sein. Brauchitsch, der sein Glück kaum fassen konnte, war von seinem Referenten Königstein eine ebenso empathische und gefühlsbetonte wie berührende Stellungnahme verfasst worden, die der MP um 7:55 veröffentlicht hatte.

Wie ihm aus Kassel berichtet wurde, hatten sich sämtliche wegen des Kriminalfalls vor Ort erschienenen Medienvertreter der kurzfristig von Erich Zeislinger anberaumten Pressekonferenz zugewandt und damit zunächst den Vielfachmord aus dem Blickfeld verloren.

So geht Medienarbeit, dachte der Politiker zufrieden, während er an der Kaffeetasse nippte, die seine Sekretärin ihm vor ein paar Minuten auf den Schreibtisch gestellt hatte. Mit selbstgefälligem Gesichtsausdruck griff er zum Telefonhörer und wählte die Mobilnummer seiner Frau Karin, die vor etwa einer Stunde um Rückruf gebeten hatte.

»Ich bin's«, meldete er sich aufgekratzt.

»Hallo, Holger, wie geht es dir? Stimmt es, was die Nachrichten melden, dass es in Kassel so viele Tote gegeben hat?«

»Das stimmt, ja. Aber wie es aussieht, haben wir die Sache gut im Griff.«

»Weißt du schon, wer das gemacht hat?«

»Nein, mehr als die Medien weiß ich wirklich noch nicht. Ich warte auf den Anruf vom LKA, die haben ein paar von ihren Leuten da raufgeschickt und die Ermittlungen übernommen. Wenn ich es richtig verstanden habe, könnte es sich um einen Anschlag handeln, aber das ist noch nicht abschließend geklärt.«

»Das habe ich auch …«

Sie stoppte.

»Warte mal, die Merkel ist gerade auf *n-tv*. Ich glaube, die will was zu der Sache in Kassel sagen.«

»*n-tv*, sagst du?«

»Ja.«

»Ich schau mir das mal an und melde mich später wieder bei dir.« Brauchitsch griff zu der Fernbedienung auf dem Schreibtisch, drückte ein paarmal darauf herum, und kurz darauf wurde auf dem Fernseher an der Wand das ernste und bedeutungsschwangere Konterfei der Bundeskanzlerin sichtbar.

… ein ebenso schändlicher, barbarischer wie bestialischer Akt und Anschlag auf unschuldige Menschen, die ihr gesamtes Leben in den Dienst der Gesundheit anderer gestellt haben. Unsere Gedanken sind bei den Familien dieser Männer, unsere heutigen Gebete gelten ihnen. Wir werden nicht ruhen, bis diese abscheuliche Tat geklärt ist und der oder die Täter gefasst sind.

Was wir allerdings jetzt nicht machen sollten, ist in blinde Raserei zu verfallen und stereotyp nach der Verschärfung von Gesetzen zu rufen. Unser Land ist gut aufgestellt gegen den internationalen Terrorismus, und wenn die uns zur Verfügung stehenden Mittel nur konsequent genutzt werden, können wir, trotz der schrecklichen Ereignisse der vergangenen Nacht, zuversichtlich und mit Optimismus in die Zukunft blicken.

Damit trat sie vom Rednerpult zur Seite und war keine zwei Sekunden später durch eine Tür verschwunden. Brauchitsch schaltete kopfschüttelnd den Fernseher aus und warf wütend die Fernbedienung auf den Tisch.

Was für eine blöde Kuh, dachte er aufgebracht. *Was für eine blö…*

Ein Signalton seines Smartphones ließ ihn seinen Gedanken abbrechen. Er zog das Gerät aus der Sakkotasche, entsperrte den Bildschirm und tippte sich in sein E-Mail-Programm. Dort öffnete er die Nachricht, las den Text, schluckte, las den Text erneut, riss die Augen auf und fing an zu stöhnen.

»Verdammt«, entfuhr es dem Politiker kurz darauf viel lauter, als es ihm lieb war.

13

Lenz steckte sich eine Gabel mit Salat in den Mund, ließ seinen Blick durch den bis auf die beiden Kriminaler verwaisten Biergarten kreisen und kaute dabei mürrisch.

»Baut mehr als ein halbes Dutzend Kameras an seine Bude, und alles Attrappen«, brummte er.

»Ich kann den Kerl verstehen«, erwiderte Thilo Hain. »Wenn es ausreicht, Attrappen zu installieren, würde ich auch nicht das viele Geld für ein echtes Überwachungssystem ausgeben.«

Der Hauptkommissar winkte ab.

»Vielleicht hast du recht, aber für uns wären ein paar Bilder von dem Typen mit dem Porsche schon ziemlich nützlich gewesen.«

»Na, wie auch immer, wir wissen jetzt, dass wir nach einem hellen Porsche 911 Ausschau halten müssen.«

»Was macht dich so sicher, dass es ein 911er ist?«

»Weil alle anderen, zumindest die modernen, hinten einen kleinen Kofferraum haben. Das solltest du eigentlich wissen, du hast doch erst letztes Jahr einen zu Schrott gefahren.«

Der junge Polizist sprach ein Ereignis an, bei dem Lenz sich im Jahr zuvor den für seine Fahrerqualitäten deutlich zu potenten Porsche GT2 eines Kriminellen ›ausgeliehen‹ und das Zuffenhausener Kraftfahrzeug dabei arg in Mitleidenschaft gezogen hatte.

»Habe ich gar nicht mitbekommen, damals«, erwiderte der Hauptkommissar. »Vermutlich wollte ich nicht, dass dir was passiert und habe deswegen kurz die Kontrolle über diese Bestie von Auto verloren.«

Er legte die Gabel zurück auf den Teller und wischte sich mit der Serviette den Mund ab.

»Auf jeden Fall lassen wir nach dem Auto suchen; da kann sich unser netter Kollege Haberland mit be…« Die aufgeregte Stimme einer Radiomoderatorin unterbrach die Musik und Lenz' Worte:

Wie soeben bekannt wurde, tritt der Kasseler Oberbürgermeister Erich Zeislinger mit sofortiger Wirkung von all seinen politischen Ämtern zurück. Dies erklärte der Erste Mann der nordhessischen Metropole während einer überraschend einberufenen Pressekonferenz. Zeislinger betonte, dass sein Rücktritt nicht im Zusammenhang stehe mit den Ereignissen aus dem letzten Jahr, bei denen es um seine mögliche Verstrickung in einen Müllskandal ging, von dem die Stadt erschüttert wurde, und dass er auch keine Anklageerhebung der Strafverfolgungsbehörden befürchte. Er bedankte sich bei allen Bürgern, die ihn in den mehr als 15 Jahren seiner Tätigkeit unterstützt haben und schlug vor, die vielversprechende und über die Parteigrenzen beliebte Jutta Spiller zu seiner Nachfolgekandidatin zu machen. Mehr zu Erich Zeislinger und eine Rückblende auf die Ereignisse des letzten Jahres senden wir in der nächsten Stunde.

Es gab eine kurze Pause, dann hatte man im Studio offenbar den richtigen Regler gefunden und die Musik setzte wieder ein.

Lenz und Hain sahen sich einen Moment lang ebenso schweigend wie perplex an.

»Dass ich das noch erleben darf«, fand der Leiter der Mordkommission als Erster wieder zu Worten. »Schoppen-Erich wirft das Handtuch …«

»Na ja, ich habe gerade gestern mit Carla über die Anklage und das alles geredet, und sie hat auch gemeint, dass er diese letzte Sauerei eigentlich nicht hätte überstehen dürfen.«

»Nur weil er sich vermutlich ein bisschen hat schmieren lassen?«, gab Lenz kopfschüttelnd zu bedenken. »Das war sicher nicht das erste Mal und es dürfte, ungeachtet dieses Rücktritts, vermutlich auch nicht das letzte Mal sein, dass Zeislinger sich in der Grauzone oder schon darüber hinaus bewegt hat.«

Der Hauptkommissar schob missmutig den Teller mit dem restlichen Salat von sich.

»Nee, den haben sie fallen gelassen, glaub mir. Vielleicht wird tatsächlich Anklage gegen ihn erhoben, und das wurde durchgesteckt, aber dass der freiwillig den Sessel räumt, kann und will ich einfach nicht glauben.«

»Sei's drum, Hauptsache, er ist weg«, meinte Hain und beendete ebenfalls sein Mittagsmahl. »Kennst du die Frau, die als mögliche Nachfolgerin gehandelt wird?«

»Nein, nie gehört den Namen. Aber das soll nichts heißen, ich kenne mich nämlich in der Lokalpolitik nicht die Bohne …« Lenz griff zu seinem vibrierenden Telefon. »Ja, Dr. Franz«, meldete er sich, nachdem er erkannt hatte, wer in der Leitung war. »Was gibt es denn?«

»Och, eigentlich nichts von Bedeutung«, erwiderte der Rechtsmediziner cool. »Bis auf die Tatsache, dass sich eben Wiesbaden bei mir gemeldet hat mit der Ansage, dass ich sofort und ohne Verzug jegliche Arbeit an allen Leichen, die mit der Tat gestern Abend in Verbindung stehen, zu unterlassen habe. Sie würden abgeholt und die Obduktionen von den Kollegen in Wiesbaden durchgeführt.«

Lenz glaubte, den Ausführungen des Arztes nicht zu 100 Prozent folgen zu können. »Wie jetzt? BKA oder LKA?«

»LKA.«

»Und die wollen die Leichen selbst obduzieren lassen?«

»Das war die klare Ansage, ja. Ich hatte mich gerade der Hilfe von zwei Kollegen aus Hannover versichert, als der Anruf kam, die ich natürlich jetzt wieder abbestellen kann.«

»Haben Sie irgendeine Erklärung erhalten über den Hintergrund dieser merkwürdigen Vorgehensweise?«

»Nein, darüber gab es keine Informationen. Es war definitiv auch keine Bitte oder etwas Vergleichbares, sondern ganz klar eine knallhart dargelegte Aufforderung.« Er räusperte sich. »Ich dachte, Sie könnten mir vielleicht ein wenig die Hintergründe erhellen.«

»Nein, das tut mir leid, da kann ich Ihnen beim besten Willen nichts zu sagen. Ich weiß zwar natürlich, dass die Kollegen vom LKA den Fall an sich gezogen haben, das hatte ich ja auch vor Wünsches Haus angesprochen, doch das sollte eigentlich nichts mit den Obduktionen zu tun haben. Jedenfalls ist mir eine solche Vorgehensweise bisher nicht untergekommen.«

»Tja, wie auch immer, ich habe auf jeden Fall ab jetzt

mit der Sache nichts mehr zu tun. Vielleicht sollte ich mir ein paar Tage Urlaub gönnen, was meinen Sie?«

»Wenn Sie …« Lenz stoppte seinen Satz. »Sagen Sie, Doc, bezog sich diese Anweisung auch auf Wünsches Obduktion?«

»Darüber habe ich natürlich auch nachgedacht, aber wenn ich mich buchstabengetreu an die Anweisung aus Wiesbaden halte, dürfte sie eigentlich nicht für diesen Herrn gelten. Nach meiner Meinung hat der Brand nichts mit den Leichen aus dem Hotel zu tun.«

Die Ironie in seinen Worten war nicht zu überhören.

»Nein, da haben Sie völlig recht«, stimmte Lenz ihm im gleichen Tonfall zu. »Es wäre mir wirklich ganz lieb, wenn Sie, bevor Sie tatsächlich Urlaub machen sollten, diese Sache noch erledigen könnten.«

»Das deckt sich hervorragend mit meinen Plänen, Herr Kommissar. Ich wollte tatsächlich gleich an die Obduktion des besagten Herrn gehen. Ich meine, bevor auch er mir entzogen wird.«

»Gut, dann machen Sie das. Und wenn Sie mich bitte …«

»Ich weiß, ich weiß«, wurde er von dem Mediziner unterbrochen. »Sobald ich etwas weiß, werden Sie der Erste sein, den ich informiere. Aber erwarten Sie bitte nicht gleich heute Nachmittag meinen Anruf, weil es garantiert etwas dauert, bis die Ergebnisse der toxikologischen Untersuchungen vorliegen.«

»Klar. Gründlichkeit vor Schnelligkeit ist das Stichwort.«

»Genau, wie unser aller Kanzlerin immer zu sagen pflegt.«

Lenz lachte laut auf. »So machen wir es, Doc.« Er steckte das Telefon zurück und informierte seinen Kollegen über die neuesten Entwicklungen.

»Jetzt wird es aber langsam lächerlich«, ätzte Hain. »Als ob man in Nordhessen oder Südniedersachsen keine gescheiten Obduktionen mehr hinkriegen würde.«

»Ich glaube, darum geht es gar nicht, Thilo. Hier läuft, wenn du mich fragst, ein ganz anderer Film ab.«

Der Hauptkommissar warf einen 20-Euro-Schein auf den Tisch, Hain zwei Fünfer, und nebeneinander herlaufend verließen sie den Biergarten.

»Mir kann keiner erzählen, dass die Sache von letzter Nacht und der Tod des Hausmeisters Wünsche separat zu betrachtende Ereignisse sind«, erklärte Lenz, als sie schwitzend das kleine Cabrio erreicht hatten. »Und diese Räuberpistole mit dem islamistischen Anschlag glaube ich auch erst, wenn ich einem gegenübersitze, der mir erklärt, dass sich die Geschichte tatsächlich so abgespielt hat.«

»Aber was wirklich Brauchbares haben wir, bis auf den Mann im Porsche, ja nun auch nicht zu bieten«, gab Thilo Hain zu bedenken.

»Das stimmt. Aber immerhin …«

Wieder wurde Lenz vom Klingeln seines Telefons unterbrochen.

»Mannomann, irgendwann schmeiße ich das Ding wirklich noch mal in die Fulda«, brummte er genervt, nahm den Anruf jedoch trotzdem an.

»Ich bin's, Herbert«, meldete sich sein Boss, Kriminalrat Herbert Schiller. »Wo seid ihr gerade, und was macht ihr?«

»Wir haben soeben unsere gewerkschaftlich vorgeschriebene Mittagspause abgehalten, dabei einen Salat verspeist und wollten just in diesem Augenblick zurück ins Präsidium kommen.«

»Das hat Zeit. Ihr müsst zuerst bei einer Mitarbeiterin des Klinikums vorbei. Sie hat vor ein paar Minuten hier angerufen und um einen Gesprächstermin gebeten, wollte aber auf keinen Fall ins Präsidium kommen. Die Frau klang hochgradig durchgeknallt, aber vielleicht weiß sie ja was, das uns weiterhilft.«

»Das meinst du jetzt nicht wirklich ernst, oder?«

»Nicht ganz, nein. Aber mit ihr reden solltet ihr auf jeden Fall mal. Sie ist …«

Lenz hörte nur noch das Rascheln von Papier.

»… Anästhesistin und heißt Julia Wittstock.« Der Kriminalrat las eine Adresse im Stadtteil Oberzwehren vor. »Hast du das?«

»Ja«, murmelte Lenz. »Gibt es was Neues von unseren Kollegen aus Wiesbaden?«

»Klar, aber das willst du alles gar nicht wissen, weil es in keinster Weise etwas mit uns zu tun hat, sondern nur und ausschließlich mit den Allüren unserer Starermittler aus der Landeshauptstadt. Und wenn dir irgendwann mal einer meinen Job anbietet, denk immer daran, was ich dir jetzt und in diesem Moment sage: Lass es!«

»Ich werde es mir hinter die Ohren schreiben. Sonst noch was?«

»Dass die Obduktionen …?«

»Weiß ich, der Doc hat mich angerufen«, ging Lenz dazwischen. »Noch so eine Großtat der Kollegen.«

»Das werde ich jetzt ganz sicher nicht kommentieren«, erwiderte Schiller.

»Dann machen wir uns jetzt auf zu dieser Frau Anästhesistin und kommen im Anschluss ins Präsidium.«

»Warte, warte. Vielleicht sollte ich dir noch sagen, dass diese Frau Abt vom LKA unser MEK unter ihre Fittiche genommen hat. Wie man hört, könnte es noch im Lauf des Nachmittags oder des Abends zu einem Zugriff kommen.«

»Zugriff? Gegen wen denn?«

»Das, lieber Paul, entzieht sich völlig meiner Kenntnis. Mittlerweile sind mehr als 30 LKA-Leute hier versammelt, und eine der wenigen Fragen, die ich bisher gestellt bekommen habe, war die, ob wir mobile Klimageräte haben. Den Damen und Herren ist es offenbar zu warm bei uns.« Er räusperte sich deutlich vernehmbar. »Auch unseren guten Pressemann Uwe Wagner haben sie mehr als vergrätzt, indem sie ihm jeglichen Kommentar zu der Tat und jeglichen Umgang mit den Medien in diesem Fall untersagt haben.«

»Na, das sind sie ja bei Uwe an genau der richtigen Adresse. Der lässt sich das garantiert nicht gefallen.«

»Nein, da muss ich dich enttäuschen, diesmal läuft es anders. Wir haben die direkte Anweisung aus Wiesbaden, uns genau nach den Anweisungen der Kollegen von dort zu richten, alles andere würde zu wirklich großem Ärger führen.«

»Wow, dann müssen Thilo und ich ja eigentlich froh sein, dass wir die durchgeknallte Narkosefrau vernehmen dürfen.«

»Das dürft ihr nur, weil ich den Anruf nicht an Wiesbaden weitergeleitet habe. Sonst sähe die Sache garantiert anders aus. Aber die Dame hat nur allgemein von ein paar Details zu einem aktuellen Mordfall gesprochen, zumindest habe ich es so verstanden, und deshalb macht ihr das jetzt. Wir sehen uns also später, mach's gut.«

»Ja, ja, mach's gut.«

*

Die Adresse, die Lenz von seinem Chef genannt worden war, lag direkt gegenüber eines Bahndamms im Stadtteil Oberzwehren. Das Haus, nach dem sie suchten, entpuppte sich als steriler Wohnblock mit etwa 30 Klingelschildern.

»Und ich dachte immer, als Arzt verdient man so gut«, murmelte Hain süffisant, während er die einzelnen Namen durchging. »Hier, Dr. Wittstock.«

Er drückte die Klingel und fast zeitgleich erklang die Stimme einer Frau aus der Sprechanlage.

»Ja, bitte?«

»Mein Name ist Hain, mein Kollege und ich sind von der Kriminalpolizei. Sie hatten im Präsidium an…«

»Ja, ja, kommen Sie bitte hoch. Sie finden mich im dritten Stock, die Wohnung ganz links, wenn Sie aus dem Fahrstuhl kommen.«

»Vielen Dank.«

Der Fahrstuhl empfing die beiden Kommissare mit einem großen ›Defekt‹-Aufkleber, also nahmen sie die Treppe. Auch wenn das Haus von außen einen eher semigepflegten Eindruck machte, im Innern war alles sauber und akkurat.

Julia Wittstock, eine leicht ergraute Frau von etwa 50 Jahren, empfing die Beamten an der Tür, ließ sich die Dienstausweise zeigen und bat sie anschließend in die Wohnung, wo es extrem nach Zitrusfrüchten roch.

»Ich habe gerade eine frische Zitronenlimonade gemacht, wollen Sie ein Glas trinken?«, fragte die Ärztin freundlich.

»Das wäre der bisherige Höhepunkt meines Tages«, zeigte Hain sich mehr als begeistert, und auch Lenz nahm die Einladung dankbar an.

Ein paar Minuten später, nachdem der einleitende Small Talk ebenso hinter den dreien lag wie die ersten Gläser der wirklich erstklassigen Limonade, kam die Frau zum Grund ihres Anrufs.

»Wie Sie sicher wissen, habe ich heute Mittag mit einem Herrn Schiller gesprochen, ich glaube, er hat sich als Kriminalrat vorgestellt.«

Die beiden Kommissare nickten.

»Dabei geht es um eine Beobachtung, die ich vor etwa drei Wochen gemacht habe.«

Julia Wittstock zögerte, als würde sie nach den richtigen Worten suchen.

»Um was handelt es sich dabei?«, wollte Thilo Hain wissen.

Wieder hielt die Frau ein paar Sekunden inne, bevor sie zu einer Antwort ansetzte.

»Ich kann mich doch hundertprozentig darauf verlassen, dass Sie alles, was ich Ihnen erzähle, mit der größtmöglichen Diskretion behandeln werden, ja?«

»Selbstverständlich werden wir das«, erwiderte Lenz geradeheraus.

»Also«, begann sie nach einer erneuten Pause, »ich bin die leitende Anästhesistin auf der Station A12 des Klinikums Kassel. A12 bedeutet, dass wir das sogenannte Herzzentrum sind, nur zur Begriffsklärung.«

»Herzzentrum bedeutet, dass bei Ihnen alles erledigt wird, was mit dem menschlichen Herzen zu tun hat.«

»Ja, im Grunde genommen trifft es das. Allerdings war es in den letzten Jahren zunehmend so, dass bei uns die großen, schwierigen OPs gemacht wurden, während kleinere Eingriffe zunehmend auch von der Inneren Abteilung übernommen wurden. Unser Chefarzt ist … war Prof. Dr. Achenbach, einer der Männer, der letzte Nacht bei diesem furchtbaren Verbrechen ums Leben gekommen ist.«

Wieder genehmigte sie sich eine kurze Atempause.

»Vielleicht sollte ich voranschicken, dass es mir völlig fremd ist, irgendjemanden anschwärzen zu wollen, das möchte ich wirklich nicht, aber mir geht seit heute Morgen, also seit ich von dem Attentat und von den näheren Einzelheiten gehört habe, ein Gedanke nicht mehr aus dem Kopf.«

»Noch mal, Frau Wittstock«, erklärte Hain mit möglichst viel Ruhe in der Stimme, »alles, was Sie uns erzählen, bleibt hier in diesem Raum. Sollten sich für uns daraus Anhaltspunkte für einen möglichen Ermittlungsansatz ergeben, werden wir mit niemandem darüber sprechen, woher wir unsere Informationen haben. Und wenn Sie die Einzige sein könnten, und es möglich wäre, Sie auf diesem Weg zu identifizieren, so versichern wir Ihnen, dass wir trotzdem alles tun, um die Herkunft der Informationen zu verschleiern.«

Julia Wittstock schluckte. »Das ist gut, das beruhigt mich wirklich, wenn Sie das so sagen.«

»Schön.«

Erneut holte die Anästhesistin tief Luft, und erneut kam sie nicht auf den Punkt. »Vielleicht sollte ich Ihnen noch kurz erklären, was diese schreckliche Tat von letzter Nacht nach meiner Meinung für das deutsche Transplantationsgeschehen bedeutet, meine Herren. Darüber wurde, was mich außerordentlich verwundert, noch in keinem Medienbeitrag, den ich gesehen habe, gesprochen.«

»Und was meinen Sie«, fragte Lenz so freundlich, wie es ihm möglich war, »bedeutet es letztlich für das *deutsche Transplantationsgeschehen*?«

»Ob Sie es glauben oder nicht, aber es können in den nächsten drei, vier Monaten, vielleicht sogar im nächsten halben Jahr, in den betroffenen Kliniken und Herzzentren keine großen Operationen wie Transplantationen vorgenommen werden. Das ist überhaupt nicht möglich.«

»Wie meinen Sie das, es *ist überhaupt nicht möglich*?«

»Da müsste ich ein wenig ausholen, um Ihnen das zu erklären, und ich weiß nicht, ob Sie die Zeit dafür mitgebracht haben.«

Die beiden Polizisten wechselten einen kurzen Blick. »Die nehmen wir uns schon«, erwiderte der Hauptkommissar lächelnd.

»Gut. Möchten Sie vorher noch etwas Limonade?«

»Nein, vielen Dank.«

»Also, um die Sache besser verstehen zu können, muss ich kurz darauf eingehen, wie eine Transplantationsstation organisiert ist. An der Spitze steht immer der Chefarzt oder kurz: der Chef. Dieser Chef ist, das kann man gewiss so sagen, so etwas wie der Gott innerhalb des Teams. Unantastbar, heilig, sakrosankt, niemand würde es nach meiner Erfahrung wagen, ihm zu widersprechen. Unterhalb dieses Chefs ist der leitende Oberarzt positioniert, der in der Regel zusammen mit dem Chef an das betreffende Krankenhaus kommt. Chefärzte achten wirklich peinlich genau darauf, wer unter ihnen dient, was sie nämlich keinesfalls leiden können, ist jemand, der zu ehrgeizig ist und es am Ende noch wagen könnte, an ihrem Stuhl zu sägen. Darunter sind die Assistenzärzte angesiedelt, die ich mal als Arbeitsbienen bezeichne. Jede dieser Arbeitsbienen versucht, möglichst schnell einen Schritt nach oben zu machen, was allerdings den wenigsten gelingt, und so ziehen die meisten es vor, nach einer gewissen Zeit eine eigene Praxis zu eröffnen oder sich bei einer bestehenden einzukaufen.«

Sie sah die beiden Männer an, als wolle sie sich versichern, dass sie ihr konzentriert zuhören, und nahm einen Schluck Limonade.

»Alles, was sonst noch im OP zu tun hat, ist entweder sehr, sehr ersetzbar oder es sind Menschen, die eine Arbeit verrichten, die selbst der Chef nicht ausführen kann. Ersetzbar sind natürlich in erster Linie die OP-Schwestern. Ich habe erlebt, dass eine dieser armen Frauen wegen eines wirklich nichtigen Fehlers ihren Arbeitsplatz verloren hat.«

»Sind das denn immer und ausschließlich Frauen?«, wollte Hain wissen.

Julia Wittstock lächelte charmant. »Nein, nein, es gibt auch ein paar wenige Männer darunter, aber die vernachlässige ich jetzt der Einfachheit halber mal.«

Sie rückte sich den Rock zurecht und legte die Hände auf die Knie.

»Diejenigen, die so etwas wie eine Stabsstelle innehaben, sind Leute wie ich, also die Anästhesisten. Wir stehen zwar mit am Tisch, sorgen jedoch lediglich dafür, dass das Bewusstsein und das Schmerzempfinden des Patienten zuverlässig ausgeschaltet ist. Eigentlich eine sehr bedeutende und verantwortungsvolle Tätigkeit, jedoch wird uns nur sehr selten der Dank der Operateure zuteil.«

Wieder ein Schluck Limonade.

»Der Hintergrund meiner sich vielleicht sehr weitschweifig anhörenden Ausführungen ist jedoch der, dass Herzspezialisten, zumal bei Transplantationen, sich immer ein gewisses Herrschaftswissen erhalten, was nichts anderes bedeutet, als dass während der wirklich entscheidenden Momente am Tisch nur und ausschließlich der Chef die OP durchführt. Es geht dabei um echte Kleinigkeiten, aber wenn ein Operateur die nie geübt hat, kann er nun einmal die Operation als Ganzes nicht ausführen.«

»Wenn ich Sie richtig verstehe, achten Chefärzte mit Argusaugen darauf, dass niemand aus ihrem Mitarbeiterstab über genau die gleichen Qualifikationen verfügt wie sie selbst.«

Frau Wittstock nickte so heftig, als wollte sie ihre Freude darüber zum Ausdruck bringen, dass die beiden Polizisten im Kopf doch nicht so einfach gestrickt waren, wie sie befürchtet hatte.

»Was in der Konsequenz Ihre Aussage erklärt, dass

in den nächsten Wochen und Monaten in den betroffenen Herzzentren keine Transplantationen durchgeführt werden können, weil den Ärzten aus der zweiten Reihe genau diese Fähigkeiten fehlen.«

»Exakt.«

»Ist dieses System nicht irgendwie … krank?«, wollte Thilo Hain kopfschüttelnd wissen.

»Das ist es durchaus, aber nun einmal nicht zu ändern. Und wenn ich Ihnen einen wirklich gut gemeinten Rat geben darf, dann den, dass es im Fall der Fälle immer die beste Option ist, Privatpatient zu sein.«

Sie winkte ab, als sie die erstaunten Mienen der Kommissare sah.

»Ach was, lassen Sie sich da bloß nichts erzählen. Es ist ein ungeschriebenes Gesetz auf der Station, auf der ich bisher Dienst getan habe, dass der Chefarzt jeden Tag mindestens vier Private auf dem Tisch sehen will, die er natürlich persönlich liquidieren kann.«

Sie sah in die fragenden Gesichter der Polizisten, die mit offenen Mündern dasaßen und den Ausdruck *liquidieren* nur aus einem anderen Zusammenhang kannten.

»Nein, nein, das heißt natürlich nicht, dass der Chefarzt diesen Patienten etwas antut. Es geht vielmehr darum, dass er die Arbeit an Privatpatienten persönlich in Rechnung stellt, was immer auch Bestandteil seines Arbeitsvertrages ist. Vermutlich muss er zwar einen nicht unbedeutenden Anteil an die Klinik weiterreichen, jedoch ist diese Summe garantiert der größte Posten seines jährlichen Ertrags.«

Hain schüttelte ebenso erstaunt wie schweigend den Kopf.

»Gegenüber den Medien«, fuhr sie fort, »wird natürlich immer so getan, als sei es alles ganz anders, aber das stimmt wirklich nicht. Fakt ist, dass Privatpatienten, speziell bei schweren und teuren Eingriffen, immer die beliebteren Patienten sind.«

»Gut zu wissen«, erwiderte Hain mit echter Dankbarkeit in der Stimme.

»Gern geschehen.«

Lenz holte tief Luft. »Sie sagen, dass Sie *bisher* auf dieser Station Dienst getan haben. Das klingt, als würden Sie es in Zukunft nicht mehr tun, Frau Wittstock.«

»Genauso ist es auch, ja. Ich werde für den Rest meines Lebens, der mir noch bleibt, an keinem OP-Tisch mehr stehen.«

Es entstand eine kurze Pause.

»Aber das macht nichts, ehrlich. Ich hatte ein schönes Leben, das nun leider in relativ kurzer Zeit vorbeigehen wird.«

Die beiden Kriminalpolizisten schluckten verlegen.

»Aber, aber, nur keine Verlegenheit, meine Herren. Ich habe einen leider sehr aggressiven Gehirntumor, was zur Folge hat, dass mir manchmal die Beine wegknicken. Zum ersten Mal ist das vor knapp einem Vierteljahr passiert, unangenehmerweise während einer OP, was natürlich keinen sehr guten Eindruck macht. Sechs Wochen und Dutzende Untersuchungen später wusste ich, dass dieses tennisballgroße Ungetüm in meinem Kopf erstens, wie gesagt, sehr aggressiv ist, zweitens inoperabel, und ihm drittens nur sehr bedingt mit Bestrahlungen zu Leibe zu rücken ist. Also habe ich mich dazu entschlossen, es so anzunehmen wie es ist, und dabei zu hoffen, das Weihnachtsfest noch als halbwegs brauchbarer Mensch zu erleben. Immerhin bin ich glücklicherweise ja in der Lage, die Dinge im Großen und Ganzen selbst zu kontrollieren.«

Sowohl Lenz als auch Hain erfassten sofort, wovon die Ärztin sprach.

»Es gibt absolut keine Hoffnung?«

»Nur die auf einen würdevollen Tod.«

Wieder eine Pause, diesmal eine etwas längere.

»Würde es Ihnen etwas ausmachen«, fand Lenz als Erster wieder zu Worten, »wenn wir jetzt auf die Beobachtung zurückkommen, die Sie vorhin angesprochen haben, und wegen der wir eigentlich hier sind?«

»Nein, ganz und gar nicht, Herr Kommissar. Ich hoffe natürlich auch, dass meine Offenheit, meinen Gesundheitszustand angehend, Sie nicht allzu sehr verstört oder verwirrt hat.«

»Nun, Sie können sich sicher denken, dass so etwas schon ein paar Gedanken nach sich zieht, Frau Wittstock. Aber verwirrt oder verstört wären in diesem Fall die falschen Attribute.«

»Schön. Dann also zu diesem Morgen vor etwa drei Wochen.«

Wieder strich sich die Anästhesistin ihren Rock glatt, um im Anschluss ihre Hände unter die Oberschenkel zu schieben.

»Nun, es war der Tag, als ich die endgültige Diagnose bekam, der Tag, an dem ein für alle Mal klar war, dass es allenfalls palliative Hilfe für mich geben wird, deshalb erinnere ich mich noch so gut daran. Mein behandelnder Kollege hatte mir so sanft wie möglich, aber gleichzeitig so bestimmt wie nötig, mitgeteilt, dass es keine Möglichkeit gibt, etwas an meiner gesundheitlichen Situation zu ändern. Weil ich mich nicht weiter mit den Fragen auf der Station auseinandersetzen wollte, bin ich direkt im Anschluss dort hingefahren und wollte meinen Schrank räumen, was ich bis dahin eindeutig vor mir her geschoben hatte. Was ich auf keinen Fall wollte, war ein Gespräch mit einem Kollegen, dazu fehlte mir an diesem Tag die Traute.«

Sie sah aus dem Fenster und zuckte dabei mit den Schultern.

»Ach was, vielleicht hatte ich nur einfach keine Lust auf ein Gespräch, das trifft es bestimmt ehrlicher. Wissen Sie, das war der Tag, an dem ich mir endgültig eingestehen musste, dass mein Leben bald, sehr bald zu Ende geht, und das hat halt etwas mit mir gemacht.«

Die Hände lösten sich von den Oberschenkeln und fanden einen Platz daneben.

»Ich hatte mich also, es ist nicht anders zu sagen, auf die Station geschlichen, hatte ein kurzes Gespräch mit einer Kollegin geführt, die Gott sei Dank nicht weiter nachgefragt hat, wie es mir geht, und stand vor meinem Schrank, um ihn zu räumen.«

Ihr Blick kreuzte die Augen des Hauptkommissars.

»Vielleicht können Sie nachempfinden, dass solch eine Situation eine Grenzerfahrung darstellt, immerhin hatte ich bis zu diesem Tag mehr als 20 Jahre in diesem Krankenhaus gearbeitet, und es sollte definitiv mein letzter Besuch dort sein. Zumindest auf dieser Station«, schränkte sie matt lächelnd ein. »Nachdem ich also meinen Spind ausgeräumt hatte, ein paar Tränen meine Wangen heruntergelaufen waren und ich mich gerade wieder davonstehlen wollte, konnte ich vor der angelehnten Tür ein paar leise Männerstimmen hören. Weil ich vermutete, dass die Herren den Raum betreten würden, habe ich meinen kleinen Karton gegriffen und bin in die nächste Spindreihe geflüchtet, sodass man mich nur zu sehen bekam, wenn man um die Ecke geblickt hätte. Dort habe ich mich leise auf einen Stuhl gesetzt und abgewartet.«

Wieder wechselte ihr Blick zwischen den Polizisten hin und her, doch beide nickten ihr aufmunternd zu.

»Sie müssen wissen, dass eine Folge meines Tumors ist, dass ich schlagartig bewusstlos werden kann. Das passiert leider ohne jegliche Vorwarnung, weshalb ich auch längst kein Auto mehr fahre und mich, so es mir möglich ist, aus dem Leben zurückgezogen habe. Ich sitze also hinter den Spinden und nacheinander betreten Herr Dr. Wallner, der leitende Oberarzt, Herr Dr. Kreuz, sein Stellvertreter, und der Kollege Pietsch, ein Assistenzarzt, der gut mit Wallner befreundet ist, den Raum. Die Tür wird geschlossen und die drei fangen ein Gespräch an. Natürlich wissen sie nicht, dass ich ebenfalls im Zimmer bin, und so verhalten sie sich auch.«

»Das klingt ja richtig konspirativ, wie Sie das beschreiben, Frau Wittstock«, bemerkte Hain.

»Wenn Sie hören, was die drei besprochen haben, wissen Sie, dass diese Aussage die Realität recht gut widerspiegelt, Herr Kommissar. Denn die drei haben völlig offen und ohne jede Scham oder Zurückhaltung über Professor Achenbach hergezogen. Sie haben Dinge gesagt, die vielleicht nicht ganz an den Haaren herbeigezogen sind, die man allerdings über Kollegen, auch unter vier oder sechs Augen, niemals sagen sollte.«

»Könnten Sie ein wenig präziser werden, bitte?«

»Nun ja, zunächst waren das mehr Schmähungen, von wegen *der bringt es auch langsam nicht mehr*, in diesem Ton. Dann jedoch wurde es zutiefst persönlich und es sind auch Schimpfwörter gefallen, die ich allerdings hier nicht wiederholen möchte.«

Julia Wittstock holte tief Luft. Es war ihr deutlich anzumerken, dass ihr die gedankliche Rückkehr in das Zimmer nicht leicht fiel.

»Dann allerdings nahm das Gespräch eine Wendung, die ich zunächst überhaupt nicht verstanden habe. Der Kollege Wallner fragte die anderen beiden, ob sie sich Gedanken über seinen Vorschlag gemacht hätten, was beide mit Vehemenz bejahten und kundtaten, dass sie *alle zu gehenden Schritte mitgehen* würden *und seien diese auch noch so heikel*. Hier muss ich allerdings eine Vermutung in den Raum stellen, weil ich ja keinen Sichtkontakt zu den Herren hatte. Auf jeden Fall ging das Gespräch wei…«

Lenz, der gerade dabei war, das Gehörte zu verarbeiten, hob den Kopf und blickte Julia Wittstock an, die mitten im Wort geendet hatte, und deren Kopf zur Seite gefallen war. Im Aufspringen erkannte der Hauptkommissar, dass der Blickwinkel der Frau irgendwo in ihrem eigenen Schädel gefangen war, denn das, was fahl und bewegungslos in Richtung Fenster starrte, waren weiße Augen ohne jegliche Farbe.

»Verdammt«, rief er und hörte, wie in seinem Rücken Thilo Hain zum Telefon griff.

14

Holger Brauchitsch zitterte. Er hatte Schweißperlen auf der Stirn, schwitzte stark und schüttelte sich dabei. Wieder und wieder in den letzten Minuten hatte er auf den kleinen Bildschirm seines Telefons gestarrt, fassungslos über das, was er zu sehen bekam. Irgendwo in den hinteren Windungen seines Gehirns pochte etwas, das er nicht einordnen konnte, das ihm vermutlich sagen wollte, dass nicht sein konnte, was nicht sein durfte.

»Herr Ministerpräsident, die Damen vom Landfrauenverein Bad Arolsen wären jetzt da«, drang die Stimme seiner Vorzimmerdame aus dem Lautsprecher auf dem Schreibtisch. »Brauchen Sie noch einen Moment, oder sind Sie so weit?«

Brauchitsch wollte etwas antworten, doch aus seinem trockenen Mund kam weder ein Wort noch ein anderes Geräusch. Das einzig Hörbare war ein leises Stöhnen.

»Alles in Ordnung, Herr Ministerpräsident?«, wollte Evelyn Stahlmann nun besorgt wissen.

»Ja … nein … Ich kann die Landfrauen gerade nicht empfangen. Setzen Sie sie in die Kantine und laden sie zum Essen ein. Richten Sie ihnen von mir aus, dass ich ein unaufschiebbares Problem zu Hause habe und mich zuerst darum kümmern muss. Und lassen Sie Hohler den Wagen vorfahren, ich muss für eine Stunde weg.«

»Ohne Sicherheitsbeamte?«

»Ja, ich will nur kurz nach Hause.«

»Wie Sie möchten«, erwiderte die Sekretärin irritiert. »Kann ich sonst noch irgendetwas für Sie tun?«

»Nein, das war alles.«

»Und Sie sind in einer Stunde wieder zurück?«

»Ja, zum Teufel!«, schrie Brauchitsch. »Ist das denn so schwer zu kapieren?«

»Nein, natürlich nicht. Entschuldigung.«

Evelyn Stahlmann arbeitete seit mehr als zwölf Jahren an der Seite des jetzigen Ministerpräsidenten. Zunächst als Halbtagskraft, um sein Abgeordnetenbüro zu organisieren, dann, nachdem er Minister geworden war, in Vollzeit. Während dieser Jahre hatte sie alle Facetten seiner manchmal sehr speziellen Persönlichkeit kennengelernt. Hin und wieder war ihr der Gedanke durch den Kopf gegangen, dass Holger Brauchitsch ein eher suboptimaler Chef war, aber mit einem alkoholkranken Mann zu Hause, der ständig zwischen Entzug und Rückfall pendelte, und den sie doch nicht verlassen konnte, war ihr ein kompletter beruflicher Neuanfang ein deutlich zu großes Risiko. Mit zitternden Fingern und Tränen in den Augen griff sie zum Telefonhörer und bestellte den Wagen des MP.

15 Minuten später sprang Brauchitsch, ohne auf den Einsatz oder die Hilfe von Ottmar Hohler, seinem Fahrer, zu warten, aus dem Audi und hastete mit schnellen Schritten auf jene Tür zu, an der wieder Dirk Ahdorf auf ihn wartete.

»Du klangst am Telefon wie ein Mann, der gerade von seiner direkt bevorstehenden Hinrichtung erfahren hat«, bemerkte der Lobbyist ernst, nachdem die beiden sich auf den gleichen Stühlen niedergelassen hatten wie ein paar Stunden zuvor.

»Das trifft die Sache ziemlich genau«, erwiderte Brauchitsch gereizt.

»Also, erzähl.«

Der Politiker nahm sein Telefon aus der Tasche, drückte ein paar Tasten und reichte seinem Gegenüber das Gerät. »Lies das.«

Ahdorf sah eine Weile auf das Display, zog die Augenbrauen hoch, las den kurzen Text ein weiteres Mal und legte das Smartphone vor sich auf den Tisch. »Ich vermute, du kannst mir erklären, was sich hinter dieser kryptischen Anhäufung von Schwachsinn verbirgt«, meinte er leise.

»Das kann ich leider, ja.«

»Na, dann fang mal an, mein Lieber.«

»Bevor ich dir die Sache selbst erkläre, muss ich vorausschicken, dass die Nachricht an meine private Mailadresse gegangen ist. Du weißt, wie sehr ich diese schütze und sie wie meinen Augapfel behüte. Wenn es hochkommt, haben 20, vielleicht 25 Menschen diese Adresse. Nicht mal die Merkel hat sie. Aber der Absender hier kannte sie, was bedeuten muss, dass er sie von einem derjenigen bekommen hat, denen ich vertraue und denen ich sie anvertraut habe. Allein das ist schon der absolute Supergau, Dirk.«

»Das sehe ich genauso, ja. Aber ob sich diese Indiskretion irgendwann einmal zu deiner vollen Zufriedenheit aufklären lässt, ist ungewiss, das sollte dir klar sein.«

»Ja, ja«, brummte Brauchitsch unwirsch.

Ahdorf beugte sich in seinem Bürosessel nach vorn und sah dem Politiker eindringlich in die Augen. »Wenn ich diese Mail richtig einordne, lieber Holger, dann dürfte es auch in unser beider Verhältnis gewisse Dinge geben, die ich nicht von dir weiß. Das macht mich jetzt nicht ernsthaft böse, aber ein wenig traurig schon, wie du dir vermutlich denken kannst.«

Der Angesprochene, dessen Kaumuskulatur sich deutlich sichtbar und überaus hektisch bewegte, nickte.

»Und ich gedenke auch nicht, an diesem Tag etwas daran zu ändern.« Er holte mit geschlossenen Augen tief Luft, schluckte, und erwiderte dann wieder den Blick Ahdorfs. »Ja, es gibt etwas über mich, das du nicht weißt, und ich bin der festen Überzeugung, dass du es auch nicht wissen musst, Dirk. Und das sage ich nicht, weil ich kein Vertrauen zu dir habe, du weißt, dass dem nicht so ist, sondern einzig, um dich zu schützen. Das, was in dieser Mail angesprochen wird, dieser Tag, die Geschehnisse dieses Tages könnten meine politische Karriere mit einem Handstreich beenden. Und jeder, der einmal mit mir zu tun hatte, müsste sich fragen lassen, ob er davon gewusst hat.«

Der Ministerpräsident wischte sich mit dem Rücken der rechten Hand den Schweiß von der Stirn.

»Lassen wir es also, wie es ist, und du kannst jedem gegenüber mit aller Sicherheit erklären, dass du nichts darüber gewusst hast.«

Der Lobbyist ließ sich in seinen Stuhl zurückfallen und zuckte mit den Schultern. »Das ist natürlich deine Entscheidung, und wer bin ich, dass ich sie infrage stellen könnte. Allerdings liegt es mir auf der Zunge zu erwähnen, dass *Vertrauen* meiner Meinung nach anders aussieht.«

»Herrgott, Dirk«, schrie Brauchitsch unvermittelt los, »warum sagst du so was? Ist das wirklich notwendig?«

Ahdorf, der schon beim ersten Wort des Satzes erschreckt zusammengezuckt war, hob beschwichtigend die Arme. »Es tut mir leid, bitte verzeih mir. Ich wollte dich nicht verletzen.«

»Das ist dir aber gelungen, auch wenn du es nicht wolltest.« Wieder fuhr der Handrücken über die Stirn.

Ahdorf kramte ein Papiertaschentuch aus einem kleinen Rollschrank rechts hinter ihm und reichte es über den Schreibtisch.

»Danke.«

»Wie, denkst du, soll die Sache jetzt weitergehen?«, wollte Ahdorf wissen. »Hast du irgendeine Chance, die Dinge so ablaufen zu lassen, wie es in der Mail von dir verlangt wird?«

»Wie sollte das denn gehen, Dirk? Ich kann mir doch keine Salafisten oder Dschihadisten aus den Rippen schneiden. Ich habe auf der Fahrt hierher schon mit dem LKA und der zuständigen Ermittlerin telefoniert. Aber das hätte ich mir schenken können. Über eine ungesicherte Leitung wollte sie mir keine Auskunft geben, was ich sogar verstehen kann.«

»Vielleicht spielt dir in diesem Fall sogar das Schicksal ein wenig in die Hände, denn nach meinen Erkenntnissen stand einer der Getöteten, ein Professor aus Freiburg, unter Personenschutz, weil es wohl eine ernst zu nehmende Bedrohung aus dem islamistischen Lager gegen ihn gegeben hat.«

»Was? Davon weiß ich noch überhaupt nichts.«

»Dein Innenminister schon, und das weiß *ich* zu 100 Prozent genau.«

»Woher …?«

»Das, mein lieber Holger, muss jetzt dich mal nicht interessieren. Sagen wir einfach, dass ich meine Beziehungen habe spielen lassen, und dabei wurde mir das zugetragen.«

»Wenn dem wirklich so ist, dass es da eine Bedrohungslage gab, warum haben dann die Personenschützer den Anschlag nicht verhindert?«

»Weil sie gar nicht vor Ort waren. Der Mann hatte sich unter falschem Namen zum Kongress angemeldet und darum gebeten, die Reise allein antreten zu dürfen. Vielleicht hatte er es einfach satt, auf Schritt und Tritt ein paar Gorillas um sich zu haben.«

»Und er ist einer der getöteten Mediziner, ist das sicher?«

»Hundertprozentig, ja.«

»Gibt es denn schon irgendwelche Hinweise, dass tatsächlich diese irren Moslems dahinterstecken könnten?«

»Nicht *diese irren Moslems*, Holger, die gibt es nämlich nicht. Es handelt sich nach meinen Erkenntnissen bei den Leuten, die es auf diesen Prof. Dr. Thorsten Wild aus Freiburg abgesehen hatten, um eine Gruppe mit dem Namen Chorasan, alles Al-Qaida-Veteranen. Die kommen aus dem zerstörten Teil Syriens, aus Pakistan, Afghanistan und Iran und haben sich in Nordsyrien niedergelassen. Wie es genau zu dem Kontakt mit dem Herzspezialisten gekommen ist und was er ihnen im Einzelnen getan hat, weiß ich noch nicht, aber ich arbeite daran.«

»Vermutlich habe ich es da leichter, an Informationen zu kommen. Ich kann ja mal ein bisschen telefonieren.«

»Ja, mach das, aber wir sollten auf jeden Fall zweigleisig fahren, das kann bestimmt nicht schaden.«

»Hast du noch mehr über diese Gruppe, diese Chorason?«

»Chorasan, sie nennen sich Chorasan. Und das geht wohl auf eine Provinz oder eine Region irgendwo in Asien zurück, ich habe es noch nicht genau nachgelesen. Auf jeden Fall sind sie beachtenswert, denn nach – zugegeben unbestätigten – Geheimdienstinformationen gehen einige Anschläge weltweit auf ihr Konto.«

»Und du könntest dir ernsthaft vorstellen, dass diese Organisation in Kassel einmarschiert und dort deutsche Ärzte umbringt?«

»Bei diesen Leuten kann ich mir mittlerweile alles vorstellen, Holger, was jedoch im Augenblick nicht unser primäres Augenmerk sein sollte. Wir müssen jetzt erreichen, dass du aus der Schusslinie gehalten wirst, und das klappt am besten, wenn es diese Clique gewesen ist. Ob sie es nun tatsächlich war oder auch nicht, das muss zum jetzigen Zeitpunkt niemanden interessieren.«

Der Ministerpräsident nickte. »Wenn ich dich richtig verstanden habe, gibt es jedoch noch keine konkrete Spur, die zu diesen *Chorasan* führt?«

»Nein, aber das muss ja nichts heißen«, erwiderte Dirk Ahdorf vielsagend und trank einen großen Schluck aus seinem Wasserglas. »Immerhin scheint dieser unappetitliche Oberbürgermeister von Kassel nicht sehr renitent gewesen zu sein, um mal einen angenehmen Aspekt dieses sonst durchaus unangenehmen Tages aufzugreifen.«

Brauchitsch erzählte kurz von seinem Telefonat mit Erich Zeislinger und dem darin entstandenen Eindruck, dass die vom OB verlangte Demission keinesfalls zu einem nennenswerten Widerstand geführt hatte.

»Nun, vielleicht war er nach den vielen Jahren auf dem Sessel des Rathauschefs die Sache schon länger leid. Ich habe vorhin mit meinem Informanten bei der örtlichen Zeitung telefoniert, und der hat mir diesen Eindruck durchaus bestätigen können. Er sagte, dass Zeislinger seit der Sache letztes Jahr nicht mehr der Alte gewesen sei. Allerdings habe er in den letzten Jahren so einige Nackenschläge hinnehmen müssen, die ihm offenbar mehr zugesetzt haben, als es sein Auftreten nach außen hin erwarten ließ.«

»Worum ging es da?«

»Na, du erinnerst dich doch bestimmt daran, dass er mal angeschossen wurde. Außerdem, und das sagt mein Informant, war wohl der dickste Brocken, den er schlucken musste, dass ihn vor ein paar Jahren seine Frau hat sitzen lassen. Und nicht zu vergessen die Geschichte, wo ihn ein verrückter Religionsfanatiker fast totgeprügelt hätte.«

Der Lobbyist machte eine von einem hämischen Grinsen begleitete Pause.

»Während des Besuches bei einer Bordsteinschwalbe, wie ich mich erinnere«, fuhr er schließlich fast genüsslich fort.

»Ja, jetzt erinnere ich mich wieder ein bisschen an die Sachen. Dass seine Frau ihn verlassen hat, hatte ich aber nicht mehr auf dem Schirm.«

»Ach, lass mal, das kommt in den besten Familien vor«, erwiderte Ahdorf nun wieder sehr ernst.

»Will ich mal hoffen, dass ich davon verschont bleibe«, meinte der Ministerpräsident nach einer Weile.

»Ach was, das können wir alle selbst beeinflussen, Holger. Und wenn ich dich und deine Karin so anschaue, dann seid ihr für mich so etwas wie das Dreamteam der Politik.«

»Ja«, sagte Brauchitsch leise und abwesend. Und während er den Gedanken aussprach, ging ihm ein anderer durch den Kopf. Einer, der ihn ängstigte und der die Sprengkraft hatte, sein gesamtes bisheriges Leben, inklusive seiner Ehe, mit einer lächerlichen Geste in den nächstbesten Gully zu befördern.

15

Peter Fink setzte seine Gebetsmütze auf den kahl rasierten Schädel und kniete sich im Anschluss auf einen kleinen, rostroten Teppich. Dann folgte ein allen Weisungen des Korans genügendes Gebet, in dessen Anschluss wiederum das zeremonielle Aufrollen des Teppichs und danach eine kurze Ruhephase eintraten.

Wie die meisten Konvertiten versuchte auch Fink, ein wirklich allen Ansprüchen Allahs gerecht werdender Muslim zu sein, nein, er war bestrebt, ein *besserer* Muslim zu sein. Mit 14 Jahren war er konfirmiert worden, eine Zeremonie, die ihm heute, wenn er daran dachte, einen Brechreiz bescherte. Zu seinem großen Glück hatte er keinerlei Erinnerung mehr an die eigene Taufe. Als Kind einer bescheiden lebenden Handwerkerfamilie aus dem Kasseler Norden war er früh durch Jähzorn und aggressives Verhalten aufgefallen. Nachdem er in der 5. Klasse einmal von zwei Mitschülern verprügelt worden war, hatte er in einem Anfall von Raserei seinem Lehrer mit solcher Wucht in den Unterleib getreten, dass dieser sechs Wochen arbeitsunfähig gewesen war. Als er sich bei dem Mann entschuldigen sollte, war ihm nur durch den Kopf gegangen, wie dieser ihn immer und immer wieder, so hatte Peter es zumindest wahrgenommen, gedemütigt und erniedrigt hatte. Am liebsten hätte er erneut zugetreten und auch dann nicht von ihm abgelassen, wenn er am Boden gelegen hätte. Doch etwas Vernunft und die drohenden Prügel von seinem Vater hatten ihn abgehalten, seinem Innersten zu folgen.

Mit Eintritt in die Pubertät hatten sich alle Wesenszüge, die der Junge zuvor gezeigt hatte, potenziert. Sein Vater hatte sich längst von ihm abgewandt, nachdem Peter ihn im Streit einmal mit einem Messer verletzt hatte. Die Angst, von seinem eigenen Kind erstochen, erwürgt oder einfach totgeschlagen zu werden, war zu groß. Peter war noch keine 16, als er zum ersten Mal in Jugendarrest genommen wurde, wo er sich mit den Prahlereien über seine Taten und seiner Gewaltbereitschaft sofort Respekt verschafft hatte. Im Nachgang waren ihm diese vier Wochen vorgekommen wie ein Ritual zur Mannwerdung, eine Zeit, die er mehr genossen hatte, als dass sie ihm wie eine Strafe vorgekommen wäre.

In den Jahren danach war er von einer Arbeitsstelle zur anderen vagabundiert, immer wieder unterbrochen von Zeiten, in der er sich unter anderem mit Drogenhandel und Einbruchdiebstahl über Wasser hielt. Und immer hatte die Gewalt in seinem Leben eine tragende Rolle gespielt. Es war dem nun 1,89 Meter großen jungen Mann völlig schleierhaft, wie manche Menschen sich in endlose Debatten verstricken konnten, um ein Problem zu lösen.

Eins auf die Fresse, und Ruhe ist im Karton.

Kurz vor seinem 20. Geburtstag war der Langmut der deutschen Justiz mit Peter Fink beendet. Nach einer Kneipenschlägerei, bei der sein Opfer das rechte Auge verlor, wurde er wegen schwerer Körperverletzung zu drei Jahren und vier Monaten Gefängnis verurteilt. Wegen seiner Haltung und aufgrund mehrerer Auffälligkeiten während der Haftzeit, hatte er jeden einzelnen Tag absitzen müssen.

Und genau in dieser Zeit hatte er Mustafa Korkut kennengelernt, einen Deutschen mit türkischen Wurzeln, der ihm zunächst mit seinen Ideen von Religion und Allah und diesem ganzen Scheiß tierisch auf die Nerven gegangen war. Nach seiner Haftentlassung, ohne Bleibe und mit 200 Euro in der Tasche, war er trotzdem bei dem überzeugten Moslem eingezogen, der seine vierjährige Haftstrafe, die er wegen Körperverletzung mit Todesfolge abzusitzen hatte, ein Vierteljahr vor ihm beendet hatte. Nach und nach hatte er Mustafas gesamte Familie kennengelernt und war beeindruckt, wie sehr diese Menschen zusammenhielten. Noch mehr beeindruckt hatte ihn jedoch die Tatsache, dass die Familie es Mustafa, dem Sohn, Enkel, Bruder, Neffen und Cousin, überhaupt nicht übel nahm, dass der seine eigene Schwester getötet hatte. Sie war nach Ansicht der Familie in ein Leben abgerutscht, das mit den Grundsätzen und Überzeugungen der Familie nicht mehr vereinbar war. Jemand hatte ihre klarmachen müssen, dass es so, wie sie ihr Leben lebte, nicht weitergehen dürfe. Eigentlich, so hatte Mustafa es ihm im Gefängnis einmal gesteckt, war es nur um eine harmlose »Abreibung« gegangen, die jedoch einen unglücklichen Verlauf genommen hatte, weil die Schwester mit keinen noch so brutal vorgetragenen Argumenten zur Räson zu bringen gewesen war. Immer und immer wieder hatte sie ihrem Peiniger, trotz der vielen Schläge, die sie einstecken musste, ins Gesicht gelacht und dabei gefragt, ob das alles sei, was seinem Gott einfallen würde. Offenbar war Korkut dabei so in Rage geraten, dass er gar nicht bemerkt hatte, dass seine Schwester längst tot war, als er weiter blind vor Wut auf sie eingeschlagen hatte. Zumindest hatte der Staatsanwalt es so dargestellt, denn nach eigener Aussage hatte der 27-jährige Mann, der ebenfalls in Kassel aufgewachsen war, absolut keine Erinnerung mehr an den Abend. Wobei, und das war auch Mustafa Korkut sehr klar, der Deutsch-Türke mit der Verurteilung wegen Körperverletzung mit Todesfolge noch sehr gut bedient gewesen war, denn der Staatsanwalt hatte lebenslänglich mit anschließender Sicherungsverwahrung wegen eines sogenannten Ehrenmordes gefordert.

Etwas mehr als ein halbes Jahr hatte es gedauert, bis Peter Fink zum Islam konvertiert war. Mit diesem Moment hatte er sein komplettes Leben in den Dienst der Religion gestellt. Er hatte im Rahmen der Aktion LIES auf dem Kasseler Königsplatz und in anderen Städten den Koran verteilt, war ein eifriger Moscheebesucher geworden und hatte sogar ein paar Brocken Arabisch gelernt. Für einen Jungen aus einfachen Verhältnissen ohne Schulabschluss eine gute Entwicklung, so fand er zumindest.

Was ihm in dieser gesamten Zeit nicht auffiel, war, dass er sich immer mehr von den Menschen und dem Land, in dem er aufgewachsen war, entfremdete. Er hatte längst einen arabischen Namen angenommen, trug ausschließlich orientalische Kleidung und konnte den Koran nahezu auswendig. Und immer öfter, wenn er mit den *verblendeten westlichen Lebensumständen*, wie er es empfand, in Kontakt kam, und das war zwangsläufig fast jeden Tag so, hegte er mehr und mehr Aggressionen gegen die hier lebenden Menschen, gegen die *Kuffar*, die Ungläubigen. Zwar hatte er es seit seinem Übertritt zum Islam auf Anraten seines Imams unterlassen, andere zu verletzen oder zu bedrohen, doch das hatte ihn immer wieder Überwindung gekostet, und es war ihm überdies in den vergangenen Monaten deutlich schwerer gefallen.

Das allerdings war jetzt alles Schnee von gestern, denn in vier Tagen würde er in einem Reisebus Richtung Istanbul sitzen, von wo er innerhalb eines weiteren Tages nach Syrien weiterreisen wollte. Und dort würde er endlich seiner eigentlichen Bestimmung gerecht werden, jener Bestimmung, für die er von Allah auserwählt worden war. Mustafa hatte es ihm am Abend zuvor noch einmal mit allem Nachdruck erklärt, und im Anschluss war es dem hellhäutigen jungen Mann mit dem wild sprießenden Barthaar endgültig klar geworden, dass es nichts geben würde, was ihn aufhalten konnte.

Kurz hatte er eingeworfen, dass er seiner Bestimmung viel lieber in Deutschland, seinem Heimatland gerecht werden würde, doch das war von seinem Freund ebenso dankbar wie bestimmt zurückgewiesen worden. Nein, sein heroischer Triumph über die *Kuffar* würde sich in Syrien abspielen, in dem Land, wo sich seit dem Eingreifen der verhassten Amerikaner ein ebenso unbarmherziger wie gewalttätiger Landkrieg entwickelt hatte.

Für unsere Brüder da unten ist ein hellhäutiger, europäisch aussehender Mann, der dank Allah seine Bestim-

mung gefunden hat, ein wirkliches Geschenk, hatte Mustafa ihm mit blumigen Worten mehrfach erklärt, und Peter hatte sich beglückt und beseelt bei seinem Freund und Mentor bedankt. Wiewohl, in den Stunden, die seitdem vergangen waren, hatten ihm immer wieder Zweifel zu schaffen gemacht, die er mit Gebeten und damit, sich zu zwingen, an das Gute und Richtige seiner Mission zu glauben, zu zerstreuen versucht hatte.

Allah wird mir den richtigen Weg weisen, hatte er seitdem mindestens tausendmal gedacht. Denken müssen.

Und doch war ihm nicht wohl bei dem Gedanken, sich mit zwölf Kilo Sprengstoff vor dem Bauch und auf dem Rücken in die Nähe der *Kuffar* zu begeben, um bei seinem Übertritt ins Paradies möglichst viele dieser verbrecherischen Diener des Unglaubens mit in den Tod zu nehmen. Wieder und wieder in der vergangenen Nacht, in der er nicht eine Minute geschlafen hatte, war ihm diese Szene vor dem inneren Auge abgelaufen, war ihm tatsächlich angst und bange davor geworden, dass sein Körper in Tausend Stücke gerissen würde, sobald er den Auslöseknopf drücken würde. Obwohl, vielleicht würde er ja mit dieser neuen Technik ausgestattet, bei der der Märtyrer eine kleine, nahezu unsichtbare Kamera, versteckt in einer Brille, mit sich herumtrug, und der Auslöser würde von den Brüdern gedrückt, wenn sie der Meinung waren, dass nun der richtige Zeitpunkt gekommen sei, dass nun genügend *Kuffar* in der Nähe waren und es sich lohnte, die Explosion auszulösen. Zu dieser Methode war man übergegangen, das wusste Peter aus dem Internet, weil viele der Märtyrer den Auslöseknopf viel zu früh gedrückt hatten. Das hatte zur unbeabsichtigten Folge, dass der eine oder andere seinen Weg ins Paradies zu früh angetreten hatte, ohne auch nur einen einzigen Ungläubigen von Allahs Erdboden zu tilgen.

Peter Fink gähnte mehrere Male und sah auf die Uhr an der Wand. Viertel vor vier, er war hundemüde, fand jedoch keinen Schlaf, und bekam mit jeder weiteren Sekunde mehr Angst vor seiner eigenen Courage, vor dem Märtyrertod, der ihm in wenigen Tagen oder spätestens ein paar Wochen bevorstand.

Von Brüdern hatte er gehört, dass andere junge Männer, die ebenfalls aus Europa in das Kalifat gereist waren, noch am Tag ihrer Ankunft ihrer Bestimmung zugeführt worden waren. Sie hatten weder Zeit, sich angemessen von ihren Brüdern zu verabschieden, noch wurde ihnen eine würdevolle Zeremonie zuteil. Mehrmals hatte er sich gefragt, ob es denn dann überhaupt möglich war, ins Paradies einzuziehen. Doch im Internet hatte er keinen Hinweis darauf gefunden, der ihm weiterhelfen konnte. Was er jedoch gefunden hatte auf seinen nächtlichen Surfreisen durch die große Welt des World Wide Web waren Stimmen, auch Stimmen von Imamen, die propagierten, dass die Sache mit den 72 Jungfrauen nicht so im Koran stehe und dass es keinesfalls einem jeden Märtyrer vergönnt sei, mit eben dieser Zahl immer williger und bei jeder neuen Vereinigung als Jungfrau zur Verfügung stehenden Frauen das endlose Paradies genießen zu dürfen.

Natürlich ging es ihm vorrangig um die Sache des heiligen Koran, aber ein wenig Einheitlichkeit bei der Auslegung der einzelnen Suren hätte dem Konvertiten schon gut gefallen.

Wenn ich mich schon in die Luft sprenge, will ich wenigstens die Garantie haben, dass dort alles so kommt, wie ich es mir hier vorgestellt habe und es mir auch zugesagt wurde, hatte er mehr als einmal gedacht. Seit letzter Nacht war Peter auch öfter durch den Kopf gegangen, ob es nicht vielleicht besser wäre, den wirklich und total überzeugten Brüdern den Märtyrertod zu überlassen. Der Sache des Dschihad in einer anderen Funktion zu dienen, dauerhaft zu dienen, als ruck-zuck sein Leben als in der Wüste verteiltes Hackfleisch zu beenden.

Er wurde vom Klingeln seines Mobiltelefons aus diesen verstörenden und auch demütigenden Gedanken gerissen. Am anderen Ende der Leitung war Mustafa, der wissen wollte, wie es ihm ging.

»Klasse geht es mir, warum fragst du?«

Der Anrufer zögerte. »Weil … weil es manchmal Brüder gibt, die vom Weg Allahs abkommen. Die sich fürchten oder vielleicht sogar zweifeln. Bist du so ein Bruder, Abul Ala?«

Peter Fink durchzuckte es, als er mit seinem Kampfnamen angesprochen wurde. »Ach Quatsch, warum glaubst du so was von mir? Mir geht es gut, verlass dich drauf.«

Wieder eine kurze Pause.

»Es freut mich, das zu hören, Bruder. Es freut mich wirklich. Und ich hatte auch nicht die Befürchtung, dass du an der Sache zweifeln könntest, dass du an deiner Berufung zweifeln könntest. Aber du weißt …«

»Was weiß ich? Sag schon, was soll ich wissen?«

»Nichts. Es gibt sogar gute Nachrichten für dich.«

»Was für gute Nachrichten?«

»Wir haben einen Flug für dich aufgetrieben, der

morgen Nachmittag ab Düsseldorf geht. Ein Direktflug mit Turkish Airlines, das erspart dir die beschwerliche Anreise mit dem Bus.«

Der Konvertit bemerkte, wie sich seine Kehle verengte, wie sein Mund schlagartig trocken wurde und wie seine Hände anfingen zu zittern.

»Das ist ja großartig, Mustafa. Ich hatte schon gedacht, ich hole mir Schwielen am Arsch auf der langen Busfahrt.«

»Nein, dazu wird es nicht kommen, Abul Ala. Wir sorgen für dich, so gut es uns möglich ist, das weißt du. Wir sind Brüder, das weißt du auch, oder?«

Abul Ala dachte einen Wimpernschlag lang daran, dass sich in diesem Spiel einer der Brüder opfern sollte, während der andere, bestens versorgt übrigens von den Syrischen Chorasan-Brüdern, in Kassel seinen Geschäften nachzugehen gedachte.

»Klar weiß ich das«, log er stattdessen. »Und du kannst dich im Übrigen voll und ganz auf mich verlassen; es ist wirklich nicht notwendig, dass du mir irgendwie misstraust, Mustafa. Wirklich nicht.«

Die Pause, die nun entstand, war deutlich länger.

»Ich vertraue dir. Total.«

Ein Räuspern.

»Dein Flieger geht morgen Nachmittag um 15:35 Uhr. Ich hole dich um kurz nach 10 Uhr ab und bringe dich nach Düsseldorf, damit du auf jeden Fall die Maschine erreichst. Ist das in Ordnung für dich?«

Wieder musste Fink schlucken, wobei er die Befürchtung hatte, das dabei entstehende Geräusch wäre über die Telefonleitung zu hören.

»Klar, ich freu mich.«

»Willst du dich noch von jemandem verabschieden? Du weißt, dass du …«

»Nein«, wurde der Anrufer barsch unterbrochen, »ich will mich von keinem dieser miesen *Kuffar* verabschieden, mit denen ich früher rumgehangen habe oder die meine Familie waren. Hol mich ab, fahr mich nach Düsseldorf, und um den Rest kümmere ich mich.«

»Dann wird es, inschallah, so kommen.«

»Das wird es. Bis morgen dann, Mustafa.«

»Ja, bis morgen. Schlaf gut und träume vom Paradies, das für dich ganz nah ist, mein Bruder. Ich beneide dich.«

»Danke.«

Fink wollte gerade auflegen, als ihm noch eine Frage einfiel. »Ist mein Ticket eigentlich schon gebucht?«

»Liegt am Flughafen bereit für dich.«

»Was hättest du gemacht, wenn ich gekniffen hätte?«

»Dann hätte ich Zweifel gehabt, und das wäre unserer Freundschaft nicht angemessen gewesen, Bruder. Ich zweifle keinen Moment, dass du deiner Berufung gerecht wirst und in Allahs Paradies einziehst.«

»Klar. Mach's gut, Mustafa, bis morgen.«

16

Lenz stand auf dem Balkon des Mehrfamilienhauses und wartete auf das Auftauchen des Notarztwagens. Man brauchte kein ausgebildeter Mediziner zu sein, um zu erkennen, dass mit Julia Wittstock etwas wirklich Schlimmes passiert war. Hain hatte die höchstens 50 Kilo wiegende Frau direkt nach ihrem Zusammenbruch zuerst ausgestreckt auf die Couch und danach auf den Boden gelegt, wo er festgestellt hatte, dass sie einen Atemstillstand hatte. Mit Mund-zu-Mund-Beatmung und Herzmassage war es ihm gelungen, ihren Zustand zumindest zu stabilisieren. Doch ihre blaue Gesichtsfarbe und das in schneller Folge wiederkehrende Zittern des gesamten Körpers ließ nicht viel Gutes ahnen.

»Der NAW ist da, ich zeig ihnen, wo es lang geht«, rief Lenz, sprintete durch das Wohnzimmer und war kurz darauf durch die Wohnungstür verschwunden. Etwa eine Minute später stürmten die beiden erbarmungslos schwitzenden Rettungssanitäter mit dem ebenfalls schweißnassen Arzt im Schlepptau in die Wohnung, der Hauptkommissar wartete im Flur.

»Meinst du, sie kommt durch?«, fragte er leise, nachdem Hain sich zu ihm begeben hatte. Sein Freund und Kollege schüttelte pessimistisch den Kopf.

»Ich bin halt kein Arzt, aber irgendwas sagt mir, dass sie es nicht schaffen wird. An ihr ist halt auch nichts dran, auf das man bauen könnte.« Er schluckte. »Ich glaube, ich habe ihr während der Herzmassage ein paar Rippen gebrochen.«

»Wenn es hilft, dass sie weiterleben kann.«

»Du hast doch gehört, was sie gesagt hat. Geht es nicht ein bisschen an der Sache vorbei, von *Weiterleben* zu sprechen?«

»Stimmt, das war ziemlich unsensibel von mir.«

Aus dem Wohnzimmer wurden immer hektischere Anstrengungen der drei Männer hörbar, und nach einer weiteren Minute beendeten sie ihre Bemühungen.

»Da war nichts mehr zu machen«, erklärte der Arzt ihnen, nachdem er sich die Handschuhe von den Fingern gezogen und zu den beiden Polizisten getreten war. »Wenn Sie mir«, richtete er seine Worte direkt an Lenz, »nicht auf dem Weg hier hoch kurz die Geschichte der Frau erzählt hätten, wäre sicher noch das eine oder andere möglich gewesen, aber vermutlich hätte sie diesen schweren Schlaganfall ohnehin nicht überlebt. Der bei Menschen mit einem Gehirntumor übrigens keinesfalls eine Seltenheit darstellt.«

»Danke, Herr Doktor.«

»Gern.«

Eine Stunde nach Julia Wittstocks Tod saßen die beiden Kommissare unter einem Schatten spendenden Baum in Hains MX5, tranken Wasser aus großen Flaschen und ließen das Revue passieren, was die Frau ihnen vor ihrem plötzlichen Tod noch mitgeteilt hatte.

»Wenn es hart auf hart kommt, können wir uns mit diesen Aussagen den Hintern pudern«, bemerkte der junge Oberkommissar, der seinen Notizblock in der linken Hand hielt und an den Rändern der aufgeschlagenen Seite herumkritzelte.

»Auf der anderen Seite haben wir ein paar Anhaltspunkte, die recht lohnenswert erscheinen. Diese Ärzte … Wie hießen die noch gleich?«

Hain, der auf einem Strohhalm herumkaute, hob den Block. »Wir haben Dr. Wallner, den leitenden Oberarzt, was immer das heißen mag. Dann einen Dr. Kreuz, offenbar ebenfalls ein Oberarzt, der aber, so habe ich es zumindest verstanden, nichts leitet, sondern der Stellvertreter dieses Wallner ist. Und dann noch einen Herrn mit Namen Pietsch, der Assistenzarzt ist.« Er legte den Block auf das Armaturenbrett und nahm den Strohhalm aus dem Mund. »Mann, Paule, selbst wenn wir die Frau noch als Zeugin hätten und sie in einer möglichen Verhandlung aufbieten könnten, würde jeder halbwegs gescheite Advokat sie innerhalb von Minuten auseinandernehmen, weil sie eben diesen Tumor im Kopf hat. Und jetzt, nachdem sie gestorben ist, kann ich nicht erkennen, dass die Sache besser wird.«

»Deine Schlussfolgerungen sind definitiv richtig, Thilo. Aber du vergisst, dass niemand weiß, woher wir unsere Informationen haben. Es könnte nach meiner Meinung hilfreich sein, einfach mal ein bisschen auf gut Glück die Pferde scheu zu machen und im Nebel zu stochern.«

Der Oberkommissar schüttelte den Kopf. »Dabei gehst du davon aus, dass ihre Anwesenheit während des Gesprächs der Ärzte unentdeckt geblieben ist, was nach meiner Meinung aber nicht unbedingt so sein muss.

Leider ist sie von uns gegangen, bevor wir sie danach fragen konnten.«

Lenz nickte zustimmend. »Alles richtig. Aber trotzdem würde ich gern im Klinikum vorbeifahren und den von ihr belauschten Ärzten ein wenig auf den Zahn fühlen. Schaden kann es nichts, und wer weiß, vielleicht bringt es uns sogar einen Schritt weiter.«

»Na, meinen Segen hast du. Gleich Richtung Krankenhaus oder zuerst zum Präsidium?«

»Nein, lass uns gleich da hochfahren. Ich telefoniere auf dem Weg mit Herbert und bringe ihn auf den neusten Stand.«

Das von Lenz anvisierte Bestreben fiel aus, weil Kriminalrat Herbert Schiller schon wieder an einer Besprechung mit den Wiesbadener Kollegen teilnahm.

»Na, der wird sich freuen«, feixte Hain, während er das kleine Cabriolet durch den einsetzenden Feierabendverkehr steuerte.

Um genau 16:40 Uhr betraten die beiden Kommissare den Haupteingang des Klinikums Kassel und nahmen Kurs auf die Information, wo eine nette junge Dame ihnen den Weg erklärte.

»Fahrstuhl?«, fragte Thilo Hain scheinheilig.

»Klar. Ich bin neulich, als ich mit Maria das Wochenende in Freiburg verbracht habe, mit einem Fahrstuhl in ein Café im 16. Stock gefahren. Völlig problemlos übrigens. Also komm mir nicht mehr mit meiner längst überwundenen Fahrstuhlpanik.«

»He, he, nun werd bloß nicht gleich übermütig. Ich kann mich noch gut an die Zeiten erinnern, als du dir in den Dingern fast in die Hosen gemacht hast.«

Er betrat durch die geöffneten Edelstahltüren die Liftkabine und machte eine einladende, jedoch wenig vertrauensvolle Handbewegung in Richtung seines Chefs.

»Vergiss es, Thilo, es ist vorbei.«

Im vierten Stock verließen sie den Aufzug, traten an eine gläserne Doppelflügeltür und drückten auf die danebenliegende Klingel. Kurz darauf erschien das rundliche Gesicht einer etwa 30-jährigen Schwester.

»Ja, bitte, was kann ich für Sie tun?«, fragte sie freundlich.

Lenz und Hain wiesen sich aus, danach erklärte der Hauptkommissar der Frau den Grund ihres Besuchs.

»Bei uns geht heute alles drunter und drüber«, ließ sie die Beamten wissen. »Es ist halt nicht so leicht, wenn man den Chefarzt verliert, und dann noch auf solch eine Art.«

»Meinen Sie, wir könnten trotzdem kurz mit Dr. Wallner sprechen?«

»Wenn Sie einen Moment warten, kläre ich das. Ich weiß, dass er auf Station ist, aber ich muss fragen, ob er Zeit hat. Es dauert bestimmt nicht lang.«

»Wir warten gern.«

Die Tür schloss sich, und Lenz und Hain waren wieder allein in dem großen Vorraum.

»Krankenhausgeruch macht mich immer ganz unglücklich«, sinnierte Hain. »Wobei das aber auch nicht verwunderlich ist, so oft wie ich schon hier drinnen war, seit ich mit dir zusammenarbeite.«

»Vorher bei der Sitte hattest du nie Krankenhausaufenthalte?«

»Nicht einen. Aber das soll …« Er brach ab, weil sich die Fahrstuhltüren öffneten und vier Ärzte den Flur betraten. Einer davon war Dr. Berger, ein Chirurg, mit dem die Kripobeamten schon öfter zu tun gehabt hatten und der erstaunt auf sie zutrat.

»Tag, die Herren. Was führt Sie denn schon wieder in unsere heiligen Hallen?«

Lenz erwiderte den Gruß, Hain nickte stumm, aber freundlich mit dem Kopf.

»Es gibt ein paar Fragen wegen der Sache von letzter Nacht.«

Dr. Berger schlug sich an die Stirn. »Klar, das hätte ich mir ja denken können. Diese *Sache von letzter Nacht* ist übrigens auch der Grund, warum wir hier sind. Wir wollen bei den Kollegen kondolieren.«

»Kannten Sie Ihren Kollegen Achenbach?«

»Ach was, aber es ist unter Kollegen nun einmal so Usus, und deshalb machen wir es.«

Seine drei Kollegen standen unschlüssig vor der Tür und warteten offenbar auf ihn.

»Geht schon mal rein, ich komme gleich nach«, rief Berger ihnen zu. Dann wandte er sich wieder zum Hauptkommissar. »Stimmt es eigentlich, was man so aus den Medien hört, dass sie mit Kohlenmonoxyd vergiftet wurden?«

Lenz nickte. »Ja, das stimmt.«

»Und es ging wirklich nur um den Professor aus Freiburg? Hinter dem waren sie her, und der Rest war sozusagen Kollateralschaden?«

»Das wissen wir noch nicht so genau, Herr Dr. Berger, wobei wir auch nicht wirklich im Zentrum der Ermittlungstätigkeit stehen, weil die Kollegen vom LKA aus Wiesbaden die Federführung übernommen haben.«

Der Hauptkommissar sah sein Gegenüber ein paar Momente lang an.

»Stimmt unsere Vermutung, dass in den nächsten Wochen oder Monaten die Transplantationstätigkeit in Deutschland zum Erliegen kommen könnte?«

Über das Gesicht des Mediziners huschte die Andeutung eines Lächelns. »Sie kommen ja auf Ideen. Darüber habe ich mir offen gestanden noch gar keine Gedanken gemacht, Herr Lenz.«

Sein Blick schweifte ab und er sah ein paar Sekunden aus dem Fenster.

»Gute Frage, die Sie da stellen. Und vermutlich muss man sie ehrlicherweise mit Ja beantworten. Meinen Sie, das könnte auch ein möglicher Hintergrund für die Morde sein?«

»Nein, das wäre doch zu weit her geholt. Wir haben einfach mal darüber nachgedacht, was so alles damit zusammenhängen könnte, und da sind wir eben auch an dieser Frage hängen geblieben.«

»Wie gesagt, es könnte durchaus sein.«

»Es ist …«, wollte Lenz etwas erwidern, doch in diesem Augenblick wurde die Stationstür geöffnet und die Schwester teilte den Polizisten mit, dass Dr. Wallner ein wenig Zeit erübrigen könnte.

»Können wir Sie anrufen, wenn wir irgendwelche medizinischen Fragen haben?«, wollte Lenz von Berger wissen.

»Klar. Aber seien Sie sich darüber im Klaren, dass ich kein Herzspezialist bin.«

»Das macht nichts. Ich vermute, es würde eher um medizinischen Verwaltungskram gehen.«

Nun sah es so aus, als müsse der Mediziner ein herzhaftes Lachen unterdrücken. »Da kann ich Ihnen bestimmt weiterhelfen, aber darauf ist jeder Krankenhausarzt spezialisiert, das kann ich Ihnen versichern.«

*

Dr. Robert Wallner, leitender Oberarzt, stand links neben der Tür auf einem schlichten Plastikschild. Die Polizisten traten ein und sahen sich einem groß gewachsenen, schlanken Mann gegenüber, der einen weißen Kittel trug und sie mit einem festen Handschlag begrüßte.

»Ich muss Sie leider gleich zu Beginn unseres Gesprächs darüber in Kenntnis setzen, dass in einer knappen Viertelstunde ein Meeting mit dem Vorstandsvorsitzenden ansteht, zu dem ich höchst ungern zu spät kommen würde. Sie können sich sicher vorstellen, dass an einem Tag wie diesem so ziemlich alles drunter und drüber geht, was gehen kann, natürlich jenseits aller Tragik, die mit dem Ableben der Kollegen und speziell unseres Chefs verbunden ist.«

Er sah in die Gesichter der Kommissare, die jedoch keine Anstalten machten, etwas zu erwidern.

»Menschlich gesehen, meine ich«, setzte er deshalb schnell hinzu.

»Menschlich gesehen, natürlich«, bemerkte Thilo Hain nach einem Augenblick des Nachdenkens. »Ist auf Ihrer Station so etwas wie ein Stillstand zu erwarten, jetzt, wo Professor Achenbach nicht mehr da ist?«

Der Mediziner hinter dem aufgeräumten, mit einer Mahagoniplatte versehenen Schreibtisch richtete sich noch ein wenig mehr auf, was schon fast komisch anmutete.

»Wie meinen Sie das, ob so etwas wie Stillstand zu erwarten ist? Ich kann Ihrem Gedanken nicht ganz folgen, Herr Kommissar.«

»Nu, was mein Kollege meint«, übernahm Lenz die Gesprächsführung, »ist wohl, ob die geplanten Operationen, speziell die schwierigen, nach dem Tod des Chefarztes wie geplant durchgeführt werden können. Gibt es in dem verbliebenen Team Ärzte, die über die gleichen Fähigkeiten und Fertigkeiten verfügen wie Professor Achenbach?«

»Aber natürlich, meine Herren, das steht doch völlig außer Frage. Selbstverständlich wird sich an den Planungen, speziell was die Operationen angeht, nicht das Geringste ändern. Ich habe immer an der Seite des Chefs gestanden, war die Aufgabe auch noch so heikel.«

»Sie sprechen vermutlich von Transplantationen?«

»Das auch, ja, aber in unserem Metier gibt es auch Eingriffe jenseits der Transplantation, die große Übung und ein gehöriges Maß an Erfahrung voraussetzen, und über die verfügen ich und mein Team in jedem Fall.«

Er hustete gekünstelt.

»Professor Achenbach war definitiv eine Koryphäe auf dem Gebiet der Herzchirurgie, das ist unbestritten, aber das Leben muss, selbst nach einem solchen Schicksalsschlag, weitergehen, und das würde es nicht, wenn er alle seine Operationstechniken mit ins Grab genommen hätte. Außerdem muss ich wohl mit der Mär aufräumen, dass die Herzchirurgie allein aus den Transplantationen besteht, das ist nicht der Fall, ganz im Gegenteil. Die zahlenmäßig mit Abstand meisten Eingriffe beschäftigen sich mit den Herzklappen, gefolgt von den Bypässen, wo die Anzahl der Operationen in den letzten Jahren deutlich zugenommen hat.«

»Wie lange haben Sie und Professor Achenbach hier zusammengearbeitet?«

»Sieben Jahre.«

Er tat, als würde er angestrengt nachdenken.

»Sieben Jahre und vier Monate, um genau zu sein.«

»Waren Sie schon hier beschäftigt, als er kam?«

»Ja. Ich bin gerade Oberarzt geworden, als Professor Achenbach hier den alten Chef abgelöst hat.«

»Ist es nicht so«, tat Lenz erstaunt, »dass Chefärzte ihre Oberärzte immer an ein neues Krankenhaus mitbringen? Es klingt, als sei das in Ihrem Fall nicht so gewesen?«

»Nein … doch.«

Der Mediziner sah selbstgefällig auf die Uhr über der Eingangstür.

»Es ist beileibe nicht immer der Fall, dass der neue Chef *immer* seine Mitarbeiter mitbringt, im Fall des Herrn Professor Achenbach war es allerdings tatsächlich so. Er kam damals aus Heidelberg und brachte seinen leitenden Oberarzt, Herrn Dr. Wicküler, mit. Wicküler bekam nach vielleicht eineinhalb Jahren hier in Kassel die Chefarztstelle in Kiel angeboten, und er hat zugegriffen, was Professor Achenbach damals über alle Maßen verärgert hat, wie ich mich erinnere.«

»Und im Zuge dieses Ausscheidens hat er Sie zum leitenden Oberarzt gemacht, nehme ich an.«

»Nein, nicht direkt. Die Stelle war ein halbes Jahr vakant, bevor er mich gefragt hat, ob ich mir vorstellen könnte, sie anzutreten.«

»Hat er in der Zwischenzeit andere Ärzte gefragt?«

Wallner zögerte mit seiner Antwort. Sowohl Lenz als auch Hain hatten den Eindruck, dass die Frage dem Mediziner nicht passte.

»Ach, das sind doch immer die alten Geschichten, dass man nicht der Erste war, der gefragt wurde, dass man die zweite Wahl ist. Ich kann Ihnen versichern, dass ich gern zugesagt habe, als er mich gefragt hat.«

»Das ist leider keine Antwort auf meine Frage, Herr Dr. …«

»Tja«, wurde der Hauptkommissar sanft, aber bestimmt von dem Herzchirurgen unterbrochen. »Jetzt muss ich Sie leider bitten, zu gehen. Wie ich gesagt habe, der Termin mit unserem Vorstandsvorsitzenden steht an.«

»Klar, wir sind auch fast durch mit unseren Fragen«, machte Lenz auf freundlich und verständnisvoll. »Eine letzte hätte ich trotzdem noch, wenn Sie gestatten.«

Es hatte den Anschein, als würde Wallner am liebsten den Kopf schütteln und laut Nein rufen, doch überraschenderweise unterließ er diesen Affront und nickte dafür generös.

»Bitte, wenn Sie sich kurz fassen.«

»Selbstverständlich. Uns würde zum Schluss nur noch interessieren, wie Ihr persönliches Verhältnis zu Professor Achenbach war. Hatten Sie auch privat miteinander zu tun oder war ihr Verhältnis ausschließlich auf den Umgang im Klinikum beschränkt? Immerhin haben Sie länger als sieben Jahre zusammen gearbeitet.«

Wieder tat Wallner so, als müsse er länger über die Antwort nachdenken. »Natürlich unterhält man sich auch mal über Privates, das ist doch selbstverständlich. Wir haben zum Beispiel oft über seine Tochter gesprochen, die schwer an Depressionen erkrankt ist und auch schon diverse Suizidversuche unternommen hat. Wenn Sie allerdings meinen, dass wir am Wochenende oder im Urlaub zusammen Golf gespielt haben, dann muss ich Sie enttäuschen. Wir hatten eine gute, kollegiale Arbeitsbeziehung, aber eine Freundschaft gab es zwischen uns nicht. Dazu waren wir auch deutlich zu verschieden, wenn Sie verstehen, was ich meine.«

Thilo Hain kratzte sich hörbar am Kinn. »Offen gestanden nein, ich weiß ganz und gar nicht, was genau Sie meinen.«

Dr. Wallner holte tief Luft, ließ sie theatralisch wieder aus den Lungen entweichen und bedachte den jungen Polizisten mit einem mitleidigen Blick. »Achenbach und ich sind in völlig unterschiedlichen Welten unterwegs … gewesen. Er war in allen Belangen mehr der Eigenbrötler, legte absolut keinen Wert auf Networking und solche Sachen. Wenn er am Tisch stand, gebärdete er sich wie ein Gott, zu dem alle aufzusehen hatten, und das war etwas, auf das ich in meiner Freizeit gut und gern verzichten kann.«

Er schnaubte, schob seinen Stuhl zurück und stand auf.

»Reicht das als Antwort? Wenn nicht, würde ich Sie bitten, mich erneut aufzusuchen, allerdings müssten Sie vorab einen Termin mit meiner Sekretärin vereinbaren. Und jetzt …«

Lenz und Hain wussten, dass das Gespräch mit den letzten beiden Worten beendet war.

»Also würden Sie sagen«, hakte Hain seelenruhig nach, ohne auch nur die Andeutung einer Bewegung zu machen, »dass Ihr Verhältnis zu Professor Achenbach keinesfalls frei von Spannungen war. Oder habe ich Sie jetzt komplett falsch verstanden?«

»Ja, das haben Sie tatsächlich«, zischte Wallner genervt. »Wir haben im OP und als Ärzte gut miteinander harmoniert, aber darüber hinaus gab es keinerlei Konsens. Und jetzt bitte ich Sie wirklich, mich nicht länger aufzuhalten.«

Nun erhoben sich die Kommissare, schüttelten dem Arzt die Hand und wandten sich zur Tür.

»Ach, eine Sache wäre da noch«, bemerkte Lenz, als sie schon fast draußen waren. »Sind Ihre Kollegen Kreuz und Pietsch im Haus? An die hätten wir auch noch ein paar Fragen.«

Nun zeigte Wallner zum ersten Mal so etwas wie Wirkung. Er schluckte, schüttelte abwesend den Kopf, kämpfte deutlich sichtbar um seine souveräne Haltung und kam dann einen Schritt auf die Kripobeamten zu.

»Die Kollegen Kreuz und Pietsch? Was … was genau wollen Sie denn von den beiden?«

»Nichts Weltbewegendes, nur ein paar Routinefragen, um genau zu sein. Finden wir Sie auf der Station?«

»Nein, nein, leider nicht. Der Kollege Kreuz ist auf

einer Fortbildung und Herr Pietsch hatte Nachtdienst. Er ist erst morgen wieder im Haus.«

»Dann kommen wir morgen noch einmal vorbei. Was meinen Sie, wäre die gleiche Zeit wie heute in Ordnung?«

»Natürlich«, erwiderte Wallner, der seine Fassung sichtbar und spürbar wiedergefunden hatte. »Kommen Sie zur gleichen Zeit wie heute, ich sorge dafür, dass er Sie erwartet.«

»Danke.«

»Gern.«

17

Peter Fink stand am offenen Fenster seiner kleinen Wohnung, drückte die halb aufgerauchte Zigarette in den hoffnungslos überfüllten Aschenbecher und spürte dabei, wie die Panik immer weiter Besitz von ihm ergriff. Er wollte ein guter Muslim sein, das wollte er wirklich, und er würde bestimmt auch einen guten Dschihadisten abgeben, der mit der Waffe in der Hand gegen den Feind kämpfte, gegen die *Kuffar* und andere Moslems, denen die Religion nicht so viel bedeutete wie ihm, und der dabei sein Leben aufs Spiel setzte. Aber er konnte sich immer weniger vorstellen, mit einem Sprengstoffgürtel auf einen Platz zu gehen und sich selbst in die Luft zu sprengen. Ganz zu Anfang, als Mustafa das zum ersten oder zweiten Mal erwähnt hatte, war es ihm wie eine Befreiung vorgekommen, wie die Erlösung aus einem nie enden wollenden Traum, doch nun, mit dem Tag der Bestimmung vor Augen, hatte sich die Situation komplett verändert. Er war nach dem Telefonat mit seinem Freund und Mentor augenblicklich von einem Heulkrampf heimgesucht worden, der sich dadurch potenziert hatte, dass er natürlich auch beweinte, ein Schlappschwanz zu sein, ein Feigling, der sich seiner Berufung Allahs nicht würdig erwies.

Wieder und wieder hatte er gedacht, dass Allah ihm doch auch den Mut und die Hoffnung hätte mitgeben müssen, mit Freude im Herzen die Ungläubigen von der Erde zu tilgen. Aber das kam ihm wie Zweifeln am Allmächtigen vor, und das war ja nun bekanntermaßen eine Todsünde.

Ich will nicht zweifeln, aber ich will mich auch nicht irgendwo in einem fremden Land in die Luft sprengen.

Das Dilemma, in dem er steckte, nahm ihm die Luft zu atmen, nahm ihm die Kraft zu denken, und es raubte ihm jegliche Hoffnung, als guter Muslim ins Paradies einzuziehen.

Ich muss dort hinfahren, alles machen, was man von mir erwartet, mich meiner Berufung würdig erweisen, und ins Paradies einziehen.

Erneut fielen ihm die Schriften dieses gemäßigten Imams ein, der die Sache mit den Jungfrauen als *großen Quatsch* bezeichnet hatte.

Verdammt, warum muss das alles nur so schwer sein? Warum kann ich nicht einfach ein paar Kuffar töten und danach friedlich leben, vielleicht mit einer netten Frau und einem Haufen Kinder?

In den letzten Tagen hatte er öfter an sein altes, voriges Leben denken müssen. Vor zwei Wochen war ihm in der Stadt Moritz, einer seiner ältesten Kumpels, über den Weg gelaufen, mit dem er schon in der Grundschule befreundet gewesen war. Immer wieder hatten sie damals kleine Sachen ausgeheckt und dabei eine Menge Spaß gehabt. Moritz hatte die mittlere Reife nachgeholt, eine Ausbildung beendet und ihm voller Stolz sein Auto gezeigt. Auch von einer Freundin hatte er gesprochen, die *was Festes* war, und dass er ernsthaft über Heirat und Kinder nachdenken würde.

Zunächst hatte Peter nur Verachtung für seinen ehemaligen Freund übrig gehabt, doch mit zunehmender Zeit, mit den Bildern eines normalen, *anständigen* Lebens, waren bei ihm ähnliche Sehnsüchte nach oben gespült worden. Diese längst vergessen geglaubten Bedürfnisse, die mit dem Glauben und der Religion konkurrierten, hatten ihn zutiefst verwirrt. Aber was immer er auch versuchte, er konnte sie nicht aus seinem Kopf bekommen.

Ich kann es nicht, ich kann es einfach nicht tun.

Wieder und wieder durchdachte er seine Situation und seine Optionen. Wenn er tatsächlich kneifen würde, brauchte er sich nie mehr bei Mustafa und den anderen blicken zu lassen. Und in die Moschee würden sie ihn schon gerade gar nicht mehr hineinlassen. Und was sollte er dann machen, aus der Stadt verschwinden? Nein, so einfach würde sich das alles nicht regeln lassen.

Für einen Moment hatte er die Idee, sich morgen nach Düsseldorf fahren zu lassen, den Flug zu nehmen und in Istanbul unterzutauchen. Aber was konnte ein Kasseler Junge, der nicht ein Wort Türkisch sprach, dort schon anfangen? Nichts und wieder nichts.

Tante Jo.

Peter hatte eine Tante, mit der er sich immer gut verstanden hatte und die ihn in den letzten Jahren öfters angerufen hatte. Sie wohnte in einem Nest in der Nähe von Marburg, auf einem riesigen Bauernhof mit jeder Menge Tieren und all diesem Krempel. Mehrmals hatte sie ihm angeboten, zu ihr zu kommen, wenn er mal rauswollte. Aber da gab es ein riesiges Problem, und das war die Frau, mit der sie zusammenlebte. Tante Jo war, seit Peter denken konnte, lesbisch, und sie stand dazu wie kaum jemand auf der Welt. Zu Familienfeiern waren sie zu zweit gekommen, und Jo hatte nie einen Hehl daraus gemacht, wie weit die Freundschaft zwischen ihnen gehen würde, denn Küsse in der Öffentlichkeit und sogar noch etwas mehr waren bei ihr an der Tagesordnung.

Der Prophet sagt, dass Homosexualität eine Todsünde ist, da kann ich doch unmöglich bei einer Lesbe Unterschlupf suchen.

Der junge Mann zündete sich eine weitere Zigarette an, warf das Feuerzeug auf den Tisch und blies den blauen Rauch in den Raum. Wie es aussah, hatte er nicht viele Möglichkeiten, weshalb er auch nicht wirklich wählerisch sein konnte. In seiner Hosentasche befanden sich 45 Euro, was für die Fahrt nach Marburg und den anschließenden Bus reichen würde. Auf seinem Konto hatte er ungefähr 230 Euro, und Tante Jo würde ihn bestimmt nicht verhungern lassen, so viel war klar. Jetzt musste er sich nur noch einen guten Plan überlegen, wie er die Sache mit Allah ins Reine bringen konnte.

Aber Moment mal, muss ich das überhaupt?

Wenn der Allmächtige wirklich existierte, dann würde er keinen Moment zögern, ihm den Mut und die Kraft zu geben, seiner Bestimmung gerecht zu werden. Was jetzt auf keinen Fall heißen sollte, dass er an der Existenz zweifelte. Jedenfalls nicht so richtig. Aber zu denken konnte es einem schon geben, wenn man sich so davor fürchtete, ins Paradies zu kommen.

»Du bist wirklich ziemlich schräg drauf gekommen«, hatte Moritz zum Abschied zu ihm gesagt. »Diese ganze

Allah-Nummer, die kannst du doch unmöglich so fest glauben. Du, der du immer gern gesoffen und gekifft hast und jeder Tussi nachgestiegen bist, egal ob sie nun wollte oder nicht.«

Damals hatte er noch vehement protestiert, doch nun, mit dem konkreten Termin seiner Abreise ins Paradies vor der Brust, kam ihm diese ganze Sache eher suspekt vor.

Peter Fink konnte es drehen und wenden wie er wollte, er war längst über den Punkt des Zweifelns hinaus, er war auf dem direkten Weg in die Apostasie, ein Wort, das er bis vor ein paar Jahren überhaupt nicht gekannt hatte, und das nichts anderes bedeutete, als dass ein Muslim sich von Allah abwandte, zu einem Murtadd wurde, zu einem Renegaten, der von jedem x-beliebigen anderen Moslem mit dem Tod bestraft werden konnte.

Scheißdreck.

Schon öfter hatten Fink leise Zweifel beschlichen, ob wirklich alles so war, wie der Koran es behauptete und wie er das Leben gelebt haben wollte. Klar, die Frauen waren an ihrem richtigen Platz angekommen, das fand er schon, aber der Umgang mit Andersgläubigen war schon echt krass. Wenn einer an nichts glaubte, dann war das wirklich das Letzte, aber warum einen Christen oder einen Juden abmurksen, nur weil sie an einen anderen Gott glaubten?

Klar waren sie irgendwie *Kuffar*, aber ein bisschen Toleranz war doch auch nicht verkehrt.

Der nächste Zug an der Zigarette war verbunden mit einer Entscheidung, einer weitreichenden Entscheidung, die Peter Finks Leben wieder einmal um

180 Grad in die komplett andere Richtung lenken sollte. Er hatte sich mit diesem Zug entschieden, nicht nach Düsseldorf und damit auch nicht nach Istanbul und schon gar nicht nach Syrien zu fahren, sondern zu Tante Jo, auf ihren Bauernhof mit den Kühen und den Schweinen und den vielen Mücken und Fliegen. Er wollte nicht vor seinem 30. Geburtstag sterben und er wollte auf jeden Fall auch nicht für einen Gott sterben, der nicht einmal die Kraft hatte, ihm selbst genug Kraft zu geben. Bei dem Gedanken an Mustafa musste er schlucken. Er würde ihn und seine Brüder über alle Maßen enttäuschen und alles über Bord werfen, für das er in den letzten Jahren gelebt hatte.

Es ist mir egal, was die anderen sagen, ich mach das jetzt. Ich mach das jetzt!

18

»Wo darf ich Sie hinbringen, Herr Ministerpräsident?«, wollte Ottmar Hohler, der Fahrer des Politikers, wissen, der an der geöffneten hinteren rechten Tür der großen Limousine stand. Holger Brauchitsch ließ sich in das noch immer wie neu duftende Leder fallen, schnaufte durch und hob den Kopf.

»Wir müssen nach Frankfurt, Hohler. Die Adresse sage ich Ihnen, wenn wir in der Stadt sind. Und sorgen Sie dafür, dass die Personenschützer hier bleiben.«

Der Chauffeur sah seinen Boss ungläubig an.

»Steigen Sie ein und fahren Sie los und währenddessen machen Sie denen am Telefon klar, dass wir allein unterwegs sein wollen.«

»Ich bin mir nicht sicher, ob ich Sie richtig verstehe, Herr Min…«

»Steigen Sie in das verdammte Auto und fahren Sie los, sonst sind Sie die längste Zeit mein Fahrer gewesen«, schrie der Politiker aufgebracht. »Und wenn die Gorillas Mucken machen, dann können Sie gern mit mir persönlich sprechen. Verstanden?«

»Ja«, kam es knapp von draußen, dann schloss sich die Tür und keine fünf Sekunden später rollte der Dienstwagen los. Nachdem Hohler die Bewacher über den ausdrücklichen Wunsch des Ministerpräsidenten informiert hatte, blieben die zurück und verschwanden kurz darauf aus dem Rückspiegel.

»Alles klar?«, kam es von der Rückbank.

»Selbstverständlich. Allerdings klang Herr Münch doch sehr verwundert, und ich musste, wie Sie sicher gehört haben, Ihren Wunsch zweimal bestätigen.«

»Ja, ja, die kriegen sich schon wieder ein.«

Der Chauffeur steuerte den Audi durch den dichten Feierabendverkehr, schlug danach den Weg auf die A 66 ein. Bis zum Kreuz Wiesbaden herrschte völlige Stille im Innern des Kraftfahrzeugs.

»Ich wollte Sie vorhin nicht so anfahren, Hohler«, ließ Brauchitsch schließlich seinen Fahrer wissen. »Es ist im Augenblick eine schwierige Zeit für mich, da können einem schon mal die Gäule durchgehen.«

»Aber natürlich, Herr Ministerpräsident. Keine Frage.«

Ottmar Hohler, der den MP seit etwa einem halben Jahr fuhr, nachdem sein voriger Stammfahrer in den Ruhestand gegangen war, beschleunigte und fuhr auf die linke Spur.

»Das ist schon in Ordnung, ich habe ein dickes Fell«, schob er schnell hinterher.

Das hätte ich auch gern, dachte Brauchitsch. *Das hätte ich zurzeit wirklich auch gern.*

Er nannte dem Chauffeur eine Adresse in der Innenstadt. »Da müssen wir hin.«

»Wird vermutlich schwierig, dort um diese Zeit einen Parkplatz zu finden«, gab Hohler zu bedenken.

»Nein, es gibt da eine kleine Tiefgarage, die können wir benutzen. Ich habe den dafür notwendigen Code.«

Wenn er nicht geändert wurde, fiel dem Politiker ein. *Immerhin war ich vor vier Jahren zuletzt dort.*

Sie brauchten noch mehr als eine halbe Stunde, dann bogen sie in die genannte Straße ein. Brauchitsch dirigierte seinen Mitarbeiter an einer alten Villa vorbei, bevor ein großes Haus in Sicht kam, auf das der Politiker deutete.

»Hier sind wir richtig. Am Haus vorbei und um die nächste Ecke, die Einfahrt zur Tiefgarage ist in der Seitenstraße, und der Zufahrtscode ist 228866.«

Auf dem Weg hinunter zur Parkfläche des Hauses durchzuckte Brauchitsch der Gedanke, dass er vielleicht im Begriff war, einen schweren Fehler zu begehen, doch diese Eingebung schob er schnell und weit von sich.

»Funktioniert«, strahlte Hohler die sich nach oben bewegende Schranke überflüssigerweise an und parkte den Wagen vor der gegenüberliegenden Wand.

»Ich weiß nicht, wie lange es dauern wird«, beschied Brauchitsch ihm. »Warten Sie auf jeden Fall auf mich, auch wenn es länger dauert, ohne sich irgendwelche Sorgen zu machen. Verstanden?«

»Ja, natürlich. Ich habe ja immer etwas zu lesen im Auto, und hier unten ist es schön kühl. Wenn Sie möchten …« Er brach ab, weil sein Chef schon längst auf dem Weg zum Aufgang ins Haus war.

»Arrogantes Arschloch«, brummte er leise.

Der Mann, dem diese hinterhergeworfene Beleidigung galt, betrat kurz darauf das Treppenhaus, ging in den zweiten Stock hinauf und drückte die Klingel neben einem lustigen Keramikschild, das die Praxis der Psychologin Astrid Naumann zierte. Als nach einem weiteren Klingeln nichts geschah, klopfte er mehrmals gegen die dicke Holztür und trat einen Schritt zurück. Es dauerte etwa 15 Sekunden, bis hinter dem Spion eine Lichtveränderung sichtbar wurde und kurz darauf eine etwa 40-jährige Frau die Tür öffnete.

»Was soll das?«, blaffte sie ihn an. »Was fällt dir ein, hier so einen Aufstand zu machen?«

»Ich muss dich sprechen«, ging Brauchitsch gar nicht erst auf ihre Anwürfe ein, »und zwar sofort.«

»Das geht nicht, und das weißt du auch genau«, erwiderte sie kühl. »Wenn du etwas von mir willst, musst du dich anmelden, wie jeder andere Klient auch.«

»Ich muss mich nicht anmelden, weil ich nichts von dir will«, gab der Ministerpräsident gereizt zurück. »Ich muss einfach mit dir reden. Ist das denn so schwer zu kapieren?«

Die Frau an der Tür mit dem auffallend großen Busen atmete schwer ein und sah sich kurz im Hausflur um.

»Ich habe jemanden im Sprechzimmer, du musst also warten. Es ist zwar mein letzter Klient heute, aber es kann etwas dauern, weil ich ihm zugesagt habe, mir Zeit für ihn zu nehmen. Willst du das akzeptieren?«

Brauchitsch nickte.

»Dann komm rein und leg ab. Ich gehe nach oben, du weißt ja hoffentlich noch, dass du am besten keine Geräusche machst und dich nicht blicken lässt, bis ich komme. Klar?«

»Ja, klar«, fauchte der Politiker, drängte sich an ihr vorbei, hielt auf ein Zimmer rechts zu und verschwand ohne ein weiteres Wort darin. Die Frau sah sich ein weiteres Mal im Hausflur um, schloss danach leise die Tür hinter sich und ging hinauf in die obere Etage.

Der erste Mann des Landes Hessen musste exakt 51 Minuten warten. Seine ohnehin schon schlechte Laune nahm in jeder dieser Minuten etwas zu. Er hatte sechs Anrufe zu verzeichnen, von denen er jedoch keinen einzigen entgegengenommen hatte, auch den seiner Frau nicht. Dafür saugte er den Geruch der Wohnung ein, in der er sich befand, der vergangene, längst vergessen geglaubte Erinnerungen in ihm zurück an die Oberfläche spülte.

Nachdem auf der Treppe und im Anschluss auf dem Flur leise Stimmen erklungen und wieder verebbt waren und die Wohnungstür längst ins Schloss gefallen war, betrat die noch immer aufgebracht wirkende Frau mit einem Wasserglas in der Hand den Raum – ein kombiniertes Bügel- und Gästezimmer, wo er auf dem Bett saß, der einzigen Sitzmöglichkeit.

»Ich kann nur hoffen, dass es einen guten Grund gibt für deinen heutigen Auftritt, sonst werfe ich dich nämlich sofort wieder hinaus«, zischte sie.

»Worauf du dich verlassen kannst, dass ich diesen Grund habe, meine liebe Astrid«, schnaubte er zurück. »Du hast mich nämlich entweder verraten, oder du spielst auf eine andere Weise ein dreckiges Spiel mit mir.«

Die Psychologin sah angewidert zu ihm hinab, trat ans gekippte Fenster und schloss es. »Nichts von dem, was du sagst, ist wahr, und das weißt du auch. Also erzählst du mir am besten, was passiert ist und was genau dich auf die bemerkenswerte Idee hat kommen lassen, dass ich dich *verraten* haben könnte.«

Brauchitsch kramte wortlos sein Telefon aus der Sakkotasche, drückte ein paarmal auf dem Display herum und hielt es ihr hin. »Da, lies das, dann weißt du, was ich meine.«

Astrid Naumann schob die an einer Schnur baumelnde Lesebrille auf die Nase, beugte sich nach vorn und las den ihr dargebotenen Text.

»Das ist nicht von mir, und wie ich schon gesagt habe, weißt du das. Ich habe mit niemandem über unser ehemaliges dienstliches Verhältnis gesprochen, und über unser privates schon gar nicht. Also, warum lässt du die Sache nicht, wie sie ist, und verschwindest heim zu Macht und Mutti.«

Brauchitsch dachte einen Augenblick darüber nach, sich von dem Bett hochzukatapultieren, ihr an die Gurgel zu springen, sie zu würgen und vielleicht auch umzubringen. Doch er ließ es bleiben und verengte stattdessen die Augen zu schmalen Schlitzen, bevor er zu einer Antwort ansetzte.

»Ich werde *heim zu Macht und Mutti* verschwinden, wie du das nennst, aber ich werde nicht gehen, bevor ich nicht weiß, was es mit dieser Mail auf sich hat. Du bist die Einzige, die etwas von der Sache weiß. Demzufolge kannst auch nur du dafür verantwortlich sein, dass es zu diesem ominösen Schreiben gekommen ist.«

Die Psychologin holte tief Luft, nahm einen Schluck Wasser und betrachtete durch den Vorhang die Szenerie im Garten. Dann wandte sie sich wieder ihrem Besucher zu, lehnte sich dabei gegen die Fensterbank und schüttelte den Kopf.

»Ich weiß, wie sehr du dir wünschst, dass dieser Unfall niemals passiert wäre, aber was geschehen ist, kann man nun einmal nicht rückgängig machen. Wir beide haben eine Vereinbarung, und ich versichere dir, dass ich mich an diese Vereinbarung gehalten habe. Wie es zu der Mail gekommen ist, kann ich dir nicht erklären, aber ich weiß, dass ich meinen Teil des Deals nicht gebrochen habe. Das kannst du glauben oder auch nicht, aber es ist so.«

»Und wie soll es dann …?«, brüllte der Politiker ohne Vorwarnung los, brach jedoch ab, als er ihren missbilligenden Blick wahrnahm.

»Es hat sich nichts geändert bei dir, Holger. Deine gestörte Impulskontrolle ist immer noch dein größtes Problem.«

»Hör mir bloß auf mit diesem Psychologengeschwätz«, fauchte er. »Du weißt genau, dass ich das nicht leiden kann.«

»Ja, das weiß ich genau.« Sie blickte verächtlich zur Decke. »Niemand weiß das so genau wie ich, nicht mal dein frigides Muttchen zu Hause weiß das so gut wie ich.«

Wieder kochte die Wut in Brauchitsch nahezu über, doch er wollte ihr nicht auch noch die Bestätigung liefern, dass sie recht hatte.

»Du willst also allen Ernstes behaupten, dass du nichts mit dieser Mail zu tun hast?«

»So ist es.«

»Und wer sollte dann dahinterstecken?«

»Ich weiß es nicht, Holger«, erwiderte sie mit deutlich erhobener Stimme. »Ich kann nur wiederholen, dass ich es nicht bin.«

»Und du hast garantiert mit keinem Menschen darüber gesprochen?«

»Warum sollte ich das tun? Die Sache ist über acht Jahre her, sie ist vermutlich längst verjährt, sodass dir noch nicht einmal mehr juristischer Ärger blühen würde, und mir ist mein ruhiges Leben und die Dinge, die damit zusammenhängen, deutlich wichtiger als die Tatsache, dir eins auswischen zu wollen.« Sie kam einen Schritt auf ihn zu. »Du vergisst in deiner Rage, dass ich mindestens genauso viel zu verlieren habe wie du, eher noch viel mehr. Ein Politiker fällt immer auf die Füße, wird von Partei und seinen diversen Netzwerken über Wasser gehalten, bekommt hier einen Vorstandsposten zugeschanzt oder dort ein Aufsichtsratsmandat angedient. Eine Psychologin, die sich mit einem Klienten eingelassen hat, noch dazu mit einem bekannten Politiker, wird nie wieder eine Kassenzulassung erhalten, geschweige denn einen Job in der freien Wirtschaft, zumindest nicht mehr in ihrem Fachgebiet. Also, warum sollte ich es forcieren, dass dich jemand hinhängt?«

Holger Brauchitsch dachte eine Weile über ihre Worte nach. »Ich bin am Ende, wenn das herauskommt, Astrid«, murmelte er kaum vernehmbar. »Ich kriege keinen Job als Vorstand oder Aufsichtsrat. Nicht als ein Mann, der vom Unfallort geflüchtet ist, nachdem er einen Jungen totgefahren hat.«

»Dein Selbstmitleid hilft dir in diesem Fall leider nicht weiter, Holger. Und ich persönlich kann dir auch nicht helfen, und das bedaure ich ausdrücklich nicht, weil ich es einfach nicht will. Dafür hast du mir damals zu wehgetan.«

Brauchitsch hob den Kopf und sah ihr lang in die

Augen. »Hast du einen neuen Freund?«, wollte er leise wissen.

»Das geht dich nichts, aber auch gar nichts an. Du hast dich damals entschieden, bei Muttchen zu bleiben, und ich musste das akzeptieren. Jetzt, nach dieser Zeit, in der du dich nicht ein einziges Mal gemeldet hast, zu fragen, ob ich einen *neuen* Freund habe, ist schon ein starkes Stück.«

»Nenn sie bitte nicht wieder Muttchen. Allein das erinnert mich schon viel zu stark an unsere Zeit damals.«

Astrid Naumann betrachtete ihn nun eine Weile. »Du gehst jetzt besser«, forderte sie schließlich bestimmt.

»Gleich. Zuerst musst du mir schwören, dass du mit niemandem über die Sache geredet hast.«

»Mensch, Holger, ich habe es dir gesagt, und es wäre auch nicht mehr wert, wenn ich es schwören würde. Ich habe nicht darüber geredet, glaub es einfach.«

»Nicht einmal ein Wort nach einer Party, vielleicht nach einem Glas Rotwein zu viel?«

»Nun wird es mir wirklich zu bunt, du Mistkerl! Ich habe während unserer … gemeinsamen Zeit keinen Alkohol getrunken, und ich mache es heute noch immer nicht. Ich bin immer Herr meiner Sinne, was man von dir gewiss nicht behaupten kann. Also lass mich ein für alle Mal mit dieser Geschichte und deinem nicht zu ertragenden Selbstmitleid in Ruhe.«

Sie wies auf die Tür.

»Und jetzt raus hier, aber sofort. Und lass dich bitte nie wieder blicken.«

»Es gibt nicht viele Menschen, die so mit mir reden dürfen, Astrid. Wenn du damals …«

»Raus!«

Brauchitsch erhob sich, schüttelte den Kopf, sah seiner ehemaligen Geliebten fest in die Augen und schlug ihr dann ansatzlos mit der rechten Faust in den Magen. Die Frau klappte zusammen wie ein Taschenmesser, kippte lautlos nach vorn, wo der Politiker einen Schritt zur Seite machte, und ließ sich schließlich leise stöhnend auf den Teppich fallen.

»Und es wird auch in Zukunft niemand so mit mir reden, merk dir das bitte. Hast du mich verstanden, oder brauchst du noch weitere Argumente?«

Astrid Naumann übergab sich stöhnend, fuhr sich anschließend mit dem Rücken der linken Hand über den Mund, drehte sich mühsam auf die Seite und zog dabei die Beine an ihren Oberkörper.

»Du hast dich wirklich um kein Jota verändert, Holger.«

»Ja, das hast du richtig erkannt, Astrid, dass ich mich nicht verändert habe und auch nicht plane, es zu tun. Lass dir diesen Nachmittag eine Lehre sein und erzähl es allen weiter, mit denen du über uns und die Sache von damals gesprochen hast. Erzähl ihnen, dass mit mir nicht gut Kirschen essen ist und dass jeder, der mir blöde oder erpresserische Mails schickt, es mit einem Tiger zu tun bekommt, der erbarmungslos sein Revier verteidigt.«

Damit ging er zur Tür, spuckte ihr dabei in die Haare und verließ schnaubend den Raum. Astrid Naumann blieb noch etwa fünf Minuten in der embryonalen Haltung, übergab sich dabei immer wieder, kam aber auf die Beine und kämpfte sich mit schweren, schwankenden Schritten die Treppe hinauf in ihr Arbeitszimmer.

Dort griff sie zum Telefon, drückte eine Kurzwahltaste und wartete, dass am anderen Ende das Gespräch angenommen wurde.

»Er war hier«, flüsterte sie keuchend, nachdem ihr Gesprächspartner sich gemeldet hatte, »und er hat sich genau so verhalten, wie du es vorausgesagt hast.«

19

»Ich muss mal telefonieren«, erklärte Lenz seinem Kollegen, nachdem sie aus dem leidlich kühlen Krankenhaus hinaus in die noch immer brütende Hitze des Sommertages getreten waren. Hain beobachtete ihn dabei, wie er etwa zwei Minuten mit dem Gespräch zubrachte.

»Scheint ja was ganz und gar Wichtiges gewesen zu sein«, frotzelte er schließlich.

»Stimmt, das war es auch«, erwiderte der Hauptkommissar entspannt. »Wir haben heute Abend um 20:30 Uhr einen Termin mit einer Schwester der Station, auf der wir uns gerade herumgetrieben haben.«

»Um 20:30 Uhr? Machst du dir denn gar keine Gedanken darüber, was du so alles von mir verlangst? Willst du mich denn in meinen jungen Jahren schon verheizen?«

»Ja, ja, der alte Jammerer. Du schaffst das schon, da mache ich mir wirklich keine Sorgen.«

»Und mein Familienleben?«, versuchte es Hain auf einer anderen Schiene. »Sollen denn meine Kinder einen fürchterlichen psychischen Knacks kriegen, weil sie ihren Herrn Papa nur noch vom Hörensagen kennen?«

»Nö, deine Jungs sind bestimmt ganz froh, wenn ihr Helikopter-Papa sie wenigstens mal einen Abend lang nicht ungebremst betüddelt.«

»Der war gemein!«, echauffierte sich der Oberkommissar gekünstelt.

»Klar. Also, wir haben noch knapp zwei Stunden, dann müssen wir in der Werner-Hilpert-Straße sein. In der Zwischenzeit könnten wir gut beim Präsidium vorbeifahren und schauen, ob die Fahndung nach der Frau etwas gebracht hat.«

»Oder wir telefonieren mit dem Präsidium, fahren dafür aber bei diesem Vogel vorbei, der Nachtdienst hatte, diesem Pietsch, und erhöhen damit den Druck im Kessel der Herren Herzspezialisten ein wenig.«

Lenz nickte anerkennend. »Das hätte ich nicht besser ausdrücken können. Und um dir die vermutlich erneut demütigende Erfahrung zu ersparen, schon wieder bei den Kollegen wegen der Fahndung nachzufragen, mache ich das. Ich frage nach der Meldeadresse dieses Herrn Pietsch, und so ganz nebenbei nach dem Sachstand in Bezug auf die Fahndung.«

»Meine Güte, was bist du nur für ein Fuchs …«, grinste Thilo Hain. »Aber trotzdem würde mich brennend interessieren, wie du es angestellt hast, an ein Treffen mit einer Schwester der Herzstation zu kommen. Man kann doch nicht einfach irgendwo anrufen und ein paar Minuten später hat man so einen Termin.«

»Nee, das war wirklich Zufall. Es gibt doch da diese Krankenschwester, die ich kennengelernt habe, als Maria nach ihrem Unfall im Koma lag, die mich nachts auf die Station und an ihr Krankenbett gelassen hat. Sie heißt übrigens Anne und ist mit dieser Schwester von der Herzstation gut befreundet, seit die beiden einen Teil ihrer Ausbildung gemeinsam hinter sich gebracht haben. Maria hat übrigens bei ihr angerufen und den Treff ausgemacht. Ist doch auch mal schön, wenn etwas so einfach geht, oder?«

»Noch schöner wäre es natürlich, wenn dabei was rauskommen würde.«

»Das müssen wir sehen«, erwiderte Lenz, wählte, hob sein Telefon ans Ohr und wartete.

»Wir müssen nach Kirchditmold«, teilte er seinem Kollegen kurz darauf mit und nannte ihm die genaue Adresse. »Und nein, es gibt nichts Neues von der Fahndung nach der Frau. Und auch die Nachforschungen nach dem Porsche haben noch nichts ergeben.« Er fing an zu grinsen. »Haberland sagt, er habe etwas Interessantes über diesen Wünsche in Erfahrung gebracht, es geht wohl um eine größere Summe Geld, die vor einer Woche auf seinem Konto gelandet ist. Er ist gerade dabei herauszufinden, woher die Kohle kam.«

»Na, wenn das mal kein Erfolg für unseren jungen Kollegen ist?«

»Genau das dachte ich auch.«

Das Mehrfamilienhaus, in dem Werner Pietsch wohnte, machte von außen einen überaus gediegenen Eindruck. Vor der Tür standen ein paar Mittelklassewagen, die meisten davon Kombis mit Kindersitzen auf der Rückbank. Die Blumenrabatten waren gepflegt und der Eingangsbereich bestach durch großzügige Verglasung. Hain drückte die Klingel und wartete, bis nach etwa 20 Sekunden eine verschlafene Männerstimme erklang.

»Ja, bitte?«

»Mein Name ist Hain, ich bin Oberkommissar bei der Kripo Kassel. Herr Pietsch?«

Es dauerte etwa fünf Sekunden, bis er eine Antwort bekam.

»Ja, mein Name ist Pietsch. Was wollen Sie denn von mir?«

»Wir hätten ein paar Fragen an Sie. Es geht um ihren Chef, Herrn Professor Achenbach.«

Wieder eine längere Pause.

»Was ist denn mit ihm? Ich meine, was wollen Sie denn deswegen von mir?«

»Sie wissen, was passiert ist?«

»Ja, ich habe es in den Nachrichten gehört.«

»Und Sie sind natürlich gern bereit, uns in diesem Zusammenhang ein paar Fragen zu beantworten.«

Hains Vorgehen war frech, das wusste er, aber er wusste auch, dass der Arzt sie ohne Weiteres ins Leere laufen lassen konnte.

»Das passt mir jetzt aber gar nicht. Ich hatte Nachtdienst und konnte tagsüber wegen der Hitze nur ganz schlecht schlafen. Ich bin vor gerade einmal zwei Stunden endlich eingeschlafen.«

»Wir würden auch nur ganz kurz stören, Herr Pietsch. Zwei Minuten, und schon sind Sie wieder im Bett.«

»Ich liege auf der Terrasse.«

»Von mir aus auch das. Also, was ist, lassen Sie uns kurz rein? Sonst müssten wir Sie bitten, uns morgen im Präsidium zur Verfügung zu stehen.«

Auch hier wusste Hain, dass er einen reinen Versuchsballon abschoss, denn niemand musste in Deutschland der Vorladung zu einer polizeilichen Vernehmung Folge leisten.

»Muss das denn wirklich sein? Ich habe wirklich ein erhebliches Schlafdefizit.«

»Wir sind garantiert in spätestens fünf Minuten wieder weg, Herr Pietsch.«

Erneut dauerte es eine Weile, bis der Arzt sich zu einer Antwort entschlossen hatte.

»Mein Gott, dann von mir aus«, kam es gleichzeitig mit dem Geräusch des Summers. »Kommen Sie in den zweiten Stock, ich hole Sie an der Tür ab«, schob Pietsch noch genervt hinterher.

»Na also, geht doch«, murmelte Hain zufrieden.

Der etwa 35-jährige Mann empfing die beiden Kommissare in Shorts und schmuddeligem T-Shirt.

»Dr. Pietsch?«, fragte Lenz deshalb mit vorgestreckter rechter Hand skeptisch.

»Ja, das bin ich, aber ohne Doktor, der ist in Arbeit. Kommen Sie rein, und machen Sie es bitte so kurz wie möglich, ja?«

»Das hatten Sie doch schon mit meinem Kollegen besprochen.«

»Ich weiß«, brummte er unwirsch. »Aber man weiß ja, wie so etwas geht. Erst sind es nur ein paar Minuten, und dann werden Stunden daraus.«

Er ging voraus in sein Wohnzimmer, wo ein Radiosender vor sich hin dudelte.

»Also, was genau wollen Sie von mir?«, fragte er, ohne den beiden Besuchern einen Platz anzubieten.

»Wir würden uns gern kurz über Ihr Verhältnis zu Professor Achenbach unterhalten. Wie lang kannten Sie ihn?«

»Drei Jahre.«

»Und wie würden Sie Ihr Verhältnis beschreiben?«

»Er war mein Chef.«

»War er ein guter Chef?«

»Was weiß ich, ja. Ich bin Assi bei ihm ... also, gewesen ... Assistenzarzt. Da hat man nicht wirklich viel mit einem wie Achenbach zu tun, um das mal gleich klarzustellen. Wenn er wusste, wie ich heiße und wie ich aussehe, war das viel.«

Der stark schwitzende Mediziner sah zunächst Lenz an, danach Hain, und dann wieder den Hauptkommissar, als erwarte er eine Replik, doch die Polizisten schwiegen ihn an.

»So ist das auf großen Stationen, zumal dann, wenn einer der Stars der Szene auf ihnen Dienst tut. Und Professor Achenbach war ein Star der Szene, das können Sie mir unbesehen glauben.«

»Wann sind Sie denn gestern Abend zum Dienst gegangen, Herr Pietsch?«, wollte Hain wissen.

»Ich war im Krankenhaus, hatte ja den ganzen Tag Dienst und habe mich dann im Stationszimmer ein wenig hingelegt. Ich war also gar nicht zu Hause, wenn Sie das gemeint haben sollten.«

»Und Sie sind den ganzen Abend im Klinikum gewesen, haben es nicht verlassen?«

Nun veränderten sich schlagartig Blick und Haltung des Arztes. Er fixierte den Oberkommissar mit grimmiger Miene.

»Wenn Sie damit nachfragen wollen, ob ich etwas mit Achenbachs Tod zu tun habe, dann kann ich Sie beruhigen, das habe ich nicht. Ich war den ganzen Abend und die ganze Nacht auf Station und habe sie nicht mal für eine Minute verlassen. Dafür gibt es jede Menge Zeugen, wie Sie sich vermutlich denken können.«

»Ja, klar. Ich musste die Frage stellen, wie *Sie sich vermutlich denken können*.«

»Gab es in der letzten Zeit mal so etwas wie Reibereien zwischen Ihnen und Achenbach?«, wollte Lenz wissen.

Werner Pietsch schnaubte verächtlich. »Sagen Sie mal, hören Sie mir eigentlich zu? Ich sagte doch bereits, dass ein Assistenzarzt und ein Professor, auch wenn sie auf der gleichen Station ihren Arbeitstag verbringen, sich nicht wirklich oft über den Weg laufen. Sie haben doch auch keinen Ärger mit dem Polizeipräsidenten, oder?«

»Och, den haben wir durchaus«, widersprach Hain. »Aber wenn Sie sagen, dass Sie nichts mit Herrn Achenbach zu tun hatten, dann können Sie uns vermutlich darüber aufklären, wie das Verhältnis zu den Mitarbeitern war, die näheren Kontakt zu ihm hatten. Zum Beispiel die Herren Wallner und Kreuz.«

Nun war eine erneute Veränderung bei dem Mediziner festzustellen. Er riss für einen Sekundenbruchteil die Augen auf, versteifte seinen Körper und schluckte.

»Wie … wie kommen Sie denn … ausgerechnet auf diese beiden?«, wollte er ein wenig gehemmt wissen.

»Nun, das sind nach unseren Informationen die direkten Mitarbeiter des Herrn Professor gewesen. Stimmt das?«

»Das kann man so sagen, ja.«

»Und Sie haben einen direkten Draht zu Dr. Wallner, wie man uns mitgeteilt hat?«

»Was heißt denn hier direkter Draht?«, hob Pietsch deutlich die Stimme an. »Das ist doch völliger Quatsch. Wir spielen zusammen Golf, aber das heißt noch lang nicht, dass es da so etwas wie einen direkten Draht gibt. Es ist wirklich eine bodenlose Frechheit, so etwas zu behaupten.«

»Spielt Ihr Kollege Dr. Kreuz nicht auch Golf?«, schoss Hain einen Versuchsballon ab. »Vielleicht sogar mit Ihnen beiden zusammen im gleichen Golfclub?«

Pietsch musste innerlich kochen. Er sah von einem Kommissar zum anderen, verengte dabei die Augen zu schmalen Schlitzen und atmete pumpend. »Ich glaube, es ist besser, wenn Sie jetzt gehen. Wenn Sie im weiteren Verlauf Ihrer Ermittlungen etwas von mir wollen, so werde ich nur in Gegenwart meines Rechtsbeistands mit Ihnen sprechen.« Er hob den Arm und wies Richtung Flur.

Lenz, der sich von seiner Bemerkung keineswegs beeindrucken ließ, suchte den direkten Blickkontakt mit dem Mediziner und sah ihm mit großer Beharrlichkeit in die Augen.

»Wir haben einen Tipp bekommen, Herr Pietsch, dass Sie und Ihre Kollegen Wallner und Kreuz sich vor ein paar Wochen in einem Raum auf Ihrer Station getroffen und dabei über Dinge gesprochen haben, die Sie alle drei bei Betrachtung der Ereignisse von vergangener Nacht mehr als suspekt erscheinen lassen. Man könnte sogar vermuten, Sie und Ihre Kollegen hätten am fraglichen Tag so etwas wie ein Mordkomplott ausgeheckt, wenn man es auf den Punkt bringen wollte.« Lenz verdichtete seinen Augenkontakt mit dem Arzt ein weiteres Mal. »Haben Sie sich nicht gegenseitig der Tatsache versichert, dass jeder von Ihnen *alle zu gehenden Schritte mitgehen würden, und seien diese auch noch so heikel*? War dem nicht so?«

Pietsch sah den Kripomann entrückt an. Es schien, als sei er mit seinen Gedanken weit, weit weg.

»Herr Pietsch, Sie sollten sich Ihre Situation klar machen. Lassen Sie uns reden, dann können wir Ihnen im weiteren Verlauf des Verfahrens helfen.«

Der Arzt gab noch immer keine Antwort, sondern schüttelte einfach den Kopf. »Das geht so alles nicht«, erwiderte er schließlich leise, um sich im gleichen Augenblick umzudrehen und mit einer leichtfüßigen Bewegung in Richtung Terrasse durchzustarten. Dabei ließ er die offen stehende Tür hinter sich, sprang mit einem beherzten Satz über den im Weg stehenden Tisch und stürzte sich kopfüber nach unten. Leider, für ihn zumindest, blieb sein rechter Fuß am Terrassengeländer hängen, sodass sein gesamter Oberkörper eine schnelle Bewegung zur Hauswand hin ausführte, die er zwar nicht berührte, der ungewollte Schwung jedoch reichte aus, um ihn von seiner beabsichtigten Flugbahn komplett abzubringen.

Hain hatte schon nach Pietschs zweitem Schritt die Verfolgung aufgenommen und kam etwa eine Sekunde nach ihm am Geländer an.

Wie im Zeitraffer versank der entweder schon tote oder zumindest schwer verletzte Mediziner im Wasser, das sich sofort um ihn herum rot einfärbte. Hain jedoch konnte das längst nicht mehr sehen, denn er war auf dem Weg nach unten, während Lenz sein Telefon in der Hand hielt und dabei war, den Notarztwagen zu verständigen.

*

»Ich würde seine Chancen auf etwa 20 Prozent beziffern, eher weniger«, eröffnete einer der beiden vor Ort tätigen Notärzte den Polizisten eine halbe Stunde später. Sie hatten Pietsch mehr als fünf Minuten reanimieren müssen, später war er ihnen noch zweimal weggesackt, nun jedoch war er in einer halbwegs stabilen Situation.

»Er hat sich vermutlich eine Querschnittlähmung im Lendenwirbelbereich zugezogen, zumindest deuten die wirklich schweren Verletzungen in diesem Bereich darauf hin. Es erscheint fast so, als wäre er mit eben diesem Körperareal direkt auf der Kante des Pools aufgeschlagen.«

»Genau so war es auch«, bestätigte Hain die Vermutung des Notarztes.

»Wollte er sich umbringen?«

»Nein, er wollte wohl vor uns abhauen, vermute ich«, erwiderte der Oberkommissar.

»Na, damit wird er sich im weiteren Verlauf seines Lebens, wenn ich mich nicht arg täusche, sehr, sehr schwer tun.«

Lenz, der mit einer anderen Bewohnerin des Hauses gesprochen hatte, trat auf die beiden zu. »Er ist schon öfter mal von seiner Terrasse aus in den Pool gesprungen, hat die Dame mir erzählt, zum Ärger seiner Nachbarn übrigens, und er hat hier auf dem Grundstück eine Garage gemietet«, teilte er seinem Kollegen mit. »Sie weiß nicht genau, welche es ist, weil da erst vor drei Wochen ein Ringtausch stattgefunden hat, aber sie kümmert sich darum, dass jemand von der Hausverwaltung sich blicken lässt, der uns helfen kann. Außerdem sagt sie, dass er einen gelben Sportwagen fährt, kann aber die Marke und das Modell nicht so genau definieren. *Irgendwas ziemlich Schnelles* soll es sein.«

»Mit Chance stehen wir vielleicht gleich vor einem hellen Porsche 911 und haben den Fall gelöst, bevor die Damen und Herren aus Wiesbaden auch nur *papp* gesagt haben.«

»Vergiss nicht, dass wir es mit einem Assistenzarzt zu tun haben. Es wäre sicher merkwürdig, wenn so einer mit einem fetten Porsche an der Arbeit auftauchen würde, denn so gut verdienen die auch nicht, denke ich.«

»Kann doch sein, dass er von Mami und Papi gut ausgestattet wurde, vielleicht als Geschenk fürs Physikum, was weiß ich.«

»Du und deine Fantasie, Thilo …«

Es verging noch mehr als eine halbe Stunde, dann tauchte der Abgesandte des Hausverwalters mit einer Kladde in der Hand auf, stellte sich als Hartmut Käutner vor und berichtete, dass der Mieter Pietsch seit Neustem die Garage mit der Nummer 3 gemietet hätte. Auf Hains Frage nach einem Schlüssel konnte Herr Käutner leider nur mit den Schultern zucken und erwidern, dass er ja nicht wissen konnte, dass die Herren Kriminaler auch gleich noch einen Blick ins Innere des Abstellraums würden werfen wollen. So kam der Inhalt des braunen Lederetuis von Hain zum Einsatz, und kurz darauf drehte der Oberkommissar mehr als gespannt den Knauf der Verriegelung nach rechts und schob das Blechtor in die Höhe.

Die Enttäuschung hätte nicht größer sein können bei dem jungen Polizisten, als er auf einen gelben Mazda MX5 neueren Baujahrs schaute.

»Man sollte den bösen Buben verbieten, ihre krummen Geschäfte mit so schönen Kraftfahrzeugen zu machen«, sinnierte er.

»Ist das der Gleiche wie deiner?«, wollte Lenz wissen.

»Ja, nur ein neueres Modell. Das Neueste, um genau zu sein.«

»Immerhin kein Porsche, was uns zu der Erkenntnis bringt, dass er zumindest den Strohrum nicht gekauft haben dürfte.«

»Was sein Verhalten aber immer merkwürdiger erscheinen lässt«, erwiderte Hain, während er auf den Wagen zuging und ihn ein wenig unter die Lupe nahm. »Er wollte ganz klar vor uns abhauen und er wollte es genau in dem Moment, als du ihn auf die Situation mit seinen Kollegen in dem Umkleideraum angesprochen hast. Also hat uns diese Frau Wittstock definitiv die Wahrheit gesagt. Bleibt also nur, den anderen beiden die gleichen Fragen zu stellen. Und herauszufinden, was sie für Autos fahren.«

Lenz drehte sich um und sah zu dem Swimmingpool, wo mehrere Bewohner des Hauses dabei waren, die Blutspuren zu beseitigen und das Wasser abzulassen.

»Meinst du wirklich, der wollte ins Wasser springen, an den gegenüberliegenden Beckenrand kraulen, zu seinem Wagen sprinten, verduften und hoffen, uns so abzuhängen? Ich kann mir das nicht vorstellen, Thilo, ganz ehrlich nicht.« Er sah seinen Kollegen zweifelnd an. »Und außerdem würde das bedeuten, dass er sein Schlüsselbund bei sich getragen haben muss. Weißt du was darüber?«

Hain schüttelte den Kopf. »Nee, und die Notärzte hatten andere Sachen zu tun, als sich darum zu kümmern, ob er ein Schlüsselbund bei sich hatte.«

»Ich will noch mal in seine Wohnung und mich da ein wenig umsehen. Vielleicht finden wir ja irgendeinen Hinweis, der uns weiterhilft.«

»Gute Idee«, erwiderte Hain, warf die Kofferraumklappe des Mazda ins Schloss, sperrte die Garage hinter sich zu, versiegelte sie ein wenig umständlich und folgte seinem Boss.

Die Tür zu Pietschs Domizil stand noch genauso offen, wie die Polizisten sie mehr als eine Stunde zuvor verlassen hatten. Sie sahen zunächst in jeden Raum, um sich zu vergewissern, dass sich niemand außer Ihnen in der Wohnung aufhielt, dann trafen sie sich im Wohnzimmer, wo Lenz auf das noch immer dudelnde Radio zuging, um es auszuschalten. Gerade als sein Finger den kleinen silbernen Ausschaltknopf erreicht hatte, erklang die aufgeregte Stimme einer offenbar sehr jungen Moderatorin.

Meine Damen und Herren, wir unterbrechen unser laufendes Programm für eine wichtige Mitteilung. Wie soeben bekannt geworden ist, wurde vor etwa zehn Minuten in Kassel die Wohnung eines Mannes von einem Sondereinsatzkommando der Polizei gestürmt. Der Mann steht im Verdacht, an dem Mord an den acht Medizinern in der vergangenen Nacht beteiligt gewesen zu sein. Nähere Einzelheiten sind noch nicht bekannt, wir unterrichten sie aber, sobald neue …

»Oh, verdammt«, murmelte der Leiter der Kasseler Mordkommission.

20

Peter Fink war sich sicher. Diesmal war er sich *wirklich* sicher, was in seinem bisherigen Leben nicht immer der Fall gewesen war. Er war sich absolut sicher, dass er nicht in einem Krieg sterben wollte, für den er eigentlich gar nichts konnte, und er wollte sich auch nicht für einen Gott oder für Allah – oder wie auch immer der sonst hieß – in die Luft sprengen. Er wollte einfach nur leben.

Seit mehr als einer Stunde hatte er nun überlegt, ob er vielleicht Tante Jo besser anrufen, ihr sein Kommen ankündigen sollte, hatte sich jedoch dagegen entschieden. Der junge Mann wusste genau, dass seine Verwandte niemals Urlaub machte, weil, wie sie selbst immer wieder gesagt hatte, ihre Tiere ihr das verdammt übel nehmen würden.

Also war das Risiko, sie nicht anzutreffen, absolut vernachlässigbar.

Noch zweimal während der letzten Stunde waren leise, sehr leise Zweifel in ihm hochgekrochen, ob er tatsächlich das Richtige tat. Ob es wirklich richtig war, seine Brüder im Stich zu lassen. Doch dann war ihm endgültig klar geworden, dass diese Männer gar nicht seine Brüder waren, dass es Leute waren, die ihn als Kanonenfutter verheizen wollten. Leute, die ihm eine Bombe an den Körper banden, ihm einen Klaps auf den Hintern gaben und ihn ohne zu zögern in den Tod schickten. Nein, das war wirklich nicht das, was er sich von seinem Leben erwartete.

Sein Blick fiel auf die große, dunkelrote Tasche im Flur mit den dicken, nicht zu übersehenden drei weißen Streifen darauf. Er hatte alles eingepackt, was er gern hatte, jedoch nicht die abgegriffene Koranausgabe, die er in den letzten Jahren als unabdingbar und unersetzlich für sein Leben gehalten hatte.

Eigentlich komisch, dachte er. *Gestern war ich noch der Oberfundimuslim und heute bin ich der Konvertitenkonvertit.*

Fink hatte lange gezögert, ob er wirklich die Playstation, die lange unbenutzt und verachtet in einem Regal gelegen hatte, einpacken sollte, und sich dafür entschieden.

Wenn schon, denn schon.

Seine Brüder hatten die Konsole vehement abgelehnt und ihm nahegelegt, es ebenfalls zu tun, weil es nicht mit dem Koran zu vereinbaren sei, seine Zeit mit Daddeln zu verplempern. In diesen Stunden könnte man gut weiter an seiner Koranfestigkeit arbeiten, hatten sie ihm erklärt, und so hatte er lange Zeit auf seine große Leidenschaft, das Zocken der sogenannten Ballerspiele, verzichtet.

Zur Sicherheit, nur zur Sicherheit, hatte er auch seinen Baseballschläger eingepackt. Ganz unten in die Tasche zwar, aber er fühlte sich einfach deutlich besser, wenn er ihn dabeihatte. Wer konnte schon wissen, was die Zukunft bringen würde, und er wollte keinesfalls wehrlos dastehen, wenn es wirklich hart auf hart kommen sollte.

Sein Zug ging in einer Stunde und zehn Minuten, die Straßenbahn würde ihn in 15 Minuten zum Hauptbahnhof bringen, also hatte er noch ein wenig Zeit, die er damit verbringen wollte, endlich mal wieder zu masturbieren. Endlich!

Früher hatte er es fast täglich gemacht, selbst wenn er eine Freundin hatte. Es war ihm wie das Selbstverständlichste der Welt vorgekommen, morgens zu onanieren, wenn er allein war. Mustafa hatte ihn jedoch in der Zeit, als er bei ihm wohnte, schnell darüber aufgeklärt, dass der Prophet das untersagt hatte. Es galt sogar als eine der abscheulichsten Verfehlungen, die ein guter Moslem begehen konnte.

Derjenige, der Liebe mit seiner Hand macht, sei verflucht, hat der Prophet gesagt, war ihm von Mustafa berichtet worden, und als guter Jünger war es für ihn klar gewesen, dass er darauf verzichten musste, obwohl es ihm anfangs verdammt schwerfiel. Was er jedoch nicht verhindern konnte und wofür er sich immer schämte, waren diese nächtlichen Sachen, die er einfach nicht verhindern konnte. Er dachte oder träumte, das wusste er nicht so genau, an eine geile Szene oder eine ehemalige Freundin, mit der er es heftig getrieben hatte, und schon wachte er mit einer feuchten, oder besser nassen, Hose auf.

Natürlich hatte er heimlich im Internet nachgeschaut, was man dagegen tun konnte, war jedoch zu keiner befriedigenden Lösung für das Problem der *Pollution* gekommen, auch weil die Natur sich das offenbar für diejenigen Männer, die keinen Sex hatten und nicht onanierten, überlegt hatte.

Also war er etwa einmal im Quartal in diese Situation gekommen, und mit der Zeit tat er einfach so, als würden ihn diese feuchten Träume nichts angehen. Er hatte allerdings auch mit niemandem darüber gesprochen.

Er war gerade in seinem Schlafzimmer angekommen und hatte sich seiner Hose entledigt, als es an der Tür klingelte. Hastig stieg er wieder in die Jeans und ging langsam durch den Flur auf die Wohnungstür zu. Durch den Spion konnte er Mustafa erkennen.

Erneut fiel sein Blick auf die gepackte Tasche neben ihm, doch dann ging ihm mit großer Erleichterung auf, dass es für Mustafa völlig klar war, dass er ein paar Dinge würde einpacken müssen für seine *letzte große Reise*.

Für einen Moment überlegte er, einfach nicht zu öffnen, doch das erschien ihm zu blöd. Er würde seinen Bruder hereinbitten, ihm aber klarmachen, dass er noch ein bisschen Zeit für sich bräuchte, und immerhin hätten sie ja die gesamte morgige Fahrt nach Düsseldorf zum Quatschen.

»Hallo, Mustafa«, sagte er laut und mit demonstrativ zur Schau gestellter guter Laune, nachdem er die Tür geöffnet hatte.

»Hallo, mein Bruder«, erwiderte Mustafa Korkut, und Peter Fink bemerkte schon daran, wie seine Stimme vibrierte, dass etwas nicht stimmte.

Dass irgendetwas nicht stimmen *konnte*.

Korkut sah ihn an, hob die Augenbrauen und fing an zu grinsen. »Willst du mich nicht reinlassen?«, wollte er vergnügt wissen, doch in seiner Stimme und seinem Auftritt lag, zumindest empfand das Peter so, jede Menge Doppelbödigkeit.

»Doch, klar, komm rein«, erwiderte er mit nunmehr gedämpfter Stimme.

»Ach, ich sehe, du hast schon gepackt«, bemerkte Mustafa Korkut im Vorübergehen mit Blick auf die Reisetasche. Fink schoss das Blut in den Kopf und auf seiner Stirn tauchten kleine Schweißperlen auf, die nicht allein der Hitze geschuldet waren.

»Ja, klar, was denkst du denn? Das will ich doch nicht erst morgen früh machen.«

Wieder huschte ein Grinsen über das Gesicht des Besuchers. »Und, alles an Bord, was ein guter Bruder im Kampf gegen die *Kuffar* braucht?«

»Logo, alles dabei.«

Bei dem Gedanken, dass sein Bruder einen Blick in die Tasche werfen könnte, wurde Peter Fink regelrecht übel.

»Aber lass uns doch reingehen«, schlug er deshalb vor. »Willst du ein Glas Wasser?«

»Gern, ja.«

»Gibt es einen besonderen Grund, warum du mich besuchst, oder wolltest du nur mal so gucken?«, fragte Fink, als er mit zwei gefüllten Gläsern aus der Küche zurückkam.

»Nein, einen besonderen Grund gibt es nicht. Ich wollte nur ein letztes Mal mit dir gemeinsam beten, bevor du …«

»Ja?«

»Na, bevor du in den Flieger steigst. Immerhin wird es eine ziemliche Weile dauern, bis wir uns wiedersehen, mein Bruder.«

»Ja, das stimmt.«

Beide nippten am Wasser, und es entstand eine kleine Redepause.

»Sag mal, Mustafa«, nahm Peter Fink den Faden wieder auf, nachdem er sein Wasser ausgetrunken und das Glas auf dem Tisch abgestellt hatte. »Warum gehst du eigentlich nicht nach Syrien oder so? Hast du keine Lust, oder woran liegt das genau?«

Es war, als wäre in dem kleinen Wohnzimmer des Exkonvertiten eine Bombe explodiert. Korkut riss die Augen auf, starrte seinen Bruder ansatzlos mit so viel Feindseligkeit darin an und stand ruckartig auf.

»Was geht dich das an, du Nichts«, schrie er. »Willst du mir vorschreiben, wie ich Allah dienen soll? Willst du mir erklären, wie ich meine Religion zu leben habe?«

»He, he, nun krieg dich mal wieder ein, Kollege, ich hab es doch nicht böse gemeint. War einfach eine Frage, mehr nicht.«

»Eine Frage? Eine *Frage*? Einer wie du hat so eine Frage nicht zu stellen, verstehst du? Ich bin ich, und du bist du, und jeder von uns hat seinen ihm zugewiesenen Platz. Du deinen und ich meinen, kapierst du das?«

Korkut sah aus, als würde er sich jeden Moment auf Fink stürzen, doch der wusste genau, dass er einer körperlichen Auseinandersetzung sehr gelassen entgegensehen konnte. Mustafa war zwar wütend, konnte ihm jedoch nicht mal im Ansatz das Wasser reichen.

»Klar, Mensch, ich wollte doch nur mal fragen. Und nun spul dich halt nicht so auf und setz dich wieder hin, los.«

Korkut schien die gleichen Gedanken zu haben wie er. Es sah zumindest so aus, als würde er versuchen, seine Chancen für eine körperliche Auseinandersetzung zu bestimmen. Dann jedoch setzte er sich ebenso ruckartig, wie er sich aufgerichtet hatte, starrte Fink drohend an und atmete dabei schwer und schnell ein und aus.

»Mach das nie wieder mit mir, Bruder«, zischte er. »Nie, nie wieder.«

»Klar. Und so viele Möglichkeiten habe ich sowieso nicht mehr dazu, wenn du mich fragst.«

Mustafa Korkut nickte, trank sein Wasser und verschränkte die Arme vor der Brust. »Hast du wirklich alles eingepackt, was du für die lange Reise brauchst?«

»Mensch, Mustafa, nun nerv nicht rum. Ich hab dir gesagt, dass ich alles hab, und damit ist auch mal gut.«

»Bist du ganz sicher? Du wirst keine Chance haben, etwas nachholen zu können, denk bitte daran.«

»Das habe ich wirklich gemacht.«

»Dann wollen wir jetzt beten.«

»Wie du willst.«

20 Minuten später rollten die beiden ihre Gebetsteppiche zusammen, tranken noch ein Glas Wasser miteinander, sprachen über dies und das, und es hatte den Anschein, dass mit dem gemeinsamen Gebet die Differenzen der vergangenen Stunde komplett ausgeräumt waren.

Werde ich halt den nächsten Zug nehmen, hatte Fink schon während der Zeremonie auf dem Teppich gedacht. *Auf ein paar Stunden mehr oder weniger kommt es jetzt auch nicht mehr an.*

Er hatte sich wie ein Lügner gefühlt, als er neben Korkut auf dem Boden die heiligen Worte gesprochen hatte. Aber, und das war das Wichtigste für ihn, es hatte ihm nicht die Bohne ausgemacht.

Wenn das kein Beweis ist! Es gibt diesen *Allah* wirklich nicht, sonst ginge das, was er jetzt erlebte, gar nicht.

Scheiß drauf, jetzt musste er nur irgendwie Mustafa loswerden, sonst verpasste er auch noch die nächste Bahn.

»Ich werde jetzt zur Moschee gehen, Bruder«, kam Korkut ihm ungewollt entgegen. »Ich muss mir für morgen noch etwas Geld holen, damit ich tanken kann.« Er stand auf und lachte Fink ins Gesicht. »Und denk immer daran, dass Allah mit dir etwas ganz Besonderes vorhat, das er wirklich nur den Wenigsten gönnt.«

Der Exkonvertit war drauf und dran nachzufragen, woher sein Besucher das denn so genau wisse, doch die Erinnerung an Korkuts Ausraster ließ ihn davon absehen.

Noch ein paar Stunden, und ich habe diese ganze Komödie sowieso hinter mir.

Korkut trat auf den Flur, drehte sich um und umarmte seinen Bruder herzlich.

»Bis morgen. Schlaf dich gut aus, die Reise ist lang und beschwerlich, Abul Ala. Soll ich dich nachher noch mal anrufen?«

Finks Herz setzte einen Schlag lang aus. »Nö, lass mal, ich werde deinen Rat befolgen und früh schlafen gehen.«

»Meinst du, du findest Schlaf?«

»Ach, klar. Ich freue mich doch auf das, was vor mir liegt. Warum sollte ich nicht schlafen können?«

»Diese Einstellung gefällt mir, Abul Ala. Diese Einstellung gefällt mir wirklich.«

Sein Blick fiel erneut auf die Reisetasche.

»Ich bin immer so furchtbar interessiert, was die Brüder denn alles mitnehmen, wenn sie abfahren. Darf ich … einen kurzen Blick in deine Tasche werfen, nur so aus Neugier?«

In Finks Hals bildete sich schlagartig ein riesiger Kloß. »Komm, das ist schon ziemlich privat, oder?«

»Ich weiß, aber du würdest mir damit wirklich einen großen Gefallen tun. Bitte, Abul Ala, gewähr mir diese Gnade.«

»Nein, das möchte ich wirklich nicht, Mustafa. Lass mir einfach dieses kleine Geheimnis.« Er hob den Kopf und sah seinen Bruder mit einem herzlichen Lächeln an. »Vielleicht überlege es mir ja noch und zeige dir morgen auf der Fahrt, was ich alles mitnehme.« Er streckte die flache Hand nach vorn für einen High five. »Ist das ein guter Kompromiss?«

»Nein, das ist kein guter Kompromiss, Abul Ala«, erwiderte Korkut ohne jede Körperregung und wieder mit deutlicher Feindseligkeit in der Stimme. »Ich will jetzt in deine Tasche sehen und nicht morgen.«

Fink schüttelte unwillig den Kopf.

»Mensch, Mustafa, wenn ich es nicht besser wüsste, würde ich glatt vermuten, dass du mir irgendwie misstraust. Aber du hast absolut keinen Grund, mir zu misstrauen, das ist dir doch klar, oder?«

»Dann mach einfach deine Tasche auf, damit ich einen Blick auf das werfen kann, was du mitnehmen willst. Wenn darin alles so ist, wie ich es erwarte, dann gibt es auch keinen Grund mehr für Misstrauen.«

Der Exkonvertit tat, als würde er nachdenken. »Nein,

ich will nicht«, gab er Korkut schließlich deutlich zu verstehen. »Es ist meine Tasche und es ist meine Privatsache, was ich da hineinstecke. Verstanden?«

Nun hatte auch er die Stimme ein wenig erhoben, was seinen Besucher jedoch nicht daran hinderte, sich zu bücken und mit der rechten Hand nach dem Zipper des Reißverschlusses zu greifen.

»Lass das«, brüllte Fink aufgebracht, »das geht dich echt nichts an, Mustafa.«

Während er gesprochen hatte, war er zu Korkut getreten und hatte ihn wuchtig und unwirsch zur Seite gestoßen. Der Türke schlug mit dem Kopf gegen die Haustür, fiel zu Boden, schüttelte sich kurz, sprang auf und funkelte Peter Fink an.

Doch das war leider noch nicht alles, denn er stellte mit großen Augen fest, dass in der Hand seines Bruders nun ein Messer lag.

»Mensch, Mustafa, mach keinen Scheiß«, rief er mehr genervt als irgendwie besorgt. »Du weißt, dass du keine Chance gegen mich hast, nicht mal mit diesem verdammten Kneibchen da in deiner Hand.«

»Das werden wir sehen. Und jetzt mach die Tasche auf, und zwar sofort!«

Peter Finks Reflexe, wenn er einem Kontrahenten gegenüberstand, waren auf der Straße geschärft worden. Er hatte zwar lange Zeit keinen Gebrauch mehr von ihnen gemacht oder machen müssen, doch schlagartig griffen wieder die gut geschulten Überlebensinstinkte. Er dachte nicht nach, sondern trat einen Schritt auf den Mann mit dem Messer zu, den er nun nur noch als Gegner wahrnahm, hob die Arme und brachte sich in Stellung.

»Steck das Messer weg, Mustafa, sonst prügle ich dir den Verstand aus dem Hirn«, stieß er drohend aus, was Korkut nur noch wütender zu machen schien.

»Ich wusste, dass du ein mieser Feigling bist«, zischte der. »Ich wusste genau, dass du wie ein Weib kneifen würdest.«

»Ich will nicht kneifen, was denkst du denn?«, machte Fink einen letzten Versuch, sah jedoch in den Augen seines Widersachers, dass diesem in dieser Situation mit Worten nicht beizukommen war.

Was soll's, er hat ja sowieso recht, dachte er, schob seinen Körper blitzartig nach vorn, machte mit der linken Faust eine schnelle Bewegung, die jedoch nur von der nahezu gleichzeitig abgefeuerten Rechten ablenken sollte, und traf Korkut unter dem linken Auge. Der brüllte auf, stieß in blinder Wut das Messer mehrmals in Finks Richtung, ohne jedoch zu treffen, und bekam dann mit einem gezielten Schlag das Nasenbein gebrochen. Es knirschte, er flog erneut gegen die Tür, diesmal mit dem Rücken, sank nach unten, verdrehte dabei die Augen und blieb mit schief hängendem Kopf vor der Tür liegen.

»Ich sag doch, lass es«, murmelte Peter, trat auf seinen Bruder zu und wollte die in dessen rechter Hand liegende Stichwaffe an sich nehmen, als Korkut mit einem kehligen Schrei die Augen aufriss und im gleichen Augenblick das Messer nach vorn stieß.

Fink wusste schon in der Bewegung, dass er diesmal nichts gegen den Angriff würde ausrichten können. Erstens stand er auf dem falschen Fuß, und zweitens hatte er einfach nicht damit gerechnet, dass Korkut ihn auf diese Weise verladen würde.

Die Klinge drang ihm knapp unterhalb des linken Schlüsselbeins in die Schulter und verschwand bis zum Heft darin. Fink schrie wie ein waidwundes Tier auf, versetzte seinem Gegner so lange wütende Schläge mit der rechten Faust, bis dieser nun endgültig bewusstlos zusammensank, und richtete sich dann schwerfällig auf. Mit zitternden Fingern tastete er nach dem Griff des Messers, während er gleichzeitig wahrnahm, dass die Wunde stark blutete.

»Verdammte Scheiße«, murmelte der ehemalige Moslem von Schmerzen gequält.

Seine Hand hatte nun den Griff erreicht, er schloss die Finger um den sich feucht anfühlenden, gebogenen Schaft und wollte sich das Messer aus der Schulter ziehen, was jedoch im ersten Anlauf nicht gelang. Mit schmerzverzerrtem Gesicht versuchte er es erneut. Diesmal kam ihm das rot schimmernde Metall langsam entgegen. Dann jedoch hatte er das Gefühl, dass sich um ihn herum mit einem Schlag die Hölle auftat.

An seiner Wohnungstür krachte es ohrenbetäubend laut, im gleichen Augenblick wurde Korkuts noch immer lebloser Körper wie von Geisterhand zur Seite gerammt, die gesamte Tür flog mitsamt des Rahmens in den Flur, und Fink stand zuerst einem, dann zwei dunkel gekleideten Männern mit Helmen gegenüber, die mit Handfeuerwaffen auf ihn zielten und ihn dabei anschrien. Im Türrahmen wurden weitere Waffen sichtbar, darunter auch ein Gewehr.

Der Exkonvertit hatte nicht die geringste Ahnung, was genau in seinem Flur geschah, er wusste nur, dass er das Messer gleich aus seiner Schulter gezogen haben würde.

Noch zwei Zentimeter, noch einen …

Die Schmerzen waren kaum auszuhalten und doch gelang es ihm, die Klinge aus der Wunde zu ziehen, während das Geschrei seiner Gegenüber immer lauter wurde, und die Männer, inzwischen waren es drei, immer wilder auf ihn einschrien und dabei wild gestikulierten.

Erleichtert sah er, wie das Messer die Schulter verließ, drehte den Arm in die andere Richtung und stand nun in einer Position, die man, ohne Kenntnis der genauen Sachlage, fraglos als Angriffshaltung deuten konnte. Seine Hand öffnete sich, das Geschrei der Männer wurde noch einmal lauter, bis Peter Fink klar wurde, dass er seinen zweiten schweren Fehler an diesem Tag begangen hatte.

Die erste Kugel traf ihn direkt in die Brust und warf ihn unkontrolliert zurück. Die nächsten beiden trafen jeweils die linke und die rechte Herzkammer, die vierte schlug direkt neben seinem rechten Auge ein. Davon bekam der junge Mann jedoch nichts mehr mit, und noch bevor sein Körper auf dem schäbigen Teppich des Flurs aufschlug, war längst jegliches Leben aus ihm gewichen.

21

Holger Brauchitsch ließ sich schwer auf die Rückbank seines Dienstwagens fallen. Hohler, sein Fahrer, hatte ein Nickerchen gemacht und war zuckend hochgeschreckt, als der Ministerpräsident im Vorübergehen an sein Seitenfenster geklopft hatte.

»Macht nichts, Hohler«, erklärte der Politiker ihm, »so ein kleines Schläfchen hat noch keinem geschadet. Und Sie wussten ja auch nicht, wie lang es tatsächlich dauern würde, bis ich zurückkomme. Und nun fahren wir besser los, bevor die A 66 noch vollkommen dicht ist.«

Die ist jetzt genauso dicht wie vor einer Stunde und in einer Stunde, dachte der Chauffeur, nickte jedoch nur mit dem Kopf und ließ den Audi an.

»Nach Hause, Herr Ministerpräsident?«

»Ja, nach Hause, Hohler. Es war ein langer Tag, und ich will noch ein paar Bahnen schwimmen, bevor ich mir meinen Abendcognac gönne.«

»Gern. Soll ich den Personenschutz verständigen, dass er uns irgendwo in Empfang nimmt?«

»Ja, von mir aus können sie uns entgegenkommen. Aber bitte ohne jegliches Aufsehen, sagen Sie das denen.«

»Natürlich, wird gemacht.«

»Und Hohler, eins noch. Wenn Sie gefragt werden, wo wir heute überall gewesen sind, lassen Sie diesen Termin hier bitte aus, ja.«

»Aber selbstverständlich«, erwiderte der Chauffeur devot. »Nur wüsste ich nicht, wer mich danach fragen sollte, wo und wie wir den Tag verbracht haben.«

»Das weiß ich jetzt auch nicht so genau, aber es wäre mir sehr recht, wenn Sie im Fahrtenbuch eine andere Stadt als Frankfurt eintragen würden.«

Er sah auf die Bürotürme des Bankenviertels, die über ihren Köpfen zu schweben schienen.

»Muss ja nicht dazu kommen, aber wenn, dann wünsche ich, dass dieser Besuch niemals stattgefunden hat.«

»Verstanden, Herr Ministerpräsident.«

Die Eskorte des Personenschutzes erwartete den Dienstwagen an der Raststätte hinter dem Wiesbadener Kreuz, um von dort an die Führung der kleinen Kolonne zu übernehmen. Brauchitsch saß entspannt im Fond und dachte darüber nach, dass seine Intervention ganz sicher zu dem beabsichtigten Ergebnis führen würde. Er hatte von Astrid Naumann immer das bekommen, was er wollte, und er wusste, dass er es auch diesmal bekommen würde. Er hatte sie genauso in der Hand wie sie ihn, es war die klassische Pattsituation, und trotzdem hatte sie gequatscht.

Dummes Ding.

Er zog sein Smartphone, das er bei der Abfahrt aus Wiesbaden ganz bewusst vom Netz getrennt hatte, aus der Jackentasche und schaltete es ein. Nachdem er sein Passwort eingegeben hatte, startete er den Internetbrowser und wartete auf das Erscheinen der Seite des Nachrichtensenders n-tv, der ihn immer zuverlässig mit den Schlagzeilen über die neuesten Entwicklungen auf der Welt versorgte. Diesmal jedoch musste er schlucken, als er die Überschrift der ersten Meldung las. Und gleichzeitig meldete sein E-Mail-Programm den Eingang von mehreren Dutzend Nachrichten.

Verdammt!

Der Politiker drehte sein Telefon um 90 Grad nach rechts, damit er eine bessere Darstellung auf dem kleinen Bildschirm erreichte.

»Junger Konvertit bei SEK-Einsatz in Kassel getötet«, las er mit trockenem Mund. »Offenbar islamistisch motivierter Einzeltäter der Splittergruppe Chorasan für die hinterhältigen Morde an den Herzspezialisten in Kassel verantwortlich.«

Er wechselte die Seite und fand unter HR-Online, dem Onlineangebot des Hessischen Rundfunks, genau das, was er befürchtet hatte.

Innenminister Bertram Blose bei Aktion in Kassel persönlich vor Ort. Nun muss geklärt werden …

Brauchitsch unterbrach seine Lektüre, um den eingehenden Anruf seines Referenten Marius Königstein entgegenzunehmen.

»Ja, was gibt es?«, meldete er sich knapp.

»Mensch, Holger, wo steckst du denn? Ich versuche seit einer knappen Stunde wie ein Irrer, dich zu erreichen.«

»Nun lass mal das vorwurfsvolle Vorgeplänkel und komm zur Sache. Was gibt es?«

»Falls du es noch nicht gehört oder gesehen haben solltest, ein SEK hat in Kassel eine Wohnung gestürmt und den Täter der Morde von letzter Nacht erschossen. Ein weiterer Mann, der wohl eher zufällig in der Wohnung war, hat überlebt und liegt im Krankenhaus.«

Es raschelten ein paar Papiere im Hintergrund.

»Blose hat, wie es aussieht, die Aktion völlig an uns vorbei organisiert und geleitet. Oder hat er sich mit dir darüber abgesprochen?«

»Nein, hat er nicht«, brummte der Ministerpräsident.

»Im Augenblick«, fuhr sein Mitarbeiter fort, »läuft gerade eine Pressekonferenz im Polizeipräsidium Nordhessen an, in der er Einzelheiten des Zugriffs und die Hintergründe offen legen will. Was sollen wir machen?«

Brauchitsch überlegte einen Moment. »Was sollen wir schon machen? Wir geben ein Kommuniqué heraus, in dem seine hervorragende Arbeit gewürdigt und unsere Überzeugung zum Ausdruck gebracht wird, dass ohne sein beherztes Vorgehen diese feige Bluttat niemals so schnell hätte geklärt werden können. Wir machen ihn zum Star des Tages und morgen werde ich ein ernstes Gespräch mit ihm führen. Ein sehr ernstes.«

»Was soll ich den Journalisten sagen, die mich seit einer Stunde mit der Frage malträtieren, wo dein Einsatz bei der Sache eigentlich bleibt? Ich musste mir mindestens zehn Mal anhören, dass du seit gestern regelrecht auf Tauchstation gegangen bist.«

»Das stimmt zwar, aber du kannst diesen ganzen Schmutzfinken ruhig erklären, dass ich die Fäden im Hintergrund gezogen habe. Dass ich das Mastermind bin, das alles unter Kontrolle hat.«

»Ich muss dir leider sagen, dass es im Moment ganz und gar nicht so aussieht, als ob du die Fäden ziehen würdest, Holger. Du bist plötzlich wie ausgewechselt, und wenn ich dich unter den gegebenen Umständen mehr als eine Stunde nicht erreichen kann, ist das schon sehr, sehr merkwürdig.«

Brauchitsch war mit jedem Wort seines Mitarbeiters wütender und wütender geworden, und es fiel ihm schwer, diese Wut nicht in ein Losbrüllen oder eine hässliche, persönlich verletzende Attacke münden zu lassen. Aber leider, und das wusste er ganz genau, konnte er sich das in dieser Situation nicht leisten. Er brauchte Fußvolk, Soldaten, die ihn bedingungslos unterstützten und ihm den Rücken freihielten. Königstein würde zwar jedem besseren Jobangebot sofort hinterherlaufen und todsicher darauf eingehen, aber bis er ein solches hatte, würde er uneingeschränkt und völlig loyal zu ihm stehen.

Ein Kriecher eben.

»Du hast recht, und beim nächsten Mal mache ich es auch garantiert anders, versprochen, nur diesmal ging es leider wirklich nicht anders. Es war etwas Privates.«

»Hast du wieder Probleme mit deinem Sohn?«, wollte der Referent wissen, der gut darüber informiert war, dass Marc Brauchitsch, das einzige Kind des Ministerpräsidenten, seit seinem Studienantritt in Frankfurt in Kreise geraten war, die seinem Vater alles andere als genehm waren.

»Ja«, log der Politiker, »da war mal wieder was, um das ich mich kümmern musste.«

»Wieder so eine blöde Drogengeschichte?«

»Nun frag doch nicht so bescheuert, wenn du die Antwort sowieso kennst, Marius. Um was sollte es denn sonst gehen?«

»Sorry, kommt nicht wieder vor«, ruderte sein Mitarbeiter eilig zurück. »Dann verstehe ich auch, warum du inkognito und ohne Personenschutz unterwegs sein musstest, alles klar.«

»Danke. Sonst noch was?«

Königstein zögerte. »Ja, … da gibt es schon noch was, aber ich weiß nicht, ob jetzt der geeignete Zeitpunkt ist, um darüber zu reden. Vielleicht kommst du erst mal wieder ein bisschen runter, ich weiß doch, wie sehr dich die Geschichten mit deinem Jungen immer mitnehmen.«

»Nun bring mich nicht völlig um den Verstand, Marius, das kann ich noch weniger ab als die Scheiße, die mir Marc immer wieder einbrockt. Also, spuck es aus. Worum geht es?«

Wieder ein Zögern.

»Ich habe gesicherte Informationen«, fuhr der Referent schließlich fort, »dass Blose sich mit Dirk Ahdorf getroffen hat.«

Nun war es Brauchitsch, der ein paar Sekunden brauchte, bis er eine Rückfrage stellen konnte.

»Wann soll das gewesen sein?«, zischte er.

»Heute Vormittag, bevor unser allseits beliebter Herr Innenminister nach Kassel geflogen ist.«

»Heute Vormittag?«

»Ja.«

»Und das ist wirklich eine gesicherte Information? Kann ich mich hundertprozentig darauf verlassen, dass es stimmt?«

»Hundertprozentig, ich schwöre es. Die beiden haben sich in einem Hinterzimmer im Nassauer Hof getroffen, und dort habe ich einen absolut zuverlässigen Mitarbeiter sitzen, der mich sofort angerufen hat. Glaub mir, es stimmt.«

Wieder eine längere Pause.

»Ich kümmere mich darum. Mach du bitte die Stellungnahme fertig und gib sie an die Medien.«

»Mach ich.«

Die Wutskala des Politikers näherte sich dem tiefroten Bereich und als er Hohler anwies, sofort und ohne Umwege zu Ahdorfs Haus zu fahren, fröstelte es ihn, was definitiv nicht an der auf voller Leistung laufenden Klimaanlage des Wagens lag.

Der Lobbyist und erste Mann des Thinktanks *Business-Plan* erwartete den Ministerpräsidenten diesmal nicht an der Tür seines Hauses, sondern ließ ihn von seinem Butler in sein Arbeitszimmer geleiten. Offenbar war die Klimaanlage noch immer nicht repariert, denn die Temperatur in dem modernen Bungalow hatte vermutlich die 30-Grad-Marke längst geknackt. Brauchitsch wartete, bis der schwarz livrierte, distinguierte Engländer, der seit mehr als 20 Jahren in Ahdorfs Diensten stand, sich zurückgezogen hatte. Währenddessen funkelte er den selbstsicher in seinem teuren Ledersessel sitzenden Mann hinter dem Schreibtisch an und machte sich nicht einmal die Mühe, sich zu setzen, bevor er empört seine erste Frage abschoss.

»Stimmt es, dass du dich mit Blose getroffen hast?«

»Willst du dich nicht erst mal setzen, bevor du noch wie das HB-Männchen weiland durch die Decke gehst?«

»Nein«, brüllte Brauchitsch los, »ich will mich nicht setzen. Ich will wissen, warum du dich mit diesem verdammten Arschkriecher Blose getroffen hast!«

»Ach, jetzt fragst du nicht einmal mehr, jetzt ist es gleich eine Behauptung mit der Aufforderung zur Rechtfertigung. Interessant.«

»Hör auf mit diesem abgehobenen Scheiß, Dirk, und erklär es mir. Von mir aus sage ich es mit *bitte* und all diesem Schmus, der für dich vermutlich dazugehört.«

»Setz dich«, wiederholte der Lobbyist seine Aufforderung, und diesmal war sein Ton deutlich rauer.

Brauchitsch ließ sich in den gleichen Stuhl wie bei seinen letzten Besuchen fallen und sah seinen Berater bohrend an.

»Wie es scheint«, setzte der mit ruhiger Stimme zu seiner Erklärung an, »singen die Vögelchen im Nassauer Hof noch immer folgsam ihre Lieder.« Er fing an zu lächeln. »Lass mich raten, dein treuer Vasall Königstein hat dort jemanden auf seiner Liste, der ihm Bericht erstattet, stimmt's?«

»Das ist doch nun völlig egal, Dirk. Sag mir lieber, warum du das gemacht hast. Warum hast du dich mit meinem größten parteiinternen Kontrahenten getroffen?«

Dirk Ahdorf hob den Kopf, sah Brauchitsch lange in die Augen und schien dabei zu überlegen, wie viel Wahrheit der Mann auf der anderen Seite des Schreibtischs wohl vertragen konnte. Oder vielleicht, wie viel Wahrheit er ihm zugestehen wollte.

»Warum habe ich mich mit Bertram Blose getroffen?«, fragte er sehr rhetorisch zurück, ohne wirklich auf eine Antwort zu warten. »Weil du ein Auslaufmodell bist, Holger. Weil du satt bist, weil von dir in Zukunft nichts mehr zu erwarten ist. Deshalb habe ich mich mit ihm getroffen. Er ist der Mann, auf den ich in Zukunft meine Euros setzen werde.«

Dem Ministerpräsidenten schien es, als hätte er zwar die Worte gehört, aber Inhalt und Sinn dahinter hatten sich ihm verschlossen.

»Was …?«, murmelte er unverständlich.

»Als du heute Morgen hier aufgetaucht bist und mir erklärt hast, dass es in deinem Bundesland einen Achtfachmord gegeben hat, der irgendwie völlig an dir vorübergegangen ist, war die Sache absolut klar. Wobei, ich will dir nicht verschweigen, dass es in der letzten Zeit schon mehrere solche Aussetzer deinerseits gegeben hat. Deine Zeit ist um, Holger. Tritt zurück, fahr mit deiner Frau in Urlaub, kümmere dich um deinen missratenen Sohn und halte dich in Zukunft aus der Politik heraus. Du bist ausgebrannt, fertig, nicht mehr an der Front zu gebrauchen.«

Ahdorf griff nach der Zigarettenschachtel auf dem Schreibtisch, zündete sich genüsslich eine Zigarette an und blies den Rauch direkt in Brauchitschs Richtung, obwohl er wusste, dass der das auf den Tod nicht leiden konnte.

»Blose dagegen ist hungrig, der will noch etwas erreichen, im Gegensatz zu dir, der du nur noch verwalten willst. Du hättest ihn eben auf der Pressekonferenz in Kassel sehen sollen, der Mann hat was.«

Ahdorf zog sich den Aschenbecher heran und klopfte die Zigarette daran ab.

»Gut, was Charisma und Ausstrahlung angehen, hat er noch Luft nach oben, aber das war bei dir nicht anders, bevor ich dich unter meine Fittiche genommen habe. Gib ihm ein oder zwei Jahre, und niemand wird dir mehr eine Träne nachweinen.«

Der Politiker kannte Ahdorf lang genug, um zu wissen, dass der Lobbyist ihn provozieren wollte, dass er ihn in einen Fehler treiben wollte, den er ihm sofort vorhalten konnte. Deshalb blieb er so cool, wie es ihm gerade möglich war. »Klingt, als hättest du den Gaul im vollen Galopp gewechselt, Dirk. Aber glaubst du wirklich, ich würde mich so leicht geschlagen geben? Glaubst du, ich würde einfach dabei zusehen, wie du und dieser osthessische Kretin mich einfach abservieren?«

»Ich fürchte, dir wird nichts anderes übrig bleiben, mein Guter.«

»Nenn mich nicht *mein Guter*«, zischte Brauchitsch.

»Na, wie auch immer«, machte Ahdorf auf ungerührt. »Vielleicht solltest du deinen nichtsnutzigen Referenten schon mal damit beauftragen, dir eine Rücktrittsrede zu schreiben. Das machst du doch hoffentlich nicht selbst, oder?«

»Nichts könnte mir ferner liegen, als zurückzutreten, und ich bin gespannt, wie du es anstellen willst, mich dazu zu zwingen, du verdammter Judas.«

»Oh, jetzt kommt vermutlich gleich die Phase der Drohungen. Du, wirklich, es würde mich fast enttäuschen, wenn du es nicht auf diese Art versuchen würdest.«

Er lehnte sich in seinen Stuhl zurück und zog ein weiteres Mal genüsslich an seiner Zigarette.

»Wahrscheinlich kommst du mir wieder mit der alten Geschichte, die außer dir nicht viele Menschen wissen, aber du kannst versichert sein, dass es mir wirklich nicht mehr viel ausmachen würde, wenn jemand erführe, dass ich mal ein minderjähriges Mädchen vergewaltigt und dabei ein Kind gezeugt habe. Ehrlich, vielleicht wäre es sogar ganz gut, wenn die Sache endlich mal an die Öffentlichkeit kommen würde. Was meinst du?«

»Schaden würde es dir altem, geilen Bock bestimmt, *das meine ich*.«

»Ach, als ich neulich mal wieder mit Jessica darüber gesprochen habe, hat sie diesmal eher mitleidig reagiert. Sie konnte wirklich nicht verstehen, warum ich das Mädel damals eigentlich um jeden Preis haben musste. Und weil das alles lang vor unserer Zeit passiert ist, hat sie immer mit mehr Wohlwollen als Ablehnung reagiert. Ein bisschen hat es sie immer gestört, dass es jedes Jahr so viel Geld gekostet hat, aber das ist nun mal der Preis, den ich für diesen Fehler bezahlen musste und muss.«

Brauchitsch verlor schlagartig jegliche Gesichtsfarbe. »Du hast ihr davon …?«

»Ach, klar, schon vor Jahren. Meine Frau und ich haben immer eine recht offene Ehe geführt, weshalb es mich auch nicht stört, dass sie vermutlich in diesem Moment von ihrem Yogalehrer flachgelegt wird.«

»Du verdammter Scheißkerl!«

»Lass das bitte, Holger, das steht dir nicht.«

»Ich werde dich trotzdem fertigmachen, wenn du das wirklich durchziehst. Ich weiß genug über dich, verlass dich drauf.«

»Dem will ich gar nicht widersprechen, mein Lieber, aber ich denke, die besseren Waffen in diesem bösen Spiel habe immer noch ich«, bemerkte er trocken, drückte die Zigarette aus und griff in eine Schublade rechts neben sich. Seine Hand kam mit einem kleinen Diktiergerät darin wieder zum Vorschein.

»Ich hatte vorhin einen interessanten Anruf, Holger. Willst du wissen, worum es darin ging?«

»Vermutlich dieser Idiot Blose, der wieder irgendwelchen geistigen Sondermüll abgelassen hat«, mutmaßte der Regierungschef.

»Nein, das war vorher. Dieser Anruf hier betrifft direkt deinen Rücktritt. Willst du ihn hören?«

»Du bluffst!«

Ahdorf drückte gelassen auf die Play-Taste des kleinen Geräts und legte es vor sich ab. Es dauerte ein paar Sekunden, dann ertönte die Stimme einer Frau. Brauchitsch brauchte kein zweites Abspielen, um zu wissen, dass sein ehemaliger Freund und Förderer recht hatte mit dem, was er ihm prophezeit hatte.

Er war hier, hörte er die gequälte, stöhnende Stimme von Astrid Naumann, *und er hat sich genau so verhalten, wie du es vorausgesagt hast.*

22

»Eine größere gequirlte Kacke als diese SEK-Aktion hat es vermutlich in der ganzen Geschichte der Bundesrepublik Deutschland noch nicht gegeben«, stellte Lenz genervt fest, während die beiden Polizisten auf Hains Wagen zurannten und der Hauptkommissar gleichzeitig versuchte, seinen Boss, den Kriminalrat Herbert Schiller, zu erreichen. »Und Herbert geht nicht ans Telefon, weder mit noch ohne Schnur.«

»Der hat bestimmt gerade deutlich Besseres zu tun.«

»Warte«, murmelte Lenz, blieb stehen, lauschte und meldete sich mit Namen.

Das Gespräch dauerte etwa zwei Minuten, dann schob der Leiter der Mordkommission das Gerät zurück in die Tasche.

»Was sagt er?«, wollte Thilo Hain gespannt wissen.

Lenz stemmte die Hände in die Hüften, holte tief Luft und starrte eine Weile in den azurblauen Himmel. »Er meint, die Kollegen vom LKA könnten recht haben. Wie es aussieht, war es tatsächlich dieser Typ, den das SEK platt gemacht hat.«

»Wie kommt er denn darauf?«

»Offenbar hatte das LKA einen V-Mann in seiner direkten Umgebung, der es ihnen gesteckt hat. Herbert konnte mir in der Kürze der Zeit nicht alles erklären, aber er sagt, dass sich das für ihn ziemlich plausibel anhört. Offenbar hat doch eine der Überwachungskameras im Hotel Aufnahmen gemacht, und da kann man ihn, mit sehr viel Wohlwollen allerdings, wie er sagt, erkennen.« Lenz tippte sich an die Stirn. »Das ist von hinten bis vorn faul, wenn du mich fragst. Zuerst gibt es keine Aufnahmen, dann taucht plötzlich eine auf, und auf der ist sogar der Kerl zu sehen, der jetzt tot in seiner Wohnung liegt. Vielleicht, zumindest.«

»Was hat er zu unserer Geschichte gesagt? Sollen wir alles fallen lassen und ins Präsidium zurückkommen?«

»Nein, das brauchen wir nicht. Gleich wird es eine große Pressekonferenz geben, sogar der Innenminister ist vor Ort, und da, sagt er, brauchen wir nicht dabei zu sein. Aber, und das meint er anscheinend wirklich ernst, sollen wir nicht mehr allzu viel Energie in unsere Ermittlungen investieren, weil es eben scheint, als sei die Sache aufgeklärt.«

»Und dieser Typ ist ein Islamist, oder was?«

»Ja, ein Konvertit aus Kassel. Ist vorbestraft wie ein Großer, soll aber angeblich vor ein paar Jahren zum Islam konvertiert sein und war seitdem strafrechtlich nicht mehr in Erscheinung getreten. Die Terrorgruppe, der er zugerechnet wird, heißt wohl Chorasan oder so ähnlich.«

»Vielleicht stimmt es ja wirklich?«, gab Hain zu bedenken.

»Klar, und weil das so gut passt, stürzt sich dieser Herr Doktor vor unseren Augen aus dem Fenster und brennt die Bude dieses Wünsche nach einer riesigen Strohrumverpuffung ab, was ihn leider das Leben kostet. Und dann erzählt uns eine Anästhesistin des Klinikums, dass sich ein paar Ärzte, die komischerweise alle von Professor Achenbachs Tod profitieren dürften, in einer Umkleide ziemlich konspirativ verhalten.«

Diesmal tippte er sich nicht einfach an die Stirn, nun zeigte er seinem Kollegen einen Vogel.

»Am Arsch hängt der Hammer, Thilo. Ich weiß nicht, wie die LKA-Bande aus Wiesbaden das genau gedeichselt hat, aber dass dieser arme Kerl hier aus Kassel diese Nummer, und noch dazu vermutlich allein, abgezogen hat, das ist eine Räuberpistole allererster Güte.«

Thilo Hain wischte sich den Schweiß von der Stirn, lehnte sich gegen eine Mülltonne und holte tief Luft. »Ich bin ja in den meisten Punkten mit dir einer Meinung, aber glaubst du wirklich, die Vögel vom LKA sind so blöd, den Falschen zu erschießen? Vielleicht haben wir uns wirklich ein bisschen verrannt, Paul, und wollen einfach nicht einsehen, dass dieser Typ es wirklich war, ob nun als Einzeltäter oder im Kollektiv.«

Er verschränkte die Arme vor der Brust und dachte eine Weile nach.

»Vielleicht verfolgen wir ja so etwas wie eine Nebenspur. Ich dachte gerade, dass bestimmt was an der Sache dran ist, die uns die Anästhesistin gesteckt hat, aber ob das reicht, um wirklich den Chefarzt der Herzchirurgie abzumurksen, das erscheint mir schon ziemlich zweifelhaft.«

Seine Augen suchten den Blickkontakt mit seinem Boss.

»Und außerdem, welches Motiv steckt dahinter? Du bist immer derjenige gewesen, der mir erklärt hat, dass es bei Mordfällen in erster Linie darum geht, das Motiv herauszufinden. Dann springt einem der Täter praktisch wie von selbst auf den Teller, stimmt's?«

»Das stimmt natürlich, Thilo, aber diesmal bin ich wirklich ganz sicher, dass wir uns zuerst um die Verdächtigen kümmern müssen und dann die Motivlage abarbeiten sollten. Es ist für mich sonnenklar, dass dieser Pietsch etwas mit der Sache zu tun hat, sonst hätte er nicht versucht, vor uns zu türmen.«

Nun dachte der Hauptkommissar ein paar Augenblicke lang nach. »Vielleicht geht es bei der Sache wirklich nur um Macht, Einfluss, Aufstiegsmöglichkeiten und Kohle, das könnte doch sein. Wir beide wissen als Letzte, wie diese Ärzte ticken. Oder willst du mir da widersprechen?«

»Nein«, zierte Hain sich etwas mit seiner Antwort. »Aber du musst auch einsehen, dass wir es hier mit angesehenen Mitgliedern der Gesellschaft zu tun haben, und nicht mit abgefeimten Killern. Und dann bleibt die Frage, warum sie gleich die ganze Mannschaft ins Jenseits befördern sollten, wenn es ihnen bloß um ihren eigenen Oberguru geht.«

»Die Frage ist gut, das muss ich zugeben.«

Wieder standen die beiden Ermittler eine Weile schweigend nebeneinander.

»Also«, meinte Lenz schließlich, »ich versuche mich jetzt mal in die Haut dieses Pietsch zu versetzen und gehe dabei davon aus, dass er, zumindest indirekt, etwas mit der Geschichte zu tun hat, weil er, vorbehaltlich der Bestätigung, aber daran zweifle ich nicht, von abends bis morgens im Klinikum gewesen ist.« Er drehte sich um, sodass er Hain direkt gegenüberstand. »Gut, die Sache ist also so gelaufen, wie wir das geplant haben, meine Kollegen und ich. Mein Nachtdienst ist vorbei, ich kann nach Hause fahren und mich schlafen legen. Vielleicht trinke ich noch ein Glas Schampus auf den Erfolg, aber so sieht es in seiner Bude nicht aus. Es wird Nachmittag und zwei Bullen stehen vor meiner Tür, wollen mich zu der Sache befragen. Ich bin eigentlich nur ein kleiner Assistenzarzt, der in seinem bisherigen Leben noch nicht viel mit der Polizei zu tun hatte, doch nun stehen diese Typen direkt vor mir und löchern mich mit Fragen, die ich so nicht erwartet habe. Eigentlich hatte ich nicht mal erwartet, dass mich irgendwer etwas zu dem Mord fragt, weil wir doch einen todsicheren Plan hatten. Und dann kommt diese Frage nach dem Gespräch in der Umkleide, das wirft mich mit einem Schlag komplett aus der Bahn. Vor meinem geistigen Auge sehe ich eine Gerichtsverhandlung, eine Gefängnisstrafe und ein völlig verpfuschtes Leben, denn ich weiß ja nicht, ob meine Kumpels vielleicht schon irgendwas ausgesagt haben oder am Ende sogar schon umgefallen sind. Aber ich weiß, dass außer diesen beiden bei dem Gespräch seinerzeit niemand dabei gewesen ist.«

»Jetzt nimmst du aber an, dass Frau Wittstock bei ihrer unbeabsichtigten Lauschaktion nicht entdeckt wurde«, gab Hain zu bedenken.

»Klar nehme ich das an«, winkte Lenz ab, »weil ich alles, was ich dir sage, *annehme*. Also, weiter im Text. Ich bin völlig verunsichert, kriege mit einem Mal richtig Schiss, erwischt zu werden und für ziemlich lange Zeit im Knast zu landen. Und dann brennen mir alle Sicherungen durch, ich erinnere mich, dass ich schon öfter mal von meiner Terrasse in den Pool gehüpft bin, renne los und springe. Leider ein paar Zentimeter zu kurz.«

Thilo Hain klatschte anerkennend in die Hände. »Wenn diese Theorie von mir wäre, würde ich sagen, sie ist brillant, aber so …«

»Ich sollte dir augenblicklich eine reinhauen«, mokierte Lenz sich mit gespieltem Vorwurf. »Und jetzt fahren wir zu Anne und sprechen mit dieser Krankenschwester.«

»Ich verstehe«, entgegnete sein Mitarbeiter und Freund ergeben, »und ich rufe zu Hause an und sage meiner Frau, dass sie sich ein Bild von mir neben das Bett stellen soll, weil es so aussieht, als würde ich die nächsten Tage nicht dorthin zurückkehren.«

*

»Hallo, Anne«, begrüßte der Hauptkommissar gut 20 Minuten später eine junge Frau, die ihn und seinen Kollegen an einer bunt bemalten Tür in Empfang nahm. Seine Hand wies auf das Klingelschild neben dem Eingang.

»Wo ist denn das *Richling* geblieben? Heißt du jetzt nur noch Wolters?«

Sie nickte. »War besser so. Und Doppelnamen sind eh hoffnungslos überbewertet, wenn du mich fragst.«

»Glücklich geschieden?«

»Superglücklich.«

»Und mindestens 15 Kilo weniger Lebendgewicht«, meinte der Polizist anerkennend.

»Nun übertreib mal nicht, du alter Charmeur; ich

war zwar schon länger nicht mehr auf der Waage, aber mehr als zwölf sind es keinesfalls.«

»Das ist übrigens mein Kollege und wirklich guter Freund Thilo Hain, aber Thilo reicht, glaube ich.«

Der Oberkommissar und die vielleicht drei, vier Jahre jüngere Frau nickten sich freundlich zu und gaben sich die Hand.

»Und jetzt kommt rein, sonst denken meine Nachbarn noch, ich würde mit euch über den Preis verhandeln.«

Die etwa 30-jährige, dunkelhaarige Frau, die in der Küche saß, hatte ein freundliches Gesicht, ein Nasenpiercing und trug trotz der noch immer tropischen Temperaturen hohe, geschnürte Stiefel zu einem Minirock.

»Hallo, ich bin Doreen Mack.« Sie grinste. »Und bevor einer von Ihnen sich über meinen Vornamen lustig macht, ob nun gleich hier oder nachher draußen auf dem Weg zum Auto, ich kann nichts dafür, dass ich so heiße. Ich stamme aus Leipzig und bin kurz vor der Wende geboren. Meine Mutter hielt es damals für eine ziemlich coole Idee, mir diesen Namen zu geben. Aber meine Freunde sagen alle Doro zu mir.«

Lenz streckte die rechte Hand nach vorn. »Hallo, Doro, ich bin Paul, und das«, er wies auf Hain, »ist Thilo, mein Kollege.«

»Dann hätten wir das ja geklärt.«

»Gut. Du weißt, warum wir hier sind?«

»Klar. Sie … ihr wollt ein bisschen was darüber wissen, was bei uns auf Station so abgeht.«

»Genau. Und zuerst wüssten wir gern, ob du einen Arzt namens Pietsch kennst.«

»Logo kenne ich den. Ist ein Assi bei uns, aber keine große Leuchte, wenn ihr mich fragt. Normalerweise ist man in dem Alter schon einen guten Schritt weiter als er, aber das nur so nebenbei.«

Lenz sah in die Gesichter der beiden Frauen.

»Und bevor ihr es morgen aus der Zeitung erfahrt, Pietsch hatte vor knapp zwei Stunden einen schweren Unfall. Er liegt im Krankenhaus, und es geht ihm alles andere als gut.«

»Einen Unfall?«, wollte Doro wissen. »Was ist ihm denn genau passiert?«

Der Hauptkommissar warf seinem Kollegen einen fragenden Blick zu, doch der schien nichts dagegen zu haben, den Frauen die Ereignisse um den Assistenzarzt zu schildern.

»Wow, das ist ja krass«, platzte es aus der Frau mit den Stiefeln heraus. »Und er wollte wirklich über die Terrasse und den Pool vor euch abhauen?«

»So sieht es aus, ja«, meldete Hain sich zu Wort.

»Wenn es ihm so dreckig geht, wie ihr geschildert habt, ist er echt eine arme Sau«, fiel Anne Wolters dazu ein.

»Ja, das sah wirklich nicht sehr schön aus.«

»Und der zweite Arzt, der nicht mehr auf Station Dienst tun wird«, stellte Doro überzeugt fest, »zumindest nach eurer Schilderung. Wobei ihm vermutlich mehr Tränen nachgeweint werden dürften als dem alten Sack Achenbach.«

»Der ist nicht so beliebt gewesen?«, wollte Lenz wissen.

»Ach was, beliebt und Achenbach, diese zwei Wörter passen nicht gemeinsam auf eine DIN-A4-Seite. Vergesst es.«

»Was genau hat ihn denn so unausstehlich gemacht?«

»Seine arrogante Art«, kam es ohne jegliches Überlegen. »Er war wirklich eine arrogante alte Pestbeule.«

»Und wie hat sich das geäußert?«, hakte der Hauptkommissar vorsichtig nach.

»Na, soweit ich weiß, hat er noch jeden seiner Untergebenen irgendwann gedisst.«

»*Gedisst*?«

»Ja, klar.«

»Ich glaube, er versteht nicht den Sinn, der hinter *dissen* steht«, flüsterte Anne grinsend in Doros Richtung. »Ist halt nicht mehr der Jüngste, unser Paul.«

»Ach so, daher weht der Wind. Also mit *dissen* meine ich, dass er irgendwann jeden seiner Mitarbeiter so richtig schräg angemacht hat. Wenn er schlechte Laune hatte, und das ist eigentlich immer der Fall gewesen, hat er sich einen ausgeguckt und den dann richtig fertiggemacht. Jeder meiner Kolleginnen und Kollegen, wobei, da haben wir nur einen, fürchtet sich, oder besser, hat sich vor seinen Ausbrüchen gefürchtet. Aber bei uns ging das eigentlich noch, wir waren für den doch nur Fallobst, richtig interessant wurde es, wenn er sich einen Assi oder auch mal einen Oberarzt ausgesucht hat. Ich habe mal ein Jahr lang im OP gearbeitet, als OP-Schwester, wegen einer Fortbildung, ihr glaubt nicht, wie oft es da am offenen Herzen geraucht hat. Er war so ein richtig fieser Diktator.«

»Und die Leute, die er sich ausgesucht hat, haben sich das gefallen lassen?«

»Klar, was glaubt ihr denn? Da hat nicht einer den Mund aufgerissen, aber das ist doch logo, weil danach hätte man ihm vermutlich gar nicht erst wieder unter die Augen treten dürfen.«

Sie wischte sich ihre feuchten Hände an der Tischdecke ab.

»Ich war mal dabei, als es im OP richtig rund gegangen ist, damals hatte er sich einen Assi ausgesucht, der nur ein halbes Jahr bei uns gewesen ist. Der hatte wohl irgendwas mit einer Wundklammer nicht so genau genommen, wie der Herr Professor es sich gedacht hat. Plötzlich ging die Post ab, das war richtig Kirmes, mit Geschrei und allem Drum und Dran. Der arme Mann, der auf dem Tisch lag, ist noch im OP gestorben, und dann ging es erst richtig los. Achenbach hat dem Assi vorgeworfen, dass er daran schuld sei, dass der Patient die OP nicht überlebt hat, und der ist gleich darauf in Tränen ausgebrochen. Wenn man so was nicht live miterlebt hat, dann glaubt man das nicht, aber ich schwöre, dass es wirklich genau so gewesen ist.« Sie nahm einen Schluck von dem Wasserglas, das vor ihr auf dem Tisch stand.

»Wollt ihr auch was trinken?«, fragte Anne.

»Ja, gern«, antwortete Hain für sich und seinen Boss.

»Und auf Station ist es natürlich das Gleiche«, nahm die junge Frau mit dem Piercing nach einem dezenten Rülpser den Faden wieder auf. »Da benimmt … scheiße, ich denke immer noch, dass er noch lebt, also da hat er sich genauso rüde benommen. Und außerdem hat er immer den Schwestern in den Ausschnitt geglotzt, der geile Sack. Wir haben uns im Winter mal verabredet und alle Rollkragenpullis getragen, die ganze Schicht, obwohl das kaum auszuhalten war wegen der Hitze, aber das war uns egal. Da hat er echt blöd geglotzt während der Chefvisite.«

»Und wie würdest du das Verhältnis zu Dr. Wallner beschreiben, dem leitenden Oberarzt?«

Die junge Frau überlegte eine Weile. »Der hat natürlich auch ab und zu sein Fett abgekriegt, so wie jeder andere auch. Aber ich glaube, die Hauptsache haben die beiden hinter verschlossenen Türen abgehandelt. Das hat mir zumindest mal eine ehemalige Kollegin erzählt, die so was irgendwie mal mitgekriegt hat. Aber Rücksicht oder so hat er garantiert nicht genommen auf den Wallner, dazu war er, wie gesagt, viel zu arrogant. Der hat neben sich sowieso niemanden geduldet, der hat auf alle Menschen ziemlich von oben runtergeguckt.«

»Also kannst du dir schon vorstellen, dass Dr. Wallner einen Hals auf seinen Boss gehabt haben könnte?«

»Auf den hat jeder auf Station einen Hals, da bin ich fest von überzeugt.«

»Und Wallner direkt?«

Wieder ein Moment des Überlegens. »Ach, wenn ich so drüber nachdenke, dann waren die beiden eher die Chefs im … ja, wie nenne ich das? … Irgendwie haben sie eigentlich den ganzen Tag nur ihre Schwanzlänge verglichen. Achenbach war der Platzhirsch und Wallner der Herausforderer, genau wie im Tierreich. Der Professor konnte sich, auch durch seine Stellung in der Klinik, ein bisschen besser aufplustern, dafür war Wallner ihm rhetorisch ziemlich überlegen.«

Sie zögerte.

»Bis auf die Momente halt, wo Achenbach wirklich das Arschloch hat raushängen lassen.«

»Wollte Dr. Wallner Achenbachs Nachfolger werden?«

»Davon sind wir alle auf Station überzeugt, aber der Alte hat sich da nie in die Karten schauen lassen. Also kann ich es nicht sicher sagen. Wobei …«, überlegte sie ein paar Sekunden, »ich war mal dabei, als Achenbach Wallner so ziemlich jede Kompetenz abgesprochen hat. Er hat ihn aussehen lassen wie einen Schuljungen, und das vor der versammelten Mannschaft.«

»Wir haben gehört«, mischte Hain sich wieder ein, »dass so ein Prof wie Achenbach ziemlich viel Kohle mit Privatpatienten scheffelt. Stimmt das?«

»Was glaubst du denn, klar stimmt das. So einer macht am liebsten Private, die bringen ihm richtig gut Kohle ein. Den meisten Teil davon kann er nämlich für sich behalten, so erzählt man es sich zumindest auf dem Flur.«

»Und deshalb hat er natürlich deutlich lieber Private behandelt als Kassenpatienten?«

»Jupp. Jeder auf Station weiß, dass er am Tag seine vier Privatpatienten haben will, sonst fällt seine Laune in den Keller. Aber meistens hat er das gut geschafft, weil er sich ja den OP-Plan selbst geschrieben hat. Meistens jedenfalls.«

Sie füllte Wasser für alle nach und trank einen Schluck.

»Ich habe wirklich schon öfter mal drüber nachgedacht, auf einer anderen Station zu arbeiten, weil ich diese ganze Scheiße eigentlich nicht mehr mitmachen will. Und außerdem hätte ich natürlich viel lieber einen Job, wo ich keine Nachtdienste mehr machen muss, aber das geht leider nicht so einfach, weil das ziemlich viele wollen.«

»Was meinst du mit *diese ganze Scheiße*?«

»Na ja, es gibt da halt so ein paar Sachen, die finde ich wirklich zum Kotzen, zum Beispiel das mit den Privatpatienten. Uns sind schon Kassenpatienten abgenippelt, weil sie einfach keinen rechtzeitigen OP-Termin bekommen haben, weil halt zuerst die Privaten dran waren. Das kommt speziell bei Transplantationen immer wieder mal vor.«

Ein weiterer Schluck Wasser.

»Und dann regt es mich tierisch auf, dass bei uns manchmal Menschen operiert werden, wo jeder weiß, dass die nie mehr von der Station runterkommen. Die sind so krank und fertig, dass es völlig klar ist, dass die OP oder vielleicht sogar die Transplantation völliger Quatsch ist, es aber wegen des Geldes doch gemacht wird. Neulich zum Beispiel hatten wir einen Mann irgendwo aus Bayern, ich weiß nicht ganz genau woher, 78 Jahre alt, dem war vor zwei Jahren schon eine Lunge transplantiert worden, und jetzt hat halt seine Pumpe schlappgemacht. Der hatte eine richtige Odyssee durch die Herzzentren der Republik hinter sich, wo ihm natürlich keiner mehr ein Herz geben wollte, nur unser Herr Professor Achenbach hat gesagt, klar, das machen wir schon, sie kriegen natürlich ein Herz bei uns. Wir mussten extra einen Patienten auf eine andere Station verlegen, um ein Bett für ihn zu haben, dann hat er zwei Wochen am künstlichen Herzen gewartet, um am Ende drei Tage nach der OP den Arsch hochzureißen.«

Die junge Frau sah in die fragenden Gesichter der Polizisten.

»Na gestorben ist er, wie wir alle es vorausgesagt haben. Der war so fertig und so kraftlos, dass es eigentlich ein Wunder war, dass er lebendig aus dem OP gekommen ist, aber für den Rest hat es dann halt einfach nicht mehr gereicht.«

»Ich kann verstehen, dass es nervt, sich mit solchen Sachen beschäftigen zu müssen«, meinte Hain. »Aber kommt das denn wirklich so oft vor?«

Doreen Mack fing laut an zu lachen. »Viel öfter, als sich das ein Außenstehender überhaupt vorstellen kann und will. Wir alle wollen doch, wenn es uns schlecht geht, dass wir die bestmögliche Versorgung kriegen. Aber dem ist wirklich nicht so. Wir machen eben vieles, damit die Zahlen im Krankenhaus stimmen, und nicht, damit es den Patienten hinterher wirklich besser geht.«

»Sag mal«, wollte Lenz wissen, »bekommt ihr Krankenschwestern eigentlich auch was von dem Geld ab, das so einer wie Achenbach mit den Privatpatienten verdient? Immerhin leistet ihr doch auch viele Dinge, ohne die eine vernünftige Versorgung gar nicht möglich wäre.«

Wieder ihr kehliges Lachen. »Das wäre echt schön, ja, aber wir sehen wirklich keinen Cent von der ganzen Kohle. Wir sehen keinen Cent davon, dürfen uns von den Halbgöttern in Weiß dafür ab und zu richtig schräg anmachen lassen, und wenn etwas schiefgelaufen ist, sind wir zu allem Überfluss auch noch die perfekten Sündenböcke.«

»Wie meinst du das denn?«, wollte Hain wissen.

»Na ja, von denen macht halt nie einer einen Fehler, zumindest würde er ihn in diesem Leben nicht eingestehen. Also braucht es jemanden, an dem, wenn etwas schiefgegangen ist, und das passiert praktisch jeden Tag, alles hängen bleibt. Und da sind die Krankenschwestern halt die besten Opfer. Was meint ihr, für was ich schon die Rübe hinhalten musste, für das ich nicht das Geringste konnte. Das geht wirklich auf keine Kuhhaut.«

»Wie lang bist du denn schon auf der Herzstation?«

»Fünf Jahre. Fünf lange Jahre!«

»Wenn ich das alles höre«, meinte Anne Wolters, »glaube ich, dass ich es gar nicht so schlecht getroffen habe. Bei uns sind die Ärzte zwar auch keine Engel, aber so doll wir bei euch geht es wirklich nicht zu.« Sie schüttelte nachdenklich den Kopf. »Obwohl, wenn ich überlege, wie das früher alles war, als ich angefangen habe, meine Güte. Da waren wir wirklich noch so besetzt, dass wir auch mal ein paar Minuten mit den Patienten quatschen konnten, das ist heute überhaupt nicht mehr drin. Unsere Station ist von zwölf Schwestern auf acht zurückgefahren worden. Aber die Arbeit ist deshalb nicht weniger geworden. Manchmal, wenn ich nach der Spätschicht nach Hause komme, will ich nur noch ins Bett, und nichts anderes mehr sehen.«

»Das ist bei uns auf jeden Fall genauso«, stimmte Doro ihr sofort zu. »Aber richtig scheiße ist das halt, wenn du krank bist oder so. Du weißt genau, dass du besser nicht zur Arbeit gehst, aber du lässt damit deine ohnehin schon unterbesetzte Station richtig hängen, und die, die da sind, wissen dann gar nicht mehr, wie sie die Arbeit schaffen sollen. Neulich hatte ich eine ziemlich fiese Entzündung im und um den Mund herum, weiß der Kuckuck, was und wo ich mir das eingefangen hatte, und damit sollte ich tatsächlich zur Arbeit kommen, hat mir ein Doc gesagt. Ich meine, hallo, schon mal was von multiresistenten Keimen gehört? Ich gehe zur Arbeit, hole mir so ein Ding, und bin im schlechtesten Fall ein paar Wochen später tot. Nein danke, nicht mit mir.«

»Also«, meinte Lenz, »wenn ich das, was du uns jetzt alles erzählt hast, zusammenfasse, könnte sich da schon …«

Anne sah den Hauptkommissar ungläubig an. »Du meinst, dass dieser Dr. Wallner etwas mit dem Mord an Professor Achenbach und den anderen Ärzten zu tun haben könnte? Stimmt es denn nicht, was die im Radio gesagt haben, dass ihr den Täter gefasst habt?«

»Wir wissen es nicht genau, und wenn, dann waren nicht wir die, die ihn *gefasst* haben, sondern die Kollegen vom LKA aus Wiesbaden. Die haben eine völlig andere Ermittlungsstrategie verfolgt als wir, und wie es aussieht, hatten sie damit Erfolg.«

»Aber«, grinste Anne Wolters verschmitzt, »ihr beiden Teufelskerle glaubt da nicht so richtig dran, was?«

Nun musste sowohl Lenz als auch sein Kollege laut loslachen.

»Wenn es denn wirklich so wäre«, meinte der Oberkommissar, »dann müsste es absolut unter uns bleiben, Anne.«

»Wir unterliegen der Schweigepflicht«, gab sie mit gespielt ernster Miene zurück. »Von uns erfährt niemand, dass ihr euren Kollegen nicht über den Weg traut und ihnen vermutlich einen dicken Haufen in die Suppe spucken wollt.«

»Eine Frage hätte ich aber schon noch«, erklärte Hain

Doreen Mack, »und die könnte vielleicht ein bisschen komisch rüberkommen.«

»Ich stehe leider nicht auf Kerle, wenn das der Inhalt deiner Erkundigung sein sollte. Und ich lebe in einer festen Beziehung, um das gleich ganz und gar klar zu stellen.«

Der junge Polizist stützte seinen Kopf theatralisch auf der Innenfläche der linken Hand ab. »So einen liebenswerten Korb habe ich noch nie gekriegt, ehrlich«, flüsterte er. »Aber im Ernst, ich bin vor nicht allzu langer Zeit Papa von Zwillingen geworden und habe eine Bombenfrau dazu, die es sich sogar gefallen lässt, dass ich mit einem alten Sack wie unserem Paule hier in einer Art Nebenbeziehung vor mich hin vegetiere.« Er machte einen Schmollmund. »Wenn das alles nicht so wäre würde ich bei einer so tollen Braut wie dir natürlich nichts unversucht lassen, um dir klar zu machen, dass du es bisher natürlich nur mit den falschen Männern versucht hast, aber leider …«

»Und was war jetzt die *Kommt-vielleicht-ein-bisschen-komisch-rüber-Frage*?«

»Die richtet sich an die Kraftfahrzeuge eurer Ärzte. Dass Pietsch ein Mazda-Cabriolet fährt oder gefahren hat, wissen wir. Aber kannst du uns vielleicht sagen, ob einer eurer Ärzte einen hellen Porsche fährt?«

»Nee, da kann ich dir leider überhaupt nichts zu sagen. Ich fahre immer mit dem Rad zur Arbeit und das stelle ich nun mal nicht auf dem Parkplatz ab. Außerdem gibt es vermutlich keinen Menschen auf der Welt, der so wenig von Autos versteht wie ich. Ich habe noch nicht mal einen Führerschein.«

»Du Glückliche«, sinnierte Lenz. »Aber ich hätte auch noch eine Frage, wobei ich nicht glaube, dass sie komisch rüberkommt. Es geht um den anderen Oberarzt, Dr. Justus Kreuz.«

»Ja, was ist mit ihm?«

»Wie ist sein Verhältnis zu Wallner? Verstehen sich die beiden gut?«

»Soweit ich das beurteilen kann, schon, ja. Wobei ich weder mit dem einen noch mit dem anderen jemals richtig warm geworden bin. Sie sagen mir, was ich zu machen habe, und das meistens noch über den Umweg der Stationsleitung, und mehr ist da eigentlich nicht. Aber wenn du mich schon fragst, der Kreuz ist schon ein bisschen ein komischer Kauz. Der redet ziemlich wenig, und wenn, dann auch noch mit einer Piepsstimme, dass einem jegliche Lust auf ein Gespräch vergeht.« Sie hob entschuldigend die Arme. »Versteht mich bitte nicht falsch, aber ein Mann muss schon auch eine Stimme wie ein Mann haben, oder? Über dessen Stimme allerdings würde sich so manche Frau freuen«, lachte sie. »Ich habe mich mal mit einer unserer ehemaligen Anästhesistinnen unterhalten, die aber jetzt erkrankt ist. Sie hat gesagt, während einer OP spricht er noch höher. Das geht gar nicht«

Lenz dachte kurz darüber nach, Doreen von Julia Wittstocks Tod zu berichten, entschied sich jedoch dagegen.

»Irgendwie klingt das, was du hier so erzählst, mehr nach Schlangengrube als nach Herzstation, ganz ehrlich«, sagte er leise.

»Und damit hast du es voll und ganz erfasst. Es

ist eine verdammte Schlangengrube, in der eine Natter der anderen nicht das Schwarze unter dem Nagel gönnt.«

23

Holger Brauchitsch saß im Wohnzimmer seines Hauses, starrte bewegungslos auf den stumm gestellten Fernseher und versuchte, die Ereignisse des Tages irgendwie zu fassen.

Dirk Ahdorf … Dirk Ahdorf hatte ihm einen Dolch in den Rücken gestoßen, aber das war nicht alles gewesen. Er hatte zugestoßen, die Klinge gedreht und sich dann an dem Bild ergötzt, das er gesehen hatte.

Nachdem er die Aufnahme vorgespielt hatte, waren ein paar Sekunden vergangen, bis der Ministerpräsident seine Stimme wiedergefunden hatte. Und es war ein leiser, devoter Brauchitsch gewesen, der wissen wollte, wie das alles zusammenhing, und woher sein Berater die Psychologin überhaupt kannte.

»Das hat sich alles ganz zufällig ergeben«, war ihm von Ahdorf im Plauderton mitgeteilt worden. »Ich denke, sie wollte einfach den Mann kennenlernen, von dem du ihr so viel erzählt hast, und das hat sie dann, das muss ich sagen, überaus charmant eingefädelt, wobei ich dir die Details lieber erspare. Auf jeden Fall war sie immer noch sehr, sehr wütend darüber, dass du sie einfach abserviert hast, ein paar Wochen zuvor. Wir haben uns also kennengelernt, und irgendwie war schon nach ganz kurzer Zeit erkennbar, dass da eine gegenseitige Faszination zu spüren ist. Ich muss dir nicht erklären, wie das alles weitergegangen ist, auf jeden Fall ist unser Kontakt deutlich enger geworden, als ich es jemals erwartet hätte. Und irgendwann hat sie mir natürlich auch von euch erzählt, und wie es dazu kam, dass es euch nicht mehr gibt. Das hättest du wirklich anständiger über die Bühne bringen müssen, mein Lieber. Und irgendwann, morgens um drei in der Früh, hat sie mir dann auch von dem Unfall erzählt. Von diesem Unfall im Winter, als du mit ein wenig zu viel Rotwein im Blut auf der einsamen Landstraße diesen Radfahrer übersehen und am nächsten Tag aus der Zeitung erfahren hast, dass du einen zwölfjährigen Jungen totgefahren hattest.«

Aus dem Flur drangen Geräusche an sein Ohr. Offenbar war seine Frau nach Hause gekommen.

»Holger, bist du da?«, rief sie.

»Ja, ich bin hier im Wohnzimmer«, antwortete der Politiker leise.

»Sag mal, wolltest du nicht heute Abend zum Fraktionsstammtisch?«, wollte sie mit einem Einkaufskorb in der rechten Hand im Durchgang zum Wohnzimmer stehend wissen.

»Nein, das habe ich abgesagt. Mir ist nicht gut.«

»Hast du dir was eingefangen? Brütest du was aus?«

»Nein, ich glaube nicht. Ist wohl mehr so ein allgemeines Unwohlsein.«

»Komisch, das kenne ich gar nicht von dir. Wirst mir doch nicht langsam alt werden, was?«

»Setz dich doch mal zu mir«, bat er seine Frau, die den Korb abstellte, die Schuhe abstreifte und sich nach einem kurzen, trockenen Kuss neben ihm niederließ.

»Du siehst wirklich schlecht aus, Holger«, stellte sie mitleidig fest. »Was ich immer sage, du solltest nicht so viele Termine machen und auch mal mehr an dich denken.«

Vor Holger Brauchitschs geistigem Auge tauchte ein Blitzlicht auf, ein paar Millisekunden lang, aber trotzdem deutlich sichtbar. Es war der Mund von Astrid Naumann, der sich langsam bewegte und »niemand weiß das so genau wie ich, nicht mal dein frigides Muttchen zu Hause weiß das so gut wie ich« zu ihm sagte. Und er sah gleichzeitig das Gesicht von Dirk Ahdorf, von Krämpfen gezeichnet in dem Moment, in dem er von ihm erwürgt wurde. Wenn Ahdorf tot wäre, hätte er eine Chance. Alle anderen Probleme waren zu lösen, nur das nicht. Aber Ahdorf lebte.

»Was würdest du davon halten, wenn ich alles hinschmeiße, Karin? Wenn ich einfach den Bettel hinschmeiße und mir diesen ganzen Stress nicht mehr antue?«

Karin Brauchitsch hob den Kopf und sah ihren Mann völlig irritiert und mit großen Augen an. »Zum Glück weiß ich, dass du das nicht ernst meinst, sonst würde ich mir sehr große Sorgen um dich machen, Holger.« Sie zögerte. »Oder …?«

»Ich meine es tatsächlich ernst, Karin. Ich habe wirklich keine Lust mehr, mir diese dauerhafte Tretmühle anzutun. Ich denke intensiv darüber nach, zurückzutreten.«

»Aber …«

»Ich weiß, was du sagen willst, aber Politik ist nicht alles im Leben eines Menschen. Ich … wir sind da angekommen, von wo aus es nicht weiter nach oben geht, das weißt du auch, weil die Merkel uns die nächsten Jahre immer vor der Sonne stehen wird. Den Gedanken, einmal Kanzler zu werden, müssen wir uns aus dem Kopf schlagen, so schwer das auch fällt, und damit wäre doch jetzt genau der richtige Zeitpunkt, alles zu überdenken und ein völlig neues Leben anzufangen. Ich müsste ja nicht untätig zu Hause rumsitzen, ich könnte mir ja auch ein Ehrenamt suchen, das mich noch ein bisschen beschäftigt. Oder wir fangen an zu reisen, das wolltest du doch immer. Dorthin reisen, wo wir noch nicht gewesen sind.«

Sie sah ihn mit immer mehr zunehmender Fassungslosigkeit an. »Aber Politik war doch immer deine große Leidenschaft, Holger, und sie ist es immer noch, das weiß ich. Du hast doch in jedem Urlaub geklagt, dass sie dir so fehlen würde, dass du am liebsten gleich wieder nach Hause gefahren wärst.«

»Ja, ich weiß, aber das ist jetzt vorbei. Ich glaube, ich bin bereit, mich davon zu lösen, Politik als alleinigen Inhalt meines Lebens zu sehen. Ich will einfach noch etwas anderes erleben, bevor ich mit einem politisch motivierten, stressbedingten Herzinfarkt in die Kiste falle.«

»Und … wann … planst du diesen Schritt? Willst du die Legislaturperiode beenden und dann einfach nicht wieder antreten?«

»Nein, das will ich sicher nicht.« Er griff nach ihrer Hand und streichelte sanft darüber. »Ich dachte, ich berufe morgen eine Pressekonferenz ein und erkläre meinen Rücktritt.«

»Wie, morgen?«

»Genau wie ich es sage, morgen. Morgen früh.«

Karin Brauchitschs Blick wurde flackernd, ihre Hände fingen an zu zittern und sie musste mehrmals schwer schlucken.

»Das kann ich alles nicht so recht glauben«, meinte sie leise. »Wie kommt das denn auf einmal? Ist irgendwas vorgefallen, das dich dazu veranlasst hat? Irgendwas Schlimmes vielleicht sogar? Du hast dir doch nicht etwas zuschulden kommen lassen, Holger?«

»Nein, Karin, natürlich nicht«, log der Erste Mann des Landes Hessen seine Frau ungerührt an. »Es ist einfach der Moment erreicht, wo es nicht mehr weitergeht. Ich fühle mich nicht mehr hungrig, nicht mehr mit dem nötigen Killerinstinkt ausgerüstet, der mich immer ausgezeichnet hat.«

Wieder streichelte er zärtlich über die Hand seiner Frau.

»Vielleicht, das will ich gar nicht verhehlen, liegt es auch ein wenig am Alter und daran, dass der Nachwuchs mir schon gehörig einheizt, aber das darf doch auch so sein. Irgendwann muss das Alphamännchen Platz machen für die nächste Generation, das hat die Natur so vorgesehen. Und warst nicht du es, die dem Helmut insgeheim immer vorgeworfen hat, dass er nicht von der Macht lassen könne?«

»Das stimmt, aber zwischen dir und Helmut Kohl liegen schon noch ein paar Jahre, Holger. Und überhaupt, wer soll es denn machen, wenn du nicht mehr willst? Wer könnte das denn einfach so aus dem Stegreif, dich ersetzen?«

»Ich denke, das sollen andere entscheiden, darüber kann und will ich mir nicht mehr den Kopf zerbrechen.«

»Aber ist das denn überhaupt mit den Gremien abgestimmt? Und hast du eigentlich der Merkel schon Bescheid gegeben?«

»Die kann mich mal, die soll selbst sehen, wie sie damit fertig wird.«

»Aber stell dir doch mal vor, es wird so ein Karriererist wie dieser unsägliche Blose dein Nachfolger. Das wäre doch garantiert nicht in deinem Sinn, oder was meinst du?«

Er schluckte. »Darüber mache ich mir wirklich keine Gedanken, Karin. Ich habe mein gesamtes politisches Leben, und das weiß sicher niemand besser als du, dem Parteiwohl und der Parteiräson untergeordnet. Aber das ist jetzt vorbei. Es ist ab morgen früh *endgültig* vorbei.«

Sie wischte sich über die feuchten Augen. »Das kommt jetzt einfach alles so überraschend. Eben war ich noch beim Einkaufen, und jetzt sitze ich hier und spreche mit dir über deinen möglichen Rücktritt, noch dazu gleich morgen. Das ist so wie mit Vollgas fahren und dann völlig unmotiviert eine Gefahrenbremsung hinlegen.«

Wenn du wüsstest, wie recht du hast, dachte der Ministerpräsident.

»Aber wenn es nun mal dein Wunsch ist zurückzutreten«, fuhr sie leise fort, »dann werde ich den natürlich mit allen Konsequenzen mittragen. So wie ich es immer gemacht habe.«

»Ich weiß, Karin. Du warst immer für mich da und hast auch zurückgesteckt, damit ich Karriere machen konnte. Aber das ist jetzt wirklich vorbei. Ab morgen leben wir gleichberechtigt, das verspreche ich dir. Ich verspreche es dir hoch und heilig.«

In genau diesem Augenblick keimte in Karin Brauchitsch der Verdacht auf, dass ihr Mann keineswegs die gesamte, vermutlich eher schmutzige Wahrheit über diesen überstürzten Rücktritt mit ihr teilte. Dass er mal wieder ein Geheimnis hatte, das er für sich behalten würde, wie schon so oft in ihrem gemeinsamen Leben. Sie stand auf, strich sich den Rock zurecht und umkurvte das Sofa.

»Na, dann will ich mich mal ums Abendessen kümmern«, sagte sie leise.

24

»Weder auf Wallner noch auf Kreuz ist ein Porsche zugelassen«, erklärte Thilo Hain seinem Boss, während er sein Telefon in der Sakkotasche verschwinden ließ. »Diese Spur führt uns leider nicht weiter. Und es gibt nach Aussage von Haberland auch noch keine Spur von der Frau. Aber er hat herausgefunden, dass das Geld, das auf Wünsches Konto gelandet ist, von einer österreichischen Bank kam. Jetzt macht er erst mal Feierabend und schaut morgen, ob er mehr dazu herausfinden kann.«

»Österreich? Na, das passt ja dann immerhin zu dem Strohrum«, unkte Lenz und schob sich einen weiteren Bissen Pizza in den Mund.

»Was macht eigentlich dein Kreuz?«, wollte Hain wissen. »Irgendwie höre ich schon den ganzen Tag nichts mehr dazu.«

»Tja, scheint sich wohl um eine Wunderheilung zu handeln«, entgegnete der Hauptkommissar süffisant. »Oder eine Spontanheilung, die wird auch immer wieder gern genommen.«

»Ja, klar, am Arsch hängt der Hammer. Du bist vermutlich bis zur Dachkante voll mit irgendwelchem Dope, das dir die Schmerzen vom Leib hält.«

»Ja, das könnte natürlich auch sein. Aber ich verspreche dir, genauso wie ich es bei Maria gemacht habe, dass ich mich sofort in ärztliche Behandlung begebe, sobald dieser Fall endgültig abgeschlossen ist. Und ich meine damit nicht dadurch abgeschlossen, dass ein SEK einem armen Konvertiten die Lichter ausgeblasen hat und der Innenminister ihn zum Alleintäter abstempelt, den man gnadenlos zur Strecke gebracht hat.«

»Das macht dich echt fertig, was?«

»Ja, Thilo, das macht mich echt fertig, weil ich wirklich glaube, dass wir beide viel näher an den wahren Tätern dran sind, als diese LKA-Kasper es jemals waren oder sein werden.«

Hain nippte an seinem Wasser und legte dabei die Stirn in ernste Falten. »Ich weise nochmals, auch wenn ich es nicht gern mache, auf das in deiner These enthaltene Restrisiko hin, dass *wir* falsch liegen könnten. Immerhin hat sich unser verehrter oberster Dienstherr, der Herr Innenminister des Landes Hessen, gleich auf der Pressekonferenz feiern lassen, was ein Politiker bestimmt nicht täte, wenn ihn auch nur der geringste Zweifel plagen würde.«

»Ja, ja …«

Das Telefon des Oberkommissars vermeldete den Eingang einer SMS. Er griff sich das Gerät und warf einen Blick auf die Nachricht. »Wie ich es mir dachte. Das ist meine Frau, die vorsichtig nachfragt, wann ich denn in die heimischen Gefilde zurückzukehren gedenke.«

»Maria hat eben, als du drinnen bestellt hast, eine ganz ähnliche Meldung abgelassen.«

»Tja, das ist das Leid des Kriminalen«, ätzte der junge Polizist. »Nie genug kriegen können vom Ermitteln, und dann auch noch von Zuhause gedrängelt werden.«

»Dann lass uns am besten Schluss machen für heute, Thilo«, schlug Lenz mit Blick auf seine Armbanduhr vor. »Es ist 21:15 Uhr, und heute überführen wir eh keine bösen Ärzte mehr des Mordes. Also, essen wir auf und machen uns auf den Heimweg.«

Kurz darauf hatte Hain die Rechnung bezahlt und wartete auf seinen Boss, der sein Wasser austrank und sich mit einer flinken Bewegung in die Vertikale begeben wollte. Er brach den Schwung jedoch mit einem unterdrückten Stöhnen ab und ließ sich zurück in den Kunststoffstuhl sinken.

»He, alter Mann, was ist los?«, wollte Thilo Hain mit echter Besorgnis in der Stimme wissen.

»Keine Ahnung, es hat sich angefühlt, als sei in meinem Rücken eine Saite gerissen. Ich wollte hochkommen, und dabei hat es irgendwie ein merkwürdiges Geräusch gegeben und einen stechenden Schmerz.« Die Stimme von Lenz klang leise und gepresst.

»Verdammt, jetzt haben wir den Salat«, brummte sein Kollege. »Und was machen wir nun? Soll ich dich ins Krankenhaus fahren?«

»Nein, nein, das wird nicht nötig sein. Ich versuche es noch mal ganz langsam, es wird schon gehen.«

Tatsächlich kam der Leiter der Mordkommission mit Ach und Krach in die Höhe, doch einen Versuch, sich in den Mazda zu zwängen, wollte er lieber nicht unternehmen.

»Ich ruf mir ein Taxi. Fahr du einfach nach Hause, ich komm schon klar.«

»Bist du sicher?«

»Ja, klar. Ich werde langsam Richtung …«

Er brach ab, weil in diesem Augenblick ein elfenbeinfarbener Mercedes um die Ecke bog und den Blinker setzte.

»Das muss Telepathie sein«, murmelte Hain, hob den Arm, und winkte den Taxifahrer heran. »Sind Sie frei?«, fragte er durch die offene Seitenscheibe.

»Na ja, eigentlich wollte ich gerade mal einen Happen pappen«, antwortete der Fahrer skeptisch. »Wo soll's denn hingehen?«

»Nach Wilhelmshöhe.«

Das Gesicht des Mannes auf dem Fahrersitz hellte sich auf. »Na, dann mal rein, Jungs. Wenn es nur um die Ecke gegangen wäre, hätte ich meinem Essen den Vorzug gegeben, aber Wilhelmshöhe, das ist in Ordnung.«

»Es geht nur um meinen Kumpel«, deutete Hain auf den krumm und bucklig dastehenden Lenz. »Ich bin Selbstfahrer.«

Der Blick des Taxifahrers heftete sich an den Kommissar. »Der ist aber nicht abgefüllt bis zur Dachkante und kotzt mir das ganze Auto voll, oder?«

»Nein, ist er nicht«, murmelte Lenz genervt und hinkte auf die hintere Tür zu.

*

»Jetzt ist wirklich Schluss, mein Freund«, schleuderte eine zutiefst aufgebrachte Maria ihrem Mann eine gute Viertelstunde später an den Kopf. »Morgen gehst du nicht zur Arbeit und dafür in die Klinik, wenn du nicht unseren wirklich angenehmen Familienfrieden ernst-

und dauerhaft gefährden willst. Ist das bei dir so deutlich angekommen, wie ich es abgeschickt habe, Paul?«

»Eindeutig ja«, erwiderte er leise.

»Dann ist ja gut. Und jetzt umgedreht, ich will dir etwas von der Salbe auf den Rücken schmieren, die ich heute für dich gekauft habe.«

»Was denn für eine Salbe?«

»Keine Fragen, sonst werde ich noch ernsthaft unleidlich. Also, Hemd aus und *umdrehen.*«

»Ja, ja, ist ja schon gut.« Er streifte sich die Oberbekleidung ab, legte sich auf die Sommerliege und ließ den Kopf über den Rand baumeln.

»Erich hat mich angerufen«, erklärte sie ihm mehr als beiläufig, während sie sanft die Salbe auf seinem Rücken verteilte.

»Ach, wollte er mit dir zusammen auf seinen Rücktritt anstoßen?«

»Keine Ahnung, ich habe es nicht so weit kommen lassen.«

»Wie meinst du das?«

»Ich glaube, er war tatsächlich betrunken und darauf hatte ich nicht wirklich Lust. Und als er damit anfing, von unseren *guten Zeiten* zu faseln, habe ich das Gespräch beendet.«

»Du hast einfach aufgelegt?«

»Sicher. Was hättest du denn gemacht?«

»Stimmt, gute Frage.« Der Kommissar hatte das Gefühl, dass mit jeder von Marias Bewegungen mehr Wärme in seinem Rücken freigesetzt wurde. »Meinst du, er trauert dir immer noch hinterher?«

Sie beugte sich nach unten und sah ihm bissig ins

Gesicht. »Selbstverständlich glaube ich das. Du etwa nicht?«

»Na ja, ich weiß nicht. Immerhin liegen jetzt ja schon ein paar Jahre dazwischen. Und ich meine, er ist ja nicht gerade ein Heiliger, oder?«

»Das war er auch zu meiner Zeit nicht, aber wenn ich an uns denke, dann war ich ja durchaus auch keine Nonne.«

»Aber das ist doch was völlig anderes, Maria. Immerhin gibt es uns noch, und wir sind ziemlich glücklich miteinander.«

»Stimmt.«

Sie unterbrach ihre Tätigkeit für ein paar Sekunden. »*Ziemlich glücklich* ist absolut richtig, solange du dieses extreme Wohlgefühl nicht dadurch aufs Spiel setzt, dass du sehenden Auges deine Gesundheit ruinierst.«

»Übertreibst du jetzt nicht ein bisschen?«

»Keinesfalls.«

Nun hatte die gefühlte Temperatur auf seiner Rückenhaut fast die Schmerzgrenze erreicht.

»Maria, ich will ja nicht mosern«, versuchte er diesen Zustand möglichst vorsichtig anzusprechen, »aber diese Salbe oder Creme oder was auch immer du da auf mir verteilst, ist nicht zufällig in Deutschland verboten? Das brennt ja wie die Hölle, das Zeug.«

»Ja, und das ist für eine Wärmesalbe durchaus normal. Dieses *Zeug* soll ja wärmen, das ist der therapeutische Sinn der Übung.«

Lenz schluckte. »Gegen Wärme habe ich nichts, wirklich, aber was sich da gerade in meinem Rücken abspielt, hat mit Wärme nicht mehr viel zu tun. Kann es sein, dass du bei der Dosierung ein wenig offensiv gewesen bist?«

»Nein, ganz und gar nicht. Auf dem Beipackzettel stand, man solle für den kompletten Rücken eine etwa Walnussgroße Menge nehmen, ich habe es extra vorhin noch mal gelesen.«

»Aha.« Er griff sich die neben ihm auf dem Boden liegende Verpackung, kramte die zusammengefaltete Anwendungsanleitung hervor und überflog sie kurz.

»Und, du Zweifler, stimmt es, was ich sage?«

»Ja, klar stimmt es. Vielleicht mit dem kleinen Unterschied, dass die hier von einer Haselnuss schreiben, die du vermutlich mit einer Walnuss verwechselt hast.«

»Gib her«, rief sie erschrocken. »Das stimmt nicht, du machst Wit…«

Es dauerte bis etwa 2 Uhr, dann ließ die Wirkung der Wärmesalbe langsam nach, und der Kommissar konnte etwas Schlaf finden. Bis dahin hatte die ob ihres Dosierungsfehlers zutiefst unglückliche Maria alles Erdenkliche unternommen, um das Martyrium ihres Mannes ein wenig zu lindern.

»Ich bin wirklich untröstlich, Paul«, flüsterte sie in die Dunkelheit des Schlafzimmers, während er sich von einer Seite auf die andere wälzte.

»Ach was, das kann doch mal passieren«, tröstete er sie unbeholfen. »Und vielleicht sind meine Rückenprobleme morgen früh ja tatsächlich Schnee von gestern. Im Moment habe ich gerade mal so was von überhaupt keine Schmerzen, du machst dir gar kein Bild.«

Obwohl sein Zustand es eigentlich nicht erlaubte, musste er anfangen zu lachen. Maria konnte sich ebenfalls nicht bremsen. So lagen sie giggelnd nebeneinander im Bett, sie voller Schuldgefühle, er mit Rückenhaut, die sich anfühlte, als würde sie mit einem Schweißbrenner bearbeitet werden.

»Komm in meinen Arm«, lud er sie ein.

»Total gern. Und wenn ich wieder mal eine gute Idee in Richtung Selbsttherapie habe, dann lese ich wirklich den Waschzettel ganz genau durch. Großes Indianerehrenwort.«

Die Nacht des Polizisten war um 6:15 Uhr beendet. Durchgeschwitzt und gefühlt um Jahre älter stand er auf und schaltete die Kaffeemaschine in der Küche ein. Maria hatte sich, als er wieder an der Schlafzimmertür ankam, auf die andere Seite gedreht und schnarchte leise vor sich hin. Mit einem verdutzten Grinsen bemerkte er, dass seine Rückenschmerzen tatsächlich fast verschwunden waren. Gut, da gab es noch so etwas wie ein Ziehen im Brustwirbelbereich, aber kein Vergleich zu den letzten Tagen.

»Was für ein Teufelszeug«, murmelte er auf dem Weg zur Dusche.

Während der kalte Wasserstrahl seinen gesamten Körper und obendrein den Geist auf Vordermann brachte, hatte Lenz eine Idee. Eine wirklich gute Idee, wie er fand. Er suchte gerade das Telefon, als Maria ihm in den Weg trat.

»Bisschen früh, um einen Termin in der Klinik zu machen, was?«, erklärte sie ihm weniger verschlafen, als er gehofft hatte.

»Willst du auch einen Kaffee?«, fragte er etwas gestelzt.

»Nö. Ich will nur, dass mein Kerl sich heute einen Termin im Krankenhaus geben lässt, der vermutlich nicht sofort sein wird, danach zum Arzt geht, sich eine AU-Bescheinigung besorgt und direkt im Anschluss zurück auf die Couch hüpft. Na ja, von mir aus kann er auch klettern, das soll mir egal sein.«

Sie hob den Kopf, legte die Stirn in Falten und verengte die Augenlider zu kleinen, bedrohlich funkelnden Schlitzen.

»Aber wie es ausschaut, hat mein Kerl ganz andere Pläne für den Tag. Er will anscheinend seine wirklich schöne, sehr gut funktionierende und für alle Beteiligten überaus befriedigende Ehe aufs Spiel setzen, indem er seine Frau über seine wahren Absichten im Unklaren zu lassen versucht. Und das macht die ziemlich gallig, um es mal in die richtigen Worte zu kleiden.«

Sie beugte sich nach vorn, gab ihm einen zärtlichen Kuss und verschränkte danach die Arme vor der Brust.

»Und ja, ein Kaffee wäre wirklich schön.«

»Wie hast du denn Maria heute wieder rumgekriegt, dass sie dich noch mal aus dem Haus gelassen hat?«, wollte Thilo Hain eine halbe Stunde später wissen, nachdem sein Boss sich erstaunlich rasant in das kleine Cabrio hatte fallen lassen.

»Das war diesmal gar nicht so schwer«, erklärte Lenz und erzählte ihm die Ereignisse des vergangenen Abends und der sich anschließenden Nacht.

»Wow«, lachte sein Kollege gut gelaunt auf. »Das klingt, als könntest du heute Bäume ausreißen.«

»Na, so einfach wird es nicht werden. Und ich habe wirklich um 15:30 Uhr einen Termin bei einem Orthopäden, den ich unter allen Umständen einhalten muss, sonst wirft meine Liebste mich wirklich aus der gemeinsamen Wohnung. Und aus ihrem Leben.«

»Apropos Orthopäde, da kenne ich einen guten Witz. Willst du ihn hören?« Hain dachte gar nicht daran, auf eine Antwort zu warten, sondern redete einfach weiter, während er den Motor startete und sich in Richtung Innenstadt aufmachte. »Auf dem Anstoßpunkt mitten im Fußballstadion liegen 50.000 Euro. An den Eckfahnen stehen jeweils ein Chirurg, ein Radiologe, ein guter Orthopäde und ein schlechter Orthopäde. Wer holt sich die Kohle?«

Lenz schüttelte ergeben den Kopf. »Ich habe nicht die geringste Ahnung, mein Freund.«

»Na, ist doch klar, der schlechte Orthopäde. Der Chirurg versteht die Anweisung nicht, und ein Radiologe setzt für so einen mickrigen Betrag keinen Fuß vor den anderen. Und natürlich gibt es gar keine guten Orthopäden. Also …« Der junge Polizist lachte laut auf, schaltete einen Gang herunter, überholte einen Laster und drehte das Radio etwas lauter.

Gut zu wissen, dachte Lenz derweil.

»Willst du erst mal ins Präsidium oder hat dir deine nahezu schlaflose Nacht die Eingebung verpasst, die wir brauchen, um diese Ärzteschergen ihrer gerechten Strafe zuführen zu können?«, fragte Hain, während sie am Wehlheider Kreuz auf Grün warteten.

»Ja, so was Ähnliches könnte es gewesen sein, aber es war heute Morgen unter der Dusche. Was hältst du davon, wenn wir in der Porsche-Niederlassung vorbeifahren und die mal fragen, ob es im Umfeld des Krankenhauses jemanden gibt, der ein helles Modell 911 aus ihrem Haus sein Eigen nennt?«

Thilo Hain drehte den Kopf nach rechts, hob bewundernd die Augenbrauen und nickte anerkennend. »Na, wenn das mal nicht die Idee ist, die uns in die Schuhe hilft«, meinte er mit ein klein wenig zu viel Ironie in der Stimme.

Die freundlich lächelnde junge Frau am Info-Schalter des Porsche-Zentrums Kassel deutete auf einen etwa 35-jährigen Mann, der in der Mitte der Ausstellungshalle einen Satz Kennzeichen an einen Cayman schraubte.

»Das ist Herr Knacker, unser Verkaufsleiter. Wenn Ihnen jemand in solch einer Frage helfen kann, dann bestimmt er«, gab sie den Beamten mit auf den kurzen Weg.

Herr Knacker erwies sich als ebenso freundlich wie seine Kollegin, doch weiterhelfen wollte er zunächst nicht. *Vermutlich*, dachte der Hauptkommissar, *ist er ein guter Autoverkäufer, in rechtlichen Dingen hat er jedoch so seine Defizite.*

»Das tut mir leid, aber das verstößt doch bestimmt gegen jeglichen Datenschutz, meine Herren. Das kann ich wirklich nicht machen.«

Lenz und Hain tauschten einen kurzen Blick aus.

»Ja, das können wir verstehen, Herr Knacker«, machte der Oberkommissar auf freundlich. »Wir wollten Sie auch gar nicht in irgendeine Bredouille bringen, das liegt uns völlig fern.«

»Das ist nett von Ihnen, danke.«

»Na ja, aber irgendwie müssten wir halt schon an die Informationen kommen, sofern es denn welche gibt. Immerhin geht es im Hintergrund um ein wirklich schweres Verbrechen. Also würden wir uns einen richterlichen Beschluss besorgen, spätestens heute Mittag mit, sagen wir, 40 Beamten anrücken, was natürlich immer eine gewisse Presseaufmerksamkeit erregt, und uns Ihre Unterlagen ansehen. Wir können leider …«

»Ach du meine Güte, muss das denn wirklich sein?«, fuhr Knacker sanft dazwischen. »Vielleicht …«

»Ja?«

»Nun, lassen Sie uns in mein Büro gehen, da spricht es sich vermutlich viel … intimer.«

»Das ist doch mal eine richtig gute Idee«, stimmte Hain begeistert zu.

In Knackers sehr überschaubarem Reich war alles auf die Marke aus Zuffenhausen ausgerichtet. An der Wand standen Prospektständer, im Hintergrund befand sich eine beleuchtete Vitrine mit Merchandisingprodukten, und über allem schwebte ein Modell 956 aus Plastik.

»So, wie kann ich Ihnen denn weiterhelfen, ohne dass gleich eine Armada von Polizisten unser gesamtes Haus auf den Kopf stellt?«, gab Knacker sich kooperativer als zuvor.

»Also, noch einmal«, übernahm Hain die Gesprächsführung. »Wir sind auf der Suche nach dem Eigentümer eines Porsche 911, vermutlich neueres Baujahr, der im Klinikum Kassel arbeitet. Nach unseren Vermutungen müsste es sich um einen Arzt handeln, vielleicht ist er Herzspezialist.«

»Genauer können Sie das Modell nicht einkreisen? Cabrio, Turbo, GT?«

»Nein, leider nicht, aber der Lack soll eher hell sein. Gelb, vielleicht orange.«

Knacker überlegte eine Weile. »Nein, da kann ich Ihnen beim besten Willen nicht weiterhelfen, meine Herren. Ich habe ein paar Kunden aus dem Klinikum, aber nur für die Baureihen Cayenne und Panamera. Soweit ich mich erinnere, fährt von den Ärzten, leider, muss ich sagen, zurzeit keiner einen 911.«

»Und dass vielleicht einer Ihrer Kollegen …?«

»Das können Sie vergessen, jeder Verkauf geht über meinen Schreibtisch.« Wieder dachte er einen Moment nach. »Ich habe da noch eine Idee. Warten Sie kurz, ich muss mal telefonieren.«

Das Gespräch dauerte keine fünf Sekunden, dann legte der Verkaufsleiter den Hörer wieder zurück auf die Station.

»Gleich kommt unser Werkstattleiter, Herr Schaumburg, zu uns. Vielleicht kann der uns helfen. Es könnte immerhin sein, dass der Wagen gar nicht von uns verkauft wurde, aber bei uns in Pflege ist, also was Inspektionen und Garantiefälle angeht.«

Hain hob interessiert den Kopf. »Ach was, bei Ihnen gibt es tatsächlich Garantiefälle? Das hätte ich jetzt nicht erwartet.«

Wenn Knacker die beißend ironischen Aussagen des Polizisten so verstanden hatte, wie der sie abgeschickt hatte, dann ließ er es sich zumindest nicht anmerken. Stattdessen musterte er Lenz mehr als interessiert.

»Kennen wir uns nicht, Herr …?«, fragte er ein wenig irritiert.

»Nicht, dass ich mich erinnern könnte, nein.«

»Ihr Gesicht kommt mir irgendwie bekannt vor. Haben Sie schon mal einen Wagen aus unserem Haus gefahren?«

Lenz lachte laut auf. »Nein, das Vergnügen hatte ich bisher leider nicht.«

»Ach, nun stell dein Licht doch nicht so unter den Scheffel«, mischte Hain sich vorlaut ein. »Klar hat mein Kollege schon mal einen Porsche gefahren, sogar einen echten GT2, allerdings nicht sehr weit und auch nicht sehr erfolgreich. Aber ich persönlich kann mich nicht beschweren, mir hat er mit dieser Probefahrt sehr, sehr geholfen.«

Knacker schaute den Kommissar an, als wäre dieser stark alkoholisiert oder zumindest zugekifft, wenn nicht sogar beides. Dann jedoch riss er die Augen auf und schnippte mit den Fingern. »Natürlich«, sprudelte es aus ihm heraus, »jetzt erinnere ich mich, klar. Sie waren der Mann, der letztes Jahr den GT2 kaputtgefahren hat. Ich kann mich wieder an Ihr Bild in der Zeitung erinnern.«

Lenz bedachte seinen Kollegen mit einem Blick der Marke *vielen Dank, du Arschgeige*, und wandte sich anschließend wieder Herrn Knacker zu.

»Ja, da haben Sie recht, aber das ist ja schon fast nicht mehr wahr.«

»Der Wagen wurde bei uns repariert, und soweit ich mich erinnere, betrug der Schaden mehr als 120.000 Euro. Alle Achtung, kann ich da nur sagen.«

Zur großen Freude des Hauptkommissars klopfte es

in diesem Moment an der Tür. Knacker bat den Besucher herein und stellte ihn als Carsten Schaumburg vor, den Werkstattleiter. Dann schilderte er dem hoch aufgeschossenen Mann das Ersuchen der Kommissare.

»Einen hellen 911er?«, fragte der mit deutlich bayrischem Dialekt zurück. »Da haben wir gar nicht so viele im Programm hier in Kassel.« Er sah die Polizisten nun direkt an. »In München, wo ich vorher gearbeitet habe, da waren es wesentlich mehr gelbe oder weiße 911er. Hier kann ich mich nur an zwei erinnern. Einen etwas älteren, ein Cabrio, und einen neuen, der aber von einer Frau gefahren wird.«

»Und sonst fällt Ihnen keiner ein? Vielleicht könnte es auch ein orangefarbener sein.«

»Einen 911 in Orange?« Er tat, als würde er schaudern. »Das hatten wir vielleicht in den 70ern mal, aber heute? Nein, tut mir leid, einen orangenen kenne ich wirklich nicht.«

»Und der, den die Frau fährt? Was ist das genau für ein Modell?«

Der Werkstattleiter überlegte einen Moment. »Das ist einer aus dem letzten Jahr. Sie hat ihn, wenn ich mich richtig erinnere, kurz vor dem Winter gekauft, ist ihn eine Woche gefahren und hat ihn dann weggestellt. Im April war sie bei uns, weil sie sich mit der Kupplung so schwergetan hat, aber da konnten wir ihr leider nicht helfen, es ist immerhin ein Porsche. Und vor vielleicht vier Wochen war sie noch mal kurz da und hat sich über ein Geräusch aus dem Motorraum beklagt, das wir aber als eine klappernde CD-Hülle identifizieren konnten, die hinter den Sitzen lag.«

Wieder eine Weile des Überlegens.

»Ich glaube, sie hat nächsten Monat einen Inspektionstermin, aber da bin ich nicht hundertprozentig sicher. Wenn Sie es genau wissen wollen, müssen Sie entweder kurz auf mich warten oder mich eben in die Werkstatt begleiten, dann kann ich Ihnen die Daten der Frau geben.«

Lenz stand schnurstracks auf.

»Das machen wir. Und danke, Herr Knacker, dass Sie uns an Herrn Schaumburg weitervermittelt haben.

»Also, die Frau heißt Melanie Wettenberg und wohnt irgendwo in der Nähe des Golfplatzes«, erklärte der Mann im grauen Arbeitsanzug den Beamten kurz darauf inmitten einer Werkstatt, in der man wohl vom Boden essen konnte. »Soweit ich mich erinnern kann, ist sie Rechtsanwältin, zumindest hat sie das dem Mechaniker auf der Probefahrt erzählt, als es um die CD-Hülle ging.«

Er schrieb die Adresse auf einen kleinen Zettel und reichte ihn Hain, der sich artig bedankte.

»Und wenn Sie mal irgendwann Lust haben«, erklärte Schaumburg zum Abschied, »einen Porsche zu fahren, zögern Sie nicht, bei uns nach einer Probefahrt zu fragen. Wenn man das nie gemacht hat, weiß man einfach nicht, was einem da entgeht.«

Lenz warf Hain nun einen wirklich bedrohlich wirkenden Blick der Ausprägung *jetzt ein falsches Wort, Kumpel, und du regelst ab morgen den Verkehr am Stern* zu, doch der junge Kommissar konnte sich tatsächlich bremsen und gab die traurige GT2-Geschichte vom letzten Jahr nicht noch einmal zum Besten.

»Klar, wenn's mal passt, kommen wir auf Sie zurück«, antwortete er stattdessen, reichte dem Werkstattleiter die Hand zum Abschied und verließ grinsend und pfeifend die Werkstatt. Lenz verabschiedete sich ebenfalls mit einem herzlichen Dankeschön, verzichtete im Weggehen jedoch auf Grinsen und Pfeifen.

»Melanie Wettenberg«, las Lenz die erste Zeile des Zettels laut vor. »Schon mal gehört?«

»Irgendwie kommt mir der Name bekannt vor, aber ich weiß wirklich nicht, ob ich da nicht was furchtbar durcheinanderbringe. Irgendwo in meinem Hinterkopf klopft was bei dem Namen. Aber was genau das ist, kann ich dir noch nicht sagen.« Er griff nach seinem Telefon und drückte ein wenig auf dem Display herum. »Melanie Wettenberg ist Teil der Kanzlei Schade, Füllgrabe, Wettenberg & Partner, ansässig am Königsplatz«, zitierte er offenbar einen Interneteintrag. »Außerdem ist sie, sofern man den Informationen der Klatschseite unserer Lokalpostille hier trauen kann, anscheinend ein angesehenes Mitglied der Kasseler High Society und die Lebensgefährtin von …«

Er stockte.

»Das glaubst du jetzt garantiert nicht, Paule. Sie ist die Lebensgefährtin von Dr. Justus Kreuz, Oberarzt am Klinikum Kassel.«

25

Bernd Haberland sah nach oben und betrachtete die Kamera über seinem Kopf. Dann ging er mit langsamen Schritten über den großen Parkplatz, konnte jedoch kein weiteres Aufnahmegerät erkennen.

»Guten Tag, mein Name ist Haberland, Kripo Kassel«, stellte er sich mit gezücktem Ausweis kurz darauf einer Kassiererin des Lidl-Marktes am Ende der Ihringshäuser Straße vor. »Kann ich bitte mal mit der Filialleitung sprechen?«

Die verschreckt dreinblickende junge Frau nickte mit dem Kopf in Richtung eines etwa 45-jährigen Mannes, der Konservendosen ins Regal räumte. Haberland bedankte sich und trat zu dem Mann, dessen Schild ihn als Herr Wermer auswies.

»Ich komme wegen der Überwachungskamera draußen auf dem Hof«, erklärte Haberland ihm freundlich. »Wie lang bleiben die Aufnahmen darauf denn bitte gespeichert?«

»Warum wollen Sie das denn wissen?«, fragte der leicht übergewichtige Mann zurück.

»Es wäre wichtig im Zusammenhang mit einem Kapitalverbrechen, dass ich mir die Aufnahmen ansehen könnte, sofern sie noch vorhanden sind.«

»Ein Kapitalverbrechen? Hier bei uns auf dem Parkplatz? Das wüsste ich.«

»Nein«, versuchte der Polizist so zuvorkommend wie möglich zu bleiben. »Das Verbrechen hat sich nicht bei Ihnen auf dem Parkplatz ereignet, es könnte jedoch sein, dass es eine Aufnahme des mutmaßlichen Täters gibt, der Blickwinkel Ihrer Kamera spricht zumindest dafür.«

»Und wann soll sich dieses Kapitalverbrechen ereignet haben?«

»Gestern. Gestern Mittag.«

»Waren deswegen so viele Feuerwehr- und Polizeiwagen hier und haben alles zugeparkt?«

»Das steht leider zu vermuten, ja.«

Der Mann sah auf seine Uhr. »Ich hätte jetzt eigentlich Pause, aber wenn es so wichtig ist, wie Sie sagen, dann will ich mal eine Ausnahme machen. Kommen Sie mit, ich zeigen Ihnen, was wir vom Parkplatz haben.«

Fünf Minuten später saßen die beiden Männer vor einem winzig kleinen Schwarz-Weiß-Monitor und betrachteten die Aufnahmen des Vortages. Herr Wermer drückte ein paar Knöpfe, bis der Film bei der richtigen Uhrzeit angekommen war. Haberland war innerlich richtiggehend aufgeregt, denn der Erfassungsbereich der Kamera deckte wirklich, genau, wie er es vermutet hatte, die Straße vor dem Parkplatz und den dahinterliegenden Bürgersteig ab.

»Ich lasse Sie mal für zehn Minuten allein«, meinte Wermer und deutete auf die Bedienknöpfe. Hier geht es vorwärts, hier rückwärts, und hier das Gleiche in schnell und sehr schnell. Alles verstanden?«

»Ja, vielen Dank.«

Der Filialleiter stand auf und verließ den kleinen

Raum. Haberland spulte etwa 15 Sekunden zurück und startete die Wiedergabe erneut.

Nach ein paar Minuten tauchte ein großes Wohnmobil in der Straße auf, verschwand aus dem Blickwinkel der Kamera, wurde jedoch eine knappe Minute darauf wieder sichtbar. Die Fahrerin stellte den mittelgrauen Camper in eine Parklücke an der Straße, erhob sich vom Fahrersitz und verschwand im Wohnbereich. Etwa fünf Minuten später konnte Haberland sie ganz kurz durchs Bild huschen sehen, einen riesigen Koffer hinter sich her ziehend.

»Bingo!«, entfuhr es ihm lauter, als er es geplant hatte.

Allerdings war mit diesen Aufnahmen noch nicht wirklich viel anzufangen, denn das Gesicht der Frau war nicht im Bild. Er stoppte die Aufnahme, notierte sich die am unteren Bildschirmrand stehende Zeit und drückte erneut die Wiedergabetaste. 15 Minuten nachdem das Wohnmobil ins Bild gekommen war, tauchte das Mazda-Cabriolet des Kollegen Hain auf und parkte auf der anderen, der dem Markt zugewandten Straßenseite. Sein Boss und sein Kollege stiegen aus und bewegten sich langsam auf die Häuserzeile zu, in der Lothar Wünsche gelebt hatte.

Wieder eine etwa einminütige Leerlaufzeit, dann tauchte die Frau mit dem Rollkoffer wieder auf, verschwand ein paar Augenblicke hinter dem Wohnmobil, tauchte davor auf und schlenderte ohne den Koffer Richtung Straßenbahnhaltestelle davon. Und ganz kurz, bevor sie den Erfassungswinkel der Kamera verlassen hatte, drehte sie den Kopf und sah zu dem Parkplatz, auf dem die Aufnahme gemacht wurde, was zur Folge hatte, dass ihr Gesicht vollständig aufgenommen worden war. Haberland hätte losbrüllen können vor Freude, konnte sich jedoch gerade noch so zurückhalten, denn in der gleichen Sekunde wurde die Tür in seinem Rücken geöffnet und der Filialleiter betrat wieder den Raum.

»Tut mir leid, es hat leider etwas länger gedauert, an der Kasse war eine Weinflasche runtergefallen, das musste ich erst beseitigen.«

»Macht nichts«, erwiderte der Polizist gut gelaunt.

»Haben Sie was gefunden?«

»Aber sicher habe ich das. Könnten Sie mir eine Kopie der Aufnahme machen?«

Der Filialleiter kratzte sich am Kopf. »Das geht irgendwie, ja, aber fragen Sie mich jetzt besser nicht, wie. Man braucht dazu einen USB-Stick, das weiß ich, und wo man ihn reinstecken muss, kann ich Ihnen auch sagen, aber wie es dann weitergeht, das …«

Es dauerte mehr als eine geschlagene Stunde, dann hatte Haberland der Lidl-Gruppe einen 32-Gigabyte USB-Stick abgekauft, sich in den Computer der Filiale eingearbeitet und das für ihn relevante Material auf den Datenträger kopiert.

26

»Ja, klar, das ist der Strolch mit dem Porsche, der damals die Partie Strohrum gekauft hat«, erklärte Robinson Deichgraf, der Spirituosenhändler aus Bergshausen, den beiden Kriminalern nach einem intensiven Blick auf das Bild im Telefon, das Thilo Hain ihm unter die Nase hielt. »Habt ihr ihn schon erwischt?«

»Nein, aber wir sind ganz dicht an ihm dran.«

»Na, dann lasst es mal fliegen, Jungs. Ich drücke euch die Daumen, dass ihr ihn möglichst schnell zu fassen kriegt.«

»Und Sie sind sich ganz sicher, dass er der Mann ist?«, hakte Lenz noch nicht restlos überzeugt nach.

»Aber wenn ich es euch doch sage, ich bin hundertprozentig sicher. So eine Gangstervisage vergesse ich nicht, das könnt ihr mir glauben.«

»Machen wir, Herr Deichgraf«, beschied der Hauptkommissar ihm grinsend. »Und was gut bei uns haben Sie sowieso.«

»So? Aber eine Belohnung oder so was gibt es nicht abzustauben?«

»Das werden wir sehen. Ich setze mich aber auf jeden Fall dafür ein, dass bei Ihnen was ankommt. Gut?«

»Ja, machen Sie das mal. Vielleicht tue ich ja dann meinem Jungen den Gefallen und setze mich zur Ruhe, damit liegt er mir nämlich schon seit mindestens zehn

Jahren in den Ohren. Er meint, so wie ich das Geschäft führe, das wäre in der heutigen Zeit nicht mehr so angesagt.«

»Dass es gleich für den kompletten Ruhestand reicht, kann ich Ihnen leider nicht versprechen.«

»So meine ich das auch gar nicht«, erklärte der wie ausgewechselt wirkende Getränkehändler. »Aber ein kleines steuerfreies Zubrot würde mir die Entscheidung schon leichter machen.« Er sah die Beamten fragend an. »Belohnungen sind doch steuerfrei, oder?«

»Was für eine Marke«, befand Hain kurz darauf auf dem Weg zurück nach Kassel. Die Fahndung nach Dr. Justus Kreuz lief bereits, ebenso die nach seiner Lebensgefährtin, obwohl natürlich noch nicht klar war, ob und wie sie in die Morde an den Herzspezialisten verstrickt war. Über die Zentrale hatten sie die Adresse von Kreuz und Melanie Wettenberg herausgefunden und waren auf dem direkten Weg zu dem Haus gefahren, in dem die beiden offenbar zusammenlebten.

Haus allerdings beschrieb das Anwesen, das sie eine gute Viertelstunde später erreicht hatten, nur unzulänglich. Schon bei der Anfahrt hatten die beiden Polizisten den penetranten Pferdegeruch in der Luft bemerkt, und nun wurde auch klar, woher er rührte. Denn entweder Justus Kreuz oder Melanie Wettenberg oder beide unterhielten eine beeindruckende Reitanlage.

»Na, das sieht doch mal nach richtig Kohle aus«, fasste Hain seine Eindrücke kurz und prägnant zusammen. »Ich wusste gar nicht, dass es hier oben so ein Gestüt gibt.«

»Ich weiß zwar nicht, was ein *Gestüt* nun genau ausmacht, aber so stelle ich es mir zumindest vor«, erklärte sein Boss, während er sich neben dem Oberkommissar postierte und einen Blick durch die Büsche warf. »Meine Güte, ist das riesig hier.«

Hinter einem etwa drei Meter hohen Zaun und den dahinterstehenden Sträuchern erkannten die beiden drei sehr große und vier nur unwesentlich kleinere Gebäude, die um einen riesigen, freien Platz angeordnet waren, der wiederum in mehrere kleinere Anlagen unterteilt war. Eine Teilfläche enthielt einen Dressurparcours, daneben waren zwei Sprunganlagen mit den darauf verbauten Hindernissen zu sehen, und im westlichen Winkel zwei Voltigierzirkel. Vor diesem Ensemble gab es so etwas wie ein Gutshaus, das ebenso großzügig gestaltet schien wie der Rest der Anlage.

»Was meinst du?«, fragte Lenz rhetorisch. »Wollen wir mal reinfahren und sie mit unserem Wissen konfrontieren?«

»Worauf du einen lassen kannst«, erwiderte Hain angriffslustig.

Der Weg hinunter zum Gutshaus war eher für Geländewagen gemacht als für kleine, tief liegende und hart gefederte japanische Roadster, also musste sich der Oberkommissar langsam und immer wieder von einer Seite auf die andere ausweichend seinen Weg bahnen. Sie parkten in einer Reihe mit mehreren noblen Limousinen, stiegen aus und wollten sich noch einmal kurz umsehen, als eine energisch wirkende, Reitklamotten tragende Frau von etwa 30 Jahren auf sie zukam und ihnen mit lauten Worten erklärte, dass sie auf keinen Fall an der Stelle parken konnten, die Hain für den Mazda auserwählt hatte.

»Das ist der Parkplatz unserer Chefin«, ergänzte sie ihre von wilden Armbewegungen unterfütterten Ausführungen. »Und die hat es gar nicht gern, wenn er von Unbefugten okkupiert wird.«

»Was dann ja wohl heißen dürfte, dass die Dame nicht zu Hause ist«, schlussfolgerte Lenz etwas voreilig.

»Das ist so nicht ganz richtig, aber trotzdem muss ich Sie bitten, Ihren Wagen an einer anderen Stelle zu parken.« Sie wies auf eine abschüssige Wiese links neben dem Haus. »Dort stehen Sie niemandem im Weg.«

»Mach du das besser«, murmelte Hain seinem Boss mit rollenden Augen zu, »sonst habe ich hier in Nullkommanix eine Dienstaufsichtsbeschwerde am Hacken.«

»Wir sind von der Kriminalpolizei Kassel und hätten ein paar Fragen an Frau Wettenberg«, machte Lenz weiterhin auf freundlich. »Das geht vermutlich alles ganz schnell, und dann sind wir auch schon wieder verschwunden und der Parkplatz ist wieder frei.«

»Was sollte denn die Kriminalpolizei von unserer Chefin wollen?«, fragte sie plötzlich erstaunlich kleinlaut.

»Wenn Sie uns sagen, wo wir sie finden, Ihre Chefin, dann würden wir das am liebsten mit ihr persönlich besprechen.«

»Wenn Frau Wettenberg hier ist«, mischte Hain sich ein, »und der Parkplatz leer, dann würde mich brennend interessieren, wo ihr Auto ist.«

»Welches Auto meinen Sie genau?«

»Sie fährt doch einen Porsche, oder?«

»Ja, das schon, aber der Parkplatz hier ist für den Allrad, mit dem sie die Pferdehänger zieht. Und wirklich, sie sieht das gar nicht gern, wenn der zugeparkt wird, glauben Sie mir das bitte.«

»Sie wird uns schon nicht den Kopf abreißen«, meinte Hain salopp und trat auf sie zu. »Und jetzt möchten wir zu Frau Wettenberg, wenn's genehm ist.«

»Ich glaube, ich sage ihr besser Bescheid, damit sie gleich sieht, wer da auf ihrem Platz steht. Bitte warten Sie hier.«

Der Oberkommissar winkte ab. »Nö, das möchten wir wirklich nicht«, erklärte er der verdutzten Reitersfrau vielleicht einen Tick zu energisch. »Wir möchten von Ihnen direkt zu Frau Wettenberg gebracht werden, und zwar jetzt gleich und ohne irgendwelche Verzögerungen oder Widersprüche. Ist das verlustfrei bei Ihnen angekommen?«

Sie schluckte. »Ja, selbstverständlich. Dürfte ich trotzdem kurz Ihre Dienstausweise sehen?«

Dagegen hatten sowohl der Oberkommissar wie auch sein Boss nichts einzuwenden, und nach dieser Formalität bat die Frau die beiden Männer, ihr zu folgen. Es ging um den Reitplatz herum, an den auf der langen Seite stehenden Häusern vorbei, hinein in einen der kleineren Bauten, an deren Eingang ein großes Schild darauf hinwies, dass hier Tiere ärztlich behandelt wurden. Die Frau blieb vor einem Durchgang stehen, wo zwei lange milchige Kunststoffplanen den einen Raum vom nächsten trennten, wies die Beamten mit einer schnellen Bewegung an, es ihr gleichzutun, und reckte den Kopf nach vorn.

»Melanie, kommst du mal bitte? Hier sind zwei Herren von der Kripo, die dich gern sprechen würden.«

»Das ist gerade ganz schlecht«, rief eine Frau von der anderen Seite. »Wir sind gerade dabei, Elliot seiner Manneskraft zu berauben. Frag doch mal bitte, ob es möglich wäre, dass sie morgen wiederkommen.«

Lenz schüttelte den Kopf. »Nein, Frau Wettenberg«, rief er zurück, »unsere Fragen dulden leider nicht den geringsten Aufschub. Wir warten gern ein paar Minuten, müssen jedoch darauf bestehen, heute und jetzt direkt mit Ihnen zu sprechen.«

Auf der anderen Seite wurde leises Gemurmel hörbar.

»Warten Sie bitte draußen vor der Tür, ich bin in zehn Minuten fertig, dann komme ich zu Ihnen.«

Der Hauptkommissar nickte, und gemeinsam gingen die drei vor die Tür.

»Hat Herr Kreuz auch was mit den Pferden zu tun, oder ist das allein Frau Wettenbergs … Vergnügen?«

»Nein, Dr. Kreuz ist nicht in das Gestüt und die Zucht involviert. Er hat ja einen Fulltimejob als Arzt im Klinikum und könnte das gar nicht so leisten wie die Chefin.«

Sie zögerte einen Moment.

»Außerdem interessiert er sich nicht so für Tiere im Allgemeinen, denke ich.«

»Und Ihre Chefin macht hauptsächlich das mit den Pferden?«, wollte Lenz wissen.

»Na ja, in den letzten Jahren, seit wir Ivanhoe haben, schon. Vorher war das eher ein Hobby, aber mit Ivanhoe ist das alles anders geworden.«

Wieder ein kurzes Zögern.

»Ich meine, seit er die Silbermedaille bei der Olympiade in London gewonnen hat.«

Hain schlug sich mit der flachen Hand an die Stirn, und auch Lenz fiel ein, irgendwo etwas über diesen Erfolg eines Kasseler Pferdes gehört zu haben.

»Aber Frau Wettenberg hat ihn da nicht geritten, oder?«

»Nein, das nicht. Sie könnte das bestimmt auch, aber sie ist ja mehr im Springsport zu Hause.«

»Im Springsport, klar …«, entfuhr es Hain süffisant.

»Dann lasse ich Sie jetzt mal allein, ich muss Sie ja nicht während des Wartens unterhalten«, bemerkte sie ein wenig vergrätzt, nickte zum Abschied sparsam mit dem Kopf und entfernte sich mit schnellen Schritten.

Offenbar kostete das Rauben der Manneskraft bei Elliot doch nicht so viel Zeit wie zunächst angenommen, denn Melanie Wettenberg trat nach exakt sieben Minuten vor die Tür. Während sie ihre Hände von den Gummihandschuhen befreite, machte sie eine begrüßende Kopfbewegung. Sie war eine schöne Frau von etwa 45 Jahren, trug die Haare zu einem Pferdeschwanz zusammengebunden und hatte wache, fröhliche Augen.

»So, was will denn die Kripo von mir, das nicht Zeit hat bis morgen?«, wollte sie selbstbewusst wissen.

Lenz stellte zunächst sich und seinen Kollegen vor und kam gleich zur Sache. »Es geht um eines Ihrer Kraftfahrzeuge, Frau Wettenberg, einen Porsche 911. Uns liegen Hinweise vor, wonach damit Dinge eingekauft und transportiert wurden, die in der Folge aller Wahrscheinlichkeit nach für eine schwere Straftat benutzt wurden.«

Melanie Wettenberg zog eine kleine Tube aus einer Tasche ihrer Leinenweste, öffnete sie, trug ein wenig Creme auf ihre Hände und verteilte sie genüsslich. Währenddessen schaute sie amüsiert vom einen Polizisten zum anderen.

»Sie meinen aber schon meinen 911er, und keinen anderen, da sind Sie sicher?« Sie nannte noch das Kennzeichen des Sportwagens.

»Genau um den geht es. Wir sagen allerdings nicht, dass Sie zum beschriebenen Zeitpunkt die Fahrerin gewesen sind, sondern das war nach unserer Überzeugung Herr Dr. Kreuz, Ihr Lebensgefährte. Er hält sich nicht zufällig in der Nähe auf?«

»Doch, ja, ausnahmsweise schon. Normal ist er um diese Zeit natürlich im Klinikum, aber das wissen Sie ja vermutlich, wenn Sie ihn einer Straftat verdächtigen. Aber er ist erst letzte Nacht von einer Fortbildung in Frankreich zurückgekommen und schläft noch tief und fest.«

Die Frau legte den Kopf schief, kramte eine Schachtel Zigarillos aus einer Westentasche, zündete sich einen an und schob das Päckchen mitsamt Feuerzeug zurück.

»Und natürlich wissen Sie dann auch, dass ich eine renommierte Strafverteidigerin bin, die im Umgang mit Tatvorwürfen im Allgemeinen und der Polizei im Besonderen sehr, sehr versiert ist. Also könnten Sie mir auch gleich sagen, was Sie von meinem Partner wollen, und ich sage Ihnen, wie wir damit umgehen werden.«

»Sie haben also anwaltliche Vollmacht?«

Nun lachte Melanie Wettenberg laut auf. »Ach, meine Herren, Sie glauben wohl auch noch an diesen Hokuspokus von anwaltlicher Vollmacht? Dann muss ich Ihnen sagen, dass Sie leider auf dem Holzweg sind. Es muss Ihnen reichen, wenn ich Ihnen anwaltlich *versichere*, dass mein Mandant, in diesem Fall Dr. Justus Kreuz, mich ordnungsgemäß beauftragt hat.«

Lenz und Hain sahen sich ein wenig unsicher an.

»Keine Vollmacht nötig, wirklich?«, fragte der Oberkommissar ungläubig zurück.

»Rufen Sie jemanden bei der Staatsanwaltschaft an, die werden es Ihnen bestätigen. Nicht gern vermutlich, aber sie müssen, das ist nämlich die gültige Rechtslage.«

»Ach, wissen Sie was, Frau Wettenberg, wir glauben Ihnen einfach mal«, ließ Lenz die Frau wissen. »Aber mir wäre es lieber, wenn wir Ihnen die Einzelheiten in Herrn Kreuz' Anwesenheit schildern, sonst müssen wir das am Ende noch mal machen, wenn er aufgewacht ist.«

Sie warf einen Blick auf ihre Armbanduhr. »Geben Sie mir eine Viertelstunde Zeit, dann wird er gestriegelt und gespornt bei einer Tasse Kaffee am Frühstückstisch auf Sie warten.«

Alle drei mussten grinsen ob ihrer Wortwahl, während sie die Kommissare bat, ihr zu folgen und sich dann auf der Veranda ein wenig in Geduld zu üben.

»Wie gesagt, in einer Viertelstunde sind wir so weit.«

Während die beiden warteten, betrachtete Thilo Hain erneut das Gelände und den herrlichen Blick auf die Stadt Kassel.

»Ich wollte hier nicht leben«, fasste er schließlich seine Eindrücke zusammen, »aber geil ist das mit dem Ausblick und der Ruhe hier oben schon.«

»Das stimmt«, erwiderte sein Freund und Boss. »Wenn nur die Gäule nicht wären …«

»Bist nicht so der Pferdefreund, was?«

»Nee, nicht wirklich. Ich bin mal als Schüler von einem runtergefallen, das war vermutlich prägend für meine Meinung zu den Viechern. Mal streicheln und so, das geht, aber mehr wird es an Zuneigung nicht mehr werden.«

»Scheint unserer Herzkoryphäe ja so ähnlich zu gehen.«

Bevor Lenz zu einer Antwort ansetzen konnte, erschien erneut Melanie Wettenberg in der Tür und bat die beiden ins Innere des Hauses.

»Stören Sie sich bitte nicht daran, wie es bei uns ausschaut. Wir sind beide in den letzten Tagen viel unterwegs gewesen, und unsere Putzfrau ist zu unserem Leidwesen in den Urlaub gefahren.«

Sie bot den Männern jeweils einen Platz an einem riesigen Holztisch an, servierte Kaffee und setzte sich ebenfalls.

»Mein Partner ist unter der Dusche und wird zu uns stoßen, sobald er wieder vorzeigbar ist, was ich im Augenblick nicht so sehen würde. Aber wie gesagt, er ist erst spät in der Nacht von seiner Fortbildung zurückgekehrt.«

»Sie haben ihm gesagt, warum er seinen Schlaf abbrechen muss?«

»Selbstverständlich, warum nicht. Ich bin sicher, Ihre Vorwürfe und Verdachtsmomente werden sich rasch in Wohlgefallen auflösen.«

Wenn sie eine Reaktion der Polizisten erwartet hatte,

wurde sie enttäuscht, denn weder Lenz noch Hain zuckten auch nur mit einem Mundwinkel.

»Sie teilen sich den Porsche?«, wollte der junge Oberkommissar nach einer Weile des Schweigens wissen.

»Teilen wäre zu viel gesagt, es ist mein Wagen. Aber natürlich fährt Justus ihn, wenn er Lust darauf hat. Ebenso benutze ich sein Auto, wenn mir danach ist oder gerade kein anderes zur Verfügung steht.«

»Fährt er auch einen Porsche?«

»Nein, er hat sich im vorletzten Monat einen Jaguar gekauft. Zu schnell, zu laut und zu prollig, habe ich ihm gesagt, aber er wollte partout nicht auf mich hören.« Sie lachte in die Runde und nahm einen Schluck Kaffee. »So ist das mit den Männern und den Spielzeugen, aber wem sage ich das.«

»Ja, wem sagen Sie das.«

»Kannten Sie Professor Achenbach?«, versuchte Lenz, eine etwas andere Richtung in das Gespräch zu bringen. »Den Chef Ihres Lebensgefährten?«

»Können wir uns darauf einigen, dass Justus Kreuz mein *Partner* ist? *Lebensgefährte* klingt in meinen Ohren immer so nach Kameradschaft oder Reisegesellschaft, was den Wert und die Tiefe unserer Beziehung nicht einmal im Mindesten widerspiegeln würde.«

»Sorry, klar, kein Problem.«

»Danke. Und um auf Ihre Frage zurückzukommen, ja, natürlich kannte ich Sigmar Achenbach. Ich kannte ihn sehr gut und war völlig bestürzt, als ich gehört habe, was ihm widerfahren ist. Eine schreckliche Sache, und ich bin sehr, sehr froh, dass der oder die Täter so schnell dingfest gemacht werden konnten.«

»Wäre das keine reizvolle Aufgabe für Sie?«, hakte Hain nach. »Jemanden strafrechtlich verteidigen, der einer solchen Tat beschuldigt wird.«

Sie überlegte einen Moment. »Normalerweise schon, sicher, aber ich würde mich niemals auf ein solches Mandat einlassen, wenn ich, in welcher Form auch immer, persönlich in die Sache involviert wäre. Und meine … ja, ich glaube, man kann davon sprechen … meine Freundschaft mit Sigmar Achenbach würde mich ohne Frage in diese Sache involvieren.«

Wieder ein Augenblick des Nachdenkens.

»Wollen Sie mir nicht wenigstens im Vorfeld schon mal sagen, was mein Partner für böse Sachen mit meinem Auto gemacht haben soll?«, fragte sie schließlich mit betont freundlichem Gesichtsausdruck.

Wieder tauschten die Polizisten einen kurzen Blick aus.

»Mir wäre es lieber, wenn wir warten«, erwiderte Lenz so sachlich wie möglich. Er hatte während des bisherigen Gesprächs mit der Juristin den Eindruck gewonnen, dass sie es nahezu perfekt verstand, mit ihrer Art und ihrer Freundlichkeit zu punkten, was jedoch nicht unbedingt in seinem Sinn war, denn immerhin war sie, freundlich hin oder her, die anwaltliche Vertretung eines Mannes, der im Verdacht stand, an mindestens einem Mord beteiligt gewesen zu sein.

»Ihre Mitarbeiterin erzählte uns«, versuchte Hain wieder ein wenig abzuschweifen, »dass Sie mittlerweile mehr mit Pferden als mit Mandanten zu tun haben. Stimmt das?«

»Ach, ja, so genau weiß ich das eigentlich gar nicht. Vielleicht haben Sie die Berichte über unser Pferd Ivanhoe gehört oder gesehen, der in London Silber geholt hat. Seit diesem Tag oder besser, schon in den beiden Jahren davor, ist hier vieles anders geworden. Und ja, ich muss mich um ganz andere Dinge kümmern als vorher, und das nimmt auch viel mehr Zeit in Anspruch. Aber natürlich gibt es da einige Schlüsselmandanten, die ich schon seit Jahren vertrete und denen ich nicht einfach sagen kann, dass ich mich jetzt lieber um meine Pferde kümmere als um ihre rechtlichen Angelegenheiten.«

»Im Strafrecht?«

Wieder ihr herzliches Lachen. »Nein, das betrifft jetzt weniger das Strafrecht, sondern mehr das Leistungsschutzrecht, meine andere Spezialisierung.«

»Leistungsschutzrecht?« Lenz musste einräumen, dass er mit dem Wort nicht viel anfangen konnte.

»Ja, dabei geht es um die …«

»Ich mische mich ungern in Ihre Erklärungen zu den einzelnen Rechtsgebieten ein, Frau Wettenberg«, ging Hain mit abwesendem Blick dazwischen, »aber kann es sein, dass der ziemlich neu aussehende Jaguar ihres Partners knallrot ist?«

»Ja, wieso?«

»Weil er, so vermute ich zumindest, gerade dabei ist, sämtliche Rekorde für hyperpotente Sportwagen auf Ihrem doch ziemlich zerschossenen Zufahrtsweg zu knacken.«

Der Oberkommissar angelte nach seinem Mobiltelefon und streckte gleichzeitig den Arm Richtung Fenster zum Hof aus, um auf eine Staubfahne aufmerksam zu machen. »Der kleine rote Punkt, der da vor dem Dreck her rast, das ist dann wohl der Jaguar.«

Sowohl Lenz als auch Melanie Wettenberg waren aufgesprungen und hatten sich links und rechts um Hain aufgestellt, der als Einziger einen freien Blick auf die Zufahrt gehabt hatte.

»Was macht der denn?«, murmelte die Frau in den Reitstiefeln. »Was hat er denn vor?«

»Wenn ich es nicht besser wüsste«, antwortete Hain mit an Arroganz grenzender Gelassenheit, während er auf seinem Telefon ein paar Tasten drückte, »würde ich glatt sagen, er arbeitet mit Hochdruck daran, dass sich unsere Vorwürfe und Verdachtsmomente möglichst rasch in Wohlgefallen auflösen.«

27

Dirk Ahdorf strich Astrid Naumann über den Kopf, legte seine rechte Hand unter ihren Nacken, zog sie ganz leicht zu sich heran und küsste sie zärtlich.

»Und du meinst wirklich nicht, dass er jetzt Tabula rasa macht und uns alle mit in seinen Untergang hineinzieht?«, fragte sie leise, während sie die leichte Bettdecke ein wenig zur Seite strampelte.

»Eigentlich bist du die Psychologin und müsstest mir das beantworten können«, lächelte er sie an.

»Ich weiß, aber in die Köpfe der Menschen schauen kann auch ich nun mal ganz sicher nicht.«

»Ach, ich wohl schon?«

»Nein, aber du kennst ihn doch viel besser als ich. Und ich bin mir sicher, dass du ein viel besserer Psychologe bist als ich, zumindest auf den Gebieten, auf die du spezialisiert bist.«

»Ja, da könnte etwas dran sein.«

»Und er hat wirklich geweint, bevor er dein Büro verlassen hat?«

»Bitterlich, ja.«

»Hat dir das gar nichts ausgemacht?«

Der Lobbyist griff nach dem Cognacglas auf dem Tisch, nahm einen Schluck und stellte es zurück. »Nicht das Mindeste, glaub mir.«

»Ich glaube dir, und das ist das eigentlich Schlimme daran.«

»Ach, willst du ihn etwa jetzt auch noch in Schutz nehmen?«

Sie schüttelte matt den Kopf. »Da wäre ich die Letzte, das kannst du mir glauben. Schau mich doch nur mal an.«

»Ja, du hast schon besser ausgesehen, das muss ich sagen. Und das ist auch einer der Gründe, warum es mir nichts ausgemacht hat, ihn zu demütigen und auch in gewisser Weise zu demontieren. Immerhin hat er sich an meiner Geliebten vergriffen.«

»Nachdem du es genauso prophezeit hattest.«

»Das war nicht schwer. Und als er drüben saß und anfing zu heulen, da konnte ich eigentlich immer nur daran denken, dass der Mann Politiker ist. Er ist Politiker, was nichts anderes bedeutet, als dass er dreist und berechnend und schamlos ist. Glaub mir, ich kenne sehr viele von diesen Menschen, und mir ist noch keiner untergekommen, der nicht genau so gewesen ist, wenn es die Situation erfordert hat.«

Wieder ein Schluck vom Cognac, dann zündete er zwei Zigaretten an und schob eine davon der Psychologin zwischen die Lippen.

»Wenn er könnte, würde er leugnen und verharmlosen und vielleicht noch ein bisschen in der Öffentlichkeit auf die Tränendrüse drücken. Aber diese Möglichkeiten hat er nicht mehr, die habe ich … oder besser, die haben wir ihm genommen.«

»Warum hast du ihn eigentlich so schnell und so hart fallen gelassen? Immerhin warst du bis vor ein paar

Wochen noch davon überzeugt, dass er dir in allen für dich wichtigen Belangen nützlich sein könnte.«

Ahdorf lachte laut auf. »Das stimmt, das war ich wirklich, aber manchmal ändern sich die Dinge schneller, als man es erwartet. Und nun ist einfach Blose der bessere Mann für mich und für uns.«

Er sah ihr in die Augen.

»Mit *uns* meine ich jetzt nicht dich und mich, ich meine damit eher meine Geschäftspartner und deren Geschäftspartner. Ich und sie sind darauf angewiesen, manchmal einen Blutaustausch vorzunehmen, damit die Dinge sich beständig in unsere Richtung entwickeln.«

»Das klingt, als würdest du viele Fäden in der Hand halten, die man in der Öffentlichkeit niemals zu sehen bekommt.«

»So könnte man es durchaus sehen, ja.«

Astrid Naumann strich ihm sanft durch die weißen Haare und danach mit den Fingerspitzen über das ebenfalls weiße Brusthaar.

Ihm schien eine Stimmungsveränderung bei ihr aufgefallen zu sein. »Wenn ich es nicht besser wüsste, könnte ich glatt denken, dass du trotz unseres Erfolges ein wenig traurig bist.«

»Ach, irgendwie schon, und irgendwie auch wieder nicht.«

»Sag mir, was dich bedrückt.«

»Ich weiß nicht. Ich will dich nicht bedrängen oder in irgendeiner Form unter Druck setzen.«

»Oh, oh, das klingt aber nach viel Trauer.«

»Na ja.«

Der Lobbyist griff nach ihrer Hand, drehte die Innenfläche in seine Richtung und küsste sie sanft. »Du bist ein bisschen traurig darüber, dass ich verheiratet bin und keinesfalls daran denke, an diesem Zustand etwas zu ändern, stimmt's?«

»Hmm.«

»Du würdest gern mit mir zusammenleben und die meiste Zeit des Tages mit mir verbringen, speziell aber die Nächte, stimmt's?«

Die Psychologin sah ihn wortlos an.

»Du würdest es weiterhin sehr gern sehen, wenn ich mich von meiner Frau scheiden ließe, um im gleichen Atemzug eine neue Ehe mit dir einzugehen.«

Diesmal verzichtete er auf das wissende ›stimmt's‹, doch es brauchte auch in diesem Fall keine Antwort.

»Und ich muss dir sagen, dass all diese Wünsche vollkommen unrealistisch sind, Astrid. Ich werde nächstes Jahr 70 Jahre alt, bin mit meiner Frau seit mehr als 15 Jahren verheiratet und brauche wirklich keinen Scheidungskrieg mehr. Wir, also sie und ich, sind alt genug, um uns unsere gegenseitigen Freiheiten zu lassen, was eine Scheidung eindeutig unsinnig macht.«

Dirk Ahdorf verschwieg seiner Geliebten mit dieser Darstellung ganz bewusst, dass eine Scheidung von seiner Frau Jessica ihn mehr als die Hälfte seines wirklich stattlichen Vermögens kosten würde, weil er im damaligen Liebeswahn einen Ehevertrag unterschrieben hatte, der genau dies besagte. Jessica war seinerzeit erst seit ein paar Wochen mit einem englischen Bankier verheiratet gewesen, und es hatte ihn mehr als Überredungskünste gekostet, sie aus diesem Verhältnis herauszulösen. Wobei, darüber war er sich relativ schnell klar geworden, er sie aus dieser Ehe eigentlich herausgekauft und nicht nur gelöst hatte. Er war verrückt nach der jungen und überaus attraktiven Tochter eines amerikanischen Fernsehmannes und einer nigerianischen Künstlerin gewesen, und so war es ihm seinerzeit völlig egal, wie sich die Modalitäten ihres Wechsels darstellten.

»Außerdem«, fuhr er fort, »werden wir beide nichts vermissen, das habe ich dir immer wieder versprochen und auch, so denke ich, eingehalten. Oder hast du etwas dagegen vorzubringen?«

»Nein, das habe ich ganz gewiss nicht, Dirk. Aber es gibt doch Dinge, die man als gewöhnliches Liebespaar einfach nicht gemeinsam erleben kann.«

»Was genau meinst du?«

Die nackte Frau in seinem Arm zögerte ein paar Augenblicke. »Na, zum Beispiel, wenn wir irgendwohin zum Essen fahren. Allein, dass wir immer mindestens bis Bensheim in der einen Richtung oder Gießen in der anderen fahren müssen, um gemeinsam eine Mahlzeit einzunehmen. Das ist manchmal enervierend.«

»Vergiss nicht, dass wir am Rhein schon wirklich schöne Stunden zusammen verlebt haben, und dort sind wir in einer knappen halben Stunde.«

»Klar, wobei ich allerdings erst mal eine weitere halbe Stunde in dein Wiesbadener Büro gefahren bin«, setzte sie ein wenig trotzig hinzu.

»Ich verstehe, dass manches an unserer Beziehung nicht zu 100 Prozent zufriedenstellen kann, aber das sind die Bedingungen. Und du kanntest sie, bevor wir zum ersten Mal miteinander intim geworden sind.«

»Uh«, wand sie sich aus seinem Arm, »*intim geworden sind*, das klingt aber jetzt ziemlich nach 60er-Jahre-Aufklärungsfilm.«

»Ich bin kein Freund dieser neumodischen Worte, das weißt du.«

»Ja, ich weiß es«, wurde ihr Trotz nicht weniger, eher im Gegenteil. »Aber es gibt natürlich noch ein paar andere Sachen, die ich gern mit dir gemeinsam unternehmen würde, Urlaub zum Beispiel. Wie es aussieht, werden wir beide nie zusammen in Urlaub fahren können.«

»Das ist Quatsch, natürlich werden wir gemeinsam in Urlaub fahren.«

»Wirklich?«

»Ich verspreche es dir.«

»Wohin fahren wir?«

»Im Augenblick nirgendwohin, weil es auch in Deutschland gerade sehr, sehr schönes Wetter hat, wie auch dir aufgefallen sein dürfte.«

»Und wenn das Wetter schlechter wird?«

»Spätestens im Herbst lade ich dich ein, mit mir zusammen in mein Haus an der Côte d'Azur zu kommen. Ich weiß, dass es dir dort gefallen wird, es ist ein kleines Paradies auf Erden, glaub mir.«

»Darauf freue ich mich schon jetzt.«

»Also scheint das alles gar nicht so schlimm zu sein mit meiner Ehe und den von dir befürchteten Unannehmlichkeiten, die dir daraus erwachsen könnten, oder?«

Wieder ein Zögern. »Vielleicht ja, vielleicht nein, ich weiß es nicht, Dirk.« Sie drückte die Zigarette in den

Aschenbecher und schob sich zurück in seine braun gebrannten, jedoch sehr faltigen Arme. »Letzte Woche bin ich bei meiner Mutter gewesen, und die hat mich mal wieder gefragt, ob ich mir nicht endlich wieder einen Mann suchen will. *Mal wieder etwas für länger*, so hat sie sich, glaube ich, ausgedrückt. Und auf der Rückfahrt im Auto musste ich wirklich weinen, weil mir klar wurde, dass so etwas mit dir nicht möglich ist. Heute, morgen und für immer.«

Ahdorf nickte. »Was auch immer deine Mutter mit *für länger* gemeint hat. Ihre Vorstellung wirst du mit mir wohl nicht verwirklichen können, da gebe ich dir recht. Aber das würde ich auch nicht wollen, wenn wir ein offizielles Paar wären, weil ich es höchst unpassend fände, einer Frau in meinem Alter gegenüberzutreten, mit deren Tochter ich liiert bin. Deine Mutter ist doch in meinem Alter, oder?«

»Sie ist fünf Jahre jünger als du«, gestand Astrid Naumann kleinlaut.

»Na, wenn das mal kein guter Grund ist«, setzte Ahdorf bestimmt hinzu.

»In diesem Fall hast du recht, das würde auch meine Frau Mama sicher nicht so gut finden. Aber da ist ja auch noch deine Familie. Die kann ich in dieser Konstellation niemals kennenlernen.«

»Was nun wirklich kein großer Verlust ist, glaub mir.«

»Hast du eigentlich Geschwister?«, wollte sie wissen. »Oder bist du eines von diesen verzogenen Einzelkindern?«

»Als ich ein kleiner Junge war, wurden weder Einzel- noch Gruppenkinder *verzogen*, meine liebe Astrid.

Meine Eltern hätten sich vermutlich noch mehr Kinder gewünscht, doch leider ist meine Mutter im Wochenbett gestorben. Ich habe eine Stiefschwester, die mein Vater mit einer späteren Frau gezeugt hat, sie jedoch nie kennengelernt. Danach steht mir der Sinn auch nicht.«

Astrid Naumann schluckte. »Ist das der Grund, warum du selbst nie Kinder haben wolltest?«

»Nein, in diesem Fall haben andere Erwägungen eine Rolle gespielt.«

»Und die wären?«

Er sah sie schweigend an.

»Das klingt ja jetzt richtig geheimnisvoll, Dirk.«

»Ein wenig ist es auch ein Geheimnis, das ich bisher nicht mit vielen Menschen geteilt habe.«

»Und ich bin dir nicht wichtig genug, als dass du es mit mir teilen würdest?«

»Diese Art der Kommunikation ist unter deiner Würde, Astrid«, zeigte er sich nun doch ein klein wenig aufgebracht. »Wenn du etwas wissen willst, dann frag mich einfach, aber komm mir nicht mit diesen Psychospielchen.«

Nun sah die Psychologin ihn wortlos, aber überaus ernst an, wand sich erneut aus seinen Armen und stand auf. »Ich gehe jetzt besser«, sagte sie leise. »Kann ich vorher noch duschen?«

Ahdorf atmete tief durch. »Nun sei bitte nicht eingeschnappt, Astrid, und leg dich wieder zu mir. Die Frage, warum ich nie in meinem Leben ein weiteres Kind wollte, lässt sich nicht in einem Satz beantworten, das musst du mir glauben.«

»Du hattest mal ein Kind?«, fragte sie überrascht nach. »Du hattest ein Kind, und hast es verloren? Mit deiner jetzigen Frau?«

»Leg dich bitte zu mir, dann erzähle ich dir die ganze Geschichte, ja?«

Die Frau setzte sich langsam wieder aufs Bett, wobei sie ihn keine Hundertstelsekunde aus den Augen ließ.

»Wenn ich das gewusst hätte …«, gab sie ebenso leise wie bedrückt von sich, beließ den Satz damit jedoch im luftleeren Raum.

Erneut zündete Ahdorf zwei Zigaretten an, zog ein paarmal an seiner und strich währenddessen Astrid durch das Haar.

»Es fällt mir nicht leicht, darüber zu sprechen, was mich im Übrigen schon mein ganzes Leben so begleitet. Und, um deinem Gedanken von eben gleich Vorschub zu leisten, nein, meine Tochter ist nicht tot.«

»Du hast also tatsächlich eine Tochter?«

»Ja.«

»Wie alt ist sie?«

»Sie ist 34 Jahre alt.«

»Aber deine Frau weiß doch sicher von ihr?«

»Ja, Jessica weiß von ihr.«

»Mensch, Dirk, nun lass dir doch nicht jedes Wort einzeln aus der Nase ziehen. Entweder du erzählst mir die Geschichte oder du lässt es. Aber es ist für mich überaus mühselig, in dieser Art mit dir zu sprechen.«

Wieder zog er an der Zigarette, streifte die Asche ab und lehnte sich zurück.

»Es war Anfang 1980. Ich hatte ein paar Jahre zuvor mein erstes Unternehmen gegründet, alles lief prächtig, ich war im Begriff durchzustarten, auch finanziell. Vielleicht sollte ich dazu sagen, dass mein Vater, nachdem meine Mutter gestorben war, nie wieder richtig auf die Füße gekommen ist. Er hat Zeit seines Lebens gearbeitet, hat, wie gesagt, noch einmal geheiratet und eine Tochter bekommen, aber da war ich schon längst aus dem Haus. Wir mussten in der Zeit, in der wir zusammengelebt haben, jeden Pfennig wirklich zweimal umdrehen, das kann ich dir versichern. Und plötzlich war ich, Anfang der 80er-Jahre, so etwas wie ein reicher Mann. Ich konnte einfach in ein Geschäft gehen und mir zum Beispiel ein Auto kaufen, was ich in dieser Form vorher nicht kannte, weil wir zu Hause immer auf alles sparen mussten, und während des Studiums war es natürlich keinesfalls besser.«

Ein Zug an der Zigarette, ein Nippen am Cognacglas.

»Im Büro wurden wir immer mehr Leute, zuerst hatte ich einen Mitarbeiter, dann waren es plötzlich zehn, dann hundert. Und irgendwann kamen Auszubildende hinzu, Lehrlinge oder *Stifte*, wie wir sie damals noch nannten. Einer davon hieß Doris, sie war 15 und unfassbar frühreif. Ihr Körper war vollständig ausgebildet, und wenn man sie nicht kannte, hätte man auf keinen Fall geglaubt, dass sie noch nicht mindestens 18 oder 20 war. Sie wirkte aber nicht nur sehr erwachsen, sondern war dazu auch noch überaus kokett. Kennst du diesen Begriff oder ist der auch zu altmodisch?«

Die Frau in seinem Arm nickte.

»Also, sie war zwar erst 15, aber ich glaube, dass jeder Mann im Büro dank ihr feuchte Träume hatte. Und dann kam der Sommer 1980. Wie jedes Jahr machte das gesamte Büro einen Tag frei, den wir auf einem eigens für uns gemieteten Rheindampfer verbrachten, mit allen Schikanen, da hat es wirklich an nichts gefehlt. In diesem Jahr stand der Besuch des Niederwalddenkmals mit auf dem Programm, also die gesamte Mannschaft runter von dem Kahn und rein in die Seilbahn. Ich wollte, wie sich das gehört, als Letzter in die Bahn, aber Doris stand da noch an der Seite und hat sich wohl offensichtlich nicht getraut, was sie dann auch ganz offen eingeräumt hat. Das Ding war ihr nicht ganz geheuer und außerdem viel zu hoch. Also habe ich mich bereit erklärt, mit ihr zusammen zu Fuß nach oben zu gehen, was sich im Nachhinein ohnehin als Schnapsidee erwiesen hatte, aber ich war erstens nicht mehr ganz nüchtern und zweitens hat es mich irgendwie angemacht, mit ihr mal ein bisschen allein zu sein. Sie hat sofort eingewilligt. Ich habe meinem Büroleiter, der noch auf uns gewartet hatte, Bescheid gesagt, und dann sind wir aufgebrochen. Schon nach 100 Metern, also direkt nach der ersten Ecke, haben wir uns untergehakt und sind lachend und singend auf den Berg zumarschiert. Wir haben gequatscht und erzählt und dann hat sie ihren Pulli ausgezogen und um die Hüfte gebunden, und das, was sie drunterhatte, war, mit einem Wort, atemberaubend.«

Er zögerte, holte erneut tief Luft und nahm einen weiteren Schluck Cognac.

»Ich kann bis heute nicht sagen, was mich geritten hat und wie es letztlich genau zu den sich anschließenden Ereignissen kam. Auf jeden Fall haben wir es kurz darauf mitten im Wald miteinander getrieben.«

Wieder ein Zögern.

»Sie hat später immer wieder behauptet, sie hätte gebettelt und gebettelt, dass ich sie in Ruhe lasse, aber ich kann mich einfach nicht daran erinnern. Wie auch immer, irgendwann sind wir schweigend nebeneinander her zum Bootsanleger gegangen, haben, wieder ohne ein einziges Wort zu wechseln, auf die anderen gewartet, die nach mehr als eineinhalb Stunden endlich kamen. Und für den Rest des Tages sind wir uns aus dem Weg gegangen.«

Die Psychologin sah ihn irritiert an. »Und das war alles?«

»Nein, natürlich war das nicht alles. Am nächsten Arbeitstag hat sie sich krankgemeldet, immer wieder verlängert, und sechs Wochen später hat mich ihre Mutter angerufen und in ihre Wohnung zitiert. Dort saß eine völlig verheulte Doris auf ihrem Bett, während die Mutter mich damit konfrontiert hat, dass ihre Tochter von mir schwanger sei.«

»Mein Gott.«

»Ja, so habe ich mich auch gefühlt. Aber das war leider noch nicht alles, denn sie hat mir auch noch eröffnet, dass sie auf jeden Fall Anzeige wegen Vergewaltigung gegen mich stellen würde. Und was das für mich bedeuten würde, sagte sie ganz unumwunden, könne ich mir ja wohl denken.«

»Hast du das Mädchen wirklich vergewaltigt, Dirk?«

Ahdorf senkte den Kopf und zog die Beine an. »Ich weiß es nicht, Astrid, ich weiß es wirklich nicht. Ich war wie in einem Rausch an diesem Nachmittag, ich war ein bisschen betrunken, und ich war mir sicher, dass sie es genauso wollte wie ich.«

»Aber das Mädchen war 15 Jahre alt. Was denkst du, was ein 15 Jahre altes Mädchen, und sei es körperlich noch so ausgebildet, von seinem Chef erwartet?«

»Ich habe wirklich gedacht, sie will es auch«, flüsterte er.

»Aber mittlerweile bist du anscheinend zu der Überzeugung gelangt, dass du dich getäuscht hast?«

»Ja, vermutlich.«

»Was, *vermutlich*, Dirk?«

»Ich glaube, sie wollte es an diesem Nachmittag nicht.«

Astrid Naumann sah ihn ungläubig an. »Ach, du meinst wohl, in einer anderen Umgebung und in einer anderen Situation hätte sie keine *Zicken* gemacht?«

»Astrid, ich bitte dich, jetzt nicht über mich zu urteilen. Das alles ist in einer anderen Zeit passiert, und ich war damals auch noch ein anderer Mensch.«

»Wie ging es weiter?«

»Ich habe der Mutter ein Angebot gemacht, das sie auf gar keinen Fall ausschlagen konnte.«

»Ein rein finanzielles Angebot, wenn ich dich recht verstehe?«

»Ja. Ich habe ihr dauerhafte Zahlungen zugesichert, die ich auch 27 Jahre lang, mit jährlichem Inflationsausgleich, geleistet habe. Glaub mir, ich habe mir wirklich nichts mehr vorzuwerfen, und ich bin davon überzeugt, dass ich alles getan habe, um die Sache wiedergutzumachen.«

»Was ist aus dieser Doris geworden?«

»Sie hat das Kind, ein Mädchen, bekommen, irgendwo anders ihre Lehre beendet und später geheiratet. Offenbar hat ihr Mann sie aber nicht gut behandelt, denn irgendwann hat sie sich von einem Hochhaus in Frankfurt gestürzt.«

»Und du denkst, das läge vor allem an ihrem Ehemann, der sie nach deiner Meinung nicht gut behandelt haben könnte?«

»Natürlich, was sonst?«

»Aber du hast, wie ich vermute, deiner Tochter weiterhin Monat für Monat einen Betrag überwiesen, mit dem du dich, nach deiner Meinung, aus der Verantwortung gekauft hast.«

Dirk Ahdorf machte sich frei von ihr, setzte sich auf und sah sie empört an. »Nun hör mal, Astrid, ich erzähle dir das nicht alles, um mich deiner moralinsauren Vorwürfe auszusetzen. Ich mag dich, ich mag dich wirklich und ich möchte keine Geheimnisse vor dir haben.«

»In diesem Fall hättest du es tatsächlich besser bei ein wenig Geheimniskrämerei belassen sollen.«

»Warum bist du jetzt so vergrätzt? Ich bin offen und ehrlich zu dir, und du behandelst mich im Gegenzug, als sei ich ein Schwerverbrecher. Das gefällt mir nicht.«

Die Psychologin stand auf, zog ihren Slip an, warf sich ihr Top über und schlüpfte in ihre Hose. »Ob dir das gefällt oder nicht, interessiert mich nicht, Dirk. Und ja, in meinen Augen ist ein Mann, der eine Frau vergewaltigt, ein Schwerverbrecher. Und es ist mir so was von scheißegal, ob dir das nun gefällt oder nicht.«

Der Lobbyist bemerkte erschrocken, dass es der Frau völlig ernst war mit ihrer deutlich wahrnehmbaren Wut. Er stand auf und wollte sie in den Arm nehmen, doch sie drehte sich weg und griff nach ihren Schuhen.

»Ich habe im Laufe meiner Ausbildung und auch danach als Psychologin in der Klinik viel mit Vergewaltigungsopfern zu tun gehabt. Und nicht wenige davon sind vor einen Zug gesprungen oder haben sich die Pulsadern aufgeschnitten. Was sie mir aber alle mitgeteilt haben, ist, dass dieser Einschnitt in ihrem Leben, diese schrecklich tiefe Wunde, niemals, niemals, niemals verheilt ist. Dass sie immer und immer wieder von Weinkrämpfen geschüttelt wurden, auch noch Jahrzehnte später. Und dann legst du dich hier seelenruhig hin und versuchst mir zu erzählen, dass du das mit Geld regeln konntest und die arme Doris nur aus dem Hochhaus gesprungen ist, weil ihr dämlicher Ehemann sie nach deiner Meinung so schlecht behandelt hat.«

Sie betrachtete ihn mit einer Mischung aus Verachtung und Ekel, während sie vor ihm kniend ihre Schuhe band.

»Du und deinesgleichen glauben immer, dass man mit Geld alles kaufen kann, sogar im Extremfall eine kaputte Seele, aber du irrst dich, du irrst dich gewaltig. Und ich sage dir, ohne die Frau zu kennen oder sie auch nur jemals gesehen oder mit ihr gesprochen zu haben, ihr Suizid hängt zu ganz überwiegenden Teilen mit dem zusammen, was du ihr an diesem Nachmittag angetan hast.«

»Du vergisst dich, Astrid. So kannst du nicht mit mir reden.«

»Das habe ich vor gar nicht allzu langer Zeit von einem ehemaligen Freund von dir schon mal gehört, und auch da hat es nicht gestimmt, Dirk. Und jetzt geh mir besser aus dem Weg und lass mich gehen, bevor ich dir noch vor die Füße brechen muss.«

Er warf ihr einen ehrlich verzweifelten Blick zu. »Astrid, bitte.«

»Nichts, bitte.« Damit ging sie an ihm vorbei zur Schlafzimmertür. Mit dem Griff in der Hand drehte sie sich noch einmal um und sah ihn ernst an. »Kann ich wenigstens sicher sein, dass aus deiner Tochter keine Selbstmörderin geworden ist oder wird?«

»Aber ja, selbstverständlich. Ich habe in den letzten Jahren ein wirklich inniges Verhältnis zu ihr aufgebaut und sehe sie praktisch wöchentlich. Bitte glaub mir, dass sie sich ganz normal entwickelt hat und eine prima Frau aus ihr geworden ist.«

Er trat einen Schritt auf sie zu, doch die Psychologin hob abwehrend die Arme.

»Gut, gut. Wenn du mir nicht glaubst, gebe ich dir gern ihre Telefonnummer, damit du sie anrufen kannst. Sie ist eine sehr erfolgreiche Tierärztin und lebt in Kassel.«

28

»Das ist, als würde er versuchen, mit einem UFO zu verduften«, resümierte Thilo Hain den offensichtlichen Versuch von Dr. Julius Kreuz, sich der Befragung und der vermutlich anschließenden Festnahme zu entziehen.

»Ich verstehe das alles nicht«, entfuhr es Melanie Wettenberg leise. Sie saß noch immer mit ihrer Kaffeetasse in der Hand da und sah der sich langsam legenden Staubwolke hinterher. »Was hat er denn zu verbergen, und warum flüchtet er?«

»Nun«, wurde sie von Lenz säuerlich belehrt, »vermutlich hat er zu verbergen, dass er bis zur Dachkante in dem Mord an seinem Chef und den anderen Ärzten drinhängt, wozu sich bei genauer Betrachtung aber noch ein weiteres Tötungsdelikt gesellen dürfte. Und was als Kollateralschaden wie Brandstiftung und die daraus resultierende Gefährdung vieler unschuldiger Menschen noch on Top kommt, werden die weiteren Ermittlungen zeigen.«

»Das kann doch unmöglich Ihr Ernst sein«, erwiderte die Juristin kopfschüttelnd. »Er ist Arzt, er rettet Menschenleben, er bringt Menschen nicht um.«

Hain bedachte sie mit einem mitleidigen Blick, nachdem er die Fahndung eingeleitet hatte. »Wie wirkt das denn auf die renommierte Strafverteidigerin, wenn ihr

Mandant und *Partner* sich vom Acker macht, bevor die Polizei ihn vernehmen kann?«

»Nicht wirklich überzeugend«, gab sie kleinlaut zu.

Hain griff nach seinem Telefon und hielt es ihr hin. »Rufen Sie ihn an und versuchen Sie, ihm gut zuzureden, damit er nicht noch mehr Unfug anstellt.«

Die erwiderte seinen Blick traurig, nahm das kleine Gerät, wählte und hielt es sich ans Ohr. Nach etwa 25 Sekunden ließ sie es sinken und reichte es dem Oberkommissar zurück. »Die Mailbox. Und ich habe wirklich nicht die geringste Lust, ihm etwas zu hinterlassen.«

»Das kann ich verstehen.«

»Haben Sie eine Idee, wo Ihr Partner hinkönnte? Gibt es vielleicht ein Wochenendhaus oder ein Boot oder so etwas?«

Sie schüttelte den Kopf und stand auf. »Selbst wenn ich es wüsste, ich würde es Ihnen nicht sagen, meine Herren. Nicht, bevor ich mit ihm gesprochen habe, bevor er mir ins Gesicht gesagt hat, dass er tatsächlich etwas mit der Sache zu tun hat.«

Lenz stöhnte auf. »Ich weiß nicht, was mir gerade mehr an Ihnen auf die Nerven geht, Frau Wettenberg, Ihr blödes Anwaltsgehabe oder …«

Er brach ab, weil sein Telefon sich meldete.

»Ja?«

»Ich bin's, Bernd Haberland. Herr Lenz, ich habe die Frau gefunden, die für den Brand verantwortlich ist.«

»Was? Das ist ja großartig! Wo ist sie?«

»Nein, ich habe sie noch nicht wirklich *gefunden*, ich habe aber ein Bild von ihr und das Kennzeichen eines Wohnmobils, das ihr zuzuordnen ist.«

»Egal, das ist immer noch großartig, Haberland. Wir sind in einer Viertelstunde im Präsidium.« Er steckte im Aufspringen das Telefon weg, bedeutete seinem Kollegen, sich ebenfalls in Bewegung zu setzen, und sprang von der Veranda.

»Und Ihnen würde ich dringend raten, hier nichts zu verändern, bevor nicht die Kollegen der Spurensicherung eine Runde durch Ihr Haus gedreht haben. Sie wissen ja, was sonst auf Sie zukommt.«

Damit setzte sich Hain in Bewegung und rannte seinem Boss hinterher.

Eine halbe Stunde darauf hatte Bernd Haberland den beiden die komplette Geschichte seines Geistesblitzes mit dem Lidl-Parkplatz und der Kamera geschildert, ihnen die relevanten Ausschnitte des Videos vorgeführt und die Halterdaten des Wohnmobils vorgelegt.

»Das war exzellente Arbeit, Herr Haberland«, lobte Lenz den jungen Polizisten. »Weiter so, wirklich …« Der Hauptkommissar brach ab, weil die Tür zu seinem Büro aufgerissen wurde und das Gesicht von Robert Schindler, einem Kollegen der Fahndung, sichtbar wurde.

»Sie haben den roten Jaguar gefunden, oben am Herkules, verlassen und verschlossen. Offenbar ist euer netter Herr Doktor mit einem anderen Wagen weitergefahren, er war jedenfalls nicht mehr in der Nähe aufzufinden.«

»Mit einem anderen Wagen?«, echote Hain zweifelnd.

»Ja, oder was meinst du, wie er sonst da oben weggekommen sein sollte?«

»Vielleicht hat er sich in den Wald zurückgezogen und versteckt sich vor uns?«

»Dann«, erwiderte Schindler grinsend, »wünsche ich den Herren viel Spaß bei der weiteren Suche.«

»Aber die Fahndung nach ihm läuft weiter, oder?«

»Auf Hochtouren, wie gewünscht.« Damit verabschiedete sich der weißhaarige Mann und schloss die Tür hinter sich.

»Den hat jemand da oben abgeholt, anders geht das nicht«, mutmaßte Thilo Hain. »Vermutlich einer seiner Ärztekollegen, wenn ihr mich fragt.«

»Das könnte sein«, stimmte Lenz zu. »Ich würde mich aber gern erst mal auf die Frau hier konzentrieren, für mich ist sie der Schlüssel zu der ganzen Geschichte. Mir ist zwar völlig schleierhaft, wie sie in diesem Ärztekontext zu sehen ist, aber das soll ja erst mal nichts heißen.«

»Sie ist übrigens auch Ärztin«, bemerkte Bernd Haberland mit einem Blick auf die Halterdaten. »Allerdings Veterinärin.«

»Wie jetzt, Veterinärin? Veterinäre sind doch Tierärzte, wenn ich das bisher richtig verstanden habe.«

»Genauso ist es, Thilo. Veterinäre sind Tierärzte. Aber wie auch immer, wir fahren jetzt mal zu der Adresse und schauen, ob wir sie dort antreffen.«

»Soll ich mitfahren?«, wollte Haberland diensteifrig wissen.

»Ja klar«, erwiderte Hain, ohne nachzudenken. Nehmen Sie sich einen Wagen aus dem Fuhrpark und fahren Sie mit. Wenn sich das jemand verdient hat, dann auf jeden Fall Sie.«

»Lass mal, Thilo, dann fahren wir doch besser gleich alle in einem Dienstwagen. Haberland, Sie kümmern sich darum, wir treffen uns in fünf Minuten unten auf dem Parkplatz.«

*

Lenz entfaltete den Zettel, den Haberland ihm überreicht hatte, und las laut vor: »Sabrina Abel, Inselweg 26.«

»Inselweg?«, wiederholte Hain, während er den Motor des Opel Vectra startete und sofort die Klimaanlage aufdrehte. »Der ist in Bettenhausen, wenn ich mich richtig erinnere.«

»Genau, es ist eine recht kleine Stichstraße unten an der Losse.«

Haberland hatte sich auf die Rückbank verzogen und verfolgte schweigend den Dialog.

»Dann mal los.«

Die Fahrt durch die noch immer von der sommerlichen Hitze aufgeladene Innenstadt dauerte keine fünf Minuten, dann hatten sie das alte Arbeiterquartier im Osten Kassels erreicht. Hain stellte den Opel zwei Straßen entfernt in eine Parklücke, und alle drei stiegen aus.

»Sie, Haberland, bleiben zunächst mal hier am Wagen und warten auf weitere Anweisungen. Für den Fall, dass etwas schiefgehen sollte, sind Sie so etwas wie die Nachhut. Alles klar?«

»Ja, klar«, kam es ein wenig zu zögerlich. Offenbar hatte der junge Polizist damit gerechnet, gemeinsam mit den Kollegen zu der Adresse zu gehen.

»Und wenn irgendetwas Außergewöhnliches passieren sollte, erwarte ich Ihren unverzüglichen Anruf oder sonst wie ausgeführten Hinweis.«

»Das mache ich, versprochen.«

›Tierarztpraxis Dr. Sabrina Abel‹ stand auf dem riesigen Aluminiumbriefkasten, der rechts neben dem Aufgang zum Haus auf einem massiv wirkenden Rahmen angebracht war. Die beiden Kommissare gingen zunächst einfach weiter, versuchten jedoch, möglichst viele Eindrücke um das Haus herum aufzunehmen.

»Der Carport könnte, was die Größe anbelangt, bequem ein Wohnmobil beherbergen«, murmelte Lenz.

»Das stimmt«, bestätigte sein junger Kollege. »Und wir drehen jetzt um und klingeln einfach mal, ich wüsste nämlich nicht, was uns in diesem Umfeld drohen sollte.«

»Vergiss nicht, dass, falls Haberland sich nicht geirrt hat, sie schon einen Menschen um die Ecke gebracht hat. Und dabei ist ihre weitere Tatbeteiligung an der Ärztesache noch völlig unklar.«

»Mensch, Paul, willst du vielleicht ein MEK anfordern?«

Lenz schüttelte den Kopf. »Nein, du hast ja recht. Ich meinte nur, dass wir auf jeden Fall vorsichtig sein sollten.«

»Das werden wir garantiert sein«, beruhigte Hain seinen Boss, machte eine Kehrtwende, ging auf das Gebäude zu, stieg die vier Stufen zur Haustür hinauf und drückte mit einer schnellen Bewegung dagegen. Erstaunt nahm er zur Kenntnis, dass sie verschlossen war. Die Erklärung dafür las er in den Sprechzeiten der Praxis.

›Mittwochnachmittag geschlossen‹.

»Wir kommen leider zur Unzeit«, erklärte er Lenz, der am unteren Ende der Treppe stehen geblieben war, und wies mit dem rechten Arm auf die Sprechzeiten.

»Wie wäre es mit deinem Vorschlag, einfach mal zu klingeln?«

»Bombenidee, die ich da hatte«, erwiderte der junge Oberkommissar sarkastisch und fuhr den rechten Zeigefinger aus.

Im Innern erklang deutlich hörbar ein heller Ton, gefolgt von dem zunächst verhaltenen Bellen eines Hundes, das schlagartig lauter wurde, nachdem das Tier sich blitzartig in Bewegung gesetzt hatte und vermutlich direkt hinter der Tür zum Stehen gekommen war.

»Ganz ruhig, Bello«, machte Hain einen auf Tierfreund.

Nach etwa zehn Sekunden erklang gedämpft die Stimme einer Frau. »Geh mal zur Seite, Como, sonst kann ich doch die Tür nicht aufmachen.«

Daraufhin ertönten metallische Geräusche, die altertümliche Klinke bewegte sich nach unten und das Gesicht jener Frau wurde sichtbar, die Lenz und sein Kollege am Vortag im Eingang zu Lothar Wünsches Wohnhaus gesehen hatten. Einzig ihre Haare waren nicht mehr strohblond, sondern mahagonifarben.

»So leid es mir tut, aber die Praxis ist leider Mittwochnachmittag geschlossen«, erklärte sie freundlich, während sie den nach draußen drängenden Hund am Halsband festhielt. »Aber morgen früh können Sie gern wiederkommen.« Irritiert nahm sie in diesem Moment wahr, dass die Männer vor ihrer Tür gar kein Tier dabeihatten.

»Frau Abel?«, wollte Hain wissen. »Sabrina Abel?«

»Ja, das bin ich, warum?«

Der Oberkommissar hielt ihr seinen Dienstausweis unter die Nase und stellte sich und seinen Kollegen vor, was bei der Frau jedoch nicht die geringste Regung auslöste.

»Sehr erfreut«, erwiderte sie immer noch überaus höflich. »Was kann ich für Sie tun?«

»Es geht um Ihren Besuch bei Lothar Wünsche gestern. Wir hätten im Zusammenhang damit ein paar Fragen an Sie.«

»Lothar Wünsche? Ich kenne leider keinen Lothar Wünsche. Wer soll das sein?«

»Der Mann, den Sie gestern besucht haben, zusammen mit ihrem großen, roten Rollkoffer.«

Ihr Blick schwankte nun zwischen Erheiterung und Irritation. »Ich kann Ihnen wirklich nicht folgen, Herr Kommissar. Ich besitze keinen roten Rollkoffer, und einen Herrn Wünsche kenne ich, wie gesagt, nicht und kann ihn deshalb auch nicht besucht haben.«

»Frau Abel«, mischte Lenz sich nun ein, während er auf die oberste Stufe trat, »vielleicht handelt es sich um einen bedauernswerten Irrtum, und wir entschuldigen uns in ein paar Minuten bei Ihnen. Um das aber zu klären, müssten wir Sie um eben diese paar Minuten Ihrer Zeit bitten. Würde es Ihnen etwas ausmachen, uns ins Haus zu bitten?«

Abel bewegte sich, den Hund noch immer am Halsband haltend, rasch zur Seite und machte eine einladende Handbewegung in Richtung der Polizisten. »Nein, natürlich nicht. Kommen Sie herein, bitte. Darf ich vorgehen?«

»Gern.«

Nachdem die Tür ins Schloss gefallen war, ließ die Tierärztin den Hund los, der sofort schwanzwedelnd damit begann, an den beiden Besuchern herumzuschnüffeln. Sie führte die beiden durch ein Wartezimmer in die eigentliche Praxis. Dort bot sie ihnen einen Sitzplatz an und nahm selbst hinter dem kleinen Schreibtisch Platz.

»Also, was genau wollen Sie von mir? Und wie kommen Sie auf den Gedanken, dass ich diesen Herrn kenne, von dem Sie draußen sprachen?«

»Sie können sich wirklich nicht an uns erinnern, oder?«

»An Sie? Nein, das tut mir leid, wir hatten ganz sicher noch nicht das Vergnügen. Daran würde ich mich erinnern.«

Trotz der Vorwürfe der Polizisten blieb die Frau noch immer sehr zuvorkommend und freundlich. Auch ihr Gesicht drückte nach wie vor großes Erstaunen aus.

»Wir sind Ihnen begegnet, nachdem Sie das Haus verlassen hatten, in dem Herr Wünsche gelebt hat.«

Nun fing sie herzhaft zu lachen an. »Aber es handelt sich hier wirklich um ein Missverständnis, meine Herren. Ich habe gestern den gesamten Tag hier in der Praxis verbracht, dafür gibt es auch jede Menge Zeugen, wenn es denn wirklich notwendig sein sollte.«

»Sie waren gestern den gesamten Morgen über hier im Haus?«

»Natürlich, das kann Ihnen auf jeden Fall schon mal meine Sprechstundenhilfe bestätigen.«

»Besitzen Sie ein Wohnmobil, Frau Abel? Einen Hymer, um genau zu sein?«

»Ja, ich besitze ein Hymer-Wohnmobil. Aber was …?« Sie brach ab und lachte erneut laut auf. »Jetzt … ja, jetzt verstehe ich, was Sie meinen könnten«, entgegnete Sabrina Abel gut gelaunt. »Sie meinen gar nicht mich, Sie sprechen von meiner Zwillingsschwester. Nun wird mir einiges klarer.«

»Wie, Ihrer *Zwillingsschwester*?«, hakte Hain misstrauisch nach. »Sie haben eine Zwillingsschwester?«

»Ja, natürlich. Sie heißt Friederike, ist sechs Minuten älter als ich und für Menschen, die uns nicht besser kennen, kaum von mir zu unterscheiden. Einzig ihre Haarfarbe ist komplett anders, sie steht nämlich total auf blond.«

Wieder ihr ansteckendes, fröhliches Lachen.

»Ich bin darauf gekommen, als Sie eben von meinem Wohnmobil angefangen haben. Das hat sie sich vor ein paar Tagen von mir geliehen, um damit an die Ostsee zu fahren. Ich wusste wirklich nicht, dass sie schon wieder in Kassel ist.«

Lenz und Hain tauschten einen kurzen Blick aus, der mit perplex wohlwollend umschrieben wäre.

»Und Sie …?«, begann der Hauptkommissar einen Satz, brach ihn jedoch gleich wieder ab.

»Frau Abel, gibt es Fotos von Ihnen und Ihrer Schwester? Ich meine Bilder, auf denen Sie gemeinsam zu sehen sind?«

»Natürlich, und zwar jede Menge, wirklich richtig

viele. Wir sind seit unserer Geburt praktisch unzertrennlich, woran sich auch bis heute nicht das Geringste geändert hat.«

»Ihre Schwester lebt wie Sie in Kassel?«

»Ja, oben in Wilhelmshöhe.«

»Könnten wir ein paar dieser Bilder sehen, Frau Abel?«

Sie stand auf. »Ich habe sie oben in meiner Wohnung, es dauert aber nicht lang. Reicht Ihnen das Album unserer Konfirmation? Oder vielleicht lieber etwas Aktuelleres?«

»Beides wäre sicher nicht schlecht«, antwortete der Polizist wohlwollend.

»Bin gleich zurück. Ich habe die Alben gerade erst sortiert, deshalb dauert es bestimmt nicht lang.«

Mit ein paar schnellen Schritten hatte sie das Büro verlassen und war durch das Wartezimmer verschwunden.

»Das kann doch alles nicht wahr sein«, murmelte Hain. »Ich dachte immer, dass ich schon alles im Leben gesehen hätte, aber das hier jetzt schlägt wirklich alles.«

»Glaubst du ihr nicht?«

»Doch, das ist es ja gerade, ich glaube ihr wirklich.«

»Am Anfang hatte ich ein paar Bedenken«, meinte Lenz, »aber als sie von der Konfirmation und so anfing, hat sich das völlig gelegt. Bleibt nur die Frage zu klären, ob sie sich jetzt nicht ans Telefon hängt und ihre Schwester warnt.«

»Das könnte allerdings sein, daran habe ich gar nicht gedacht.«

Der junge Oberkommissar sah auf seine Uhr. »Wenn

sie in 15 Sekunden nicht zurück ist, steige ich die Treppe rauf und ihr auf die Füße. Einverstanden?«

Lenz wollte gerade zu einer positiven Antwort ansetzen, als er einen stechenden Schmerz im Rücken spürte.

»Was war …?«, wollte er ansetzen, doch seine Zunge schien ihm nicht mehr zu folgen. Er fürchtete, einen Schlaganfall erlitten zu haben, was jedoch nicht mit dem Schmerz im Rücken korrespondieren konnte. Mit größter Mühe wandte er sich Hain zu, der seinen Zustand noch gar nicht wahrgenommen hatte. Doch nun zuckte auch sein junger Kollege zusammen und versuchte, sich an den Rücken zu fassen, was ihm jedoch nicht gelang, weil seine Arme noch auf dem Weg dorthin wie ferngesteuert nach unten fielen. Lenz, dessen Augen schlagartig die Sehtätigkeit um viele Prozente eingestellt hatten, fiel zur Seite und im Anschluss auf den Boden, wo er mit Blick auf den Ausgang liegen blieb. Dort erkannte er, nun langsam auf die Tür zu kommend, Sabrina Abel, in deren beiden Händen sich jeweils ein Stock befand. Sie lächelte wieder, doch ihr Gesichtsausdruck wirkte jetzt bösartig und gehässig.

»Sie werden eine Zeit lang in so etwas wie einem schlafähnlichen Zustand verbringen, meine Herren. Machen Sie sich keine Sorgen, wenn alles normal läuft, werden Sie nicht sterben, obwohl ich Ihnen die maximale Dosis dessen verabreicht habe, was für ein Pferd vorgesehen ist. Wie gesagt, es sollten keine Schäden zurückbleiben, aber genau sagen kann man das leider nie.«

Lenz versuchte, mit dem Oberkörper in eine aufrechte Haltung zu kommen, was im Ansatz scheiterte, weil sein Gehirn seinem Körper einfach keine Befehle mehr erteilen konnte. Ihm gelang nichts, was das Denken überschritt, doch eigentümlicherweise löste diese Starre keinerlei Furcht in ihm aus. Es schien, als sei ihm völlig egal, was mit ihm geschah. Sabrina Abel trat an ihn heran und drückte seine Augenlider zu. Lenz vermutete, dass sie das Gleiche mit Thilo machte.

›Wie gesagt, es sollten keine Schäden zurückbleiben, aber genau sagen kann man das leider nie‹, schoss ihm ihr letzter Satz durch den Kopf. Er wollte schreien, aber auch das gelang ihm nicht, denn aus seinem Mund tropfte nur Speichel.

Was könnte denn zurückbleiben? Werde ich den Rest meines Lebens als Balla-Balla-Paul zubringen?

Nun erfasste den Polizisten tatsächlich so etwas wie Panik, vor allem wegen der Tatsache, dass er jetzt ohne jegliche visuellen Eindrücke war, jedoch nur für einen Sekundenbruchteil, dann hatte sich diese Emotion wieder irgendwohin verkrochen. Neben sich hörte er Hain ebenfalls unkoordinierte Laute von sich geben, offenbar war der in der gleichen bemitleidenswerten Verfassung. Wieder der Versuch, einen Arm zu bewegen, jedoch mit dem gleichen Ergebnis wie zuvor.

»Ich bin's«, hörte er die Frau nun durch eine Wattepackung sagen. »Mich haben gerade zwei Polizisten aufgescheucht … Nein, dazu ist es zu spät. Du packst am besten deine Sachen und kommst hierher … Was will der denn? … Nein, das geht nicht … Wer weiß, ob nicht die Polizei auch schon auf dem Weg zu dir ist?«

Eine längere Pause.

»Das kannst du total vergessen, weil die Sache komplett aus dem Ruder gelaufen ist. Wir sind aufgeflogen, und zwar von vorn bis hinten! … Nein, ich will nicht ins Gefängnis, und das weißt du auch … Ich mache jetzt Schluss. Bis gleich.«

Lenz, dem seit der Betäubung jegliches Zeitgefühl fehlte, lag noch immer mit geschlossenen Augen da. Irgendwie war er in einer Zwischenwelt gefangen, nicht in dieser Welt, aber irgendwie auch in keiner anderen. Es war, als wäre sein Gehirn auf eine gewisse Weise zweigeteilt, und er verharrte in der Mitte. Immer wieder nahm er Geräusche um sich herum wahr, bevor es wieder eine Zeit lang ruhig war. Allerdings gelang es ihm nicht einzuschätzen, ob sich das Gehörte direkt in seinem Umfeld oder zwei Stockwerke über ihm abspielte.

29

Bernd Haberland stand noch immer, an einen Zaun gelehnt, an der Kreuzung zweier kleiner Straßen. In der einen Richtung konnte er den Vectra sehen, in der anderen überblickte er den Eingang zu Haus Nummer 26. Seine beiden Kollegen waren vor mehr als einer halben Stunde mit der Frau hineingegangen, seitdem war von ihnen nichts mehr zu sehen. Schon nach zehn Minuten hatte er daran gedacht, seinen Boss kurz anzurufen, um ihn zu fragen, ob alles in Ordnung sei, sich aber dagegen entschieden. Es gab viele Möglichkeiten, warum die beiden sich mit der Frau so lang unterhielten.

Wobei, so richtig viele fallen mir nicht ein.

Er trippelte schwitzend von einem Fuß auf den anderen, griff immer wieder mal zum Telefon, ließ es jedoch genauso oft wieder in der Hosentasche verschwinden. Es war merkwürdig ruhig. Zu ruhig für seinen Geschmack. Seit seine beiden Kollegen sich dem Haus genähert hatten, war ihm nicht einmal ein Auto oder ein Motorrad aufgefallen. Von einem Wohnmobil ganz zu schweigen.

40 Minuten!

Haberlands Sorgen erreichten nun ein Maß, das seine Geduld bei Weitem überforderte. Er nahm sein Telefon und drückte auf die Kurzwahltaste mit der Nummer seines Chefs.

Es klingelt durch, dann geht die Mailbox dran. Verdammt!

Ein weiterer Versuch mit dem gleichen Ergebnis. Diesmal hinterließ der Polizist die kurze Nachricht, dass er noch warte und sich langsam Sorgen mache.

Er wollte sich gerade in Bewegung setzen, als hinter ihm ein cremefarbenes Mercedes-Cabriolet mit zwei Männern darin auftauchte, in die Straße einbog und direkt vor dem Haus der Tierärztin anhielt. Haberland knabberte nervös auf seiner Unterlippe, während er beobachtete, wie die Männer in großer Hast das Auto verließen und auf das Haus zustürmten. An der Tür wurden sie von der Frau in Empfang genommen, die er von dem Überwachungsvideo kannte und die auch Lenz und Hain ins Haus geleitet hatte.

Jetzt reicht's!

Er sprintete los, direkt auf die drei zu, die gerade im Begriff waren, im Flur zu verschwinden, riss dabei seine Dienstwaffe aus dem Holster und wollte sich mit einem Ruf zu erkennen geben, als ihm sein Telefon im hohen Bogen aus der Tasche rutschte und direkt neben ihm auf den Asphalt knallte.

Egal.

»Halt, Polizei«, rief er laut, doch die Tür wurde zugestoßen, ehe er auch nur auf dem gepflasterten Weg war, der das Haus und den Bürgersteig voneinander trennte. Mit schnellen Schritten hatte er die vier Stufen überwunden und klopfte gegen die Holztür.

»Aufmachen, Polizei!« schrie er fast hysterisch,

schlug erneut gegen das alte, blättrige Holz und stolperte unsicher einen Schritt zurück. Dann wurde die Tür tatsächlich langsam nach innen gezogen.

»Ja, bitte?«, wollte die Frau wissen.

»Ich will meine Kollegen sprechen, und zwar sofort«, bellte Haberland in einem Ton, den er selbst nicht für möglich gehalten hätte.

»Das geht, aber Sie müssen die Waffe herunternehmen und mir übergeben, sonst wird daraus nichts. Und Sie sollten bitte direkt zu uns ins Haus treten und zwar ohne jeglichen weiteren Krach, weil Ihren Kollegen sonst auf der Stelle … Na, Sie wissen schon.«

»Gar nichts weiß ich«, schrie der junge Polizist.

»Wenn Sie nicht wollen, dass Ihre Kollegen innerhalb der nächsten Sekunden sterben, dann geben Sie mir jetzt augenblicklich Ihre Waffe und kommen herein. Los, diese Aufforderung gibt es nicht noch einmal!«

Bernd Haberland dachte einen Sekundenbruchteil lang darüber nach, die Frau einfach durch einen gezielten Schuss niederzustrecken, in die Beine oder die Arme, aber das brachte er nicht übers Herz, er konnte es einfach nicht.

»Was ist mit meinen Kollegen passiert?«, wollte er stattdessen wissen.

»Es geht ihnen gut. Noch.«

Die Tierärztin trat ein paar Schritte zurück und stellte sich seitlich neben ihn. »Was sich aber gleich ändern wird, wenn Sie nicht auf der Stelle meiner Aufforderung Folge leisten. Ihre Kollegen sind in unserer Hand, das dürfte Ihnen klar sein, also machen Sie keinen Unsinn.«

In Haberlands Kopf überschlugen sich die Gedanken. Am liebsten wäre er weggelaufen, hätte sein Telefon aufgehoben und Hilfe herbeitelefoniert, aber was, wenn die Frau oder die beiden Männer, von denen sich noch keiner hatte blicken lassen, bewaffnet waren?

»Sie haben keine Chance, Frau Abel, geben Sie auf.«

»Das sehe ich anders. Wir haben Ihre Kollegen und wir werden sie töten. Also?« Sie kam wieder zwei Schritte in seine Richtung, streckte den Arm aus, legte ihre rechte Hand um den auf sie gerichteten Lauf der Heckler&Koch P30 und griff langsam zu. »Seien Sie vernünftig, oder wollen Sie schuld sein am Tod Ihrer beiden Kollegen?«

Drück ab, sie blufft!

Sein rechter Zeigefinger schob sich in ganz langsamer Bewegung auf den Abzugspunkt zu, doch gleichzeitig entspannte er seine Hand.

Verdammte Scheiße.

Der Kampf in seinem Innern dauerte keine zehn Sekunden, dann hatte die Frau ihm die Waffe abgenommen und zielte damit auf ihn.

»Und jetzt rein mit Ihnen, bitte«, sagte sie ohne jegliche Aufregung und leise, um direkt danach die Stimme deutlich zu erheben. »Alles klar«, rief sie in Richtung einer Tür, auf dem in großen Lettern ›Wartezimmer‹ zu lesen war, und die im gleichen Augenblick aufgestoßen wurde.

»Sabrina, was machst du da?«, rief ein sichtlich bestürzter Justus Kreuz.

»Bring diesen Kretin zum Schweigen«, forderte die Tierärztin Robert Wallner auf, der neben seinen Kollegen getreten war.

»Ich will nicht schweigen«, schrie Kreuz. »Ich will das alles nicht mehr! Ihr habt mir gesagt, dass diese ganze furchtbare Geschichte ohne jegliches Aufsehen über die Bühne gehen würde, und jetzt sitzen wir hier mit drei Polizisten zusammen in der Falle. Ich will das nicht!«

»Sei ruhig, Justus«, forderte Wallner genervt. »Ich weiß, dass die Sache nicht mehr so laufen wird, wie wir gedacht haben, aber jetzt müssen wir halt das Beste daraus machen.«

Er warf dem zitternden Mann neben ihm einen sehr bösen Blick zu.

»Und *das Beste* ist nicht das, was du hier gerade veranstaltest.«

Justus Kreuz sah von Wallner zu Abel und wieder zurück zu dem leitenden Oberarzt. »Ihr seid ja völlig irre«, schrie er hysterisch. »Ich bin Mediziner, kein Killer, und schon gar kein Polizistenmörder. Ich werde jetzt diese Sache beenden und mich der Polizei stellen. Vielleicht kann ich …« Er brach ab und begann hemmungslos zu weinen. »Das kann doch alles gar nicht sein«, schluchzte er. »Letzte Woche war ich noch ein angesehener Oberarzt eines Herzzentrums und heute bin ich ein wegen Mordes gesuchter Straftäter. Und das alles nur, weil ich auf eure Versprechungen hereingefallen bin.«

»Was willst du der Polizei denn erzählen, Justus?«, fragte Sabrina Abel leise. Trotz ihrer gedämpften Stimme lag in der Frage etwas Beunruhigendes, Gefährliches.

»Was weiß ich? Natürlich sage ich denen, wie es gewesen ist; dass ihr mich quasi genötigt habt, mitzumachen. Dass es eure Idee gewesen ist, die ganzen Chefs umzubringen. Ich hatte eigentlich gar nichts mit der Sache zu tun, ich war auf einer Fortbildung, als es passiert ist, das kann ich beweisen.«

Seit die Frau ihm die Waffe abgenommen und gegen ihn gerichtet hatte, stand Haberland mit erhobenen Händen da. Nun folgte er der Diskussion mit Fassungslosigkeit. Denn in ihm keimte immer mehr der Verdacht auf, dass zumindest die Frau und einer der Männer zu allem bereit waren. Für einen Überraschungsangriff fühlte er sich allerdings nicht stark genug.

»Ich möchte jetzt meine Kollegen sehen«, sagte er stattdessen, was ihn selbst erstaunte. »Ich möchte sehen, dass es ihnen gut geht.«

»Es *geht* ihnen gut«, brummte Abel aufgekratzt, ohne jedoch Anstalten zu machen, dem Wunsch des Polizisten nachzukommen.

Dr. Justus Kreuz, der nach wie vor wie ein kleines Kind weinte, hob in diesem Moment den Arm und deutete auf die Frau mit der Waffe in der Hand.

»Du bist an allem schuld«, rief er laut. »Ohne dich und deine irren Ideen würde ich morgen wieder zur Arbeit gehen und Nichts und Niemand wäre zu Schaden gekommen. Du hast uns alle aufgehetzt mit dieser wahnsinnigen Idee, du und dein verrückter, kaltblütiger Vater. Du allein wolltest, dass diese Sache so passiert, wie sie passiert ist.«

»Sei ruhig, Justus«, sagte Wallner leise. »Du wolltest genau wie ich auch, dass Achenbach ins Gras beißt. Du hast ihn genauso gehasst wie ich, deshalb spiel jetzt hier bitte nicht den Unschuldigen.«

»Aber ich hätte ihn doch nie umgebracht! Vielleicht wäre ich an ein anderes Klinikum gegangen, aber ich wäre doch nicht zum Mörder geworden ohne euch.«

Er hielt ein paar Augenblicke die Luft an.

»Was ich eindeutig auch nicht geworden bin. Eigentlich kann mir niemand beweisen, dass ich mit der Sache auch nur das Geringste zu tun habe. Ich werde allen erzählen, dass ihr beide mich gezwungen habt, jawohl, das werde ich vor Gericht erzählen.«

»Justus, es gibt wirklich keinen Grund, jetzt auszuflippen«, versuchte der leitende Oberarzt, ihn zu beruhigen. »Klar ist die Situation jetzt nicht einfach, aber wir alle haben genug Geld, um das Land zu verlassen und woanders völlig neu anzufangen.«

Kreuz riss die Augen auf. »Ich will nicht irgendwo neu anfangen! Ich will mein altes Leben zurück, und zwar genau das, das ich letzte Woche noch hatte.«

»Das hättest du dir früher überlegen sollen«, erklärte Sabrina Abel ihm emotionslos. »Wir wussten alle, dass es ein gewisses Risiko geben würde, und das ist jetzt nun einmal eingetreten. Wer sich jetzt beschweren will, kommt eindeutig zu spät.«

Für etwa 15 Sekunden sagte keiner im Vorraum zur Praxis etwas. Die Stille wurde nur von Justus Kreuz' leisem Schluchzen unterbrochen. Dann ertönte hinter der Tür mit der Aufschrift ›Wartezimmer‹ ein leises Stöhnen.

»Die beruhigen sich gleich wieder«, informierte die Tierärztin die beiden Männer. »In den nächsten drei oder vier Stunden wird keiner von denen in der Lage sein, uns etwas zu tun.«

Mit jedem ihrer Wörter hatte Bernd Haberlands Unruhe ein wenig zugenommen. »Warum …?«, wollte er eine weitere Frage stellen, wurde jedoch von Kreuz barsch unterbrochen. Der stellvertretende Oberarzt wirkte auf Haberland, als würde er die Dinge um sich herum nur noch eingeschränkt wahrnehmen.

»Ich werde jetzt gehen und mich stellen«, erklärte er resolut. »Ich halte das nicht mehr aus.«

Damit holte er tief Luft, schenkte seinem Kollegen ein Kopfnicken und verlagerte sein Gewicht auf das rechte Bein, um sich in Bewegung zu setzen.

Der Schuss, der die Stille in dem riesigen, hohen Flur zerriss, hallte ein paar Sekundenbruchteile nach, währenddessen wurde der Körper von Justus Kreuz gegen die Tür hinter ihm geschleudert. Sein rechter Arm krachte mit einem hässlichen Geräusch gegen den Rahmen, dann rutschte der Arzt zu Boden, wo er mit offenen Augen und glasigem Blick liegen blieb. Ein oder zwei Mal erfasste ihn ein leichtes Zucken, dann verschwand jegliches Leben aus ihm. Einzig aus der Eintrittswunde der Kugel, die ihn direkt zwischen Nase und rechtem Auge getroffen hatte, sickerte noch immer Blut.

»Mein Gott, Sabrina«, flüsterte Wallner schockiert. »War das wirklich nötig?«

»Er wäre uns nur eine Last gewesen.«

»Ja, das stimmt, aber …«

»Nichts aber. Wir müssen sehen, dass wir hier wegkommen. Du fesselst den Polizisten, ich halte ihn dabei in Schach.«

»Und was machen wir mit den anderen beiden?«, wollte der Mediziner nun deutlich lauter wissen. »Wir können doch hier nicht auch noch ein Massaker anrichten.«

»Ich habe dir gesagt, dass die beiden in den nächsten Stunden keine Gefahr für uns darstellen. Wahrscheinlich sind sie eher bis heute Abend oder heute Nacht außer Gefecht gesetzt.«

30

Lenz dachte, er sei für eine Weile komplett weg gewesen, doch diese Annahme war definitiv falsch, wie sich jetzt zeigte. Er konnte sich an jedes Wort erinnern, das draußen vor der Tür gesprochen worden war.

Jedes Wort? Quatsch!

Eine bestimmte Stelle an seinem Rücken schmerzte zum Verrücktwerden, doch er wusste genau, dass er sie nicht erreichen konnte. Seine Arme und Beine wollten ihm einfach nicht gehorchen, seit die Frau ihn offenbar mit irgendetwas betäubt hatte, etwas für Pferde, daran konnte er sich erinnern.

Wie gesagt, es sollten keine Schäden zurückbleiben, aber genau sagen kann man das leider nie.

Er bemerkte, dass es ihm im vorderen Teil seiner Hose kalt wurde. Zu gern hätte er nachgesehen, woher diese Kühle rührte, doch er konnte sich ja nicht bewegen. Und die Stelle am Rücken, knapp unterhalb des Halsansatzes, dieser unfassbare Schmerz.

Von irgendwo drangen immer wieder Stimmen zu ihm, die er jedoch nicht einordnen konnte. Einmal hatte er sogar gedacht, Haberland herausgehört zu haben, aber das erschien ihm nun zutiefst abwegig.

Diese verdammten Schmerzen!

Er drückte den Rücken durch, was komischerweise

ohne Probleme funktionierte. Dann holte er tief Luft, dann noch mal und öffnete die Augen.

Verdammt, was ist das? Ich kann die Augen öffnen und auch wieder schließen.

Wieder und wieder blinzelte der Hauptkommissar, was ihn augenblicklich dazu verleitete, ein Geräusch der Freude von sich zu geben, das allerdings wie ein Stöhnen aus seinem Mund kam.

Jetzt die Arme und die Beine.

Mit den Armen und Beinen lief es im ersten Moment nicht so gut wie mit den Augenlidern. Er konnte zwar wieder Impulse an seine Extremitäten senden, die dort auch ankamen, aber die Umsetzung bereitete ihm noch immer große Probleme. Den Unterarm konnte er bewegen, die Finger ebenfalls, doch sein Oberarm war wie verschnürt.

Verdammt, ich liege mit meinem ganzen Oberkörper darauf.

Er versuchte, in eine andere Position zu kommen, was ihm jedoch nur ungenügend gelang. Immerhin aber war sein rechter Oberarm nun frei, und entlastet von dem darauf liegenden Gewicht konnte er ihn gleich deutlich besser bewegen.

Wieder wildes Geschrei. Offenbar stritten da irgendwo Menschen miteinander.

Nun bewegte er den Arm hinter den Kopf und bekam tatsächlich schon im ersten Versuch den Fremdkörper zu fassen, der knapp neben seinem rechten Schulterblatt steckte. Er zog daran und hätte dabei laut losschreien können, so sehr vergrößerte sich der Schmerz schlagartig, doch ihm war klar, dass es besser war, wenn er niemanden auf sich aufmerksam machen würde. Mit aufeinandergepressten Zähnen rüttelte er an dem Ding, das sich zwar bewegte, sich jedoch nicht von ihm trennen wollte. Lenz hielt kurz die Luft an, sammelte sich und riss mit einer energischen Bewegung das Teil aus seinem Körper. Mit Tränen in den Augen bewegte er seinen Arm nach vorn und betrachtete das, was sich in seiner Hand befand.

Eine Spritze. Eine Spritze mit Widerhaken an der Nadel!

Schlagartig war ihm klar, woher die unglaublichen Schmerzen beim Herausziehen gekommen waren. Vermutlich hatte er nun ein mächtiges Loch, zumindest aber eine enorme Wunde am Rücken. Er legte die Kunststoffkanüle neben sich auf dem Boden ab, senkte den Kopf und erkannte, dass sich auf seiner Hose bis etwa auf Höhe der Knie ein dunkler Fleck gebildet hatte.

Oh nein.

Zumindest war jetzt klar, woher das Gefühl der Kühle rührte.

Zum letzten Mal hatte ich das im Kindergarten, fiel dem Kommissar dazu ein.

Arme? Gehen. Beine? Gehen so lala. Kopf? Scheint halbwegs klar zu sein. Dienstwaffe? Steckt tatsächlich im Holster. Thilo?

Lenz drehte sich langsam und sehr unbeholfen auf die rechte Körperseite. Sein Kollege hing hinter ihm im Besucherstuhl des Behandlungszimmers und schlief. Zumindest hatte er die Augen geschlossen und sein Brustkorb hob und senkte sich rhythmisch.

Er schob den Arm nach vorn und zog vorsichtig an Hains Jeans. Keine Reaktion. Mit spitzen Fingern kniff er seinen Kollegen herzhaft ins Bein, zog zur Sicherheit noch einmal kräftig an dessen reichlich vorhandener Beinbehaarung, doch es kam nicht die geringste Reaktion.

»Thilo!«, flüsterte er so energisch und gleichzeitig leise, wie er konnte – leider mit dem gleichen Ergebnis. Immerhin hatte er den Eindruck, dass es, soweit er das beurteilen konnte, seinem Freund und Kollegen nicht wirklich schlecht ging.

Der Hauptkommissar wandte sich von seinem Kollegen ab und wollte sich in die Vertikale begeben, was jedoch damit endete, dass er langsam und torkelnd wieder in seine ursprüngliche Position vor dem Stuhl zurückrollte.

Wow, so ganz gut geht das alles doch noch nicht.

Er atmete tief durch, zog die Beine an, so weit es ging, und wollte sich gerade am Stuhl nach oben ziehen, als direkt neben ihm ein Schuss ertönte. Der Polizist bekam einen gewaltigen Schreck, duckte sich instinktiv und griff unbeholfen zu seiner Waffe.

Verdammt, was passiert da? Galt das Geballer mir?

Mit zitternden Fingern und Doppelbildern vor den Augen hob er den Kopf und sah in die Richtung, aus der der Knall gekommen sein musste, wobei ihm sein Gehirn allerdings auch hier einen Streich spielen konnte, denn ebenso wie seinen Augen traute er aktuell auch seinen Ohren nicht über den Weg. Dann jedoch gab es einen weiteren, bedeutend leiseren Knall, gefolgt von einem Schaben an der Tür, die nach draußen führte. Lenz stand auf, was nun erstaunlich reibungslos funktionierte, richtete seine Waffe auf die altweiße Tür, immer darauf gefasst, dass sie jeden Moment geöffnet werden konnte, und setzte sich in Bewegung. Als er mit dem Kopf das Holz erreicht hatte und ihn dagegen presste, drangen deutliche Stimmen an sein Ohr.

Das ist die Frau. Und ein Mann. Die Stimme habe ich schon einmal gehört, aber wo?

Er dachte darüber nach, einfach die Tür aufzureißen und in den Vorraum zu stürmen, doch die Tatsache, dass dort geschossen worden war, ließ ihn zögern und sein Ohr noch ein wenig fester an die Tür pressen.

»Und was machen wir mit den anderen beiden?«, hörte er den Mann fragen.

Der Leiter der Mordkommission drückte seinen Kopf nun so fest gegen das Holz, dass er beinahe aufgestöhnt hätte.

»Ich habe dir gesagt«, kam als Antwort von Sabrina Abel, »dass die beiden in den nächsten Stunden keine Gefahr für uns darstellen. Wahrscheinlich sind sie eher bis heute Abend oder heute Nacht außer Gefecht gesetzt.«

Die beiden, damit meint sie Thilo und mich!

Sein Blick wandte sich kurz zu seinem Kollegen, der noch immer tief und fest und nun ganz leise schnarchend schlief.

Links davon stand ein Telefon auf dem Tisch, doch er traute sich nicht, es zu benutzen. Vielleicht konnte er mit seinem Mobiltelefon eine SMS absetzen und …

Quatsch.

Mit einer, seiner Verfassung entsprechend, relativ schnellen Bewegung schob er sich rechts neben die Tür, griff nach der Klinke, drückte sie mit einem hastigen Schwung nach unten, riss die Tür nach innen und stürmte mit einem schmerzhaft lauten Schrei nach vorn. Dort blieb er mit dem linken Fuß an dem direkt vor der Tür liegenden Leichnam von Justus Kreuz hängen, kam ins Straucheln und erkannte aus dem Augenwinkel, dass rechts neben ihm, in etwa drei Metern Entfernung, ein völlig verschreckt wirkender Robert Wallner stand. Etwa weitere drei Meter daneben saß mit auf dem Rücken zusammengebundenen Armen, Bernd Haberland, dessen dargebotener Gesichtsausdruck ebenfalls der Kategorie ›Schockstarre‹ zuzuordnen war. Viel wichtiger als die beiden Männer allerdings war der Anblick von Sabrina Abel, die sich, mit einer Pistole in der rechten Hand, auf der Treppe nach oben befand. Mit dem Schrei des Kommissars hatte sie in ihrer Bewegung gestoppt, sich umgedreht und versuchte nun, die Waffe auf ihn zu richten. Lenz nahm das alles wie in Zeitlupe wahr und meinte sogar, ihren Zeigefinger ganz genau zu erkennen, und wie dieser den Druck auf den Abzug erhöhte.

Sein erster Schuss verfehlte sie und krachte in das schwere Holzgeländer, wo das Projektil stecken blieb. Der nächste traf die Tierärztin in Höhe der Hüfte, zerschmetterte den dahinterliegenden Knochen und blieb in der anderen Seite des Beckens stecken. Die Wucht des Aufpralls hatte Sabrina Abel in eine Rotation versetzt, die sie nun in direkten Blickkontakt zu Lenz brachte. Der Polizist erkannte, dass die Frau niemals und unter keinen Umständen aufgeben würde, denn der Lauf ihrer Waffe zeigte nun direkt auf ihn. Dann jedoch knallte der nächste Schuss, der letzte an diesem Tag und in diesem Haus.

30A

»Gleich morgen.«

»Versprichst du es mir?«

»Ich verspreche dir hoch und heilig, dass ich gleich morgen ins Krankenhaus gehe und alles mit mir machen lasse, was mein Rücken braucht.«

Der Kommissar und seine Frau saßen auf einem kleinen Mäuerchen gegenüber der Hausnummer 26 des Inselwegs. Rund um sie herum war alles abgesperrt, überall wimmelte es von Uniformierten. Vor der Tür des Hauses, in das er und sein Kollege knapp vier Stunden zuvor eingetreten waren, standen drei Notarztwagen.

»Und Thilo geht es wirklich wieder gut?«

»Ja, er hat die Augen auf und kommt so langsam zurück ins Leben. Der eine Notarzt hat einen Freund angefunkt, der gleich gekommen ist und ihm ein Gegenmittel gespritzt hat. Es hat zwar ein wenig gedauert, aber dann hat er die Augen aufgemacht und mich ziemlich verwundert angeschaut.«

Lenz streichelte seiner Frau sanft über den völlig verschwitzten Rücken. »Und schön, dass du mit frischer Wäsche gekommen bist. So wie das war, wollte ich mich nicht den ganzen Tag hier herumtreiben.«

»Das bleibt aber hoffentlich eine Ausnahme, Herr Kommissar«, erwiderte sie mit gespielter Strenge. »Inkontinenz in deinem Alter, das geht wirklich nicht.«

»Tja«, sinnierte er leise, »wer den Schaden hat …« Er verzichtete darauf, den Satz zu beenden, weil in diesem Augenblick sein Kollege und Freund in der Tür auftauchte, sich unsicher umsah und langsam und tapsig auf sie zukam. Um die Hüfte hatte er sich ein großes, buntes Badetuch gebunden.

»Na, endgültig ausgeschlafen?«

»Boah, hab ich einen Brummschädel«, erwiderte der deutlich älter als sonst aussehende Oberkommissar.

»Ja, das glaube ich gern.«

Hain ließ sich neben den beiden nieder und legte für ein paar Sekunden das Gesicht in seine Hände. Dann sah er auf und richtete den Blick auf seinen Boss. »Magst du mir kurz erzählen, was hier so alles passiert ist?«

Kurz ließ sich die Sache nun wirklich nicht darstellen, doch fünf Minuten später war Hain über die Ereignisse nach seinem Knockout informiert.

»Mit einem Blasrohr?«, staunte er. »Das ist ja der Gipfel der Peinlichkeit.«

»Der Gipfel der Peinlichkeit dürfte sich unter dem Handtuch verstecken, das du dir so schamhaft übergezogen hast«, vermutete Lenz mit süffisantem Grinsen.

»Paul!«, wurde er sofort von Maria gerügt.

»Ja, da muss ich dir leider recht geben, aber der Doc hat mir erzählt, dass du die gleichen Probleme hattest, also trifft mich diese Gehässigkeit nur am Rand.« Er warf einen Blick auf Lenz' Körpermitte. »Aber …«

»Vergiss es, Thilo«, klärte Maria die Sache auf. »Er hat mich angerufen und um frische Wäsche gebeten, das ist alles.«

Nun grinste der Oberkommissar süffisant und sah sich um. »Wo hat es überhaupt den Kollegen Haberland hin verschlagen? Steht der immer noch drüben am Auto rum und hält uns den Rücken frei?«

»Nein, das nicht. Aber die Schießerei und die beiden Toten waren irgendwie ein bisschen viel für ihn. Der Arzt sagt, er hätte so etwas wie einen Nervenzusammenbruch und hat ihn erst mal ins Krankenhaus geschickt.«

»Einen Nervenzusammenbruch? Wie hat sich das denn bemerkbar gemacht?«

»Er saß da und war überhaupt nicht ansprechbar, total apathisch. Auch nachdem ich ihn von seinen Fesseln befreit hatte, hat er die Arme nicht nach vorn genommen, sondern nur in die Gegend gestarrt.«

»Vielleicht war es doch keine gute Idee, ihn bei der Mordkommission unterzubringen?«

»Wir werden sehen.«

Hain betrachtete die beiden Leichenwagen, die hinter den Notarztwagen standen. »Und dieser Wallner hat tatsächlich schon mit dir geredet?«

»Wie ein Wasserfall, glaub mir. Der konnte gar nicht mehr aufhören, sich zu rechtfertigen und alles seiner toten Freundin in die Schuhe zu schieben. Nach seiner Aussage hat sie das alles geplant, sich diesen Lothar Wünsche, den Hotelhausmeister, als Informanten geangelt, und auch die Sache selbst durchgeführt. Dass sie als Zugabe Wünsche ermordet hat, musste er mir ja nicht noch extra erzählen.«

»Seiner toten *Freundin*?«

»Ja, er und diese Sabrina Abel waren ein Paar. Bonnie und Clyde von Kassel, sozusagen.«

»Aber dass die Frau diesen Bottich, in dem die Holzkohle vor sich hin geschmurgelt hat, allein und ohne Hilfe in diese abgelegene Ecke bekommen hat, das kann der feine Herr Mediziner seiner Großmutter erzählen. Das glaube ich für keine fünf Pfennige.«

»Er sagt, dass Wünsche ihr dabei geholfen hat.«

»Auch das ist garantiert eine ganz banale Lüge.«

»Und warum sollte die Frau diese ganze Sache anzetteln? Um ihm zu einer Chefarztstelle zu verhelfen?«

»Das habe ich ihn auch gefragt, aber darauf hat er ad hoc jetzt keine Antwort gehabt und nach einem Anwalt verlangt.« Der Hauptkommissar kratzte sich deutlich hörbar am Kinn. »Immerhin hat er, wie es jetzt aussieht, als Einziger der Tatbeteiligten überlebt und kann seine Version zum Besten geben.«

»Was immer das auch heißen mag.«

Nun zuckte erneut ein Grinsen über das Gesicht des jungen Polizisten, der sich langsam wieder zu beruhigen schien. »Die Kollegen vom LKA haben sich doch bestimmt schon bei dir gemeldet, oder?«

»Bis jetzt nicht«, erwiderte Lenz mit gerunzelter Stirn. »Ich vermute sogar dringend, dass sie uns jetzt nicht direkt zu unserem Ermittlungserfolg gratulieren werden. Ganz im Gegenteil, irgendwie liegt in der Luft, dass man da mal genauer hinschaut, wie das alles gelaufen ist.«

»Willst du das machen?«

»Ach du Scheiße, nein. Aber wenn ich mir überlege, wie die an die Sache herangegangen sind, könnte ich schon vermuten, dass es da von irgendwoher eine wie auch immer geartete politische Einflussnahme gegeben hat.«

»Ui, jetzt hängst du es aber wirklich hoch, das Ganze.«

»Glaub mir, Thilo, viel tiefer und kleiner wird es diesmal nicht ausgehen. Dieser Fisch stinkt heftig, und er stinkt von ganz oben herab.«

Hain zuckte mit den Schultern. »Was soll schon passieren, Paul? Irgendwer hält die Rübe hin, dient als Bauernopfer und wird an der nächsten Kreuzung schon wieder weich gepampert aufgefangen. Die Großen, die diesmal vielleicht wirklich etwas damit zu tun haben könnten, die kriegt man einfach nicht dran.«

Es entstand eine kurze Pause, bevor Maria sich in das Gespräch einmischte.

»Und diese Ärzte haben das im La Bohème wirklich nur angezettelt, um eine Aufstiegsmöglichkeit zu bekommen?«

»Das ist meine Vermutung, ja. Vielleicht werden wir die ganze Wahrheit nie erfahren, weil dieser Wallner sich die Sache jetzt so hindreht, dass er möglichst als Opfer dasteht, aber ich denke, dass er und Sabrina Abel diejenigen waren, die das alles angeschoben haben.«

»Wie krank oder besser komplett irre wollen die Menschen eigentlich noch werden?«, fragte Maria dazu rein rhetorisch.

»Nachdem Haberland eine Beruhigungsspritze bekommen hatte und wieder ansprechbar war, hat er mir übrigens erzählt, dass Justus Kreuz etwas von Sabrina Abels Vater gefaselt hat, der irgendwie in die Sache verwickelt sein soll. Die Kollegen versuchen schon herauszufinden, um wen genau es da geht, und was es damit auf sich hat, sind aber bisher noch nicht wirklich weitergekommen.«

»Mir ist schlecht«, ließ Hain Paul und Maria nach einer weiteren Gesprächspause wissen. »Mir ist grottenschlecht, ich sehe Doppelbilder und ich komme vollgepisst zu Hause bei meiner Familie an, die sich vermutlich fragen wird, ob ich unter die Räuber geraten bin.«

»Das bist du, Thilo. Das bist du diesmal wirklich.«

EPILOG

Genau 13 Stunden nach dem Gespräch der drei vor Sabrina Abels Haus trat Holger Brauchitsch vor die Mikrofone einer überraschend einberufenen Pressekonferenz in der Staatskanzlei und unterrichtete die völlig verblüffte Medienmeute darüber, dass er mit sofortiger Wirkung von seinem Amt als Hessischer Ministerpräsident zurücktreten würde. Seine Frau Karin, die neben ihm stand, hörte die Rede ihres Mannes wie durch einen Wattebausch und konnte den pathetisch und in gewisser Weise auch selbstherrlich vorgetragenen Worten nur rudimentär folgen. Das Spektakel war schnell zu Ende, da keine Fragen von Journalisten zugelassen waren. Brauchitsch fasste seine Frau bei der Hand und zusammen verließen sie mit festen Schritten den Ort seines Abschieds von der großen Politikbühne. Kurz darauf hatten sie den Dienstwagen erreicht, wo Ottmar Hohler ihnen die Türen aufhielt und in einem Blitzlichtgewitter davonfuhr.

»So schlimm wie heute war es ja noch nie«, murmelte der Chauffeur. »Diese Schmierfinken.«

Sein Blick kreuzte sich im Rückspiegel mit dem seines Bosses.

»Ich habe eben aufgeschnappt, dass Sie zurückgetreten sind, Herr Ministerpräsident. Glauben Sie mir bitte, dass mir das persönlich sehr leidtut.«

»Danke, Hohler. Und jetzt bringen Sie uns bitte nach Hause.«

»Gern.«

Die nächsten Minuten der Fahrt verliefen schweigend. Über die vielen Lautsprecher im Wagen, wo wie immer der Infokanal des hessischen Rundfunks lief, hörten sie eine Sondersendung über den Rücktritt und verfolgten die ersten Kommentare sowie einige frühe Analysen zu den Erfolgen und auch zu den Versäumnissen Brauchitschs während seiner Amtszeit.

Kurz darauf wurde jedoch auf ein anderes Thema Bezug genommen, und der Sprecher verlas den dazugehörenden Text:

Vor etwa einer Stunde wurde in seinem Haus in Wiesbaden die Leiche des Gründers und ersten Mannes des Thinktanks Businessplan, Dirk Ahdorf, aufgefunden. Nach ersten, noch unbestätigten Informationen hat der Lobbyist sich das Leben genommen. Ahdorf galt als in der Politik überaus gut vernetzt und hat in den letzten Jahrzehnten immer wieder mit seinen Analysen und Empfehlungen zu aktuellen Problemfeldern in Politik und Wirtschaft für Schlagzeilen gesorgt.

ENDE

DANKSAGUNG

Danke Thorsten für die Initialzündung

Weitere Krimis finden Sie auf den folgenden Seiten und im Internet:

WWW.GMEINER-SPANNUNG.DE

MATTHIAS P. GIBERT
Müllhalde

978-3-8392-1596-8 (Paperback)
978-3-8392-4481-4 (pdf)
978-3-8392-4480-7 (epub)

»Lenz und Hain stecken bis zum Hals in jenem Müll, den ein ermordeter Kasseler Immobilienhai hinterlassen hat.«

Aus der Fulda wird die Leiche des verhassten Kasseler Immobilienentwicklers Dominik Rohrschach gefischt. Die Kommissare Paul Lenz und Thilo Hain finden heraus, dass er pleite war und sich absetzen wollte. Zudem wollte er seine exzellenten Verbindungen ins Rathaus offenbar dazu nutzen, eine riesige Menge Sondermüll loszuwerden, die ihn bei einem Immobilienprojekt behinderte. Mit dem Verschwinden seines Ansprechpartners bei den Stadtreinigern nimmt der Fall eine dramatische Wendung …

MATTHIAS P. GIBERT
Pechsträhne

978-3-8392-1422-0 (Paperback)
978-3-8392-4157-8 (pdf)
978-3-8392-4156-1 (epub)

»Hochaktuell und erschreckend realistisch!«

In einer Villa in Kassel wird die übel zugerichtete Leiche des Bankmanagers Sven Vontobel gefunden, neben ihm sein ebenfalls erschossener Hund. Wegen seiner umstrittenen Wertschöpfungsmethoden war er selbst bei seinen Kollegen unbeliebt. Bald gibt es zwei weitere Tote, ebenfalls Mitarbeiter der Nordhessenbank. Gegen alle Widerstände aus den Reihen der Geldmafia und in einer für sie fremden, abstoßenden Welt fahnden Hauptkommissar Paul Lenz und sein junger Kollege Thilo Hain nach einem Täter, der ihnen immer einen Schritt voraus zu sein scheint.

MATTHIAS P.GIBERT
Menschenopfer

978-3-8392-1237-0 (Paperback)
978-3-8392-3805-9 (pdf)
978-3-8392-3804-2 (epub)

»Wieder schafft es Matthias P. Gibert hochaktuelle Themen in einem authentischen Kriminalroman zu verpacken!«

Hideo Asami, Küchenhilfe in einem Sushi-Restaurant in Kassel, plagen Unwohlsein und Übelkeit. Als ihm die Haare büschelweise ausgehen, verschwindet er plötzlich spurlos. Wenige Tage später werden drei verkohlte Leichen in einer Laube entdeckt, Hauptkommissar Paul Lenz übernimmt die Ermittlungen. Ein weiterer Angestellter des Sushi-Restaurants leidet unter den gleichen Beschwerden wie sein Kollege, weigert sich jedoch zum Arzt zu gehen, da er sich illegal in Deutschland aufhält und nicht krankenversichert ist. Als auch er verschwindet, verschärft sich die Situation dramatisch …

Das Neueste aus der Gmeiner-Bibliothek

Unsere Lesermagazine

Bestellen Sie das kostenlose KrimiJournal in Ihrer Buchhandlung oder unter www.gmeiner-verlag.de

Informieren Sie sich …

www … auf unserer Homepage:
www.gmeiner-verlag.de

@ … über unseren Newsletter:
Melden Sie sich für unseren Newsletter an unter www.gmeiner-verlag.de/newsletter

f … werden Sie Fan auf Facebook:
www.facebook.com/gmeiner.verlag

Mitmachen und gewinnen!

Schicken Sie uns Ihre Meinung zu unseren Büchern per Mail an gewinnspiel@gmeiner-verlag.de und nehmen Sie automatisch an unserem Jahresgewinnspiel mit »mörderisch guten« Preisen teil!